PROLOG

London
Februar 1890

Obwohl er schon mehr als sechs Jahre insgeheim seiner Königin und seinem Vaterland diente, war Lord Roland Penhallow bislang noch nie in die Privatbibliothek seines Amtsleiters bestellt worden.

Das konnte nur eines bedeuten: Er hatte aus Versehen irgendjemanden getötet.

Aber er wusste nicht wie. Den letzten Auftrag hatte er sauber ausgeführt, fast lautlos und ziemlich unblutig. *Selbst der übelste Halunke kann dazu gebracht werden, einem Zweck zu dienen*, pflegte Sir Edward, den dicken Zeigefinger auf das polierte Mahagoni seines Schreibtisches in Whitehall gestützt, gern zu sagen, *nur ein Toter kann nichts mehr anrichten.* Als Neuling hatte Roland sich den Rat zu Herzen genommen und ihn fortan befolgt.

Als er nun in Sir Edwards schäbiger Eingangshalle in Mayfair stand, die Schuhspitzen im rechten Winkel an den angeschlagenen Marmorfliesen ausgerichtet, und die Augen über die Porträts der offenbar magenkranken Vorfahren seines Chefs wandern ließ, verspürte er dieselbe leichte Furcht wie in Eton, wenn sein Hausvorsteher ihn zu sich zitiert hatte, um ihn für eine kürzlich begangene Schandtat büßen zu lassen.

Roland verflocht die kalten Finger hinter dem Rücken und schaute zur dunklen Decke empor. *Du hast nichts zu befürchten, Penhallow*, redete er sich ein. *Bislang hast du dich noch immer aus allem herausreden können.* War das da hinten in der Ecke ein Wasserfleck? Das sollte der gute Mann besser beheben lassen; undichte Stellen konnten schlimme Folgen haben …

»Eure Lordschaft.«

Roland fuhr zusammen. Sir Edwards Butler stand vor ihm wie ein gereizter Pinguin. Sein glattes schwarzes Haar glänzte im hellen Schein der Lampe auf dem Flurtisch, und seine abwehrend vorgestreckte weiße Hemdbrust hielt die Rockaufschläge entschieden von jeder Annäherung ab. »Eure Lordschaft«, wiederholte er in demselben Tonfall wie er wohl auch *Sie Windhund* gesagt hätte. »Sir Edward wird Sie in der Bibliothek empfangen.«

Ohne auf eine Antwort zu warten, drehte der Butler Roland den makellosen tiefschwarzen Rücken zu und ging – vermutlich – zur Bibliothek voran.

»Besten Dank«, murmelte Roland, der sich mit jedem Schritt weniger wie ein Lord und mehr wie ein armer Sünder fühlte.

»Ah! Penhallow!«, rief Sir Edward, als Roland mit all der Gelassenheit, die er aufbringen konnte, über die Schwelle trat. Seiner bescheidenen Meinung nach also sehr gefasst: Schließlich war er nicht umsonst der Bruder des Duke of Wallingford.

»Sir Edward.«

Die kräftige Hand des Baronet deutete lässig auf einen alten Ohrensessel vor dem Schreibtisch. »Setzen Sie sich, setzen Sie sich. Das wäre dann alles, Pankhurst. Oh, warten Sie. Fast hätte ich's vergessen. Haben Sie schon zu Abend gegessen, Penhallow?«

»Ja, in meinem Club.«

»Sehr gut. Gut. Dann fort mit Ihnen, Pankhurst. Wir möchten nicht gestört werden. Nun setzen Sie sich doch, Penhallow. *Hier* müssen wir Gott sei Dank nicht so förmlich sein.«

Mit der ihm eigenen lässigen Eleganz ließ Roland sich in den Sessel sinken, obgleich ihm Böses schwante. Denn Sir Edward Pennington, der Leiter des Amts für maritime Angelegenheiten, begann seine Besprechungen in der Regel nicht mit einer Reihe von freundlichen Bemerkungen.

Mit einem beleidigten Klacken fiel die Tür hinter dem Butler ins Schloss.

Sir Edward verdrehte die Augen. »Dieser Pankhurst. Eigentlich sollte ich ihn entlassen, aber andererseits ist er furchtbar diskret. Möchten Sie einen Schluck trinken?« Er erhob sich und ging zu einem halbmondförmigen Tisch an der gegenüberliegenden Wand, auf dem ein Tablett mit einladend glitzernden Kristallkaraffen stand. »Sherry? Whiskey? Momentan habe ich auch einen sehr schönen Port, den letzten aus dem Jahre null-neun, von meinem Vater anlässlich meiner Geburt für mich eingelagert, haha.«

»Den möchte ich Ihnen nicht wegtrinken«, sagte Roland, der das zur Neige Gehen eines edlen Tropfens stets sehr bedauerte, selbst in seinem augenblicklich etwas verwirrten Zustand.

»Unsinn. Wenn man auf die richtige Gelegenheit wartet, trinkt man ihn nie.« Sir Edward nahm eine Karaffe und zog den Stöpsel heraus. »Ah! Was für ein herrliches Aroma.«

»Ich muss schon sagen, Sie sind wesentlich großzügiger als mein Bruder«, meinte Roland, der erstaunt zusah, wie Sir Edward ein Glas nach dem anderen fast bis zum Rand mit dem schweren dunkelroten Portwein füllte. In der Stille des büchergefüllten Raums hörte sich das Geräusch, mit dem die Flüssigkeit in die Kristallgläser rann, wie das Rauschen eines Wasserfalls an. »Er lässt mich nicht einmal in die Nähe seiner besten Jahrgänge.«

»Ach, Herzöge, wissen Sie.« Sir Edward reichte Roland ein Glas. »Auf die Königin.«

»Sie lebe lang.«

Das freundliche Klingen der Gläser hallte noch nach, als Sir Edward, statt an seinen Schreibtisch zurückzukehren, zum Fenster ging, das einen Ausblick auf den Garten hinter dem Haus bot. Mit einer Hand schob er die schweren burgunderroten Vorhänge beiseite und spähte in die neblige Nacht hinaus. Dann trank er einen Schluck Wein. »Ich nehme an«, sagte er, »Sie fragen sich, warum ich Sie heute Abend herbestellt habe.«

»Das kam schon etwas überraschend.«

»Oh! Wie diplomatisch.« Sir Edward ließ den Portwein in seinem Glas kreisen. »Sie haben sich in den vergangenen paar Jahren verdammt gut gemacht, Penhallow. Verdammt gut. Am Anfang, als sie mir aufgedrängt wurden, habe ich gedacht, Sie wären bloß ein hübscher aristokratischer Bengel mit einem astreinen Stammbaum, der wie ein Mühlstein um meinen Hals sein würde. Aber da habe ich mich zu meiner großen Freude sehr getäuscht. Wirklich, sehr getäuscht.« Als er sich wieder zu Roland umdrehte, war die sorgsam gepflegte Freundlichkeit einem Gesichtsausdruck gewichen, der ernster als üblich war. »Ich freue mich, dass ich von Nutzen sein konnte«, entgegnete Roland. »Für meine Königin, mein Land und überhaupt. Hat mir richtig Spaß gemacht, Sir.« Roland hielt sein kleines Glas so fest, dass die harten Kristallkanten sich kalt in seine Finger bohrten.

»Ja, das habe ich mir gedacht.« Sir Edward starrte in die dunkelroten Tiefen seines Ports.

»Sir?«, fragte Roland, weil sein trockener Mund keine flüssigere Konversation erlaubte. Dann erinnerte er sich an sein Getränk, führte es an die Lippen und genehmigte sich einen kräftigen Schluck.

Sir Edward räusperte sich. »Aber wir haben ein Problem. Wie Sie wissen, sind wir nicht die einzige Organisation im Dienste Ihrer Majestät, die damit beauftragt ist, Informationen zu sammeln.«

»Natürlich nicht. Wir treten uns ja andauernd auf die Füße.« Roland zeigte das gewinnende Lächeln, das er als kleiner Bruder perfektioniert hatte. »Und erst letzten Monat hätte das für mich fast ein böses Ende genommen. Bin direkt in eine Falle getappt, die ein paar Dummköpfe von der Navy aufgebaut hatten. War das größte Durcheinander, das Sie je gesehen haben.«

»Ja, ich habe Ihren Bericht gelesen.« Sir Edward ging wieder zu seinem Schreibtisch, setzte sich und hob einen Mundwinkel fast so, als wollte er lächeln. »Ziemlich gut geschrieben, Ihre Berichte, nur etwas zu ausführlich.«

Bescheiden zuckte Roland mit den Achseln. »Sonst wären sie doch schrecklich langweilig.«

»Jedenfalls sieht es so aus, als ob diese – äh – Dummköpfe von der Navy, wie Sie sie nennen, die Sache nicht ganz so locker sähen.«

»Nein? Wie unsportlich. Nach ein, zwei Wochen waren sie alle wieder auf den Beinen.« Roland schnippte ein Staubkorn von seinem Jackenärmel.

»Ja, aber trotz Ihrer freundlichen Bemühungen, die zweifellos jeder Untersuchung standhalten würden …«

»Selbstverständlich.«

»... erzählt man sich« – Sir Edward stellte sein Weinglas ab und strich über den ordentlichen Stapel Papier, der mitten auf seiner ledernen Schreibunterlage lag – »wir hätten absichtlich eingegriffen, um den Abschluss einer langwierigen und überaus wichtigen Ermittlung zu verhindern.«

Roland zog beide Augenbrauen hoch. Trotz stundenlanger angestrengter Versuche war es ihm nie gelungen, eine allein zu heben. »Das kann doch nicht Ihr Ernst sein. Glaubt die Navy wirklich, ich hätte nichts Besseres zu tun, als ihren Untergang zu planen? Um Himmels willen, meine Quelle hat mir allen Grund gegeben zu glauben, dass ...«

»Tja, Ihre Quelle.« Sir Edward nahm das oberste Blatt vom Stapel und überflog es. »Johnson, um genau zu sein.«

»Ja, Sir. Sie kennen den Mann. Absolut zuverlässig und in der russischen Botschaft sehr gut platziert.«

»Und seit heute Morgen auf einem Dampfer nach Argentinien, in einer Steuerbord-Kabine der Ersten Klasse, mit ein paar kleinen, aber schweren Koffern.« Sir Edward sah auf. »Das hätten Sie nicht gedacht, was?«

Roland ließ sich gegen die Sessellehne fallen. »Also, ich bin entsetzt!«

«Entsetzt. Soso.«

»Nach Argentinien!«

»Sieht so aus. Noch dazu unter seinem richtigen Namen.«

»Was für ein Schlamassel!«

»Mein Kollege bei der Navy ist natürlich außer sich. Er glaubt, dass Sie Johnson bestochen haben; dass das alles Teil eines Planes gewesen ist, den wir ausgeheckt haben, um seine Leute schlecht aussehen zu lassen – nett ausgedrückt. In drastischeren Worten ...«

Wütend sprang Roland auf und drückte das Blatt mit dem Finger in die Schreibunterlage. »Wehe, Sie sprechen es aus.«

»Beruhigen Sie sich, Sie Hitzkopf. Ich habe Ihnen doch keine Vorwürfe gemacht.«

»Sie nicht, aber jemand anders«, erwiderte Roland leise. Seine Stimme klang drohend, völlig anders als sonst.

Sir Edward legte den Kopf schief und betrachtete ihn einen langen Augenblick. »Ja, richtig.«

»Und wer?«

»Ich weiß es nicht.« Sir Edward legte die Stirn in Falten. »Hören Sie, Penhallow. Ich werde so offen reden, wie ich kann, denn ich halte mich für einen guten Menschenkenner, und ich weiß, dass niemand sich selbstloser für das Wohl der britischen Nation einsetzt als Sie.«

Rolands kampfbereite Muskeln entspannten sich kaum merklich.

»Irgendetwas ist im Busch, mein Lieber. Aber mehr weiß ich nicht. Es gibt nur vage Gerüchte. Natürlich hat unter den Diensten immer Konkurrenz geherrscht, manchmal sogar erbitterte. Das ist ja auch nicht anders zu erwarten in einem Metier, in dem es keine großen finanziellen Vorteile, kein Heldengrab in St. Paul's oder Ähnliches gibt. Macht ist alles, was zählt. Aber was ich jetzt höre und gelegentlich spüre … ich kann es nicht genau in Worte fassen. Aber irgendetwas stimmt nicht.«

Aufmerksam lehnte Roland sich wieder zurück. »Und was?«

Sir Edward legte die Hände flach auf das feine weiße Papier. »Wenn ich das wüsste, hätte ich schon etwas unternommen.«

»Und wie kann ich Ihnen helfen?«

»Das genau ist die Frage.« Sir Edward schlug die Fingerspitzen aneinander; seine kräftigen, bäurischen Hände passten zu seinem stämmigen Körper, und in dem maßgeschneiderten eleganten Jackett wirkte er wie ein Ackergaul im Rennpferddress. »Sagen Sie, Penhallow«, fragte er ruhig, »haben Sie vielleicht Feinde? Abgesehen von den Dummköpfen natürlich, die Sie vor ein paar Wochen ausgeschaltet haben.«

»Oh ja, eine ganze Menge. Einen Ruf wie meinen bekommt man nicht, ohne ein paar Leuten auf die Zehen getreten zu haben.«

»Ist einer dabei, der Sie zugrunde richten will?«

»Jemandem, der beim Kartenspiel gewonnen oder einem die Mätresse ausgespannt hat, wünscht man gern mal was Schlimmes.«

»Ich spreche von völliger Vernichtung. Gesellschaftlich und physisch. Einem Mann, der darauf aus sein könnte, Sie wegen Verrats vor Gericht zu bringen.

Verrat.

Das in den Raum geworfene Wort hallte von den Bücherwänden wider und landete schließlich mit einem hässlichen Plumps zwischen den beiden Männern.

»Da fiele mir niemand ein«, erwiderte Roland ruhig.

»Und dennoch«, erwiderte Sir Edward ebenso ruhig, »kann ich so gut wie sicher sagen, dass so ein Mann existiert.«

»Nennen Sie mir seinen Namen, und er stirbt noch in dieser Stunde.«

»Den Namen kenne ich nicht. Das ist ja das Problem.« Sir Edward erhob sich und ging zu einem Bücherregal am Fenster, in dem ein kleiner Globus die gleichmäßige Reihe ledergebundener Bände unterbrach. Dann legte er eine Hand gespreizt über den Atlantischen Ozean. »Gibt es einen Ort, an den Sie sich für einen oder zwei Monate zurückziehen könnten? Vielleicht sogar länger? In irgendeiner abgelegenen Gegend?«

»Was? Ich soll mich *verstecken*? Also, das kommt ...«

»Nein, nicht verstecken. Wie gesagt, Sie sollen nur eine Weile von der Bildfläche verschwinden.«

»Verdammt, Sir, ich werde mich nicht heimlich davonschleichen.«

»In diesem Fall ist Vorsicht besser als Nachsicht.« Sir Edward drehte sich wieder zu Roland um und sah ihn mit einem scharfen Blick an. »Wir sollten den Kerl aus der Deckung locken. Herausfinden, was er wirklich will. Ihn glauben lassen, dass er gewonnen hat. Ein leichter Sieg wird ihn in Sicherheit wiegen.«

»Und ich soll mich derweil auf irgendeinem Landsitz verkriechen und Däumchen drehen?«

»Vorzugsweise im Ausland.«

»Oh nein! Im Ausland? Paris mag ich nicht, und sonst habe ich nirgendwo Freunde, die ...« Roland verstummte. Wendig wie ein Aal war eine grässliche Idee wieder aus der Versenkung aufgetaucht.

»Was ist?«

»Ach ... nichts, wirklich. Ich habe nur gerade an einen dummen Vorschlag gedacht, den ein Freund mir und meinem Bruder gemacht hat.«

»Was für ein Vorschlag? Und von wem kam er?«

»Von einem Wissenschaftler namens Burke. Einem sehr engen und vertrauten Freund von uns. Er hatte die verrückte Idee, ein Jahr in einem Schloss in den toskanischen Bergen zu verbringen, um an seinen Automobilen herumzuschrauben und so weiter ... was natürlich gar nicht infrage kommt ...«

»Mein Gott! Das ist perfekt!«

»Wie bitte? Oh nein. Bestimmt nicht. Nicht in so ein modriges altes Schloss. Ohne Frauen und Alkohol und … na ja, alles, was das Leben erträglich macht.«

»Das ist genau das Richtige für Sie, mein Lieber. Großartig. Ich schreibe sofort einen entsprechenden Brief und sorge dafür, dass wir in Kontakt bleiben …«

»Wie bitte?«

Doch Sir Edward war schon dabei, sich eine Notiz zu machen. »Über Beadle, denke ich, in unserem Büro in Florenz. Er wird Ihnen alles besorgen, was Sie brauchen. Die Toskana, hm? Das Land, in dem stets die Sonne scheint, sagt man, glaube ich. Ha! Sie werden eine wunderbare Zeit verleben. Ich bin Ihrem Bekannten, diesem Mr. Burke, äußerst dankbar.«

Roland sah zu, wie Sir Edwards Feder über das Papier glitt, und begann, sich unwohl zu fühlen. »Ich weigere mich …«

»Wie? Ach was, mein Junge. Ich werde mich hier um alles kümmern und Ihnen Bescheid geben, wenn keine Gefahr mehr besteht und Sie zurückkommen können. Betrachten Sie es als eine Art Sabbatjahr. Danach stoßen Sie frisch und erholt wieder zu uns. Voller Lebenslust und dergleichen.«

Roland, der sonst niemals die Sprache oder die Haltung verlor, stellte fest, dass es ihm nun an beidem mangelte. Mit offenem Mund saß er nur hilflos da.

Sir Edward knickte das Blatt und sah auf. »Was ist? Ach, kommen Sie, Mann. Sie sehen aus, als wären Sie zum Tode verurteilt worden. Denken Sie doch an all die schönen Sachen: Sonne, Wein, leckeres Essen. Und hübsche junge Mädchen, die kein Englisch sprechen.«

Er hielt Roland den Brief hin und grinste dämonisch.

»Was könnte dabei schon schiefgehen?«

EINS

Dreißig Meilen südöstlich von Florenz
März 1890

Der Junge, der mitten im Eingang zum Gasthof stand und Roland seltsam feindselig anstarrte, die Brauen über den schwarzen Augen eng zusammengezogen und den Daumen fest in den Mund gesteckt, konnte nicht älter als vier oder fünf sein.

»Hör mal, junger Mann«, sagte Roland mit einem leichten Hüsteln, einen Fuß auf der untersten Treppenstufe, »könntest du mich vielleicht vorbeilassen?«

Der Junge nahm den Daumen aus dem Mund. »Mein Vater ist stärker als du.«

Der Regen vom Dachvorsprung prasselte auf Rolands Hut, rann über die schmale Krempe in den Mantelkragen und durchnässte sein Hemd, das anfing, kalt und steif an der Haut zu kleben. »Ja, mag sein, mein Junge«, erwiderte Roland vorsichtig, während er mit einer Hand die Enden seines Mantelkragens zusammenzog. »Aber trotzdem würde ich mich sehr gerne von diesem schönen warmen Feuer direkt hinter dir trocknen lassen. Natürlich nur, wenn du nichts dagegen hast.«

»Mein Vater«, sagte der Junge und zeigte mit dem Finger auf Roland, »könnte dich so feste verhauen, dass du weinen würdest, für IMMER.« Das letzte Wort sprach er mit besonderem Genuss aus.

Roland kniff die Augen zusammen. Hinter dem kleinen Jungen war der Schankraum des Gasthofs zu sehen: Auf den gut besetzten langen Tischen standen Teller mit dampfendem Essen und große Weinflaschen, und das riesige Feuer, das die feuchte Märzluft vertrieb, wirkte unglaublich einladend. »Natürlich würde ich weinen«, sagte Roland. »Bitterlich sogar. Das bezweifle ich ja gar nicht. Aber was dieses Feuer angeht …«

»Philip! Da bist du ja!«, rief eine erschöpfte Frauenstimme irgendwo hinter Roland, anscheinend vom stinkenden, schlammigen Hof her, den er gerade überquert hatte. Die müde Stimme klang heiser und rau, als bahne sich eine leichte Erkältung an, aber gleichzeitig auch sehr vertraut.

Roland erstarrte vor Staunen. Doch nicht an einem solchen Ort. Das musste eine Täuschung sein. Nicht vor einem rustikalen italienischen Gasthof in einer abgelegenen Hügellandschaft meilenweit weg von den modernen Annehmlichkeiten einer Stadt wie Florenz und Jahre nachdem er diese melodische Stimme in einem Londoner Wintergarten zum letzten Mal gehört hatte.

Nein, das musste er sich einbilden.

»Philip, du bist doch nicht *unhöflich* zu diesem armen Mann, oder?« Die Frau, die sich nun rasch Rolands rechter Schulter näherte, klang gereizt.

Großer Gott. Er konnte doch *jetzt* nicht träumen. Oder?

»Es tut mir leid, Sir. Der Junge ist völlig übermüdet und …«

Roland drehte sich um.

»Oh.« Zwei oder drei Schritte von ihm entfernt blieb die

Frau abrupt stehen. Ihr Gesicht wurde von der Krempe ihres Hutes fast verdeckt, doch die Lippen und das Kinn sahen ganz genauso aus wie in seinen Träumen. Und er wusste, dass ihr kariertes Tuch sich um einen Hals schlang, der rank und schlank war und in einen schmalen Oberkörper überging, der augenblicklich vernünftigerweise von einem dunklen Wollmantel verhüllt wurde.

»Roland«, hauchte die Frau.

Natürlich träumte er. Sie konnte einfach nicht echt sein. Das war nur eine Ausgeburt seines erschöpften Hirns, der Tribut, den die Anstrengungen der Reise forderten.

»Lady Somerton«, sagte Roland mit einer kleinen Verbeugung, bei der der Regen in einem Schwall von seinem Hut rann. Da er träumte, konnte er ruhig seinen Part spielen. »Was für eine reizende Überraschung. Ich habe mich gerade mit Ihrem Sohn bekannt gemacht.«

Das Wort *Sohn* hallte in seinem Kopf nach.

»Lord Roland«, sagte Lady Somerton und neigte den Kopf. Dann faltete sie die behandschuhten Hände. »Das ist tatsächlich eine unglaubliche Überraschung. Ich hätte nie gedacht … Oh, Philip, *wirklich*!«

Roland drehte sich gerade noch rechtzeitig um, um zu sehen, wie die Zungenspitze des Jungen in seinem rosigen Kindermund verschwand.

»Es tut mir furchtbar leid.« Eilig drängte Lady Somerton sich an ihm vorbei und nahm ihren Sohn bei der Hand. »Normalerweise ist er ein *guter* Junge. Es liegt an der Reise, und sein Kindermädchen ist in Mailand krank geworden und … oh, Philip, *sei* so gut und entschuldige dich bei Seiner Lordschaft.«

»Du hast gesagt, ich soll irgendwo auf dich warten, wo es

trocken ist«, erwiderte der Junge und schaute mit ernstem Blick zu seiner Mutter auf.

»Stimmt«, erwiderte Lady Somerton und beugte sich zu ihm herab, »aber damit habe ich nicht gemeint, dass du arglose Herren am Eintritt hindern sollst. Sag, dass es dir leidtut, Philip, und lass Seine Lordschaft durch. Er ist nass bis auf die Haut.«

»Entschuldigung«, murrte der Junge.

»Philip, ich *bitte* dich.«

Der Junge seufzte und sah Roland an. »Es tut mir furchtbar leid, Euer Lordschaft. Ich werde es nicht wieder tun.«

Roland verneigte sich feierlich. »Schon gut, mein Junge. Alles in Ordnung. Manchmal geht es mit einem durch. Das weiß ich aus eigener Erfahrung.«

»Das war sehr schön, Philip. Sehr schön«, sagte Lady Somerton, »und jetzt lass Seine Lordschaft vorbei.«

Widerwillig trat Philip beiseite.

»Vielen Dank, Sir«, sagte Roland immer noch feierlich und stieg die Stufen hinauf. Auf der Türschwelle drehte er sich noch einmal um und nahm den Hut ab. »Sind Sie gerade angekommen, Madam? Anscheinend ist der Gasthof heute sehr voll.«

»Ja, gerade eben«, erwiderte Lady Somerton und sah zu Roland auf. Der Blick ihrer blauen Augen traf ihn mit solcher Wucht, dass es sich wie ein äußerst realer Schlag vor den Kopf anfühlte. »Aber ich bin sicher, dass wir ein Zimmer bekommen. Lady Morley spricht gerade mit dem Gastwirt und … nun, Sie kennen sie ja.«

»Lady Morley, mein Gott!« Roland lächelte. »Sind Sie zusammen auf Reisen? Ziemlich schlechte Jahreszeit für so etwas.«

Ihren Sohn immer noch an der Hand richtete Lady Somerton sich auf, ohne sein Lächeln zu erwidern. »Ja, das kann man wohl sagen. Und Sie, Lord Roland? Sind Sie vielleicht unterwegs nach Florenz?«

»Nein, nein. Eigentlich kommen wir gerade von dort. Ich begleite meinen Bruder und … noch jemanden. Wir …« *Wir wollen ein Jahr in einem zugigen italienischen Schloss verbringen, um uns wie Mönche dem Studium der Mathematik, der Philosophie und weiß Gott was sonst noch zu widmen. Ein grandioses Vorhaben.*

Erwartungsvoll hob Lady Somerton die Brauen.

Roland riss sich zusammen. »Ach, egal. Jedenfalls hoffe ich … Also, falls ich Ihnen irgendwie behilflich sein kann …«

»Nein, nein.« Lady Somerton schlug die Augen wieder nieder. »Wir kommen schon zurecht.«

»Wollten Sie gerade hineingehen?«

»Nein, ich … warte noch auf jemanden.«

Roland spähte in die Dunkelheit. »Wollen Sie nicht lieber drinnen warten? Es ist schrecklich nass hier draußen.«

»Sie kommt gleich.« Lady Somertons Stimme klang ruhig und entschlossen, genau so, wie er sie in Erinnerung hatte. Was ziemlich irritierend war: Wenn er sich schon die Mühe machte, endlos von ihr zu träumen, konnte sie dann nicht etwas Dramatischeres oder Ungewöhnlicheres tun? Zum Beispiel sich die Kleider vom Leibe reißen und sich in seine Arme stürzen, um an die Wand des Gasthofs gelehnt im strömenden Regen mit ihm intim zu werden?

Oh ja. *Das* wäre wirklich ein schöner Traum.

»Also gut.« Roland machte eine kleine Verbeugung. »Ich schätze, wir werden uns gleich sehen.«

»Ja, davon gehe ich aus.« Als ob die Aussicht darauf in etwa so verlockend wäre wie ein Besuch beim Zahnbrecher. Lady

Somerton entließ ihn, indem sie sich von ihm abwandte und den Jungen an die andere Hand nahm.

Vom Hof her rief jemand: »Lilibet, du glaubst nicht, was ich in den Ställen entdeckt habe!« Und der kleine Philip rief zurück: »Cousine Abigail, komm schnell her! Hier ist ein seltsamer Mann!«

Dieser Traum nahm eine höchst unerwünschte Wendung.

Hastig betrat Roland den warmen, geschäftigen Schankraum und ließ Lady Elizabeth Somerton mit ihrem Sohn unter dem Vordach stehen.

»Um Himmels willen, Penhallow. Wir warten seit Stunden auf dich«, sagte der Duke of Wallingford gedehnt, während er seinen Becher abstellte. Doch als er das Gesicht seines Bruders sah, riss er erstaunt die Augen auf. »Was ist denn? Hast du einen Geist gesehen?«

»So ähnlich«, erwiderte Roland. Dann warf er seinen Hut auf den Tisch und streifte den Mantel ab, wobei ein Tropfenschauer herabrieselte. »Du wirst nie erraten, was für eine Erscheinung ich draußen hatte, ausgerechnet vor diesem gottverlassenen Gasthof. Ist das Wein?«

»Ja, aus der Gegend«, sagte der Herzog, indem er einen leeren Becher nahm und ihn füllte. »Normalerweise rate ich ja nicht gerne, aber ich wage zu behaupten, dass deine Erscheinung irgendetwas mit der verwitweten Marquise von Morley zu tun hat. Richtig?«

Roland ließ sich seinem Bruder gegenüber auf einen Stuhl fallen und sackte dankbar auf der robusten Sitzgelegenheit zusammen. »Du hast sie gesehen, ja?«

»Nein, nur gehört. Wir haben versucht, in Deckung zu bleiben.« Der Herzog schob seinem Bruder den Becher zu.

»Trink etwas, mein Lieber. Und so Gott will, kommt bald auch das Essen.«

Phineas Burke, der neben Wallingford saß, beugte sich etwas vor. »Sie streitet sich schon seit einer Viertelstunde mit dem Gastwirt herum«, sagte er. »Ein fürchterliches Gezeter. Sie sind nach oben gegangen, um die Zimmer anzusehen.«

»Glaubt mir«, prophezeite Wallingford, »wir werden in hohem Bogen hinausgeworfen und müssen im Schankraum schlafen.«

»Bestimmt nicht«, meinte Roland und nahm einen großen Schluck. »Schließlich bist du der Duke of Wallingford. Wofür zum Teufel soll so ein Titel gut sein, wenn er dir nicht einmal ein Zimmer in einem Gasthof garantiert?«

»Denkt an meine Worte«, sagte Wallingford düster.

Burke bohrte den Zeigefinger in den abgenutzten Holztisch. »Zum einen handelt es sich um Frauen«, sagte er, »zum anderen reisen sie mit Lady Morley. Und die meint offenbar, die Welt gehört ihr, die alte Schreckschraube.«

»Alt kann man sie wohl nicht nennen«, meinte Roland nachsichtig. »Wahrscheinlich ist sie noch nicht mal dreißig. He, ist das unser Essen?«

Ein Mädchen in schlichten, schwingenden Röcken steuerte mit einem großen Zinntablett, auf dem sich Hühnchen und dickes Landbrot häuften, durch die Tische auf sie zu. Ein hübsches Ding, dachte Roland angelegentlich mit einem prüfenden Seitenblick. Das Mädchen fing den Blick auf und stellte das Tablett verlegen mit einem Knall auf dem Tisch ab. In dem Augenblick war oben von der Treppe Alexandra, Lady Morley, zu hören, die mit einer grausamen Attacke auf die italienische Sprache die lauten Gespräche der anderen Reisenden übertönte. »Das ist unmöglich, *non possiblo*, haben Sie mich verstanden? Wir sind Engländerinnen, *anglese*. Wir können doch nicht … Ah! Euer Gnaden!«

»Hab ich's nicht gesagt?«, brummte der Duke of Wallingford, ehe er seine Serviette auf den Tisch warf und sich erhob. »Lady Morley«, sagte er. »Guten Abend. Ich hoffe, es geht Ihnen gut.«

Ihre Ladyschaft stand hoch aufgerichtet auf den Stufen, das kastanienbraune Haar mit großer Akkuratesse zu einem kleinen Chignon im Nacken zusammengefasst. Vor einigen Jahren, vor ihrer Hochzeit mit dem Marquis von Morley, war sie ein hübsches Mädchen gewesen, und nun war sie eine noch hübschere Frau mit hohen Wangenknochen und glänzenden braunen Augen. Ihre ausgeprägten, kühnen Gesichtszüge waren nicht ganz nach Rolands Geschmack, dennoch bewunderte er sie, wenn auch eher so, wie man eine klassische Skulptur in einem französischen Garten bewunderte, ohne sie gleich umarmen zu wollen.

»Mein lieber Wallingford«, sagte Lady Morley, während sie die Treppe herunterschritt und mühelos vom Kommandieren zum Schmeicheln überging. »Anscheinend kann ich diesen Italienern nicht begreiflich machen, dass englische Damen, so robust und liberal sie auch sein mögen, *auf gar keinen Fall* in einem Raum mit lauter Fremden schlafen können. *Männlichen* Fremden. Und noch dazu *ausländischen* männlichen Fremden. Stimmen Sie mir da nicht zu, Euer Gnaden?« Sie blieb vor den Männern stehen.

»Gibt es denn oben keine Zimmer mehr, Madam?«

Lady Morley zuckte so gekonnt mit den Schultern, dass ihr maßgeschneidertes schwarzes Reisekleid sehr gut zur Geltung kam.

»Nur noch eins, ein winzig kleines. Kaum groß genug, um

Lady Somertons Sohn zu beherbergen, geschweige denn uns alle drei.« Als ihr Blick auf Roland fiel, erschrak sie so sehr, dass sie zurückfuhr. »Lord Roland!«, rief sie. »Ich hatte ja keine Ahnung. Haben Sie … meine Cousine … Lady Somerton … großer Gott!«

Lord Roland verneigte sich freundlich. Warum auch nicht? Schließlich gehörte es sich so. »Ich hatte die große Ehre, Ihrer Ladyschaft draußen zu begegnen, unter dem … Haustürdach, gerade eben. Und auch ihrem charmanten Sohn.«

Aus Lady Morleys schlankem Hals drang ein erstickter Laut, der wie ein unterdrücktes Kichern klang. »Charmant! Oh ja.« Die Marquise, der es anscheinend die Sprache verschlagen hatte, räusperte sich heftig.

Während er sie beobachtete, verschwand Rolands eigene Verwirrung allmählich, und eine Erkenntnis dämmerte ihm. Dass Alexandra, Lady Morley, echt war, war nicht zu leugnen, denn sie sprühte geradezu vor Leben. Und wenn Lady Morley echt war, dann …

Ein seltsames, beängstigendes Kribbeln überkam ihn.

Es war wahr. Er hatte es nicht geträumt. Lilibet stand vor der Tür.

Schluss damit, befahl er sich streng, doch das machte alles nur schlimmer und wahrer, machte Lilibets Gegenwart – ihre körperliche Anwesenheit keine zehn Schritte entfernt – zu einer Realität. Roland hatte die schreckliche Ahnung, dass er gleich etwas Voreiliges tun würde.

Lady Morley rang die Hände, richtete den Blick wieder auf den Herzog und sah ihn flehentlich an.

»Hören Sie, Wallingford, ich bin wirklich auf Ihren Großmut angewiesen. Sicher verstehen Sie unsere Notlage. Ihre Zimmer sind sehr viel größer – geradezu luxuriös –, und es sind *zwei*! Sie können doch wirklich nicht guten Gewissens …« Mitten in ihrer beschwörend vorgetragenen Rede unterbrach sie sich und wandte sich wieder Roland zu. »Mein lieber Penhallow. Denken Sie nur an die arme Lilibet, die womöglich auf … einem *Stuhl* schlafen muss. Zusammen mit all diesen Fremden.«

Burke, der so gut gelaunt wie ein Löwe, den man aus dem Schlaf geweckt hat, neben Roland stand, räusperte sich Unheil verkündend.

»Haben Sie denn nicht daran gedacht, im Vorhinein Zimmer zu reservieren, Lady Morley?«

Roland zuckte zusammen. Diese verdammten Wissenschaftler. Der gute alte Burke gehörte nicht zu der Sorte von Männern, die arrogante junge Marquisen geduldig ertrugen, und Geduld war das, was gerade gefragt war: Geduld und Fingerspitzengefühl und außergewöhnliches Einfühlungsvermögen.

Denn Lilibet war da. In seiner Reichweite.

Lady Morley richtete ihre katzenartigen Augen auf Burke und maß ihn mit ihrem berüchtigten Blick.

»Doch, das habe ich, Mr. …« Vielsagend hob sie die Augenbrauen. »Es tut mir schrecklich leid, mein Herr, aber ich *fürchte*, ich habe Ihren Namen nicht verstanden.«

»Ich bitte um Entschuldigung, Lady Morley«, mischte der Herzog sich ein. »Wie ungehörig von mir. Ich habe die große Ehre, Ihnen Mr. Phineas Fitzwilliam Burke von der *Royal Society* vorstellen zu dürfen. Womöglich sind Sie ja bei Ihren philosophischen Studien gelegentlich auf seinen Namen gestoßen.«

»Ihr Diener, Madam«, sagte Mr. Burke und neigte ganz leicht den Kopf.

»Burke«, sagte sie, dann weiteten ihre Augen sich kurz. »Phineas Burke. Natürlich. Von der *Royal Society*. Aber ja. Jeder kennt Mr. Burke. Ich habe … in der *Times*, letzten Monat … Ihren Aufsatz über einen elektrischen … einen von diesen neumodischen …« Sie holte tief Luft, um sich zu stärken, dann lächelte sie, sogar recht herzlich. »Ich wollte sagen, dass wir selbstverständlich Zimmer reserviert hatten. Wenn ich mich recht erinnere, habe ich schon vor einigen Tagen telegrafiert. Aber wir sind in Mailand aufgehalten worden. Das Kindermädchen des Jungen war krank, und ich nehme an, dass unsere Nachricht den Wirt nicht rechtzeitig erreicht hat.« Sie warf dem Gastwirt einen bösen Blick zu.

»Schluss mit dem Theater«, hörte Roland sich voller Entsetzen sagen. Da war sie, die voreilige Handlung, so unaufhaltsam wie eine von Großtante Julias schrecklichen Anekdoten bei Tisch. »Es würde uns nicht im Traum einfallen, Ihnen und Ihren Freundinnen Unannehmlichkeiten zu bereiten, Madam. Nicht einmal eine Sekunde lang. Ist es nicht so, Wallingford?«

»Ja, leider.«

»Burke?«

»Ach, zum Teufel«, schnaubte der Wissenschaftler.

»Sehen Sie, Lady Morley? Wir sind völlig einverstanden und froh und so weiter. Ich finde, Burke sollte das kleine Zimmer oben nehmen, denn er ist ein äußerst langweiliger, misanthropischer Zeitgenosse, und mein Bruder und ich machen es uns natürlich gern« – mit einer ausholenden Armbewegung lenkte er die Blicke auf die dunklen Tiefen des Schankraums – »hier unten gemütlich. Wäre Ihnen das recht?«

Lady Morley faltete die Hände in den eleganten Ziegenlederhandschuhen.

»Sie sind ein Schatz, Penhallow. Ich wusste, dass Sie uns helfen würden. Ich bin Ihnen *furchtbar* dankbar, mein Lieber; Sie können sich gar nicht vorstellen, wie ich mich über Ihr großzügiges Angebot freue.« Sie wandte sich an den Gastwirt. »Haben Sie verstanden? *Comprendo*? Sie können das Gepäck des Herzogs von oben herunterholen und unsere Koffer hinaufbringen. Ah! Cousine Lilibet! Da bist du ja endlich. Ist mit dem Gepäck alles in Ordnung?«

Roland konnte sich nicht davon abhalten, sich hastig zur Tür umzudrehen. Nun, da er seine Sinne wieder beisammen hatte, war er ganz versessen darauf, sie zu sehen, wenigstens einen kurzen Augenblick, ohne dass Regen, Dunkelheit und dämliche *Hüte* im Wege waren. Denn er wollte es wissen. Hatte sie sich verändert? War sie zynisch und lebensmüde geworden? Hatte ihre jugendliche Schönheit unter der furchtbaren Ehe mit dem verrufenen Earl of Somerton gelitten?

Wünschte er sich das?

Lilibet kniete auf dem Boden und knöpfte den Mantel ihres Sohnes auf. Typisch für sie, dass sie zuerst für den Kleinen sorgte, die gute Seele. Dann wandte sie den Kopf, um ihrer Cousine zu antworten, und ihre Stimme war so ruhig und melodisch wie immer, trotz des Anflugs von Heiserkeit, der ihm bereits aufgefallen war. »Ja, alle Koffer sind abgeladen. »Ein Mann bringt sie hinten rein.« Dann stand sie auf, reichte Philip seinen Mantel und begann, ihren eigenen aufzuknöpfen.

Roland hielt den Atem an. Ihre behandschuhten Finger fanden die Knöpfe, schoben sie geschickt durch die Löcher und enthüllten nach und nach ein praktisches dunkelblaues Reisekleid mit einem hohen weißen Kragen, das frisch und sehr damenhaft wirkte, und einen Busen (etwas fülliger als früher, oder?), der sich hübsch unter der perfekt geschnittenen Jacke abzeichnete.

Irgendjemand bohrte ihm einen Finger in die Rippen. »Um Himmels willen. Gleich fängst du an zu sabbern wie ein liebeskranker Köter«, zischte ihm sein Bruder zu.

Eilig kam der Gastwirt die Treppe wieder herunter, um Lilibet zur Hand zu gehen. So wirkte sie auf alle Männer, dachte Roland missmutig. »Ich Ihnen das abnehmen, Mylady«, sagte der Mann und verneigte sich unterwürfig. Dann legte er sich den nassen Wollmantel über den Arm, als wäre er aus purem Gold. »Und den Hut. Ihren Hut. Ah, *mia donna*, es ist so nass. Kommen Sie zum Feuer, zum Trocknen. *Mia povera donna.*«

»Vielen Dank«, sagte Lilibet. »*Grazie.*« Dann ließ sie sich zum Kamin führen, wobei sie sich mit einer Hand das schwarze Haar glatt strich und mit der anderen den kleinen Philip hinter sich herzog. Der goldene Feuerschein unterstrich die Blässe ihrer Haut und warf Schatten auf ihre Wangen. Sie sah müde aus, dachte Roland und machte unwillkürlich einen Schritt auf sie zu, ehe er sich besann. Sich Sorgen zu machen! Um Lady Somerton! Als ob sie nicht bestens ohne ihn zurechtkäme. Das hatte sie ja bewiesen.

Als er sich umsah, stellte er fest, dass Burke und Wallingford sich wieder gesetzt hatten, während er wie ein Dorftrottel dastand und den schicklich bekleideten Rücken Ihrer Ladyschaft anstarrte.

ZWEI

Der kleine zusammengefaltete Zettel entwickelte eine solche Hitze, dass er ein Loch in die Tasche ihres besten Reisekleids zu brennen schien.

Natürlich hätte sie ihn sofort wegwerfen sollen. Roland hatte ihn ihr im Trubel der Begrüßungen vor dem Essen in die Hand gedrückt, und sie war zu überrascht gewesen, um ihn mit hochmütig vorgerecktem Kinn ins Feuer zu werfen oder irgendetwas anderes zu tun, das ihre Mutter gutgeheißen hätte.

Nun konnte sie ihn natürlich auch nicht hervorziehen, nicht solange Abigail und Philip zusahen.

Insbesondere Philip, ihr unschuldiger Sohn, ihr höchst eigensinniges Schicksal in Person, das einzig Gute, das sie aus sechs Jahren Elend gerettet hatte, sollte sie nicht dabei ertappen.

Er wollte nicht einschlafen. Alles andere als ungewöhnlich bei einem Jungen von fünfeinhalb Jahren, doch Lilibet, die alles gegeben hätte, um selber ins Bett fallen zu können, empfand seinen Widerstand fast als Zumutung. »Liebling, du bist übermüdet«, sagte sie bittend. »Bleib einfach still liegen und schließ die Augen.«

»Ich bin nicht müde«, sagte der Junge und verdrehte die Augen, »kein bisschen.« Dann stieß er die Bettdecke weg.

Seine Mutter zog sie wieder hoch.

Philip stieß sie wieder weg.

In Lilibet stieg eine so große Wut auf, dass es fast übermenschliche Kraft erforderte, sie zu unterdrücken. Bleib ruhig, sagte sie sich wie immer. Bewahre Haltung. Und klaren Verstand. Mit geschlossenen Augen zählte sie langsam bis zehn.

So. Sie öffnete die Augen wieder.

Philip war nicht mehr im Bett.

Hastig drehte Lilibet sich um und sah, dass Abigail den Jungen kurz vor der Tür lachend abfing. »Du freches Bürschchen«, sagte sie dabei und rieb die Nase an seinem Bauch. »Du ungezogener, böser Junge.« Dann drückte sie den Mund auf Philips Haut und prustete, bis er sich hilflos kichernd vor Begeisterung wand.

»Abigail, du machst ihn ja ganz verrückt«, murmelte Lilibet und fasste sich an die Stirn.

Wie schwer konnte ein Zettel sein? Er lag wie ein Stein in ihrer Tasche: wie einer von diesen großen, scharfkantigen, mit denen man in primitiveren Kulturen Ehebrecherinnen steinigte.

»Du verdienst es nicht, dass man dir eine Geschichte erzählt, du kleiner Frechdachs, aber ich tu es trotzdem«, sagte Abigail und warf den Jungen aufs Bett. »Vorausgesetzt du isst dieses Brötchen für mich, während ich sie dir erzähle. Das kann nämlich zaubern.« Sie zog das Brötchen aus der Tasche und hielt es ihm vor die Nase. »Ist es nicht schön? Es sorgt dafür, dass du mich verstehst, obwohl ich die ganze Zeit … *italienisch spreche.*«

»Italienisch? Oh nein. Das kannst du doch gar nicht.«

»Doch, kann sie«, sagte Lilibet und zog die Decke über ihren Sohn. »Und zwar sehr gut.«

»Aber dieses Brötchen«, sagte Abigail und ließ es feierlich kreisen, »macht, dass es sich wie Englisch anhört.«

»Pah«, sagte Philip, obwohl er nachdenklich die Augen zukniff.

Abigail zuckte mit den Achseln. »Wenn du mir nicht glaubst, dann eben nicht. *C'era una volta, viveva un re e sua figlia …«*

Philip riss Abigail das Brötchen aus der Hand und heftete den Blick auf ihre Lippen.

»… in un castello antico solitario in cima a una collina«, redete Abigail weiter.

Philip biss in das Brötchen.

»Die Königin war schon vor langer Zeit gestorben, und der König war so tieftraurig, dass er alle Frauen aus dem Schloss verbannte, damit er nie mehr eine andere ansehen musste«, fuhr Abigail übergangslos fort.

Wie gebannt hing Philip an ihren Lippen und knabberte an seinem Brötchen. Lilibet sah zu, wie der Kleine sich allmählich entspannte und an die Matratze schmiegte. Dann fielen ihm die Augen zu, und die Hand mit dem Brötchen sank aufs Kissen herab. Das sanfte Kerzenlicht beschien seine runden, weichen Wangen, während Abigail noch einige Minuten weitererzählte, bis der Atem des Jungen tief und regelmäßig ging.

»Wenn sie schlafen, sehen sie so unschuldig aus,«, sagte Lilibet leise, während sie sich das Haar aus der Stirn strich. »Jetzt schäme ich mich, dass ich vorhin so wütend war.«

»Du warst wütend?«, fragte Abigail. Als Lilibet sich ihr zuwandte, sah sie, dass ihre Cousine ehrlich erstaunt war.

»Ja, natürlich.«

Mit einem großen, breiten Lächeln auf dem schmalen Gesicht stand Abigail vom Bett auf. »Die sanftmütige Lilibet. Ich glaube, ich habe dich noch nie aufbrausen sehen.«

Lilibet schaute wieder auf ihren schlafenden Sohn. »Ich bin immer zornig«, erwiderte sie. »Die ganze Zeit. Ich habe nur gelernt, es zu verbergen.«

»Aber das brauchst du nicht«, meinte Abigail. »Wir würden es verstehen.«

Nein, würdet ihr nicht, dachte Lilibet, die diesen Zorn und all ihre schlimmen, unmoralischen Gefühle mit einem Netz aus feinen, miteinander verschlungenen Fäden im Zaum hielt, die oft schmerzhaft spannten und doch irgendwie dem Druck standhielten. *Du schon gar nicht, du argloses Kind.*

»Bist du wütend auf den *Grafen*?«, fragte Abigail vorwitzig. »Deinen Mann?«

»Nein, natürlich nicht«, log Lilibet. »Wie kommst du darauf?«

»Ich bin doch nicht blöd, meine Liebe. Dass ich nicht verheiratet bin, heißt noch lange nicht, dass ich nichts mitbekomme. Und da wir halb Europa durchqueren, nur um ihm zu entgehen …«

»Du hast an der Tür gelauscht!«

»Selbstverständlich. Sonst erfährt man ja nicht, was einem verheimlicht wird.« Zögernd griff Abigail nach der Hand ihrer Cousine. »Jedenfalls weiß ich, dass er ein Scheusal ist.«

»Nein, er ist ein Mensch.«

Abigail drückte Lilibets Hand. »Morgen, wenn wir im Schloss sind, geht es dir bestimmt besser. Denk mal, ein ganzes Jahr nur für uns. Ein Jahr in Sicherheit, unter Freunden. An Alexandra kommt keiner vorbei. Glaub mir, alles wird gut.«

»Ja, natürlich.« Lilibet entzog Abigail ihre Hand. Dann ging sie nervös zu dem Ohrensessel in der Ecke, der vor der einfachen verputzten Wand seltsam deplatziert wirkte, so als wäre er von einem Gast zurückgelassen worden, der seine Rechnung nicht begleichen konnte und zufällig Sessel mit einem grässlichen gelbgrünen Paisleymuster dabeihatte. Müde ließ sie sich in das Ungetüm fallen und richtete den Blick auf ihr schlafendes Kind. »Geh wieder nach unten, Abigail. Ich passe auf ihn auf.«

»Soll ich dich etwa allein lassen?«, protestierte ihre Cousine.

Lilibet schmunzelte. »Abigail, mein Schatz. Ich weiß ganz genau, dass du es kaum erwarten kannst, in den Schankraum zurückzugehen. Glaub bloß nicht, dass ich nicht gesehen hätte, wie du den armen Wallingford gemustert hast.«

Abigail kreuzte die Arme vor der Brust. »Stimmt nicht. Der Mann ist ein ganz normaler Herzog. Und hier in Italien gibt es *Prinzen*. Echte *Prinzen*, Mylady. Die sind viel interessanter als ein langweiliger englischer Herzog.«

»Los, meine Liebe. Ich bin wirklich erschöpft.« Lilibet scheuchte ihre Cousine fort. »Nun geh schon, um Himmels willen.«

Sobald Abigail verschwunden war, ließ Lilibet mit einem erleichterten Seufzer den Kopf an die Sessellehne sinken, endlich imstande, ungestört über das Problem nachzudenken, das sie quälte: *Roland*.

Der erste Schock war so groß gewesen, dass sie ihn gar nicht registriert hatte. Es war ihr so vorgekommen, als hätte sie einen Geist gesehen, heraufbeschworen von ihrem müden Hirn. Lord Roland Penhallow in einer traurigen, nassen Hügellandschaft in der Toskana, auf der Schwelle genau des Gasthofes, den sie gerade betreten wollte, im Gespräch mit ihrem eigenen Sohn? Das Zusammentreffen war so ungewöhnlich, dass es nicht wahr sein konnte.

Erst später, nachdem sie für die Koffer gesorgt und mit

Philip an der Hand durch die Tür gegangen war, war ihr schlagartig die Wahrheit aufgegangen. Nie im Leben war sie so verlegen gewesen wie in dem Moment, in dem sie erst Philips, dann ihren Mantel aufknöpfte und spürte, dass Roland sie nicht aus den Augen ließ. Hatten ihre Hände gezittert? Hatte er es gesehen? Und wenn ja, machte es ihm etwas aus?

Sechs Jahre waren vergangen – mehr noch, sechseinhalb –, seit sie ihn zuletzt gesehen hatte. Und natürlich war seine Leidenschaft längst verraucht. Sogar sehr schnell, wenn die Gerüchte stimmten. Lord Rolands Erfolge in der Damenwelt waren geradezu legendär. Man erzählte von schrecklich unpassenden Mätressen, Wochenenden auf dem Land, die monatelang dauerten, genialen und frivolen Streichen. Und, so viel war verbürgt, Rennpferden im Schlafzimmer des Prinzen.

Das Geniale an Roland kannte sie, das Frivole dagegen nicht. Der Roland, über dessen skandalöses Benehmen man tuschelte, konnte einfach nicht derselbe junge Mann sein, der ihr vor sieben Jahren in Richmond bei einem Fest am Flussufer begegnet war; damals war er nur der hübsche kleine Bruder des Duke of Wallingford gewesen, stets gut gelaunt, sorglos und eloquent, mit einem Hang zum Reimen von Versen, die schrecklich dumm, aber auch überaus romantisch sein konnten. Sie war gerade erst nach London gekommen, frisch von der Schulbank, und hatte sich auf den ersten Blick in ihn verliebt. »Das ist Lord Roland Penhallow, meine Liebe, Wallingfords Bruder, und er bittet mich schon seit einer halben Stunde darum, Ihnen vorgestellt zu werden«, hatte ihre Gastgeberin gesagt. Rolands haselnussbraune Augen hatten sie angestrahlt, dann hatte er sich über ihre Hand gebeugt, und sie war ihm verfallen.

Schon nach kurzer Zeit hatten sie sich irgendwie in die Büsche verirrt, während die anderen sich um die Teetische am Flussufer drängten. Er wollte alles über sie wissen und hing wie gebannt an ihren Lippen, als sie ihm das wenige erzählte, das es zu wissen gab. »Das ist ja hochinteressant«, hörte sie ihn in der stillen, von Frühlingsdüften schweren Mailuft noch sagen, die Wangen leicht gerötet, während er sie mit seiner ruhigen, warmen Hand führte. »Ich bewundere Browning schon seit Jahren und hätte mir niemals träumen lassen, dass es auf dieser Welt eine junge Frau gibt, die genauso denkt wie ich.«

»Browning ist selbstverständlich unersetzlich«, hatte sie erwidert, »aber nach seiner Heirat hat sein Werk schwer gelitten.«

»Heißt das, Sie sind gegen die Ehe, Miss Harewood?«, hatte er gefragt und sich ihr mit amüsiertem Blick zugeneigt.

»Ich habe nicht die Absicht zu heiraten«, hatte sie geantwortet. »Ich denke, niemand sollte zum Zusammensein mit jemand anderem gezwungen werden. In einer freien Beziehung, einer echten Verbindung, wären Eheversprechen völlig überflüssig.«

Da hatte er den Kopf zurückgeworfen und gelacht, völlig unbekümmert und voll jugendlicher Freude, und sie hatte mitgelacht. Später, als sie wieder aus dem Gebüsch kamen, hatte er sie noch einmal zurückgezogen und seine Lippen so fest auf ihre Hand gedrückt, dass sein warmer Atem durch das dünne Ziegenleder drang, und ihr war ganz heiß geworden. Dann waren seine Fingerspitzen über die Unterseite ihres Handgelenks geglitten, zwischen Handschuh und Ärmel, da, wo ihre Haut bloß lag. »Bleiben Sie die ganze Saison über in London, Miss Harewood?«, hatte er dabei sehr leise gefragt.

»Ja«, hatte sie nur gehaucht, unfähig, mehr zu sagen.

»Dann bleibe ich auch«, hatte er erwidert. Danach waren sie erregt und erhitzt zur Festgesellschaft zurückgekehrt, und die Luft um sie herum hatte geflirrt vor Vorfreude. Selbst jetzt noch, nach all den Jahren, spürte Lilibet, dass ihr Herz vor Aufregung schneller schlug, wie immer, wenn sie an jenen Tag dachte. In der Nacht vor ihrer Hochzeit hatte sie all seine Zettel und Briefe verbrannt und alle Erinnerungen an ihn verbannt, weil das ihre Pflicht war und weil sie ihr wenig halfen, wenn sie einen anderen heiratete. Alle Erinnerungen bis auf eine: die an ihre erste Begegnung. Diesen einen unschuldigen Nachmittag würde der liebe Gott ihr gewiss nicht missgönnen, hatte sie sich eingeredet; was waren diese erbärmlich wenigen Stunden schon gegen all die Tage, Monate und Jahre, die noch vor ihr lagen.

Lilibet steckte die Hand in die Tasche und befingerte den gefalteten Zettel. Wie ernst und vielsagend Roland sie angesehen hatte, als er ihn ihr zusteckte. Alles andere als unschuldig, jedenfalls nicht so, wie man eine Frau ansah, wenn man ihr einen Zettel gab, auf dem etwas Unverfängliches stand.

Ihre Gedanken konnte sie nicht immer kontrollieren, das hatte sie längst aufgegeben, aber ihr Handeln schon. Was immer ihr Ehemann auch getan hatte, wie weit sie auch gegangen war, um sich und ihren Sohn zu schützen, ihr eigenes Verhalten war stets über jeden Zweifel erhaben gewesen. Sie durfte diese Nachricht nicht lesen.

Den Zettel zwischen Daumen und Zeigefinger glitt ihre Hand wie von selbst aus der Tasche.

Lilibet schaute einen Moment auf das harmlose weiße Rechteck und anschließend auf ihren Sohn, der, die Wimpern wie Fächer auf den Wangen ausgebreitet, schlafend in seinem Bett lag.

Dann drehte sie dem Jungen den Rücken zu und klappte den Zettel auf.

Ich wünsche mir schon seit Langem, mich vergewissern zu können, dass es meiner lieben Freundin, deren Ehre mir nach wie vor heilig ist, gut geht. Falls sie um halb zwölf einige Minuten für mich erübrigen kann, werde ich geduldig hinten im Stall auf sie warten.

Eine Unterschrift gab es natürlich nicht. Sehr rücksichtsvoll und ritterlich, wie der Roland, den sie kannte; nicht so, wie man es aufgrund seines Rufes von ihm erwartet hätte, sondern so wie der Roland, dem sie vertraute.

Ihr Roland.

Lilibet las die Nachricht noch einmal, fuhr mit den Fingern über die schwarzen Lettern, hielt sich den Zettel unter die Nase und sog den schwachen Duft des Papiers und der Tinte ein. Dann faltete sie den Zettel wieder zusammen, steckte ihn in die Tasche und zog ihre Uhr hervor.

Kurz vor neun.

Leise ging Lilibet zum Bett hinüber und kniete sich neben ihren schlafenden Sohn. Sein schwarzes Haar kringelte sich auf der Stirn; sie wickelte die Locken um ihren Zeigefinger und ergötzte sich daran, wie seidig sie sich anfühlten, so zart und gleichzeitig stark und fest. Der Lärm aus dem Schankraum unter ihr drang durch die Zimmertür: dumpfes Poltern, Gelächter und gedämpftes Reden. Die Menschen unterhielten sich, das Leben ging weiter.

Sie stand wieder auf, nahm ihr Buch vom Nachttisch und setzte sich mit der Uhr im Schoß wieder in den gelbgrünen Sessel.

DREI

Roland, der gern wettete, schätzte, dass die Chancen, dass Lilibet um halb zwölf erschien, eins zu vier standen.

Doch schlechte Gewinnaussichten störten ihn nicht besonders. Damit war er oft genug konfrontiert. Er stellte seine Laterne auf einem Holzbrett ab, lehnte sich mit gekreuzten Armen an die Stallwand und spitzte die Ohren, um trotz des Regens, der leise aufs Dach trommelte, gewarnt zu sein, wenn sich jemand näherte. Der warme Stallgeruch, eine Mischung aus Pferd, Leder, Korn und Dung, war vertraut und beruhigend; der Geruch seiner Kindheit, des echten Roland, der irgendwo unter den vielen albernen Tarnungen noch existierte.

Sicher war Lilibet alles, was man sich über ihn erzählte, zugetragen worden. Immerhin schöpfte er den Großteil der Kraft, die er in seine Rolle steckte, aus der Wut, die ihn packte, wenn er daran dachte, dass irgendeine Londoner Klatschbase ihr von seinen neuesten Untaten und Eskapaden berichten würde. Sie würde von den Schauspielerinnen und Streichen erfahren und wissen, dass er nicht im stillen Kämmerlein hockte und ihren blauen Augen und ihrem glockenhellen Lachen nachtrauerte. Der strahlenden Lilibet, die er einst so bewundert hatte.

Und zwar von Anfang an. Vor seinem geistigen Auge sah er sie noch vor sich, bei ihrer ersten Begegnung auf dem Fest irgendeiner adligen Matrone. Natürlich hatte er in jenem lauen Frühling schon zahllose hübsche Debütantinnen getroffen; allesamt sehr charmant und munter und so weiter. Doch Elizabeth Harewood hatte gleich herausgeragt. Nicht nur aufgrund ihrer Schönheit, die allein schon unbeschreiblich war: absolut makellos, ein Wunder aus Farbe, Frische und Symmetrie. Nein, es war etwas an dem halb amüsierten, halb scheuen Leuchten in ihren Augen, der königlichen Haltung und der Mischung aus Reserviertheit und Neugier, mit der sie den Blick schweifen ließ. Sie hatte etwas *in* sich, etwas anderes, etwas vornehm Zurückhaltendes und Respektloses zugleich. Eine sinnliche, leidenschaftliche Ader, die tief im Innern gut verborgen war. Dann hatte er sich ihr vorstellen lassen, sie ins Gebüsch geführt und mit ihr geredet, und schon nach fünf Minuten hatte er gewusst, dass er ohne sie nicht mehr leben konnte.

Er hatte ihr den Hof gemacht, wie es sich gehörte, und sich vorgenommen, bis zum Ende des Sommers mit seinem Antrag zu warten. Nur um zu zeigen, wie beständig er war. Ende August war er dann stolzgeschwellt von seinem Ausflug nach Norwegen zurückgekommen und zu einem späten Abendessen direkt in seinen Club gegangen. Er hatte die Absicht, am nächsten Morgen so früh wie möglich bei ihr anzuklopfen, mit einem Blumenstrauß in der Hand. Doch gerade als er sich seinen Kapaun und seinen Burgunder schmecken lassen wollte, hatte Sir Andrew Greentree, dieser hämische Neidhammel, sich auf den Stuhl gegenüber gesetzt. *Ich muss schon sagen, Penhallow, Sie nehmen die Neuigkeit ja sehr gut auf.* Und Roland hatte dümmlich gefragt, welche Neuigkeit? *Na, dass die kleine Harewood vom Markt ist, weil sie sich mit Somerton verlobt hat, haha. Weihnachten soll die Hochzeit sein, sagt man.*

Fast hätte er dem Mann den Kopf abgerissen.

Und sich selbst ebenso.

Und nun? War er noch wütend auf sie? Was genau hatte ihn geritten, als er diesen Zettel geschrieben hatte? Was wollte er ihr sagen, wenn sie wirklich kam? Was konnte nach all den Jahren überhaupt gesagt werden?

Roland beugte sich vor, zog einen abstehenden Strohhalm aus den in der Nähe gestapelten Ballen und drehte ihn zwischen den Fingern. Die Kerosinlaterne warf einen ruhigen goldenen Schein auf die leere Ecke, in der er stand. In der Box nebenan standen gut zugedeckt Burkes Ausrüstungsgegenstände, und weiter hinten in der Reihe sah man undeutlich andere Pferdeboxen. Roland zog seine Uhr aus der Tasche und hielt sie ins Licht. Das leise Klicken, mit dem die Räder und Rädchen sich jede Sekunde weiterdrehten, war in der Stille deutlich zu hören.

Viertel vor zwölf.

Am Rande seines Gesichtsfeldes bemerkte er eine Bewegung.

Er erstarrte. Sein schneller Puls dröhnte in den Ohren. Er wusste, dass er sich bemerkbar machen sollte; schließlich war die Situation nicht brenzlig. Doch sechs lange Jahre Übung und Erfahrung sorgten dafür, dass er den Mund hielt.

Ein kleiner, dunkler Schatten trat durch die Tür und wandte sich dem Licht der Laterne zu. »Roland?«, rief Lilibet leise. Der Klang ihrer Stimme traf ihn wie ein Schlag in die Magengrube. »Sind Sie da?«

Roland trat vor. »Ja, hier.«

Schnell und graziös kam sie auf ihn zu, ohne eine Spur von Unsicherheit, so als schritte sie durch einen Salon, um einen morgendlichen Besucher zu begrüßen, und nicht durch einen italienischen Stall, um einen Mann zu treffen, der einmal ihr glühendster Verehrer gewesen war. Mit einer leichten Kopfbewegung schüttelte sie die glitzernden Regentropfen ab, die an ihrer Hutkrempe hingen. »Ich habe nicht daran gedacht, einen Schirm mitzunehmen«, sagte sie und blieb ein paar Schritte vor ihm stehen. »In Italien rechnet man doch nicht mit Regen.«

»Ja«, sagte Roland mit trockenem Mund. Er hatte nur noch einen Gedanken im Kopf: *Lilibet* war da, direkt vor ihm. Leibhaftig, greifbar und unendlich anziehend.

Sie streckte eine Hand aus. »Wie geht es Ihnen, Lord Roland? Als wir uns vor dem Eingang getroffen haben, war ich sehr überrascht. Ich hoffe, Sie haben mich nicht für unhöflich gehalten. Ich freue mich wirklich sehr, Sie nach all den Jahren wiederzusehen.«

In Rolands Ohren hörten sich ihre Worte ehrlich und herzlich an. Er nahm ihre Hand und hielt sie kurz fest. »Ja, natürlich. Ich freue mich auch. Und es … es tut mir leid … ich schätze, ich hätte für unser Treffen einen anderen Platz finden sollen. Irgendetwas Passenderes.«

»Ach, nein.« Die rosigen Lippen unter dem Hut verzogen sich zu einem Lächeln; ihre Augen waren im Dunkeln nicht genau zu erkennen. »Es ist doch sehr schön hier. Und als anständige junge Frau bekommt man nicht oft die Gelegenheit zu einem heimlichen Rendezvous in einem italienischen Stall. Ich werde jahrelang davon zehren.«

Roland schluckte. Im Licht der Laterne konnte er ihre vom Regen feuchte, glänzende Wange sehen und undeutlich auch den blassen Hals, der aus dem Mantel ragte. »Um ehrlich zu sein, habe ich nicht geglaubt, dass Sie kommen würden.«

Lilibet zupfte an ihren Handschuhen. »Aber natürlich«, erwiderte sie etwas leiser. »Natürlich bin ich gekommen. Wir sind doch als Freunde geschieden, oder? Ich hoffe ... Ich habe Ihnen immer nur Gutes gewünscht. Und immer gebetet, dass Sie glücklich sind.«

»Auch ich habe für Ihr Glück gebetet.«

Statt einer Antwort senkte Lilibet den Kopf, als wollte sie die nächsten Worte von den Schuhspitzen ablesen.

»Und? Sind Sie glücklich, Lady Somerton?«, fragte Roland sanft.

»Natürlich. Mein Leben ist sehr erfüllt.«

»Sie bereuen also nichts?«

Sie sah wieder auf. »Natürlich bereue ich einiges. Wer nicht? Doch wenn man Entscheidungen fällt, wichtige Entscheidungen, darf man nicht mehr zurückschauen. Man darf sich nicht vorstellen, was hätte sein können, sonst wird man verrückt.«

Roland trat einen Schritt vor. »Und was hätte sein können, Lady Somerton?«

Lilibet öffnete den Mund und atmete tief durch. »Ich ... ich weiß nicht. Ich hatte nie die Chance, es herauszufinden. Sie waren doch in Norwegen, um diesen verwünschten Lachs zu fangen.«

»Ja. Lachs.« Roland ballte die Fäuste. Norwegen: sein erster Einsatz, sehr dringend und aufregend. An einem Mittwoch hatte er sich in Sir Edwards Büro vorgestellt, und am Freitag um Mitternacht war er schon über einen Fjord in Norwegen gerudert.

»Sie waren wochenlang fort. Bestimmt haben Sie genug Lachs geangelt, um halb England damit zu versorgen.«

»Es war ein sehr großes Abenteuer«, erklärte Roland. »Wahrscheinlich habe ich das Zeitgefühl verloren. Doch eigentlich hatte ich nicht damit gerechnet, dass Sie bei meiner Rückkehr verlobt sein würden. Noch dazu mit Lord Somerton.«

»Nun ja. Ich auch nicht. Aber Sie waren ewig lang weg. Ohne ein Wort, ein einziges Wort. Und meine Eltern waren sehr überzeugend, wissen Sie?«

»Das kann ich mir vorstellen.«

»Ich habe versucht, Ihnen zu schreiben, aber niemand wusste, wo Sie waren. Ich bin …« Sie lachte kurz auf. »Sie werden das dumm finden. An einem Nachmittag, als meine Mutter dachte, ich sei einkaufen, bin ich sogar zur norwegischen Botschaft gegangen und habe um eine Liste von Hotels gebeten. Die müssen mich für verrückt gehalten haben.«

»O Gott, Lilibet …«

»Lächerlich, nicht wahr?« Wieder lachte sie trocken. Dann ging sie an ihm vorbei zu einem alten Pferdegeschirr an der Wand und befingerte das trockene, wellige Leder. »Jedenfalls war man dort nicht besonders hilfsbereit.«

»Wenn ich das gewusst hätte …«

»Hast du aber nicht. Und ich darf nichts bereuen, oder? Etwas zu bereuen bedeutet, Philip zu bereuen, und er … tja, ich schätze, wenn du eines Tages selbst ein Kind hast, wirst du mich verstehen …« Ihr brach die Stimme.

»Es tut mir furchtbar leid, Lilibet. Ich war ein Dummkopf, ein Blödmann. Ich hätte vor meiner Abreise mit dir reden sollen. Ich hatte es auch vor, aber unsere Pläne … also, ich hatte nicht mehr genug Zeit. Und ich werde … ich weiß, dass du nicht so fühlst, aber *ich* werde es mein Leben lang bereuen.«

»Nicht, Roland …«

»Nein, du *musst* mich das sagen lassen. Morgen trennen sich unsere Wege, und Gott weiß, wann wir uns wiedersehen. In irgendeinem blöden Salon wahrscheinlich.« Roland schüttelte den Kopf.

Ein Zittern überlief Lilibets Schultern. Dann drehte sie sich zu ihm um, und im Licht der Laterne, die ihr voll ins Gesicht schien, sah er endlich ihre ernsten blauen Augen und ihre feucht schimmernden Wimpern. Fahrig fuhr sie sich mit der Hand über die Stirn. »Ich hätte nicht kommen sollen«, sagte sie. »Das war dumm von mir. Ich wollte dir nur sagen, dass ich … dass es mir gut geht. Ich wollte ruhig und nett sein, und nun schau mich an.«

»Sag nichts mehr«, erwiderte Roland. »Das ist nicht nötig. Du hast einen Sohn und einen Ehemann. Ich wünschte nur … ich wollte dir nur mitteilen, dass ich sie beide beneide. Ich wünschte, ich hätte mich anders verhalten. Ich war ein Idiot, ein Grünschnabel, der dachte, die Welt würde stillstehen und warten, bis …«

Er brach ab.

Noch ehe ihm klar wurde, was ihn dazu veranlasst hatte, war er vorgesprungen und hatte die Laterne gelöscht.

»Roland!«, rief Lilibet, doch er legte ihr hastig eine Hand auf den Mund und erstickte den Schrei.

»Pst«, raunte er ihr ins Ohr. »Da kommt jemand.«

Als Roland sich an sie drückte, wurde Lilibet schwindlig vor Schreck. Seine Finger pressten sich auf ihre Lippen, seine breite Brust quetschte ihren Busen ein, und sein Atem, süß und schwer vom Wein und der zuckrigen Nachspeise, wehte ihr ins Gesicht. Einen Moment war sie wie erstarrt.

Roland, dachte sie. *Roland berührt mich.*

Dann löste sich ihre Starre allmählich, und sie begann, sich zu entspannen.

Als ob die Nachgiebigkeit ihres Körpers eine Art Zeichen wäre, nahm Roland langsam die Hand von ihrem Mund und stützte sich an der Wand hinter ihr ab, wobei er leicht ihre Seite streifte.

Sie konnte nichts sehen. Und außer seinem Atmen auch nichts hören.

»Wer ist da?«, fragte sie schließlich ganz leise. Er war ihr so nahe, dass ihre Lippen beinah seinen Hals berührten.

»Pst«, raunte er wieder. »Nicht bewegen.«

Nun hörte sie es auch: Jemand schlich über den Holzboden, setzte leise und vorsichtig die Stiefel auf, um nicht gehört zu werden. Auch Roland lauschte angespannt und kampfbereit. Er schirmte sie ab, verwirrte all ihre Sinne, achtete dabei aber gar nicht auf sie. Sie hätte auch eine Puppe oder eine Statue sein können.

Die Schritte wurden lauter, dann kamen sie zum Stillstand. Lilibet wagte nicht, sich umzusehen, spürte aber, dass der Eindringling nicht weit entfernt war. Vielleicht in der Box nebenan, bei all den zugedeckten Maschinenteilen.

Es gab eine lange Pause, ehe die Schritte wieder zu hören waren, langsamer nun und weniger regelmäßig. Lilibet schloss die Augen und lehnte den Kopf an die Wand. Darüber nachzugrübeln, was die unbekannte Person tat, während sie und Roland unbemerkt im Dunkeln standen, schien ihr nicht sehr hilfreich zu sein. Es war viel angenehmer, Rolands Nähe zu genießen und sich an diesem unerwarteten, kostbaren Geschenk zu erfreuen, mit dem sie niemals gerechnet hätte.

Sie nahm ihn nicht in die Arme. Das wäre falsch gewesen. Sie stand einfach nur da, die Hände fest entschlossen an die kalte Wand gepresst, und konzentrierte sich auf seinen Körper, der haargenau zu ihrem passte, prägte sich jede Kleinigkeit ein. Aus der Box nebenan drangen weitere Geräusche, seltsame, leise Laute, die sie sich nicht erklären konnte, wie bei einem Traum, der nicht ins Bewusstsein vordrang.

Als ihre Nase zufällig Rolands Hals streifte, roch sie Wolle, sauberen Regen und … etwas anderes Vertrautes … vielleicht seine Seife? Genüsslich sog sie den Duft ein, und auf einmal war sie wieder am Flussufer in Henley, und Roland kam gerade aus dem Bootshaus des Leander Clubs, frisch gewaschen und umgezogen und siegestrunken.

Natürlich war er von Gratulanten umgeben: Er war der Held des Tages. Er hatte den Achter in einem packenden Finish mit einer halben Länge Vorsprung zum Sieg im Grand Challenge Cup geführt, und jeder wollte ihm auf die Schulter klopfen und ihm die Hand schütteln, um etwas von seinem Ruhm abzubekommen. Er hatte sein berühmtes Lächeln aufgesetzt und genickt und seine Pflicht getan, doch seine Augen hatten über die Hüte und Schultern hinweg in die Runde geschaut.

Auf der Suche nach ihr.

Sie konnte sich immer noch daran erinnern, wie sein Gesicht vor Freude aufleuchtete, als ihre Blicke sich trafen. Selbstverständlich hatte ihre Mutter sie nicht in die Menge hineingehen lassen. Er hatte Entschuldigungen murmelnd an allen vorbeigehen und zahlreiche kokette Blicke ignorieren müssen. Dann war er bei ihr gewesen, hatte sich, ihre Mutter grüßend, an den Strohhut getippt und ihr ins Ohr geflüstert: *Hast du das Rennen gesehen?*

Natürlich, hatte sie leise geantwortet. *Du warst großartig. Ich habe dich so laut angefeuert, dass ich jetzt heiser bin.*

Die heiße Junisonne hatte auf ihren Hut geschienen, und die Menge um sie herum hatte gesummt wie ein Bienenstock. Er hatte dicht an sie herantreten müssen, um sie zu verstehen, und ihr war so nah an seinem sauberen, frisch gewaschenen Hals schwindlig geworden vom Duft seiner Seife. Es war ihr irgendwie anstößig erschienen, so etwas Intimes über ihn zu wissen, auch wenn sie sich nur zu gern an seinem köstlichen Duft geweidet hätte.

Sein leises Lachen hatte ihr Ohr gekitzelt. Dann waren sie mit den Hutkrempen aneinandergestoßen, und er hatte – wahrscheinlich weil er wusste, dass ihre Mutter sie nicht hören konnte – zurückgeflüstert: *Heute Abend lege ich dir meine Lorbeeren zu Füßen, das verspreche ich dir, mein Schatz.*

Ihre Mutter hatte sie fortgezogen, ehe sie etwas erwidern konnte, aber sie hatte ihm einen Abschiedsblick zugeworfen, der *Oh ja, gern* sagte. Der Duft seiner Haut hatte sie den ganzen Nachmittag lang begleitet, und am Abend, bei der Siegesfeier im Ballsaal seines Bruders, hatte er mit ihr Walzer getanzt, als gäbe es für ihn keine andere Frau mehr.

Einen langen, schwerelosen Moment kam es Lilibet fast so vor, als könnte sie die weiß gekleidete Menge wieder hören, die heiße Sonne auf dem Kopf wieder spüren und sich auf einen endlos langen Sommer freuen. Als hätte ihre Mutter sie nie fortgezogen, um sie dem Erben eines Herzogtums vorzustellen, als hätte sie Somerton nie geheiratet und stünde immer noch an jenem Flussufer mit Lord Roland Penhallows neckischer Stimme im Ohr und dem süßen Duft seiner Seife in der Nase.

Dann versteifte Roland sich plötzlich und riss sie aus ihren Träumen heraus, zurück in die kalte Realität.

Nebenan war es still geworden, doch vom Eingang her kamen andere Schritte: feste, zielsichere, die nichts zu verbergen hatten. Und sie kamen auf sie zu – das merkte sogar sie –, immer näher und näher, bis Lilibet schließlich in Erwartung ihrer Entdeckung fest die Augen zukniff und den Rücken an die Wand drückte, als könnte sie darin verschwinden. Roland dagegen blieb unheimlich ruhig und schützte sie mit seinem Körper.

Dann hielten die Schritte abrupt inne, und eine leise, herrische Männerstimme war zu hören. Was sie sagte, konnte Lilibet nicht verstehen, doch sie sprach englisch, so viel war sicher.

Eine weibliche Stimme antwortete dem Mann.

O Gott. Wer war das? Doch sicher nicht Abigail.

Alexandra?

Lady Morley? Bei einem Stelldichein mit einem Fremden in einem italienischen Stall?

Undenkbar.

Rolands Brust begann, leicht zu beben. Dann flüsterte er ihr ins Ohr: »O mein Gott, das ist Lady Morley.«

Nicht lachen, Roland, dachte Lilibet. *Um Himmels willen, nicht lachen.* Auch sie kämpfte gegen das Bedürfnis an: Belustigung, Erleichterung, Schrecken, alles vermischte sich. Was, wenn sie und Roland entdeckt wurden, im Dunkeln aneinandergepresst in einer Stellung, die wie eine leidenschaftliche Umarmung aussah?

Nun unterhielt Alexandra sich mit ihrem männlichen Besucher. Wer war das? Wahrscheinlich Wallingford. War zwischen den beiden nicht vor langer Zeit einmal etwas gewesen? Endlich schlug Lilibet die Augen wieder auf und versuchte, an Roland vorbei in die Dunkelheit zu spähen, doch sein breiter Oberkörper blockierte die Sicht. Außerdem spendeten die zwei Hängelaternen neben der Tür nicht viel Licht.

Ein weiteres kurzes Beben, stärker als das erste, überlief

Roland. Anscheinend hatte er herausgefunden, wer der andere Mann war.

Die leise, vertraute Unterhaltung ging weiter. Großer Gott, sie würden doch nicht ... sie hatten sich doch bestimmt nicht *deswegen* getroffen! Doch nicht Alexandra, nicht mit Wallingford.

Oder?

Lilibet drückte die Stirn an Rolands Schulter. Nein. Alles, nur das nicht. Sie konnte doch nicht einfach dastehen, noch dazu in Rolands Armen, und zuhören, wie ihre Cousine mit dem Duke of Wallingford der Fleischeslust frönte.

Bitte, lieber Gott. Ich *flehe* dich an.

Entsetzt und fasziniert hörte sie zu, wie die Stimmen weiterredeten, doch immer noch zu leise, um irgendetwas zu verstehen. Nur hin und wieder trug die kalte Luft ihr ein lauteres Wort zu: *vergewaltigen, Stehleiter* und *Teufel.*

Ja, zum Teufel sollten sie gehen.

Natürlich sagte sie so etwas nie laut, doch insgeheim fluchte sie manchmal wie ein Bierkutscher, wenn auch weniger heftig und abwechslungsreich. Schließlich war sie sehr behütet aufgewachsen.

Nun flüsterten die Stimmen nur noch. Verflixt.

Und dann, ohne Vorwarnung, hörte das Reden ganz auf.

Lilibet hielt den Atem an und wartete darauf, Kleiderrascheln und verräterisches Seufzen, Stöhnen und Keuchen zu hören. Fleisch, das an Fleisch klatschte, auf den Boden, oder – sie schauderte – an genau die Wand, an der sie lehnte.

Doch alles, was sie hörte, waren Schritte. Schritte, die durch den Stall zurückgingen und in der Nacht verschwanden.

VIER

Kichernd sackte Lilibet an Rolands Schulter zusammen. Er legte die Arme um sie und stützte sie, konnte sich aber selbst vor Lachen kaum halten.

»Großer Gott«, feixte er, »ich dachte schon, wir wären fertig. Erledigt.«

»Ich hatte Angst, sie würden anfangen … o mein Gott!« Lilibet hatte Tränen in den Augen und versuchte, sie mit einer Hand fortzuwischen.

»Womit?«

»Ich dachte, sie wären ein Liebespaar!«, stieß sie keuchend hervor.

Roland schmunzelte. »Oh nein. Bestimmt nicht. Ich hatte nur Angst, dass ich die Beherrschung verliere und uns beide verrate.«

»Du lieber Gott.« Lilibet schlug die Hände vors Gesicht. »Dann hätten sie gedacht, *wir* wären …«

»Obwohl wir doch nur …«

Das Lachen blieb ihnen im Halse stecken. Hastig ließ Roland die Arme wieder sinken und trat einen kleinen Schritt zurück. Von ihm getrennt zu werden war herzzerreißend.

»Obwohl wir doch nur …«, wiederholte sie leise.

»… auf Wiedersehen sagen«, fuhr Roland fort. Ohne das Licht der Laterne war sein wunderschönes Gesicht nicht zu sehen, und seine Stimme kam aus dem Nichts.

Doch Lilibet brauchte sein Gesicht nicht zu sehen. Sie wusste genau, wie es aussah: wie sich um seine haselnussbraunen Augen Fältchen bildeten, wenn er lachte; wie sein goldbraunes Haar sich auf der Stirn kräuselte. Wie markant sein Kiefer, wie kräftig sein Hals und wie voll seine Lippen waren.

Wie es sich wohl anfühlte, sie zu küssen? Das wusste sie nicht. Vor all den Jahren, als er um sie geworben hatte, hatten sie viele schöne Worte und heimliche Blicke gewechselt, aber sich kaum je berührt. Anständige englische Damen und pflichtbewusste Töchter anständiger englischer Damen ließen sich nicht küssen, ehe sie einen Verlobungsring am Finger hatten.

Doch in den einsamen, dunklen Stunden der Nacht, wenn sie mit schmerzhaft trockenen Augen im Bett gelegen hatte, hatte sie sich mehr als einmal vorgestellt, ihn zu küssen. Und nicht nur das. Sie hatte sich auch vorgestellt, wie er auf ihr lag, und wie sein Gesicht weich wurde vor lauter Liebe, wenn er auf sie herabschaute. Wie sie sich aneinander rieben und hinterher eng umschlungen einschliefen.

All das hatte sie sich vorgestellt und sich im kalten Licht des Tages dafür geschämt.

Niemand wird es je erfahren, dachte sie nun. Morgen würden sie und Philip mit den anderen Frauen fortgehen, um sich in einem Schloss in den Hügeln zu verstecken, und Roland würde nach Rom oder Venedig weiterreisen oder zu einem anderen ebenso interessanten Ort. Sie würden sich ewig nicht wiedersehen, wenn überhaupt jemals. Er war anständig; er würde es keiner Menschenseele erzählen. Er würde das Geheimnis mit ins Grab nehmen.

Warum nicht?

Er war ein Mann. Er würde sie nicht zurückweisen.

Nur Gott würde es wissen. Und Gott würde sie sicher verstehen und ihr vergeben. Es sah doch – beinah – so aus, als hätte ER dieses Treffen nur für sie arrangiert.

Tu es. Los. Wenn du unbedingt willst, kannst du es ja später bereuen. Aber tu es jetzt, ehe es zu spät ist. Ehe er für immer fort ist.

Lilibet hob eine Hand und streichelte Rolands Wange. »Ja. Ich schätze, es *ist* ein Abschied.«

Dass er sich bei diesen Worten versteifte, konnte sie zwar nicht sehen, aber unter den Fingern spüren.

Plötzlich kam eine Hand aus dem Dunkeln und legte sich auf ihre. »Nein, wir beide verabschieden uns nicht«, sagte Roland. »Wir gehören zusammen, du und ich.«

Später war Lilibet nie sicher, wer wen zuerst geküsst hatte. Gerade hatten sie noch voreinander gestanden, ihre Hand an seine Wange gedrückt, und ihrer beider Atem hatte sich in der feuchten Luft vermischt, und im nächsten Moment trafen sich ihre Lippen sanft und zärtlich, und Rolands andere Hand legte sich um ihren Hinterkopf wie um den eines Kindes.

»Lilibet«, raunte er. »Ach, Lilibet.«

»Sag nichts. Nicht ein Wort.«

Stumm zog er sie an sich und küsste sie wieder, hungrig und leidenschaftlich diesmal, und seine Lippen waren wie Seide und Champagner und alles, was verboten war. Lilibet konnte nicht anders, nicht mehr; sie gab einfach nach und erwiderte seinen Kuss, nahm sein Gesicht in beide Hände und drückte sich an ihn.

Sie küssten sich endlos, zärtlich, wild und wieder zärtlich, machten mehr als sechs Jahre wett. Dann wanderten seine Lippen über ihr Gesicht, ihr Ohr, das Kinn, den Hals, kehrten wieder zu ihrem Mund zurück und fingen ihr leises Seufzen auf. Und bei jedem Kuss, jeder noch so kleinen Berührung, brach ein weiteres Stück aus den Dämmen, die Lilibet innerlich errichtet hatte, und ein Strom von Gefühlen überrollte sie. *Ich lebe, ich bin lebendig,* dachte sie und schob die Finger in das weiche, wellige Haar in Rolands Nacken.

Seine Hände dagegen glitten nach unten. Eine legte sich auf ihre Hüfte, und die andere griff zögernd nach dem obersten Kopf ihres Mantels.

Das Wort *Ja* brachte Lilibet nicht über die Lippen. Aber sie reckte den Hals, um sie auf seine zu drücken. Knöpfte mit Fingern, die längst nicht mehr kalt und taub waren, flink die weichen Hornknöpfe seines Mantels auf, streifte ihn über Rolands breite Schultern und ließ ihn mit einem sanften Rascheln auf den heubestreuten Boden fallen.

Wortlos legte Roland beide Hände auf ihren Mantel und begann, den Kopf vorgebeugt, sodass sein erregter Atem ihr Gesicht streifte, einen Knopf nach dem anderen aufzuknöpfen. In Lilibets Kopf wirbelten die Worte durcheinander: *Schatz, Liebling, bitte, mehr* und *oh*, doch sie behielt sie alle für sich, konzentrierte sich ganz auf die Hände, die sie auszogen, und das Gesicht, das er dabei machte. Da ihre Augen sich mittlerweile an die Dunkelheit gewöhnt hatten, konnte sie seine Züge gerade eben erkennen und sehen, dass seine Augen halb geschlossen waren, so als wage er nicht, sie ganz aufzumachen.

Der letzte Knopf öffnete sich, doch Roland streifte ihr den Mantel nicht ab. Stattdessen fasste er ihr wieder an den Hals, an den Verschluss ihrer Jacke, und schob sie so weit auseinander, dass nur noch die seidene weiße Hemdbluse und ihre Unterwäsche sie trennten.

Unter seinen eifrigen Fingern begann ihr Herz wie wild zu

klopfen. Als er auch die Knöpfe ihrer Hemdbluse einen nach dem anderen aufmachte, streiften seine Knöchel ihre nackte Haut, und ein Schauer überlief sie.

Roland zögerte. »Bist du auch sicher?«, fragte er leise und ehrfürchtig.

Sie konnte nicht *Ja* sagen. Aber sie konnte seine Hand nehmen und sie unter ihre seidene Hemdbluse führen. Die Hände auf sein Jackett legen, es aufknöpfen und dabei gespannt die erregende Wanderung seiner Finger verfolgen, die sich an der Rundung ihres Busens entlang unter ihr Korsett schoben. Sein Jackett öffnen, ihm das Hemd aus der Hose ziehen und die zarte Haut an Bauch und Taille erkunden. Den Kopf mit einem stummen Schrei zurückwerfen, als Roland – nun gierig und kühn – ihre Brüste von Mieder und Hemd befreite, auf die Knie fiel, an ihrer Brust saugte und bedächtig seine Zunge kreisen ließ. Aufstöhnen, als seine Hände den Saum ihres Kleides fanden und ihre Beine hinaufwanderten, während sein Mund weiter ihre Brüste verwöhnte und sie am ganzen Körper bebte und glühte, und alle Gedanken zu einem wunderschönen bunten Kaleidoskop verschwammen.

Roland zog am Band ihrer Unterhose und schob das praktische Beinkleid nach unten. Kalte Luft drang an die bloße Haut über ihren Strümpfen, wurde aber gleich von seinen warmen Händen vertrieben, die ihre Schenkel hinauf zum krausen Haarschopf in der Mitte glitten. Der Mund auf ihrer Brust verharrte; seine Stirn presste sich an sie, und sein warmer Atem strich über ihren Bauch. Als seine Finger sich schließlich vorsichtig vortasteten und in sie eintauchten, stöhnten sie beide auf.

Hastig sprang Roland wieder auf die Füße und vergrub das Gesicht an ihrem Hals. Er zitterte, und seine Haut war schweißfeucht. Rau flehte er sie an: »Lilibet, meine Liebe, mein Leben, halt mich auf, Schatz, ich muss dich haben, ich kann mich nicht mehr bremsen …«

Sie konnte nicht sagen *Mach weiter.* Aber sie konnte seine Hose öffnen und sein wunderschönes erigiertes Glied in die Hand nehmen. Die samtene Haut zärtlich streicheln und ihm das Gesicht zuwenden, um ihm einen innigen Kuss zu geben und ihm mit der Zunge zu zeigen, was sie von ihm wollte. Ihm die Arme um den Hals schlingen, als er sie hochhob und zu einem kleinen Heuhaufen auf dem Boden trug.

»Entschuldige«, flüsterte er. »Tut mir leid«, und sie wusste, was er meinte.

Sie wollte ihm sagen, dass er sich nicht zu entschuldigen brauchte, dass dieser grobe Stall ein Palast für sie war, weil er bei ihr war. Und dieser Heuhaufen ein samtener Diwan, weil er über ihr war, in ihr und endlich eins mit ihr.

Aber sie schaffte es nicht, und sie konnte ihm auch nicht sagen, dass die Erinnerung an diesen Moment ihr den Rest ihres Lebens heilig sein würde. Also drückte sie seinen kräftigen Körper fest an sich und weinte an seiner Schulter, während sie sich hin- und herwiegten und gegen das Verlangen nach Erfüllung ankämpften.

Doch der Drang ließ sich nicht unterdrücken: Die Spannung zwischen ihren perfekt aufeinander abgestimmten Körpern war beinahe schmerzhaft, und Lilibets Bauch zog sich bereits sehnsüchtig zusammen. Endlich stützte Roland sich auf die Ellbogen und begann, die Hüften kreisen zu lassen, langsam zuerst, dann mit zunehmender Kraft drang er mit jedem Stoß tiefer in sie ein, um mehr von ihr zu bekommen, alles. Und sie streckte beide Hände nach ihm aus, strich ihm über die Wangen, das Kinn, das Haar, so als würde er sich ihr, wenn sie alle Teile seines wunderbaren Körpers berührte, unauslöschlich einprägen.

Er ist in mir, ein Teil von mir, wir sind eins, lieber Gott, lass ihn nicht aufhören, lass diese Woge niemals brechen, lass sie immer größer und größer werden, o Gott.

Die Woge trug sie tatsächlich immer höher, und Rolands Stöße wurden immer heftiger und drängender. Lilibets Erlösung begann mit einer langsamen inneren Explosion, die sich in langen Wellen von den Füßen über Bauch und Brust ausbreitete und ihr schließlich einen Schrei entlockte. Schnell beugte Roland sich zu ihr herab und erstickte den Schrei zusammen mit seinem eigenen in einem Kuss, bei dem die Nachbeben seines Orgasmus sie beide schüttelten.

Roland, dessen Verstand normalerweise sehr schnell arbeitete, fühlte sich, als wäre er mit dem Kopf in einen Topf voll Honig getaucht worden.

Sehr schönem Honig natürlich. Dickflüssig, dunkel und süß rann er langsam in sämtliche Windungen seines Hirns und legte es völlig lahm. So blieben ihm nur die Gefühle: wie weich ihre Haut war, wie gut sie roch – nach Honig mit einer Spur von Lavendel, und wie sanft ihr Atem sein Ohr streichelte.

Als er versuchte, den Kopf zu heben, stellte er fest, dass Honig sehr schwer war.

Also küsste er lieber Lilibets Ohr. »Mein Schatz. Meine Liebe, Lilibet, du …«

»Schsch.« Sie streichelte sein Haar, seinen Rücken. »Sag nichts.«

Roland schloss die Augen und gehorchte, denn auch der Honig schien es so zu wollen, doch nach einem weiteren Augenblick seliger Erschöpfung nahm er auch andere, weniger angenehme Dinge wahr.

Zum Beispiel den harten Holzboden unter seinen Knien und Ellbogen.

Wieder versuchte er, den Kopf zu heben, diesmal mit mehr Erfolg, sodass er Lilibet bewundernd ansehen konnte. Im Dämmerlicht wirkte sie wie eine Traumgestalt; das schwache bläuliche Licht ließ ihre Konturen verschwimmen, die Wangen hohler erscheinen und ihr loses Haar wie einen Glorienschein wirken. Seine engelsgleiche Geliebte.

Natürlich würde es einen Skandal geben. Vielleicht mussten sie eine Weile im Ausland leben, vielleicht sogar längere Zeit. Außerdem musste er seine Arbeit aufgeben oder nur noch Einsätze im Ausland annehmen. Und dann war da noch das kleine Problem mit Lord Somerton. Einem Mann mit mittelalterlichen Ansichten; womöglich würde es der Form halber sogar zu einem Duell kommen.

Aber das war es ihm wert, wenn er dafür endlich Lilibet bekam. Er stellte sie sich in irgendeinem Häuschen am See vor, mit schneebedeckten Bergen im Hintergrund und Sonnenschein, der auf einem rot gedeckten Dach glänzte. Er würde sich der Poesie zuwenden, die er immer hatte schreiben wollen, und sie … nun, sie würde das tun, was Frauen so taten. Romane lesen. Sein Bett wärmen. Die Kinder erziehen. Bei dem Gedanken schlug sein Herz schneller: sein Kind in ihrem Bauch, an ihrer Brust, durch das Häuschen tappend, stets gut gelaunt, nett und artig.

Oh ja. Das war es wert.

Er küsste Lilibet auf die geschlossenen Lider. »Liebling. Meine Süße. Nun bist du mein. Morgen gehen wir …«

Sie riss die Augen auf. »Mein Gott!«, zischte sie.

»Wir können auch warten, bis ich mit deinem Mann gesprochen haben«, redete er hastig weiter, da er wusste, wie viel Wert sie auf Schicklichkeit legte. »Damit alles seine Ordnung hat. Sicher stimmt Somerton der Scheidung zu, wenn ich mit ihm rede …«

Lilibet stieß ihn von sich und setzte sich auf. »Eine Scheidung! Oh nein! Großer Gott! Was … was denkst du dir bloß?«

Wie sprunghaft sie sein konnte! Lächelnd beugte Roland sich vor und küsste sie. »Dass ich dich liebe, tausendmal mehr als zuvor. Und dass der Rest sich von allein regeln wird. Dass nichts zählt außer …«

»Außer meinem Sohn! Und meiner Ehre!« Mit weit aufgerissenen Augen und entsetztem Blick stopfte Lilibet ihre Brüste ins Korsett zurück und kämpfte mit den Knöpfen ihrer Hemdbluse. »Weißt du, was Somerton macht, wenn er herausfindet, was wir getan haben?«

»Ich nehme an, er wird nicht gerade begeistert sein, aber ich werde nicht nachgeben …«

Lilibet gab einen Laut von sich, der irgendwo zwischen Stöhnen und Schluchzen lag. Ihre Hände zitterten so sehr, dass sie die Knöpfe kaum zubekam. »Roland, du bist ein Narr. Natürlich lässt er sich scheiden, wenn er das herausfindet. Aber er wird Philip behalten. Dann werde ich meinen Sohn niemals wiedersehen, dafür wird er sorgen … Ach, diese verflixten Knöpfe!« Lilibet verbarg das Gesicht in den Händen.

»Aber Schatz. Beruhige dich. Das macht er bestimmt nicht. Na komm.« Zärtlich streckte Roland die Arme aus, um ihr beim Zuknöpfen zu helfen.

»Nicht!« Sie stieß seine Hände weg und stand auf. »Fass mich nicht an! Lass mich … O Gott, was habe ich getan?«

Als Roland ebenfalls aufstand, stellte er peinlich berührt fest, dass ihm die Hose um die Knöchel baumelte und er sich erst anständig bedecken musste. »Du hast das getan – wir haben das getan –, was wir schon längst hätten tun sollen. Ich liebe dich, Lilibet. Ich habe dich vom ersten Augenblick an geliebt, und ich werde dir ewig dankbar dafür sein, dass du mir die Chance gegeben hast, alles wiedergutzumachen.«

»Gutzumachen? *Alles*?« Hemdbluse, Jacke und Mantel noch offen starrte Lilibet ihn entrüstet an, und Roland konnte es sich nicht verkneifen, die Brüste zu betrachten, die er gerade noch in Händen gehalten hatte und die nun bei jedem empörten Atemzug aus dem Korsett herausquollen.

Nicht gerade die klügste Tat seines Lebens.

»Schau dich doch an!«, schimpfte Lilibet. »Du begaffst mich schon wieder, Herrgott. Du hast doch keine Ahnung, wohin das alles führen kann!«

Roland trat einen Schritt zurück. »Doch, habe ich! Ich werde dich heiraten, Lilibet. Ich werde dich beschützen und für dich sorgen. Ich werde der treueste Ehemann der Welt sein, so anhänglich wie ein alter Hund …«

»Treu?«, fragte Lilibet schnippisch und fing wütend wieder an, an den Knöpfen zu zerren. »Das sagt mir ein Mann, der sich jede Woche eine neue Geliebte zulegt? Der mit dem Prinzen um Frauen spielt? Der so nichtsnutzig und liederlich ist, dass man sich sogar in London das Maul über ihn zerreißt?«

Roland klappte den Mund auf und zu. Was konnte er schon erwidern. *Ach das. Das ist alles Schwindel, weißt du? Nur Tarnung. Um meine wahren Aktivitäten als Spion Ihrer Majestät zu verschleiern.*

Nein, wirklich. Das alles war nur im Namen der Pflicht geschehen.

Der abwartende Blick, mit dem Lilibet ihn ansah, traf ihn mitten ins Herz. Nur ihre Finger bewegten sich, schoben jeden Knopf durch das dazugehörige Knopfloch und entzogen ihren Körper nach und nach seinem Blick und seinem Zugriff. Weiter hinten im Stall schnaubte ein unruhiges Pferd. *Los, Penhallow*, schien es zu sagen. *Antworte endlich. Wir können es kaum erwarten zu hören, wie du dich diesmal aus der Affäre ziehen willst, du raffiniertes Bürschchen.*

Lilibet quittierte sein anhaltendes Schweigen, indem sie den Kopf schüttelte und zu Boden sah. Ihr Mantel war wieder zugeknöpft, der Kragen geradegezogen. Sie zupfte einen Strohhalm vom dunklen Wollstoff. »Sie wissen doch gar nicht, was Treue ist, Lord Roland«, sagte sie. »Sie sind wie ein Kind, ein kleiner Junge. Sie wissen gar nichts.«

»Ich weiß, dass ich dich liebe«, erwiderte Roland barsch und gereizt. »Und dass du mich liebst. Zumindest, dass du mich einmal geliebt hast, und zwar wie ich *dachte*« – er gestattete sich einen Hauch von Bitterkeit – »für alle Ewigkeit.«

Lilibet schüttelte den Kopf. »Du weißt gar nichts.«

»Warum dann *das*?« Wütend zeigte Roland nach unten. »Warum in Dreiteufelsnamen hast du auf dem Boden eines italienischen *Stalls* die Beine für mich breitgemacht? War das nur ein gewöhnliches Schäferstündchen für die ach so tugendhafte Lady Somerton, ja? Wenn die in London wüssten …«

Blitzschnell holte Lilibet aus und gab ihm eine schallende Ohrfeige. »Wie kannst du es wagen!«, fauchte sie. »Obwohl du genau weißt, was mir das bedeutet. Was es mich gekostet hat. Aber du willst es mir verderben, nicht wahr? Mir die schönste Erinnerung meines Lebens mit deinem gemeinen … und …« Mit brechender Stimme wandte sie sich ab.

»Oh, Lilibet. Liebling, nein …« Roland streckte die Arme nach ihr aus, doch sie eilte bereits auf die Tür zu. »Warte, Schatz. Geh noch nicht!«

Lilibet fing an zu rennen.

»Halt! Stopp!« Roland lief ihr nach und packte sie am Arm.

»Lass mich! Ich habe dir nichts mehr zu sagen!« Lilibet versuchte sich freizumachen und trat ihn vors Schienbein. Im gedämpften Licht der düsteren Laternen glänzten ihre Augen verräterisch.

Was hatte sie gerade gesagt? *Die schönste Erinnerung meines Lebens?*

Roland grinste triumphierend. »Hör auf, du kleine Wildkatze. Ich tue dir doch gar nichts.«

»Warum lässt du mich dann nicht los?« Lilibet drehte den Kopf weg.

»Ich wollte dir nur … nun, ich schlage vor, du lässt mich beim Heu helfen.«

»Wobei?«

»Beim Heu. Dein ganzer Rücken ist voll davon.« Zur Demonstration wischte er ihr über den Po.

»Oh! Schäm dich!« Sie stieß seine Hand weg und fing an, sich nach links und rechts zu drehen, um sich selber zu säubern.

»Halt still.« Roland zupfte und klopfte mit Feuereifer, während Lilibet stocksteif dastand und auf die Tür starrte. »So, fertig«, sagte er endlich und richtete sich auf.

»Danke.« Lilibet lief los.

Wieder packte Roland sie am Arm, sanfter diesmal, und flüsterte ihr ins Ohr: »Ich *werde* dich heiraten, Lilibet Somerton. Glaub mir.«

Sie schüttelte seine Hand ab und sagte hochnäsig: »Das, mein Lieber, wäre nur möglich, wenn du dich selbst zum Priester weihen ließest, um die Zeremonie zu vollziehen. Aber dann« – sie bohrte ihm den Zeigefinger in die Brust – »würde sicher die Hölle zufrieren aus Trauer um die verlorene Seele.«

Dann rannte sie durch die Tür in die regentriefende Dunkelheit hinaus. Roland starrte auf die leere Stelle, an der sie gestanden hatte, und strich sich über die Wange. Der Abdruck ihrer Hand hatte aufgehört zu brennen und verströmte nur noch eine angenehme Wärme.

Ehebrecherin.

Lilibet hoffte, dass der Regen das Wort wegwusch, das in großen scharlachroten Buchstaben – so ähnlich wie bei der armen Frau aus dem Buch – auf ihrer Stirn zu prangen schien.

Was hatte sie getan?

Sie konnte es nicht glauben. Sie hatte sich doch wohl nicht gerade auf dem Boden eines italienischen Stalls von Lord Roland Penhallow begatten lassen? Sie hatte ihn doch wohl nicht gerade in sich gehabt, die Wärme seiner Haut genossen und sich von ihm die Brüste küssen lassen?

Das konnte nicht sein. Denn wenn es so war, hatte ihr alles, worauf sie stolz war – ihre Stärke, ihre Tugendhaftigkeit, ihr unerschütterliches Pflichtgefühl –, nichts genützt.

Aber – o Gott! – wie konnte sie es bereuen? Sie liebte ihn doch so sehr. Mehr als sechs lange Jahre hatte sie diese Liebe tief in sich verborgen und sie sogar vor sich selbst geleugnet. Und diese Liebe nun endlich aus der Dunkelheit ans Licht kommen zu lassen, war schöner und befriedigender gewesen, als sie es sich je hätte vorstellen können. Die Erfahrung hallte immer noch nach, würde ewig in ihr nachhallen. Noch auf dem Totenbett würde sie daran denken.

Du hast das getan – wir haben das getan –, was wir schon längst hätten tun sollen.

Nein. Das war zwar eine wunderbare Vorstellung, aber eben nur das: ein schöner Traum. Gott hatte gewollt, dass sie den Earl of Somerton heiratete und ihm einen Sohn und Erben gebar; dass sie so viel ertrug, wie sie konnte, und dann fortging, um diesen Sohn großzuziehen.

Sicher stimmt Somerton der Scheidung zu, wenn ich mit ihm rede.

Lilibet unterdrückte ein Lachen und ging schneller. Oh, was würde sie darum geben. Was würde sie darum geben, den Ausdruck auf Somertons Gesicht zu sehen, wenn er erfuhr, dass er, der sie unzählige Male betrogen hatte – und zwar auf die schändlichste Weise, wie sie mit eigenen Augen gesehen hatte –, nun selbst ein gehörnter Ehemann war.

Vielleicht würde er sich, wenn seine Wut verraucht war, wirklich scheiden lassen. Vielleicht auch nicht. Es spielte keine Rolle: So oder so, er würde Philip zu sich holen und ihn nie wieder zu ihr lassen. Wenn er wüsste, wo sie sich im Augenblick befand, hätte er jemanden geschickt, um ihr den Sohn wegzunehmen. Doch obwohl die Trennung ihr das Herz zerreißen würde, machte sie sich weit größere Sorgen um Philip. Wenn sie musste, konnte sie ein Leben lang ein unnützes Dasein ohne ihren Jungen führen und die Schande der Scheidung und des böswilligen Verlassens ertragen; aber sie würde es niemals zulassen, dass Philip nach den Vorstellungen seines Vaters erzogen wurde.

Der hintere Flur war menschenleer, und aus dem ruhigen Schankraum drang Schnarchen. Leise schlich Lilibet über die

Treppe in ihr Zimmer und zog sich aus. Jedes einzelne Kleidungsstück schabte wie Sandpapier auf ihrer überreizten Haut und sandte erregende Schauer durch ihren benommenen Körper.

Im stillen Zimmer waren regelmäßige Atemzüge zu hören. Undeutlich sah sie im großen Bett ihre beiden Cousinen und Philip allein im andern. Das Feuer war heruntergebrannt, und die Kälte, die durch ihr Nachthemd drang, ließ sie frösteln. Langsam und sehr darauf bedacht, den Jungen nicht zu wecken, kroch Lilibet unter die Decke und legte sich, ohne ihn zu berühren, neben ihren schlafenden Sohn. Das grobe Betttuch fühlte sich schwer an, und zwischen ihren Beinen pochte vorwurfsvoll ein leichter, brennender Schmerz.

Sie würde diesen gestohlenen Augenblick mit Lord Roland Penhallow nie vergessen.

Und Gott sei Dank würde sie ihn nie wiedersehen.

FÜNF

Na, lieber Bruder«, sagte der Duke of Wallingford. »Wie gefällt dir dein Jahr des Verzichts bisher?«

Roland, der etwas im Hals zu haben schien, brauchte einen Moment, um zu antworten. »Ganz gut, glaube ich«, erwiderte er endlich und hustete in seine behandschuhte Hand. »Es hat ja gerade erst begonnen.« Dann starrte er trübsinnig auf den felsigen Weg, über dem ein trauriger grauer Nebel hing. Die schweren Regenwolken des vergangenen Tages waren weitergezogen, doch die Luft, die durch die Kleider drang, war immer noch kalt und feucht und ließ Finger und Zehen taub werden.

Wallingford rieb sich die Oberlippe. »Sicher hast du dich vor unserer Abreise noch mal richtig ausgetobt.«

»Ja, ja. Natürlich. Bis zur Erschöpfung.«

»Großartig. Denn es wäre mir gar nicht recht, wenn du dich als schwächstes Glied in der Kette erweist. Zweifellos wird Lady Morley genau darauf achten, ob wir die Regeln einhalten«, sagte der Herzog düster.

»Regeln? Welche Regeln?« Roland schaute zum trostlosen Himmel empor und wurde mit einem dicken, fetten Regentropfen ins linke Auge belohnt; was ihn nicht sonderlich überraschte, denn das Wetter war genauso wie seine Laune. Letzte Nacht, als er zu Bett gegangen war, hatte er noch viele schöne Pläne gehabt, wie er Lilibet für sich gewinnen könnte, angefangen mit einer vollen Breitseite des legendären Penhallow-Charmes beim Frühstück. Doch der Morgen und der Wirt hatten die Nachricht gebracht, dass die Damen schon abgereist seien, kurz nach Sonnenaufgang, und nein, *Signore*, er wisse nicht, welche Richtung sie eingeschlagen hätten.

»Großer Gott, Mann.« Der Herzog seufzte gereizt. »Sag nicht, dass du es schon wieder vergessen hast. Gestern Abend beim Essen, nachdem die jüngeren Damen sich mit dem Jungen zurückgezogen hatten, haben wir doch mit Lady Morley gewettet.«

Roland ging die Erinnerungen an die vergangene Nacht durch, bis es ihm dämmerte. »Ach ja. Es hatte irgendwas mit unseren Studien zu tun.«

Burke, der auf der anderen Seite des Herzogs ritt, lachte laut auf. »Ich nehme alles zurück, Wallingford. Du hast recht. Im Moment denkt dein Bruder wirklich mit dem Schwanz.«

»Den er hoffentlich in der Hose behält«, brummte der Herzog.

»Hört mal …«

»Die Wette kam, wie du dich vielleicht erinnerst«, half Burke Roland freundlich auf die Sprünge, »zustande, nachdem Lady Morley uns erzählt hatte, dass die Frauen dasselbe vorhaben wie wir. Auch sie wollen sich ein Jahr lang weiterbilden, wie ihr, während ich an meinem Automobil arbeite, weit weg von den Ablenkungen Londons.«

»Und ohne Kontakt zum anderen Geschlecht«, fügte Wallingford hinzu.

»Genauer, ohne irgendeine Form von Sex«, meinte Burke. »Jedenfalls gewinnt die Partei, die …«

»Ich weiß, ich weiß«, sagte Roland und sog die Morgenluft ein. Sie roch metallisch, nach nassem Stein. »Die, die am längsten aushalten, gewinnen. Und ich glaube, das werden die andern sein.«

»Wieso?«, fragte Burke.

Wallingford zuckte mit den Achseln. »Das sind doch Frauen. Die halten so was einfach nicht aus. Dazu braucht man einen starken Charakter. Ich nehme an, dass es Lady Somerton keine Schwierigkeiten bereitet, enthaltsam zu sein ...«

Wieder hüstelte Roland.

»... aber Lady Morley gibt ganz bestimmt nach einer Woche in der Einöde auf. Und was ihre enervierende kleine Schwester anbelangt ...«

»Ist schon sehr seltsam«, sagte Burke, »dass sie dasselbe machen wie wir. Genau zur selben Zeit.«

»Verdammt seltsam«, stimmte Wallingford zu. »Und es gefällt mir nicht. Ich hoffe, wir haben unsere Wette bald gewonnen. Eigentlich hoffe ich sogar, dass sie das Vorhaben ganz aufgeben und aus Italien verschwinden, damit wir uns nicht weiter mit ihnen abgeben müssen.«

»Abgesehen von der Anzeige«, warf Roland ein.

»Welcher Anzeige?«

»Der in der *Times*. Die die Verlierer aufgeben müssen, weißt du noch? An *das* kleine Detail erinnere ich mich noch genau«, sagte er und zwinkerte Burke zu.

»Ja, natürlich. Unsere Wetteinsätze.« Auch Wallingford warf einen vielsagenden Blick auf Phineas Burke, der mit grimmigem Gesicht neben ihm herritt. »Das ist deine Schuld, alter Knabe. Was hast du dir eigentlich dabei gedacht?« *Warum sollte der Verlierer nicht in der* Times *eine Anzeige von mindestens einer halben Seite aufgeben, in der er die Überlegenheit der Gewinnerseite anerkennt*«, äffte er seinen Freund mit Fistelstimme nach. »Nur um sicherzustellen, das ganz London erfährt, was wir gerade treiben, natürlich.«

»Es spricht doch nichts dagegen, die Anzeige anonym abzufassen«, erwiderte Burke sachlich. »Jedenfalls gibt es keine Wette ohne *irgendeine* Form von Einsatz, und mit Damen kann man ja wohl kaum um Geld wetten.« Dann nahm er seinen Hut ab, fuhr sich mit den Fingern durch das leuchtend rote Haar und spähte durch den Nieselregen. »Was zum Teufel«, murmelte er und trieb sein Pferd an.

»Wirklich ein seltsamer Zufall«, rief Wallingford seinem verschwindenden Rücken nach.

»Vielleicht haben sie andere Gründe«, meinte Roland. *Vielleicht wollen sie nur die arme Lilibet aus den Klauen ihres widerlichen Ehemanns befreien.*

»Jedenfalls«, redete Wallingford weiter, während Burke zu galoppieren begann, »sind sie längst weg; wenn wir Glück haben, in die entgegengesetzte Richtung. Und heute Abend sind wir hinter den Toren des Schlosses, das Burke für uns ausgesucht hat, vor allen Versuchungen geschützt. Irgendwann wird sich dann wohl auch der legendäre toskanische Sonnenschein einstellen und … Hallo? Was macht Burke denn da? Was soll das?«

Roland schaute die Straße entlang und sah es sofort, das Grüppchen tropfnasser Reisender, die im Matsch gestrandet waren und Koffer von einem Karren zerrten. Allem Anschein nach Frauen. Eigentlich hätte er fast sogar schwören können, dass …

Lieber Gott.

Hastig stieß er seinem Pferd die Hacken in die Seiten.

Für ihn war soeben die Sonne aufgegangen.

Über ihrem Kopf braute sich etwas zusammen.

Wenigstens kam es Lilibet so vor. Immerhin konnte es kein schlechteres Omen geben, als Lord Roland Penhallow heranreiten zu sehen, um ihrem erbärmlichen, im Matsch feststeckenden Konvoi äußerst galant zu Hilfe zu eilen.

Gott strafte sie also. Obwohl sie ihr Bestes getan und sich alle Mühe gegeben hatte, Abigail und Alexandra (beide in höchst unerwünschtem Maße verschlafen und benommen) und Philip (hellwach und tatendurstig, ebenfalls in höchst unerwünschtem Maße) früh auf den Weg zu bringen, ehe die Männer erwachten. Als Frühstück hatte es nur altes Brot und kaltes Wasser gegeben. Dann hatte sie Kälte und Nässe die Stirn geboten und sich, die Arme fest um ihren Sohn geschlungen, auf das Ziel konzentriert, das vor ihr lag: das Schloss, das Alexandra für sie gefunden hatte; die Zufluchtsstätte, in der sie nicht nur vor wütenden Ehemännern, sondern auch vor unwiderstehlichen Liebhabern sicher war.

Doch die göttliche Strafe hatte sie dennoch ereilt, sogar schneller, als sie gedacht hatte. Auch wenn es, das musste sie zugeben, wohl noch nie eine Strafe gegeben hatte, die in so schöner Gestalt wie Roland daherkam. Sportlich elegant schwang er sich vom Pferd und zog besorgt die hübschen Brauen zusammen. Die goldbraunen Locken, die unter seinem Hut hervorschauten, zogen das gesamte dürftige Licht der Toskana auf sich.

Wie weich dieses Haar sich angefühlt hatte. Wie sanft die Lippen auf ihrer Brust. Und dieser kräftige Körper …

Halt. Stopp. Sie schob die Bilder beiseite. Und als Roland anfing, die Koffer abzuladen, um das Gewicht des Karrens zu verringern, damit die Pferde ihn aus dem Dreck ziehen konnten, runzelte sie unwirsch die Stirn.

Philip wollte von ihrem Schoß rutschen. »Mama, ich möchte helfen.«

»Ach, Unsinn. Lass die Herren in Ruhe arbeiten.«

Doch der Kleine war zu schnell. Schon rannte er durch die Dreckpfützen zum Wagen und blieb direkt neben Rolands hohen Reitstiefeln stehen. Immer wieder im Matsch versinkend lief Lilibet hinter ihrem Sohn her, doch er war bereits über das Rad auf den Karren geklettert.

»Lass das, Philip! Komm sofort da herunter!«, rief sie und streckte die Arme nach ihm aus.

Philips kleine Hände schlossen sich um den lederbezogenen Griff seines kleinen Koffers. »Ich will doch nur helfen, Mama!«

»Seine Lordschaft braucht deine Hilfe nicht, Philip. Komm sofort her.«

»Nur diesen einen Koffer, Mama!«

»Philip, ich habe gesagt …«

»Hör mal, alter Junge«, meinte Roland freundlich, »warum gehorchst du nicht einfach und springst ab? Sei ein guter Junge, ja?«

»Ich kann das schon!«

»Ja natürlich, aber es gibt Aufgaben, die man besser denjenigen überlässt, die ein bisschen mehr Kraft in den Armen haben, nicht?« Dann streckte Roland die Hand nach dem Koffer aus und nahm ihn dem Jungen einfach ab.

Eine verlegene Stille trat ein. Lilibet konnte gerade noch sehen, dass Philip die Tränen kamen, dann drehte der Junge den Kopf weg.

»Komm her, Schatz«, rief sie, und er kam zu ihr gelaufen und warf sich an ihre Brust. »Ganz ruhig, Liebling. Seine Lordschaft hat recht. Warte, bis du älter und größer bist.«

Sie sah Roland nicht an, machte kein vorwurfsvolles Gesicht, verriet mit keiner einzigen Geste, dass er ihrem Herzen soeben einen winzigen Stich versetzt hatte. Sie spürte, dass die allgemeine Aufmerksamkeit auf ihr ruhte, auch wenn Wallingford und Mr. Burke absichtlich wegschauten und sich mit den Koffern beschäftigten, während Alexandra und Abigail angelegentlich den Dreck an ihren Stiefeln betrachteten. Stocksteif vom unterdrückten Weinen klammerte Philip sich an sie wie ein Äffchen.

»Oh …«, sagte Roland betreten. »Ich wollte nicht …«

Lilibet zuckte nur mit den Schultern. Sie konnte nichts sagen und in diesem Moment auch nicht an Rolands Unbehagen denken. Oder an ihre eigene Enttäuschung darüber, dass es ihm nicht gelungen war, eine Hoffnung zu erfüllen, von der sie bislang nicht einmal gewusst hatte, dass sie sie hegte. »Alles in Ordnung, mein Liebling«, flüsterte sie in Philips Haar. »Du bist ein ganz lieber kleiner Kerl. Aber Seine Lordschaft hat vollkommen recht. Je schneller die Koffer abgeladen sind, desto eher können wir weiter. Ist es nicht nett von den Herren, uns zu helfen?«

Ein heißer Seufzer durchdrang ihren Wollmantel.

»Nun sei ein braver Junge und danke Seiner Lordschaft für seine Hilfe.«

Philip drehte den Kopf zur Seite und wischte sich die Augen. Lilibet drängte ihn nicht weiter, sondern ließ ihn, seinen reglosen, schweren Körper fest im Arm, die Fassung wiedergewinnen.

Endlich drehte Philip den Kopf zur anderen Seite und sagte mit fester Stimme: »Vielen Dank, Eure Lordschaft.«

»Gern geschehen, mein Junge«, erwiderte Roland. »Und wenn ich es mir recht überlege, könntest du vielleicht …«

»Philip«, rief Abigail dazwischen, »weißt du, dass ich gerade etwas Hochinteressantes erfahren habe?«

Philip setzte sich auf und reckte den Hals. »Was denn, Cousine Abigail?«

»Ach nein. Es ist zu verrückt. Vergiss es.«

»Oh bitte! Ich glaube dir. Bitte erzähl's mir!« Von Neugier getrieben streifte der Junge die bittere Enttäuschung ab wie einen Mantel.

Abigail schüttelte den Kopf. »Nein. Nein, tust du nicht.«

»Oh, bitte, Abigail!« Philip wandte sich von seiner Mutter ab und streckte die Arme nach ihr aus. »Bitte sag's mir.«

»Tja ...«, meinte Abigail zögernd. Dann schnappte sie sich den Jungen und nahm ihn auf den Arm. »Es geht um dieses Pferd, weißt du. Es hat mir gerade erzählt ...«

»Pferde können nicht sprechen!«

Abigail stöhnte. »Siehst du? Ich wusste, dass du mir nicht glaubst!«

»Doch, tu ich! Wirklich! Was hat es gesagt?«

»Es hat mir gesagt, und zwar sehr traurig – Karrengäule sind immer sehr traurig, weißt du –, dass es furchtbaren, schrecklichen, *unerträglichen* ...«

»Was? *Was*?«

»Hunger hat«, sagte Abigail.

Lilibet sah zu, wie die beiden zum nickenden Kopf des Pferdes gingen. Philip streckte eine Hand aus, um die Stirn mit der Blesse zu streicheln, und Abigail zauberte eine Möhre aus der Tasche.

Einige Meter entfernt fing Roland wieder damit an, die Koffer abzuladen. »Tut mir schrecklich leid«, sagte er leise, während er nach einer Truhe griff. »Jetzt habe ich wohl völlig verspielt bei ihm.«

»Ist schon in Ordnung«, erwiderte Lilibet kühl. »Macht doch nichts, oder? Schließlich werden Sie ihn wohl nie wiedersehen.«

Damit drehte sie sich um und gesellte sich zu ihrer Cousine und ihrem Sohn. In ein paar Stunden, sagte sie sich, würde sie im Schloss in Sicherheit sein.

Danach würde sie Rolands Stimme wahrscheinlich nie wieder hören.

Einige Stunden später

»Also, das ist wirklich großartig!«, sagte Roland in seinem charmantesten Tonfall. »Dass wir als alte Freunde zusammen unterwegs sind, meine ich. Das war eine gute Idee von mir; manchmal staune ich über mich selbst.«

»Ja, sehr schön«, sagte Lilibet. Ihre Stimme klang wesentlich frostiger. Sie legte den Arm fester um Philip, der vor ihr auf dem Sattel herumrutschte. »Ich kann mich nicht erinnern, jemals eine so angenehme Reise unternommen zu haben.«

Der kleine Junge klopfte dem Pferd den Hals, was wegen seiner dicken Handschuhe kaum zu hören war. »Ja, ich find's auch großartig! Auf einem Pferd zu reiten ist viel schöner, als auf einem Wagen zu sitzen.«

»Ganz deiner Meinung«, sagte Roland und betrachtete den Jungen mit einem wohlwollenden Blick. Von dem armen kleinen Kerl war nicht viel zu sehen, zum Schutz vor der Kälte war er von Kopf bis Fuß dick eingemummelt, so als hätte eine überaus tüchtige Kinderfrau ihn in ein endloses Wolltuch gewickelt. Das wenige jedoch, das von ihm zu sehen war, glühte vor Begeisterung, und zwar seit dem Augenblick, in dem er auf das edle Ross des Duke of Wallingford gesetzt worden war.

Philips Mutter dagegen schien alles anderes als begeistert zu sein. Ihre dicht bewimperten Augen schauten stur geradeaus und schienen nicht die geringste Lust zu verspüren, einen irgendwie gearteten Blick auf Lord Roland Penhallow zu werfen, schon gar keinen freundlichen. »Es war natürlich sehr nett von den Herren, uns ihre Pferde anzubieten«, sagte sie ebenso frostig wie zuvor. »Wenn auch völlig unnötig. Irgendwann wäre der Gepäckwagen schon noch aus dem Matsch herausgekommen.«

Doch Roland hatte sich schon wesentlich weniger schönen Herausforderungen gestellt, und mit weit weniger Hoffnung auf Erfolg. »Haben Sie ein wenig Mitleid, meine Liebe«, sagte er mit einem Lachen. »In nur wenigen Stunden haben wir unseren klösterlichen Rückzugsort erreicht. Berauben Sie uns doch nicht der letzten Gelegenheit, weibliche Gesellschaft zu haben.«

»Davon hatten Sie bereits mehr, als Sie sollten«, erwiderte Lilibet spitz.

Wieder lachte Roland. Ihm gefiel ihre Schroffheit: immerhin besser als *gar* nichts. »Eine einzige Begegnung ist *niemals* genug, meine Teuerste.«

Die Wut, die in Lilibet zu brodeln schien, vergiftete die Atmosphäre zwischen ihnen. Und ihr Rücken, der bereits kerzengerade war, war bei seinen letzten Worten noch steifer geworden. »Lord Roland, Sie müssen lernen, sich mit der Realität abzufinden. Jeden Augenblick wird unsere Unterkunft in Sicht kommen, dann sind sie befreit von unserer lästigen Begleitung.«

»Ah, erinnern Sie mich nicht daran.« Traurig schüttelte Roland den Kopf. »Ich hatte kaum genug Zeit, mit Ihnen zu plaudern.«

»Ist Ihnen nicht vielleicht der Gedanke gekommen, dass ich versucht habe, eine Begegnung zu vermeiden?«

»Dann freue ich mich umso mehr, dass Philip an der Kreuzung einem natürlichen Bedürfnis nachgeben musste.« Als Roland dem Jungen freundlich auf die Schulter klopfen wollte, packte Lilibet ihn am Handgelenk und hielt ihn davon ab. Roland ließ den Arm wieder sinken und räusperte sich. »Sie brauchen mir selbstverständlich nicht zu danken, auch wenn mir ganz bang wird bei der Vorstellung, wie Sie es wohl angestellt hätten, all diese Schals rechtzeitig abzuwickeln, wenn niemand Ihr Pferd gehalten hätte. Wäre fast schiefgegangen, was?«

»Wie nett von Ihnen«, sagte Lilibet. »Ich bin sicher, dass mein *Ehemann* Ihnen dankbar sein wird, dass Sie so gut auf uns aufgepasst haben.«

Bei dem Wort Ehemann glitt endlich ein Schatten über Rolands Gesicht. »Oh, ich bezweifle, dass der Graf davon erfahren wird. Schließlich sind Sie *sehr weit von ihm weg.*«

»So weit nun auch wieder nicht.«

»Oh, Papa erfährt ganz bestimmt davon!«, mischte Philip sich ein. »Papa erfährt alles. Er ist … Er ist … wie heißt das noch, Mama?«

»Allwissend«, sagte Lilibet dumpf.

Lord Somerton? Allwissend? Was Huren und Saufen anging vielleicht. Doch aus Höflichkeit fragte Roland nur lässig. »Allwissend? Wirklich?«

»Oh ja«, sagte der Junge bedeutsam. »Mama sagt, Papa ist ein richtiger, echter …«

»Philip!«, sagte Lilibet scharf.

Der Junge seufzte entschuldigend. »Tja, das ist natürlich ein Geheimnis.«

»Deine Mama scheint voller Geheimnisse zu sein«, bemerkte Roland. »Ich frage mich, wie sie die alle für sich behalten kann.«

»Strikte Selbstbeherrschung«, erklärte Lilibet. »Eine Eigenschaft, mit der Eure Lordschaft sich besser vertraut machen sollten.«

»Aber nicht doch«, erwiderte Roland, während er den Blick über ihren Rücken zu ihren Pobacken wandern ließ, die durch Lilibets untadelige Haltung wunderbar zur Geltung kamen. Sie ritt im Herrensitz, wahrscheinlich zum ersten Mal im Leben, und hatte die dunklen Röcke wie Pluderhosen um die Beine geschlungen. Roland holte tief Luft und stolperte über einen Stein. »In genau diesem Augenblick beherrsche ich mich so sehr, dass es geradezu erschreckend ist.«

Lilibet schnaubte gereizt. Als Roland einen kurzen Blick auf ihr Gesicht warf, stellte er fest, dass ihre blassen Wangen Farbe bekommen hatten.

»Wenn Sie mich nun entschuldigen würden, Eure Lordschaft«, sagte sie von oben herab, »ich habe ein paar Dinge mit Lady Morley zu besprechen.«

Dann trieb sie ihr Pferd an, schloss zu den anderen auf, und ließ ihn allein über die verregnete Straße laufen, sodass er in Ruhe darüber nachdenken konnte, was um alles in der Welt er tun sollte, wenn Lilibet ihr Ziel erreicht hatte und aus seinem Leben verschwand.

Natürlich würde er sich etwas einfallen lassen. Nichts konnte ihn mehr von ihr fernhalten: weder dieser Dreckskerl von Ehemann noch ihr liebenswerter, aber fehlgeleiteter Sinn für Anstand, und schon gar nicht sein übereiltes Gelübde, mönchisch enthaltsam zu leben.

Aber wie dieser Einfall aussehen würde? Das hätte er selbst gern gewusst.

»Also, ich bin baff«, sagte Rolands Stimme in Lilibets erschrockenes Staunen hinein. »Was für eine unerwartete Wendung.«

Benommen starrte Lilibet Wallingford an. »Sind Sie ganz sicher, dass es so ist, Durchlaucht?«

Kopfschüttelnd schaute Wallingford von einem Schriftstück zum andern. »Eine andere Erklärung gibt es nicht. Rosseti, dieser elende Schurke – ich bitte um Verzeihung, Mylady –, hat das Schloss sowohl an Sie als auch an uns vermietet.«

Das Schloss.

Lilibet schaute nach Osten, wo eine knappe Viertelmeile entfernt hinter struppigen, windzerzausten Zypressen ein paar düstere Türme aus den graubraunen Hügeln aufragten. Umgeben von Nebel, Felsen und spärlichem Wintergras wirkte das Castel Sant'Agata, das ihre Zuflucht sein sollte, eher ungastlich und abschreckend. Doch Alexandra und Abigail ritten bereits im Galopp darauf zu.

»Ich laufe ihnen nach, verdammt noch mal«, sagte Phineas Burke und rannte los.

»Das ist doch nicht möglich«, sagte Lilibet mit einer Stimme, die selbst in ihren eigenen Ohren mutlos klang. Sie räusperte sich und zwang sich weiterzureden. »Zeigen Sie mir die Papiere.«

»Lady Somerton, ich versichere Ihnen …«

»Zeigen Sie sie mir!«

Wallingford fuhr zusammen. »Wenn Sie darauf bestehen«, sagte er in seiner eisigsten Herzogsstimme. Dann drückte er Lilibet die Papiere in die Hand und sah zum Schloss hinüber.

»Ich werde ihnen mal nachgehen, sonst bringt Burke noch alles durcheinander.«

Wallingford machte sich auf den Weg, und Lilibet schaute auf die Schriftstücke hinunter. Eines gehörte Alexandra: Den Text kannte sie auswendig, so oft hatte sie ihn gelesen, um sich zu vergewissern, dass es wirklich passierte, dass sie wirklich ein Jahr in einem italienischen Schloss leben würde, weit weg von ihrem Mann und der unerträglichen Neugier der Londoner Gesellschaft. MIETVERTRAG stand oben in Druckbuchstaben und darunter: *Worin die beiden Parteien, Lady Morley, die verwitwete Marquise von Morley, und Signor Alberto Rosseti aus Italien, sich darauf einigen, dass das im Folgenden näher bezeichnete Besitztum für die Dauer eines (1) Jahres vermietet wird, beginnend am 15. März des Jahres 1890 …«*

Alles schien seine Ordnung zu haben. Über den unteren Teil schwang sich Alexandras elegante Unterschrift, und Rossetis war gleich daneben. Das Castel Sant'Agata wurde dreimal erwähnt, und es wurde ausdrücklich betont, dass es sich in der Provinz Arezzo in der Toskana befand. Es gab also keinen Zweifel, dass sie und ihre Cousinen die rechtmäßigen Mieter des Schlosses waren, das sich mit einem schweren bleigrauen Himmel auf den Türmen vor ihr erhob.

Lilibet wandte sich dem anderen Schriftstück zu.

MIETVERTRAG stand da. *Worin die beiden Parteien, Mr. Phineas Fitzwilliam Burke aus London, England, und Signor Alberto Rosseti aus Italien, sich darauf einigen, dass das im Folgenden näher bezeichnete Besitztum für die Dauer eines (1) Jahres vermietet wird, beginnend am 15. März des Jahres 1890 …«*

Lilibet ließ die Hände auf den Hals des Pferdes sinken. Philips Haar kitzelte sie am Kinn. »Was steht auf den Blättern, Mama?«, fragte der Junge.

»Ich versteh das nicht«, sagte seine Mutter. »Das ist alles sehr … sehr seltsam.«

Sie wusste, dass Roland irgendwo hinter ihr stand, obwohl er kein Wort mehr gesagt hatte. Sie spürte, dass er da war, denn die Energie, die von ihm ausging, schien die Luft um sie herum elektrisch aufzuladen.

»Ich hoffe, Sie haben nichts damit zu tun«, redete sie schließlich weiter.

»Ich weiß nicht, was du meinst.« Sie hörte ihn durch den Matsch näher kommen, dann tauchte er an ihrem Ellbogen auf, golden glänzend, selbst in der feuchten grauen Märzluft, und viel zu attraktiv für einen Sterblichen, Gott sollte ihn für immer in die Hölle verbannen. »Willst du damit andeuten, dass ich das irgendwie geplant hätte? Mein Gott, Lilibet …«

»Ich habe Ihnen nicht erlaubt, mich so anzureden.«

»Ich hatte nicht die geringste Ahnung, dass Sie im Lande sind, Mylady.«

»Oh! Dann ist das alles wohl nur ein riesengroßer Zufall. Erst dieser elende Gasthof, von allen denkbaren Treffpunkten auf der Welt, dann die Begegnung auf der Straße und nun das!« Mit der Hand, die noch die Papiere festhielt, deutete sie auf das Schloss. »Ganz zu schweigen von dem unglaublichen Zufall, dass Sie *ganz genauso wie wir* ein Jahr akademische Studien betreiben wollen! Oh ja! Wirklich unglaublich!«

Roland lachte. »Ich fühle mich geschmeichelt, meine Liebe. Ich schätze, Sie sind die einzige Frau auf Erden, die mich für klug genug hält, so etwas auszuhecken.«

»Oh, Sie haben Verstand genug«, erwiderte Lilibet bitter.

»Nein. Habe ich nicht, das versichere ich Ihnen. Ich bin hohl wie …« Er schaute zu Philip hinüber. »Ähm, hohl wie eine … Nuss, ja … oder eher wie eine Nussschale.«

»Wieso reden Sie so dummes Zeug?«, fragte Philip.

»Sehen Sie? Da haben Sie's«, sagte Roland triumphierend. »Kindermund tut Wahrheit kund oder so ähnlich.«

Lilibet riskierte einen Seitenblick auf ihn und bereute es augenblicklich. Die unglaublich kräftigen, breiten Schultern, die sich unter seinem tadellos geschnittenen dunklen Wollmantel deutlich abzeichneten, wirkten allzu verlockend. Dazu der Hut, der etwas schief auf seinem Kopf saß und das goldbraune Haar sehen ließ, das sich in der feuchten Luft allerliebst in seinem Nacken kringelte, und der volle, freundlich lächelnde Mund. »Tun Sie doch nicht so, als wären Sie dumm«, fuhr sie ihn an. »Wir wissen doch beide, dass das nicht stimmt.«

Roland schüttelte den Kopf. »Habe ich Sie so beeindruckt? Nein, ich bin genau so, wie Sie bereits angedeutet haben. Ein Salonlöwe. Auf meine Visitenkarte könnte man schreiben: *Lord Roland Penhallow, Schuft und Schwerenöter, nur nicht ernst gemeinte Anfragen.* Damit niemand auf falsche Gedanken kommt.«

»Sie versuchen doch wohl nicht, sich bei mir einzuschmeicheln, oder?«

Roland grinste breit, und es war, als hätte die Sonne den bleiernen Himmel durchbrochen. »Natürlich versuche ich, mich einzuschmeicheln, meine Liebe. Das mache ich immer so.«

Lilibet war betroffen. Sie legte das Kinn auf den Kopf ihres Sohnes und hielt sich an ihm fest. Als sie endlich antworten konnte, war ihre Stimme längst nicht so fest, wie sie geglaubt hatte. »Bitte tun Sie das nicht«, sagte sie. »Es ist sinnlos.«

»Nein, das glaube ich nicht«, widersprach Roland. »Denn wenn wir uns dieses Schloss teilen wollen …«

»Gott bewahre!«

»Ganz im Gegenteil, meine Liebe. Gott scheint es offensichtlich so gewollt zu haben«, sagte er mit funkelnden Augen.

»Eher der Teufel.«

»Aber Mama!« Philip drehte sich um und sah mit seinen großen dunklen Augen zu ihr auf, den Augen seines Vaters, schwarz und unergründlich wie das Meer bei Nacht. »Du hast mir gesagt, ich soll niemals …«

»Ich weiß, ich weiß.« Lilibet raffte die letzten Reste ihrer Selbstbeherrschung zusammen. Sicher würden sie am Ende eine Lösung finden. Es *musste* eine gefunden werden. Was Roland sich auch ausgedacht hatte, wie seine Pläne auch aussehen mochten, sie durfte die Sache nicht weitergehen lassen. Es durfte keine Gelegenheit geben, das, was im Stall passiert war, zu wiederholen. »Das war falsch von mir, Schatz. Es war ein langer und ermüdender Tag, und nun dieses ganze Theater um das Schloss.«

»Wenn der Herzog auch bei uns bleibt«, sagte Philip, »lässt er mich dann noch mal auf seinem Pferd reiten?«

Roland lachte laut. »Ich denke schon, mein Junge«, sagte er. »Und falls nicht, darfst du meins haben.«

»Die Herren werden nicht …«, ging Lilibet entschlossen dazwischen.

»In Ordnung, Sir. Aber lieber hätte ich das Pferd des Herzogs. Schließlich ist es das schönste, nicht?«

»Ja, bestimmt«, lenkte Lilibet ein. Dann riss sie sich von Lord Roland los und richtete den Blick auf das Schloss. »Aber das spielt keine Rolle, oder? Denn die Herren werden nicht bleiben. Heute Abend nicht und ganz gewiss nicht ein Jahr. Das ist völlig unmöglich.«

Die Behauptung sollte ihre Zweifel zerstreuen. Wenn sie

sie nur fest genug und oft genug wiederholte, würde sie hoffentlich wahr werden.

Roland sah Lilibets Pferd nach, das mit klappernden Hufen über die nassen Felsen zum Schloss trabte, machte aber keine Anstalten, ihm zu folgen. Schließlich bestand kein Grund zur Eile. Er war nicht sonderlich religiös, doch er merkte, wenn Gott ihm ein Geschenk machte. Diesmal würde er es nicht vermasseln. Diesmal würde er vorsichtig vorgehen.

Er schaute zum düsteren Himmel empor und hielt das Gesicht in den endlosen kalten Nieselregen. Immerhin war der Winter schon fast vorüber, und im Frühling fing alles von vorn an.

SECHS

Castel Sant'Agata
April 1890

Am Anfang ignorierte Lilibet die Anzeichen.

Sie hatte so viel zu tun, so viele Pflichten. Sie befasste sich eingehend mit dem Studium der griechischen Philosophen, half der Haushälterin und den Mädchen in der Küche, gab Philip Unterricht und ging mit ihm zum Picknicken.

Dabei achtete sie natürlich tunlichst darauf, die Herren der Schöpfung zu meiden. Was nach den Regeln eigentlich leicht sein sollte. Am ersten Abend im Schloss hatte man sich bei einer erstaunlich höflichen Diskussionsrunde am schweren Esstisch im Speiseraum darauf geeinigt, das Schloss – bis Rosseti gefunden werden konnte, um die Angelegenheit zu klären – entlang einer Nord-Süd-Achse zu teilen, wobei der östliche Flügel den Damen und der westliche den Herren vorbehalten blieb. Aus diesem Grunde hätten die beiden Parteien nur zu den Mahlzeiten (leider gab es nur ein Speisezimmer) oder bei zufälligen Begegnungen im Freien aufeinandertreffen sollen.

Doch in der Praxis war das gar nicht so leicht. Denn während Mr. Burke sich meistens in seiner Werkstatt am Fuße des Hügels aufhielt und Wallingford, wenn er nicht gerade ausritt, normalerweise missmutig in der Bibliothek saß, trieb Roland sich überall herum. Lilibet war so sehr damit beschäftigt, ihm aus dem Wege zu gehen, dass es ihr nicht schwerfiel, unangenehme Fragen und Überlegungen von akuteren Problemen verdrängen zu lassen. Zum Beispiel wenn sie sich hastig hinter Bäumen verstecken musste, weil Lord Roland pfeifend vorbeispazierte, oder schnell in der Küche Zuflucht suchte, bis er durch die Diele gegangen war.

Doch an diesem Morgen, als sie die Augen aufschlug, *wusste* sie es einfach.

»Mama.« Wie immer um halb sieben stupste Philip ihre Schulter an. »Darf ich jetzt aufstehen?«

»Ja, Schätzchen«, sagte sie wie immer. »Lauf nach unten und bitte Francesca um ein Glas Milch.«

Ihr Sohn drückte ihr einen feuchten Kuss auf die Wange und verschwand durch die Tür, die wie immer knarrend über die alten Steinplatten schrammte. Lilibet blieb noch einen Moment liegen und starrte auf die dunklen Deckenbalken mit dem vergilbenden Putz dazwischen. Wie alt sie wohl sein mochten? Ein paar Jahrhunderte mindestens. Bestimmt hatten im Laufe der Jahre viele Frauen die Augen geöffnet und sie genauso eingehend betrachtet.

Lilibet drehte sich zum Fenster. Sie hatte es in der Nacht zuvor einen Spalt offen stehen lassen, und nun drang zusammen mit dem bleichen Schein der aufgehenden Sonne nach und nach auch die Morgenluft ins Zimmer. Sie roch nach frischem grünen Gras, einem Hauch von Heu und Dung aus den Ställen und dem süßen Duft der Apfelblüten aus dem nahen Obstgarten. Irgendjemand lachte, nicht weit entfernt, ein unbeschwertes, klangvolles Lachen; wahrscheinlich Abigail, auf dem Weg zum Stall, um die Ziegen zu melken.

Das alles war so unglaublich unfair. Lady Pembroke nahm

sich, wie allgemein bekannt war, alle paar Monate einen neuen Liebhaber, ohne dass sie jemals in andere Umstände kam. Und Lord Somerton, ihr eigener Mann, war wahrscheinlich mit jeder Hure in London im Bett gewesen, ohne dass auch nur eine dieser bedauernswerten Frauen jemals mit einem Bastard im Arm auf der Türschwelle ihres imposanten Hauses am Belgrave Square erschienen war.

Sie dagegen hatte nur einmal gesündigt. Sich nur einen einzigen unbesonnenen Moment erlaubt, in einem Anfall von Wahnsinn, der sich nie wiederholt hatte.

Abrupt stand Lilibet auf und ging zur Kommode. An der Wand darüber hing ein dunkel gerahmter, leicht verzogener Spiegel mit einer altersfleckigen Silberauflage. Ihr Spiegelbild, verzerrt und geisterhaft im fahlen Morgenlicht, starrte sie an, die blauen Augen weit aufgerissen.

Warum war sie so überrascht? Schließlich war Philip genau neun Monate nach ihrer Hochzeitsnacht zur Welt gekommen, wie Somerton mit großem Stolz und ihre Eltern mit Erleichterung verbreitet hatten. Als sie vor einem Monat, den schnellen Schlag ihres Herzens im Ohr, im Stall gestanden und sich den Mantel zugeknöpft hatte, hatte sie gespürt, wie Rolands Samen in warmen, kleinen Schlangenlinien an ihrem Bein herunterrann: ein handfester Beweis für den vollzogenen Beischlaf.

Lilibet griff nach dem Krug mit dem Wasser und goss es in die angeschlagene blau-weiße Waschschüssel. Mit zitternden Händen benetzte sie Gesicht und Hals. Einige kühle Tropfen glitten unter ihr hochgeschlossenes Nachthemd, das Tal zwischen ihren Brüsten hinab, und verliefen sich dann irgendwo auf der warmen Haut ihres Bauches.

Hatte sie etwa gedacht, ihr Fehltritt würde nie ans Licht

kommen? Hatte sie allen Ernstes geglaubt, dass der Ehebruch, wenn sie ihn nicht wiederholte – nie wieder, weder in Gedanken noch Taten, so wunderbar sündig sie mit Lord Roland verkehrte –, irgendwie als nie geschehen gelten könnte?

Es klopfte leise.

Lilibet fuhr herum. »Ja?«, setzte sie an, doch so früh am Morgen brachte sie nicht viel mehr als ein Krächzen heraus. Sie räusperte sich und versuchte es noch einmal. »Wer ist da?«

»Ich bin's nur«, rief Abigail, die gleich darauf hereinkam. Sie trug ein einfaches gelbes Kleid und roch etwas streng.

»Bist du schon fertig mit Melken?«, fragte Lilibet.

»Meine Ziegen waren heute Morgen sehr großzügig. Was für ein schöner Tag! Warum bist du noch nicht angekleidet?«

»Vielleicht liegt es an meiner Faulheit.« *Vielleicht aber auch an einer dummen, dummen Schwangerschaft, die all meine Pläne über den Haufen werfen würde und die Hoffnung, Philip bei mir behalten zu können, höchstwahrscheinlich zerstört.* »Suchst du bitte etwas für mich heraus?«

Abigail stieß einen tiefen Seufzer aus und ging zum Schrank hinüber. »Da gibt es nicht allzu viel auszusuchen. Warum hast du nicht mehr mitgenommen?«

»Ich war in Eile. Und meine Garderobe schien mir nicht besonders wichtig zu sein.«

»Hmm.« Abigail machte die Schranktür weit auf und musterte die magere Auswahl nachdenklich. »Welche Farbe möchtest du denn heute tragen?«

Lilibet lachte. »Darüber denke ich nie nach. Du etwa?«

»Oh ja, immer. Heute Morgen wollte ich unbedingt etwas Gelbes, noch ehe ich diese große wunderbare Sonne am Himmel aufgehen sah. Gestern war mir mehr nach Grün, obwohl ich kein grünes Kleid habe und mich mit diesem hässlichen schlammfarbenen Fähnchen behelfen musste, das ich verabscheue.«

»Warum hast du es denn angezogen, wenn du es so hasst?«

»Was für eine Frage«, sagte Abigail, als ob jedes Kind die Antwort wüsste. »Weil es die richtige Farbe hatte.« Leicht angewidert verzog sie den Mund.

»Du bist unglaublich. Also, wenn ich unbedingt wählen soll, dann nehme ich Grau.«

»Wieso Grau? Fühlst du dich heute nicht gut?« Abigail fasste in den Schrank und nahm ein langärmeliges graues Kleid heraus. Mit gerümpfter Nase betrachtete sie die Raffung im Rücken, die verdächtig an eine Tournüre erinnerte. »Wie lange hast du das schon?«

»Erst ein oder zwei Jahre. Vielleicht auch drei«, sagte Lilibet mit gerunzelter Stirn.

»Also, eine Tournüre kannst du nicht mehr tragen. Nicht mal die Dorfmädchen würden das tun, und die haben schon Glück, wenn sie einmal im Jahr ein Musterbuch zu Gesicht bekommen. Wie wär's denn mit diesem? Es ist zwar eher lila, aber wenigstens blamierst du dich damit nicht.« Als Abigail sich umdrehte, ließ Lilibet gerade ihr Nachthemd zu Boden gleiten. »Oh! Wie schön du aussiehst in diesem Licht! Wenn ich malen würde, müsstest du mir unbedingt Modell stehen.«

Mit einem nervösen Lachen griff Lilibet nach ihrem Unterkleid. »Du übertreibst«, erwiderte sie. »Schließlich habe ich ein Kind bekommen.«

»Ja, aber du bist nach wie vor makellos, meine Liebe. Eine Haut wie Porzellan und perfekte Proportionen. Kein Wunder, dass Penhallow dich anbetet.«

»Unsinn«, entgegnete Lilibet scharf und nahm hastig ihr Mieder aus der Schublade.

»Ach, tu doch nicht so. Es ist furchtbar amüsant und nicht zu übersehen, so wie er dich anschaut. Dann wirfst du ihm immer diesen hochmütigen Blick zu, der ihn in die Schranken weist, den Armen. Soll ich dich schnüren?«

»Bitte. Aber nicht zu fest«, fügte Lilibet hastig hinzu, als Abigail nach den Bändern fasste und sie schnell und gekonnt um Lilibets Mitte zusammenzog. War es Einbildung, oder quoll da in der Tat ein verdächtig fülliger Busen aus dem spitzenbesetzten Korsett?

Und waren nicht auch ihre Brustwarzen eine Spur dunkler als sonst?

Himmelherrgott noch mal.

»Schon fertig! Das dürfte genug Platz lassen. So solltest du noch imstande sein, am Mittag zum See hinunterzulaufen«, sagte Abigail und trat einen Schritt zurück. »Wieso bist du in so düsterer Stimmung?«

Als Lilibet sich nach dem Kleid umdrehte, mied sie den scharfen Blick ihrer Cousine. »Wieso düster?«, fragte sie.

»Du hast gesagt, du möchtest ein graues Kleid anziehen.«

»Ja und? Das hat doch nichts mit meiner Stimmung zu tun, du Gänschen. Überhaupt nichts. Ganz im Gegenteil.« Lilibet zog sich das Kleid über die Schultern und drehte ihrer Cousine erneut den Rücken zu. »Würdest du mir bitte bei den Knöpfen helfen?«

»Oh. Ja. Dann habe ich dich wohl missverstanden«, sagte Abigail, möglichst gleichgültig, während sie mit flinken Fingern geschickt alle Knöpfe schloss. Sie hatte eigentlich nie viel Wert auf eine Zofe gelegt; unter anderem weil Zofen für ihren Geschmack nie früh genug aufstanden.

»Danke«, sagte Lilibet. »Sollen wir zum Frühstück nach unten gehen?«

»Ja, natürlich. Vergiss deinen Aristophanes nicht; Alexandra will sich zur morgendlichen Diskussion im Studierzimmer mit uns treffen.«

Lilibet nahm ihre Bücher von der Kommode und folgte Abigail auf den Flur hinaus.

»Trotzdem ist es eine seltsame Wahl«, fuhr Abigail fort, als sie die breite Steintreppe im Zentrum des Schlosses hinunterstiegen. »Grau, meine ich. Denn als ich in dein Zimmer kam, habe ich gedacht, dass du ziemlich bedrückt aussiehst. Und dann hast du *Grau* gesagt, so als wärst du wirklich traurig.«

»Komisch. Warum sollte ich denn traurig sein?«

»Es gibt also keinen Grund? Für das Grau?«

»Nein.« Haltsuchend legte Lilibet eine Hand an die Wand, während sie die steilen Steinstufen eine nach der anderen hinunterschritt. »Nicht den geringsten.«

Wenn Lilibet das Speisezimmer des Castel Sant'Agata sah – eine steinerne Höhle mit einem Tisch, der sich breit wie die mongolische Steppe zwischen den Tafelnden erstreckte, und zwei schmalen Fenstern, die steif wie Schildwachen einen traurigen Ausblick nach Norden boten –, verging ihr meist sofort der Appetit.

Und ihre Schwangerschaft machte die Sache nicht besser.

»Hast du schon die Nierchen probiert?«, fragte Abigail fröhlich und machte sich mit sorgloser Freude über ihren vollgehäuften Teller her. »Sie schwimmen in Butter, genau so, wie ich es Signorina Morini gesagt habe. Olivenöl ist ja ganz gut und schön, aber ich meine, eine gute englische Niere braucht … Geht es dir gut, Lilibet?«

»Äh … ja.« Lilibet knabberte an ihrem Toast.

»Du siehst ganz grün aus. Vielleicht liegt es am Licht hier. Philip, du bist heute Morgen ja ganz schön hungrig. Wie sind die Bücklinge?«

»Sehr lecker, danke der Nachfrage, Cousine Abigail.«

»Wirklich großartig von ihnen, Nieren und Bücklinge für uns zu besorgen. Ich frage mich, wie sie das geschafft haben.«

Lilibet zwang sich, einen weiteren Bissen Toast zu schlucken. »Ich nehme an, dass man diese Dinge bestellen kann. Schließlich gibt es sehr viele Engländer in Florenz.«

»Ja, aber woher haben sie *gewusst*, dass so viele Besucher kommen?« Abigail beugte sich vor und sprach etwas leiser weiter. »Findest du nicht, dass dieses alte Gemäuer ein wenig sonderbar ist?«

»Ich weiß nicht, was du meinst.« Lilibet setzte ihre Teetasse an die Lippen; der angenehme Geruch schien ihren Magen zu beruhigen. »Das Schloss ist einfach nur alt, sonst nichts.«

»Meinst du? Spürst du es denn nicht? Es ist, als lauerte hinter jeder Ecke ein Gespenst.« Abigail streckte einen Arm aus und bewegte ihn geisterhaft auf und ab, wobei sie fast ihren Tee umgeworfen hätte.

»Meinst du, hier gibt's Gespenster?« Aufgeregt rutschte Philip auf seinem Stuhl herum. »Echte, lebendige Gespenster?«

»Nein, Liebling. Gespenster sind normalerweise tot«, erwiderte Abigail freundlich. »Aber echte *tote* gibt's hier bestimmt.«

»Was für ein Unsinn«, sagte Lilibet, den Schauer, der ihr dabei über den Rücken lief, mit eiserner Selbstbeherrschung ignorierend. Schließlich gab es in alten Häusern immer viele seltsame Geräusche und Zugluft. Jedenfalls genug, um sich zu gruseln, selbst wenn es keinen greifbaren Grund dafür gab. »Gespenster, also wirklich.«

Ein Schatten, der im Türrahmen auftauchte, ließ sie zusammenzucken. Signorina Morini, die Haushälterin, kam ins Zimmer. »Ich bringe noch etwas Toast und Tee, Signora Somerton.«

»Danke, Morini«, sagte Lilibet. »Sind die Herren schon da gewesen? Und Lady Morley auch?«

Die Haushälterin trat an den Tisch und stellte einen Ständer mit frischem Toast neben Lilibets Teller. Diese Signorina Morini mit ihrer schlanken Figur und dem schwarzen Haar, das an diesem Tag unter einem leuchtend bunten Kopftuch verborgen war, war eine recht beeindruckende Frau. Gleich nachdem die Reisegesellschaft vor drei Wochen völlig durchnässt im Schloss eingetroffen war, hatte sie die Leitung des Haushalts fest in ihre geübten Hände genommen. Sie hatte für Bettwäsche und Nahrung gesorgt, die Neuankömmlinge durch die leeren Räume geführt und Mädchen aus dem Dorf kommen lassen, um die Küche wieder zum Leben zu erwecken. Seitdem hatte sie von ihrem festen Posten am Herd aus wohlwollend über alles geherrscht und das ständige Kommen und Gehen wie ein allwissendes Orakel überwacht. »Signor Burke und Signor Penhallow waren beide schon da, vor einer Stunde. Den Herzog ich nicht habe gesehen.«

»Sagen Sie, Morini«, begann Abigail, »gibt es hier eigentlich Geister?«

Die Haushälterin, die gerade dabei war, Lilibet nachzuschenken, erstarrte mitten in der Bewegung.

»Morini, der Tee!«, rief Lilibet, und die Haushälterin hob die Kanne gerade noch rechtzeitig wieder an.

»Geister«, wiederholte die Morini und sah von Lilibet zu Abigail und wieder zurück. »Nein, hier gibt es keine Geister.«

»Dann vielleicht etwas anderes?«, fragte Abigail. »Mir kommt es so vor, als wären überall Schwingungen in der Luft.«

»Da ist nichts, Signorina. Nur alte Steine und der Wind, der zerrt an den alten Mauern. Möchten Sie noch etwas Tee?« Abwartend hielt die Morini ihr die Kanne hin.

Doch Abigail antwortete nicht. Lilibet schaute zu ihrer Cousine hinüber und bemerkte, dass sie der Haushälterin mit einem seltsam entschlossenen Gesichtsausdruck in die Augen sah.

»Verstehe«, sagte Abigail schließlich, und dann, »ja bitte, noch etwas Tee. Ihre Mischung schmeckt mir sehr gut, Morini.«

»Was ist denn nun mit den Gespenstern?«, fragte Philip und griff quer über Lilibets Teller hinweg nach einer Scheibe Toast.

»Das tut man nicht, Liebling. Signorina Morini sagt, es gibt hier keine Gespenster.« Lilibet nahm ihr Messer und bestrich Philips Toast dick mit Butter.

»*Sì*, es gibt hier keine Gespenster«, bestätigte die Haushälterin so leise, dass es kaum zu hören war, während sie, eine Wolke von Küchendüften hinter sich herziehend, wieder aus dem Zimmer ging.

»Das ist natürlich eine Lüge.« Nachdenklich schaute Abigail über ihre Teetasse hinweg zur Tür. »Habt ihr gesehen, wie sie mich angeschaut hat?«

»Unsinn. Um Himmels willen, Philip, nicht die Butter vom Toast lecken! Das gehört sich nicht.«

Abigail lehnte sich zurück und klopfte mit dem Finger an den Rand ihrer Teetasse. »Höchst interessant.«

»Das macht er sonst nicht, das kannst du mir glauben …«

»Ich rede doch nicht von der *Butter*, Lilibet. Ich meine die Morini.«

»Warum?« Lilibet wischte die fettigen Hände an einer ordentlich geplätteten weißen Serviette ab. Die Steinwände des Speisezimmers erschienen ihr kälter und dunkler denn je; der Hauch von Sonnenlicht, der durch die Nordwestfenster fiel, änderte nicht das Geringste daran. Sie schluckte, denn ihr Hals war trocken geworden, und sah ihre Cousine fragend an. »Willst du damit sagen, dass sie etwas *verbirgt*?«

»Aber natürlich«, meinte Abigail mit leuchtenden Augen und stellte ihre Tasse mit einem zufriedenen Knall auf die Untertasse zurück. »Und ich habe vor herauszufinden, was genau sie vor uns verheimlicht.«

Der Verwalter starrte Roland so finster an, als wäre er an allen Problemen der Welt schuld.

»Ein Brief ist gekommen«, verkündete er widerwillig. Er war nicht sehr freundlich, dieser Mann; vom ersten Augenblick an hatte er die Engländer eher als Eindringlinge denn als rechtmäßige Mieter betrachtet.

»Ein Brief? Für mich? Wie schön!« Roland legte eine taktvolle Pause ein. »Und hast du diesen Brief vielleicht zufällig dabei?«

Der Verwalter presste die Lippen zusammen und überlegte. Dann lüpfte er seinen Hut, strich sich mit einer schmutzigen Hand durch das Haar, setzte den Hut wieder auf und schob die Hand in die Tasche seiner abgetragenen Jacke.

»Es macht keinen Sinn«, sagte er, während er ein zusammengefaltetes Stück Papier hervorzog.

»Was, dass ich einen Brief bekomme? Ich kann daran nichts

Unsinniges finden.« Ehe der Verwalter es sich anders überlegen konnte, riss Roland ihm das Papier aus der Hand. Ein kurzer Blick auf das Siegel – braunes Wachs mit einem kleinen Fuchs als Prägung – bestätigte seine Befürchtungen. Er steckte den Brief in die Innentasche seines Jacketts und schaute zum wolkenlosen Himmel auf. »Ziemlich warm heute, nicht?«

»Der Brief. Er macht keinen Sinn.«

»Ich weiß nicht, ob ich dir folgen kann, äh … Giacomo war der Name, oder?« Suchend schaute Roland am finsteren Gesicht des Verwalters vorbei auf den Weg hinter dem Mann. Von ihrem Standpunkt vor der Stalltür aus konnte man bei der beinahe direkt über ihnen stehenden Sonne und der klaren Bergluft jedes Detail der langen Auffahrt sehen, die zur Hauptstraße hinunterführte – bis sie um die Kurve herum verschwand, in der Lilibet ihm vor drei Wochen vorausgeritten war. »Also, mein Lieber«, fuhr Roland fort, »ich nehme an, dass du mir nicht sagen kannst, wer diesen Brief gebracht hat, oder?«

Giacomo kreuzte die Arme vor der Brust. »Ein Junge aus dem Dorf. Warum haben Sie bekommen einen Brief mit Worten, die keinen Sinn machen?«

In den letzten Wochen hatte Roland seinen Verstand ungewöhnlich selten benutzt. Natürlich hatte er sich einen Teil der Bibliothek angesehen und sich bemüht, bei den akademischen Studien, mit denen sie sich schließlich beschäftigen sollten, gewisse Fortschritte zu machen. Doch nachdem er in London so viele Jahre ein Doppelleben geführt hatte, bei dem er stets hellwach sein musste, obwohl er sich in der Regel wie ein halb betrunkener Tunichtgut benahm, hatte der ruhige Rhythmus des Schlosslebens ihn eingelullt und in eine Art Trance versetzt. Vielleicht lag es aber auch an Lilibets Nähe und ihrem Lavendelduft, der überall in der Luft hing und ihm ständig ihr Bild vorgaukelte. Jedenfalls waren seine Reflexe nicht mehr das, was sie im kalten Nebel des Londoner Winters gewesen waren.

Daher vergingen ein paar Sekunden, ehe das warnende Prickeln in seinem Nacken die denkenden Regionen seines Hirns aktivierte.

Einen Brief mit Worten, die keinen Sinn machen.

Woher zum Teufel wollte der Kerl das wissen?

Roland fragte vorsichtig nach. »Hör mal, mein Lieber. Du wirst mir verzeihen, aber ich war stets der Ansicht – aufgrund einer in der Tat seltsamen Sitte, die in meinem fernen Heimatland gepflegt wird –, dass meine private Korrespondenz wirklich *privat* ist.« Das vorletzte Wort betonte er leicht.

Abfällig stieß Giacomo die Luft aus. Offenbar beeindruckten ihn seltsame englische Sitten nicht. »Iste meine Pflicht zu wissen alles.«

Roland legte die Hände auf den Rücken, damit er nicht die Beherrschung verlor und den Mann am Kragen packte. Leider schien er, was Verhöre anbelangte, ziemlich aus der Übung gekommen zu sein. »Vielleicht ist dein Englisch nicht gut genug, Mann.«

»Es ist nicht mein Englisch. Es ist der Brief.«

Hinter sich hörte Roland einen Vogel tirilieren, der die missmutige Stille mit äußerst unpassender Begeisterung füllte. Zweifellos aus Dankbarkeit für das frühjährliche Überangebot an willigen Vogeldamen. Roland wünschte, von der menschlichen Spezies ließe sich Ähnliches sagen. Doch da dem nicht so war, studierte er stattdessen das misstrauisch verzogene runzlige Gesicht des Verwalters, dessen kleine schwarze Augen fast zu Schlitzen verengt waren. Die Mittagssonne warf den Schatten seiner kurzen Hutspitze senkrecht auf Giacomos Gesicht und teilte es genau in der Mitte.

Roland zog den Brief wieder aus der Tasche. Das Siegel war unangetastet. Er schob einen Finger darunter und erbrach den runden Wachsstempel mit einem geübten *Plopp*, das den Fuchs den Kopf kostete. Das dünne Papier war leicht zu entfalten, der Code gleich zu erkennen. »Ah!«, sagte er. »Das ist dein Problem. Der Brief ist von meinem Großvater. Er ist ziemlich senil, und wahrscheinlich hatte er noch dazu ein oder zwei Flaschen Brandy intus, verstehst du?« Roland faltete das Papier wieder zusammen und steckte es in die Tasche zurück. »Ehrlich gesagt kann ich mir auch keinen Reim darauf machen.«

Giacomo schien etwas ins Zweifeln zu geraten. Vor lauter Erleichterung wurde Roland ganz flau.

Trotzdem lächelte er.

»Also dann, mein Lieber. Ich geh mal zur Küche, um zu sehen, ob ich etwas Mittagessen bekomme. Möchtest du mich begleiten?«

Giacomos Miene wurde noch finsterer als zuvor, und ein erneutes Schnauben bekundete seine Ablehnung.

»Gut, dann werde ich in der Küche dein Bedauern ausrichten. Vielleicht …«

Doch Giacomo stapfte bereits, bei jedem Schritt eine kleine Staubwolke aufwirbelnd, zum Stall zurück.

Roland konnte es kaum erwarten, den Brief zu lesen. Der Code stammte von Sir Edward persönlich – er war noch relativ neu und recht kompliziert. Die Nachricht musste also sehr wichtig sein. Roland wandte sich den verblichenen gelbgrauen Steinen des Ostflügels zu, in dem die Küche des Schlosses lag, und ging mit langen, entschlossenen Schritten auf den Nebeneingang zu.

Doch er kam nicht sehr weit, denn er entdeckte etwas, das ihn abrupt zum Stillstand brachte: Elizabeth, Lady Somerton, mit einem großen Picknickkorb in der einen und dem kleinen Lord an der anderen Hand. Sie trug ein graulila Kleid, das sich in einer frischen Brise aus dem Tal sehr hübsch bauschte.

Sie hatte ihn noch nicht bemerkt. Sie schaute nach Süden, die lange Reihe von Terrassen hinab, und überlegte wahrscheinlich, wo sie picknicken sollte.

Unschlüssig beobachtete Roland sie, seine beiden Möglichkeiten abwägend. Einerseits ging es um Sir Edwards Nachricht und die Pflicht gegenüber Königin und Vaterland, von seiner Neugier gar nicht zu reden. Andererseits um Lilibet.

Der Ausgang war eigentlich von vornherein klar.

Sir Edward konnte ihm gestohlen bleiben.

»Warum können wir denn nicht am See picknicken? Warum nicht, Mama?« Philips Tonfall kam gefährlich nah an ein Quengeln heran.

Weil ich vor einer Stunde durchs Fenster geschaut und gesehen habe, dass Lord Roland Penhallow in diese Richtung gegangen ist. »Weil das Wasser noch zu kalt ist, mein Schatz. Im Pfirsichgarten ist es doch viel schöner.«

»Stimmt gar nicht! Und das Wasser ist nicht zu kalt! Es ist *April*, Mama! Nicht Winter!« Diesmal quengelte der Junge wirklich, und zwar so deutlich und gekonnt, dass jeder Fünfjährige mit Fug und Recht stolz darauf gewesen wäre.

»Trotzdem.«

Stumm suchte Philip nach einem neuen Ansatzpunkt. »Wir müssen doch nicht im See schwimmen gehen, nur weil wir dort picknicken«, sagte er schließlich.

»Philip, mein Schatz, ich weiß genau, wozu kleine Jungs fähig sind. Wenn wir am See picknicken, wirst du früher oder später im Wasser landen. Und ich habe keine Handtücher, keine Kleidung zum Wechseln …«

»Lady Somerton! Was für eine schöne Überraschung!«

In einer einzigen Bewegung fuhr Lilibet zugleich zusammen und herum. »Lord Roland! Mein Gott! Sie … was zum Teufel …« Ihr schwirrte der Kopf. Sie hatte ihn doch am See vermutet, sich völlig sicher gefühlt. Auf eine Begegnung war sie nicht vorbereitet.

Doch nun stand er vor ihr, breitschultrig, lächelnd und hutlos, das Haar golden glänzend im Sonnenschein. Der Erzeuger – o Gott! – des neuen Lebens in ihr. »Wollen Sie ein Picknick machen?«, fragte Roland.

»Ja, schon, aber …«

»Geben Sie mir Ihren Korb. Er sieht furchtbar schwer aus.«

Zu verwirrt, um zu protestieren, überließ Lilibet ihm den Korb. Nun war es vorbei mit dem ruhigen Nachmittag. »Aber … Sie können doch nicht …«

»Nein? Ach, kommen Sie, Mylady. Sie wollen mich doch nicht wegschicken, oder?«

»Aber …« Lilibet griff nach einem Strohhalm. »Was ist mit Wallingford? Und der Wette? Es ist uns nicht erlaubt, uns mit der anderen …«

»Ach, vergessen Sie meinen Bruder und seine Wetten. Ich werde ihm erzählen, dass ich sie beide gekidnappt habe, und dann die Strafe auf mich nehmen. Die Anzeige in der *Times* sogar selbst formulieren, als überaus demütige Entschuldigung.« Er grinste sie an, und das Sonnenlicht brachte seine haselnussbraunen Augen zum Funkeln. »Lassen Sie mich mitkommen. Ich werde mich auch tadellos benehmen.«

Dieses verwünschte Lächeln. Und diese Fältchen in den Augenwinkeln. »Davon gehe ich aus«, hörte Lilibet sich sagen. »Aber Sie müssen versprechen, uns nicht alles wegzuessen.«

Roland hob den Korb ein wenig an. »So wie es sich anfühlt, gibt es genug für alle.«

»Kommen Sie mit uns, Mylord?«, fragte Philip. Dann lief er voraus und rief über die Schulter: »Wir gehen zum See!«

»Zum See? Großartig!«

»Wir gehen *nicht* zum See! Wir gehen in den …« Lilibet beeilte sich, ihrem Sohn zu folgen.

»Warum denn nicht? Es ist sehr schön dort. Klares Quellwasser, Wellenrauschen und so weiter. Eine gute Wahl.«

»Aber …« Anscheinend war Widerstand zwecklos. Schließlich war ihr einziger Einwand gegen den See – nämlich Rolands Anwesenheit dort – praktisch sinnlos geworden. »Also schön, von mir aus«, gab Lilibet endlich nach.

»Wunderbar. Immer der Nase nach, Philip!« rief Roland und lief dem Jungen trotz seiner Größe leichtfüßig hinterher. Er wirkte sehr unternehmungslustig.

Lilibet folgte den beiden die terrassierten Weinberge hinab, über das zarte neue Gras der Schafweide und vorbei an den Apfel- und Pfirsichbäumen, die mit köstlich duftenden Blüten übersät waren. Die laue Frühlingsluft, die nach frisch umgegrabener Erde roch, streichelte ihre Wangen, und der ängstliche Knoten in ihrem Bauch begann sich zu lösen und zu etwas wesentlich Angenehmerem zu entwickeln.

Etwas, das eher an Vorfreude erinnerte.

SIEBEN

War es erlaubt, die Gunst einer Dame zu erringen, indem man ihren Nachwuchs lobte? Roland dachte kurz darüber nach, verfuhr dann aber wie üblich, wenn er mit einer delikaten ethischen Frage konfrontiert war: Er ignorierte sie.

»Was für ein netter Junge«, sagte er, während er zusah, wie Philip am Seeufer Steine aufhäufte. Dann durchforschte er stumm sein Hirn, bis ihm noch etwas einfiel. »Und so klug.«

»Manchmal sogar zu klug«, erwiderte Lilibet ruhig. Sie saß auf dem Boden, den Rücken an den knorrigen Stamm eines Olivenbaums gelehnt, und ließ ihren Sohn nicht aus den Augen. »Geh nicht zu nah ans Wasser!«, rief sie ihm zu.

Der Junge tat, als hätte er nichts gehört. Das durchschaute Roland, weil er diese Taktik als Kind auch regelmäßig angewandt hatte. Und, um ganz ehrlich zu sein, immer noch anwandte. Er stützte sich auf einen Ellbogen und musterte Lilibet aus den Augenwinkeln.

Sie war recht nett gewesen. Zu nett vielleicht: auf diese oberflächlich freundliche Art, die sie auch an den Tag gelegt hatte, als sie vor drei Wochen in den Stall gekommen war und so getan hatte, als ob zwischen ihnen nie etwas gewesen wäre. Roland nahm noch ein Stück von dem würzigen Käse auf seiner Serviette und ließ ihn sich auf der Zunge zergehen.

Zeit für etwas Aufregung, beschloss er.

»Sag mal«, begann er und wandte sich ihr zu, »wie war dein Ehemann eigentlich?«

»Ist«, erwiderte Lilibet. »Er lebt ja noch. Und ist immer noch mit mir verheiratet.«

»Also gut, wie ist er?«

»Ich weiß nicht, worauf du hinauswillst.« Lilibet sah ihm direkt in die Augen. »Ich nehme an, du kennst ihn genauso gut wie ich. Schließlich bewegt ihr euch in den gleichen Kreisen.«

»Nein, eigentlich nicht. Ich kenne ihn nur dem Ruf nach.«

Lilibet zuckte mit den Achseln. »Nun, so ein Ruf hat ja meist einen wahren Kern.« Sie fasste sich an den Hinterkopf und zog eine lange Hutnadel aus dem Haar. »Aber ich glaube, in Wahrheit möchtest du wissen, wie er als Liebhaber war. Das ist es doch, was dich wirklich interessiert, oder?«

Fast hätte Roland sich verschluckt, deshalb setzte er sich hastig auf. »Mein Gott.«

Lächelnd nahm Lilibet ihren Hut ab und legte ihn neben sich. »Du glaubst doch nicht etwa, ich wäre immer brav? Immer noch dasselbe Mädchen wie vor sechs Jahren?«

»Nein, natürlich nicht. Und dafür bewundere ich dich noch mehr.«

Diesmal lachte Lilibet laut. »Also, wer so neugierig ist, hat es nicht besser verdient. Ich sollte es dir wirklich erzählen, nur damit du gut nachdenkst, ehe du noch mal solche Fragen stellst.«

Sie saß gerade so weit weg, dass sie außerhalb seiner Reichweite war. Dabei sehnte Roland sich danach, sie anzufassen und irgendeine Form von Kontakt herzustellen, doch der große Sonnenhut im Gras zwischen ihnen wirkte wie eine Art Anstandswauwau. Hatte er sich wirklich körperlich mit ihr vereinigt? Ihre drängenden Hüften an seinen gespürt?

»Du brauchst mir nur das zu erzählen, was du möchtest«, erwiderte er.

Lilibet richtete den Blick wieder auf Philip. »Was gibt es da zu erzählen? Ich musste dich vergessen. Es musste sein. Ich war es Lord Somerton schuldig, der Institution Ehe an sich. Ich dachte … nun, natürlich kannte ich seinen Ruf. Aber ich war naiv; ich wusste nicht, was das für mich bedeutete. Was man wirklich im Bett miteinander macht, was das hieß.«

»Oh nein!«, rief Roland. »So unwissend kannst du doch nicht gewesen sein.«

Lilibet warf ihm einen rätselhaften Blick zu. »Das Wichtigste war mir natürlich klar. Aber mehr nicht.«

»Wie schön es ist, meinst du. Gott weiß, wie oft ich mir vorgestellt habe, das mit dir zu tun.«

»Tatsächlich?«

War da ein aufreizender Unterton gewesen? Sofort erwachte in Roland der Charmeur. *Damit* kannte er sich aus. Das war sein Gebiet. »Meine liebe Lilibet«, sagte er übertrieben, »wenn du gewusst hättest, was für schockierende Gedanken ich gehegt habe, während ich mit dir durch diese dämlichen Ballsäle tanzte, hättest du mir sicherlich deine Limonade ins Gesicht geschüttet.«

Doch Lilibet spielte nicht mit. Statt zu lachen oder auch nur leicht amüsiert eine Braue zu heben, vergewisserte sie sich nur rasch, dass es Philip gut ging, ehe sie wieder ihn anschaute. Etwas an ihrer Miene veranlasste Roland, sich vorzubeugen und zu versuchen, den Ausdruck in ihren sanften blauen Augen zu deuten. War das Nostalgie? Oder Sehnsucht?

»Es wird dich bestimmt wundern«, sagte sie. »Aber ich wäre sehr froh gewesen, wenn ich gewusst hätte, was du denkst. Schließlich haben auch Mädchen Sehnsüchte, selbst wenn sie nicht genau wissen, wonach sie sich sehnen.«

»Dann hast du also dasselbe gedacht?« Roland war ernst geworden, und die Frage fiel ihm sichtlich schwer.

Zuerst gab Lilibet keine Antwort. Unschlüssig musterte sie ihn und überlegte, dann sagte sie schließlich: »Nun ja, wahrscheinlich nicht ganz genau dasselbe. Sicher warst du längst nicht so unschuldig wie ich.«

Roland zögerte. »Ja, das ist richtig.«

Lilibet holte so tief Luft, dass ihr Busen sich unter dem adretten, hochgeschlossenen Kleid sichtbar hob und senkte. »Das ist nicht fair, oder? Wenn du mir das gesagt *hättest* und wenn wir geheiratet *hätten*, wäre ich als Unschuld zu dir gekommen, rein wie eine Lilie, während du …« Sie ließ den Gedanken in der Luft hängen und griff nach einem gekochten Ei.

Roland schaute auf seine Hände hinab. »Ich schwöre dir, Lilibet, von dem Augenblick an, in dem ich dich gesehen habe, habe ich nie mehr an eine andere Frau gedacht. Nur an dich, den ganzen Sommer lang. Und wenn wir geheiratet *hätten*, wäre ich niemals … in unserem Bett hätte es keine anderen gegeben, kein Verlangen nach Abwechslung, nie.«

Lilibet biss ein kleines Stück von dem Ei ab und legte es auf ihre Serviette zurück. Dann entgegnete sie voller Sarkasmus: »Ach, das sagt ihr Männer doch immer. Immer versprecht ihr uns ewige Treue. Selbst Somerton hat etwas Ähnliches gesagt, bevor wir geheiratet haben. Ich weiß noch, dass ich mich gewundert habe, dass er es extra ansprach. Schließlich wäre ich nie auf die Idee gekommen, ihn zu betrügen.

Deshalb habe ich einfach angenommen, dass er es auch nicht tun würde.«

»Aha.«

Eine schwache Röte, die ihr sehr gut stand, breitete sich über Lilibets Gesicht. »Ich habe mir große Mühe gegeben. Ich habe versucht, ihn zu lieben. Ich habe ihm erlaubt … wann immer er wollte …«

Roland ballte die Hand im Gras. Dann nahm er noch ein Stück Käse, wandte sich ab und schaute über den See. Doch es half nichts: Vor sich im Wasser, auf dem die Sonne funkelte, sah er Lilibets schlanken, nackten Körper verschlungen mit Somertons massiger Gestalt. Hatte es ihr überhaupt gefallen? Hatte Somerton sie erregt und befriedigt? War sie passiv gewesen, oder hatte sie ihn angetrieben, ihn geritten, mit dem Mund verwöhnt?

Lilibet verriet nur die Fakten. »Nun … jedenfalls wurde ich sofort schwanger, und nach diesem ersten Monat schien er zu denken … ich nehme an, er wollte nichts riskieren, nachdem der Doktor die Schwangerschaft bestätigt hatte. Er wollte unbedingt einen Erben.« Sie war ganz ruhig und sachlich. Eine Brise strich über ihre Stirn und befreite eine festgesteckte Haarlocke. Geistesabwesend schob sie sie hinters Ohr. »Dumm wie ich war, habe ich geglaubt, er würde meinetwegen ein großes Opfer bringen. Immerhin war er … ich wusste, dass sein Drang …« Sie räusperte sich. »Am Anfang war er noch diskret. Erst nach Philips Geburt habe ich die Wahrheit erkannt. Und das Ausmaß.«

Verflucht noch mal. Was war schlimmer? Sie sich im Bett mit Somerton vorzustellen oder voller Scham über den untreuen Ehemann? »Tut mir leid«, flüsterte Roland. Die sanften Worte täuschten über die Wut hinweg, die in ihm gärte. Am liebsten hätte er sich an Somerton gerächt: nicht wie ein Gentleman in einem Duell mit Pistolen oder Degen, sondern mit bloßen Fäusten. Er wollte spüren, wie dem Kerl der Kiefer brach und seine Nase zu Brei wurde.

Lilibet sprach weiter. »Ich habe es ihm ins Gesicht gesagt. Wir hatten einen furchtbaren Streit. Dabei wurde mir in aller Deutlichkeit mitgeteilt, was ich in der Ehe zu erwarten hätte, und von da an … Was ist, Schätzchen?«

Roland schaute auf und sah, dass Philip, die Augen weit aufgerissen vor Aufregung, vom Seeufer herübergelaufen kam.

»Mama!«, rief er und schwenkte einen Stein. »Ich habe Gold gefunden!«

»Oh, zeig mal!« Graziös stand Lilibet auf und nahm dem Jungen den Stein ab. »Na so was! Unglaublich! Siehst du, wie das glitzert?«

»Ist das echtes Gold, Mama? Wirklich? So wie das, das man in Kalifornien findet?«

Die Stirn in nachdenkliche Falten gelegt sah Lilibet sich den Stein näher an, dann hielt sie ihn in die Sonne und drehte ihn hin und her. »Ja, Philip«, sagte sie, »ich glaube schon. Ich wüsste nicht, was es sonst sein sollte. Scheint eine große Ader zu sein. Du hast uns reich gemacht!«

Strahlend wandte Philip sich Roland zu. »Sehen Sie, Sir! Gold!«

Lächelnd reichte Lilibet das Fundstück weiter. »Und?«

Roland nahm den Stein und begutachtete ihn. Eine funkelnde Pyrit-Ader lief durch die Mitte und an einer Seite entlang. Dann schaute er in Philips gespanntes Gesicht; die dunklen Augen des Jungen hatten die gleiche Form und Farbe wie die seines Vaters. Kein besonders hübscher Mann, dieser Somerton: grobe Knochen, dunkle Haut, düstere Züge.

Philip kam mehr nach seiner Mutter, aber die Augen waren unverkennbar. Sie erinnerten Roland an sein letztes Zusammentreffen mit dem Grafen im Club. Der Graf war normalerweise immer mit ein paar Gleichgesinnten zusammen, die genauso viel tranken und hurten wie er und wohl aus dem Club geworfen worden wären, wenn es sich nicht um Standesgenossen gehandelt hätte. Jedenfalls waren sie Außenseiter, die für die meisten Mitglieder unsichtbar bis tief in die Nacht hinein in einem separaten Raum Karten spielten und dann in der erstbesten Lasterhöhle verschwanden, die ihnen die Türen öffnete.

Doch in dieser besonderen Nacht kurz nach Silvester, als die meisten Clubmitglieder noch auf ihren Landsitzen festsaßen, hatte Roland mit einer Zeitung in einem Ledersessel in der düsteren Bibliothek gesessen und, einen Sherry neben sich, auf einen Kollegen gewartet, dem er etwas Vertrauliches mitteilen wollte. Plötzlich hatte er sich irgendwie bedroht gefühlt, und als er die Zeitung sinken ließ, stand der Graf vor ihm und fixierte ihn mit seinen kalten nachtschwarzen Augen. *Kann ich Ihnen helfen, alter Junge?*, hatte Roland höflich gefragt, und Somerton hatte ihn von Kopf bis Fuß gemustert, ehe er *Nein* sagte und sich mit einer ordentlich gebügelten Ausgabe der *Times* auf der anderen Seite des Raumes in einen Ohrensessel setzte und boshaft herüberstarrte. Kurz darauf war MacDougal gekommen, und Roland war es gelungen, seine Information mit der nötigen Diskretion zu vermitteln, doch das beunruhigende Gefühl, dass diese schwarzen Augen sich in seinen Rücken bohrten, hatte sich erst gelegt, als der Graf nach einer Viertelstunde aufgestanden und gegangen war.

»Sir?«

Philips Stimme riss Roland aus seinen Erinnerungen. Er

zwinkerte mehrmals, um Somertons Bild aus dem Kopf zu bekommen, während die unheimlich ähnlichen Augen des Kindes ihn wartend ansahen.

»Ja, Junge?«

»Der Stein, Sir! Was meinen Sie?«

Roland schaute auf den Fund in seiner Hand und sagte ohne nachzudenken: »Tut mir leid, das ist nur Pyrit, mein Kleiner. Aber such schön weiter. Man darf nie aufgeben.«

Dem erwartungsvollen Gesicht des Jungen war die Enttäuschung deutlich anzusehen. Links neben Roland schnappte Lilibet deutlich hörbar nach Luft.

»Verstehe, Sir. Danke.« Der Junge drehte sich um und trottete traurig zum See zurück.

Oh verdammt.

Roland schaute zu Lilibet hinüber und bereute es auf der Stelle. Das Feuer in ihren blauen Augen hätte Steine schmelzen können, egal, woraus sie bestanden. Wortlos drehte sie ihm den Rücken zu und ging ihrem Sohn nach.

Roland ließ sich ins Gras zurückfallen und starrte in den blauen Himmel der Toskana hinauf. Wenn schmerzende Lenden sprechen könnten, hätten seine wohl vor Verzweiflung gestöhnt.

Heute würde er jedenfalls nicht mehr erhört werden, so viel war sicher.

Als Lilibet endlich zum Picknickplatz zurückkehrte, die Taschen voll mit vielversprechenden Steinen mit Pyrit-Einsprengseln, und Philips Gleichgewicht wiederhergestellt war, stellte sie fest, dass Roland schon alles zusammengepackt hatte. Essen und Geschirr waren wieder im Korb verstaut, auf dem zusammengefaltet die weiße Decke lag. Er selbst stand an einen Olivenbaum gelehnt und sah ihnen mit verschränkten Armen entgegen.

»Danke fürs Aufräumen«, sagte Lilibet und griff nach dem Korb.

Doch ehe sie ihn hochheben konnte, hatte Roland ihn ihr schon wieder abgenommen. »Zurück zum Schloss?«, fragte er.

Lilibet bückte sich nach ihrem Hut und setzte ihn wieder auf. »Ja«, sagte sie und steckte den Hut, dankbar für die körperliche Betätigung, die ihre Nervosität verbarg, mit der Nadel fest. Sie hatte gar nicht vorgehabt, so offen zu reden, doch irgendwie hatten das warme Wetter und die Freude an der schlichten Mahlzeit für eine gewisse Lockerheit gesorgt. Eine gefährliche Lockerheit von genau der Art, die sie bislang so mühsam vermieden hatte. Wo das wohl hingeführt hätte, wenn Philip nicht dagewesen wäre?

Sie konnte sich selbst nicht trauen.

Hastig redete sie weiter. »Wir haben heute Nachmittag noch einiges vor. Philip bekommt Unterricht von Abigail, und ich bin mit Aristophanes ziemlich im Hintertreffen.«

»Ach, Mama, muss ich wirklich *lernen*? Es ist so schön draußen.«

»Ja, du musst. Du magst Abigail doch, also beklag dich nicht. Sonst unterrichte *ich* dich, und das wäre nicht halb so lustig.«

Roland führte die beiden weg vom See, durch die Olivenbäume zum Fuße des Hügels, wo die Terrassen begannen. An den Weinstöcken sprossen gerade die ersten Blätter, ihr frisches Hellgrün entfaltete sich unter der wärmenden Sonne, und ein paar Männer gingen an den langen Reihen entlang, um Triebe zu stutzen und neu Gewachsenes mit langen Weidenruten zu stützen. Philip hing an Lilibets Hand, anscheinend hatte er keine Lust, wie auf dem Hinweg vorauszulaufen.

Als Roland sich umschaute, sah er, dass Mutter und Sohn einige Meter hinter ihm waren. Er blieb stehen und wartete, bis sie aufgeholt hatten. »Tut mir schrecklich leid«, sagte er. »Ich war in Gedanken.«

»Kein Problem. Gehen Sie nur voraus, wenn Sie möchten. Schließlich sollten wir sowieso nicht miteinander gesehen werden.«

»Ach, das ist mir egal. Von mir aus kann Wallingford machen, was er will.«

Lilibet schaute auf ihren Sohn hinunter. »Philip, meinst du, du könntest vorlaufen und im Pfirsichgarten am Schloss eine Blüte für Mama pflücken?«

Eifrig rannte Philip den Berg hoch, seine weiße Matrosenjacke strahlte im Sonnenschein.

»Ich muss mich entschuldigen«, sagte Roland. »Anscheinend kann ich mit Kindern nicht umgehen.«

Lilibet seufzte. »Für mich ist das etwas ganz Normales, aber meine ganze Welt kreist ja auch um meinen Sohn. Wahrscheinlich hast du noch nie richtig mit Kindern zu tun gehabt.«

»Du machst das jedenfalls großartig. Wie zum Teufel lernt man so was eigentlich?«, fragte Roland leichthin, als ob es nicht sonderlich wichtig wäre.

»Hör mal«, erwiderte Lilibet, »wir dürfen wirklich nicht zusammen gesehen werden. Ich hoffe …« Sie zögerte. »Ich hoffe, ich kann mich auf deine Diskretion verlassen. Mein Name … Wenn bekannt wird, dass ich hier bin, wenn Somerton das herausfindet, wenn er erfährt, dass *du* auch hier bist…«

»Großer Gott!«, platzte Roland heraus. »Du glaubst doch wohl nicht, dass ich ein Wort davon sagen würde, oder?«

Zu ihrem eigenen Ärger kamen Lilibet Tränen. Entschlossen drängte sie sie zurück. »Er darf nicht erfahren, wo ich bin. Bitte versteh doch. Es darf nicht sein. Wir sind viel zu viele Risiken eingegangen.«

Rolands Stimme triefte vor Verachtung. »Also wirklich. Wie zum Teufel sollte Somerton euch finden? Die meiste Zeit ist er doch zu betrunken, um geradeaus zu schauen …«

»Du Narr.« Kopfschüttelnd sah Lilibet auf die langen Grashalme hinunter, über die sie schritten. Wie sollte sie es ihm erklären? »Denk doch mal nach. Die Wette, die Bedingungen. Eine Anzeige in der *Times*. Selbst wenn die Namen verfälscht wären, würde er die Wahrheit herausfinden. Er findet alles heraus. Du weißt nicht, wozu er fähig ist.«

Im Schatten eines Apfelbaums blieb Roland stehen, drehte sich zu Lilibet um und fasste sie am Arm. »Hat er dich verletzt? Bei Gott, wenn er dir wehgetan hat …«

»Hör auf. Das geht dich nichts an.«

»Oh doch!« Wütend baute Roland sich vor ihr auf und umklammerte auch ihren anderen Arm. Er war nicht so massig und angsteinflößend wie Somerton, aber muskulös und gelenkig, und er strotzte vor Kraft, wie an seinem karierten Sakko, das sich über den Schultern spannte, deutlich zu sehen war.

»Lass das! Man wird uns sehen!«

»Das kümmert mich einen Dreck! Sag mir nur eins: *Hat er dich verletzt?*«

Die Wut in Rolands Stimme ließ Lilibet erstarren. »Nein … nicht körperlich. Bitte lass mich los. Wenn wir gesehen werden, wenn dein Bruder wieder mit seiner Wette anfängt … er hat fest vor zu gewinnen, sein Stolz steht auf dem Spiel, und Abigail reizt ihn so …«

Roland zog Lilibet hinter den dünnen Stamm des Apfelbaums, und der berauschende Blütenduft hüllte sie ein. Ein schwer beladener Ast streifte Lilibets Hut. »Warum in Dreiteufelsnamen bist du diesem Mann gegenüber so loyal? Ich würde dich beschützen, ich würde für dich kämpfen, ich würde alles tun, was du willst. Dieser verdammte Bastard. Warum hältst du dich an dein Eheversprechen, wenn es ihm gar nichts bedeutet?«

Ihn so zu sehen, schnürte Lilibet die Kehle zu. Sein wunderschönes Gesicht war verzerrt vor Wut, Liebe und Leidenschaft, nichts erinnerte mehr an den gut gelaunten Lord Roland, den man auf sommerlichen Gartenpartys und in Londoner Ballsälen antraf. Sie senkte den Blick und entdeckte, dass er seine Krawatte gelockert und den obersten Knopf seines Hemdes geöffnet hatte. Die Haut in seiner Halsgrube zog sie unwiderstehlich an.

Aber sie *konnte* widerstehen; sie musste es. Sie richtete den Blick wieder auf seine warmen haselnussbraunen Augen, die sie entschlossen ansahen. »Wenn du das fragen musst«, sagte sie traurig trotz der immer noch schmerzenden Kehle, »kennst du mich wirklich nicht, oder?«

Roland suchte ihren Blick. »Das stimmt nicht. Ich kenne dich besser, als du dich selbst kennst, mein Schatz.« Federleicht strich er ihr mit den Fingern über die Wange. »Ich weiß, dass du einfach nicht so weiterleben kannst, in einer Ehe mit so einem Mann. Die Lilibet, die ich kenne, würde lieber den alten Drachen in London zeigen, dass sie ihr gestohlen bleiben können, als bei einem betrunkenen Hurenbock wie Somerton zu bleiben.«

Bei den Worten *betrunkener Hurenbock* ging irgendetwas in Lilibet zu Bruch. Sie riss sich von Roland los und zischte: »Um was zu tun? Um stattdessen dich zu heiraten und die nächsten sechs Jahre mit noch einem Kind zu Hause zu hocken, während du durch alle Betten in London tollst, in denen du noch nicht gewesen bist?«

Erschrocken trat Roland einen Schritt zurück, die Augen so weit aufgerissen vor Empörung, dass Lilibet es wie einen Schlag ins Gesicht empfand. »Was willst du damit sagen, Herrgott noch mal?«

»Oh, du würdest es mir sicher sehr viel charmanter beibringen. Schließlich war Lord Roland Penhallow schon immer sehr gut darin, Frauen zu bezirzen.« Sie bohrte einen Finger in seine Brust. »Aber im Grunde seid ihr doch alle gleich. Du weißt nicht mehr von der Treue als ein brünstiger Stier. Sobald du hast, was du willst, jagst du dem nächsten hübschen Gesicht nach. Der nächsten Eroberung, dem nächsten Spaß.«

Schockiert starrte Roland sie an. »Das ist völlig absurd! Ich würde niemals …« Er riss sich zusammen.

Lilibets Gesicht war brennend heiß. »Hältst du mich für blöd?«, fragte sie. »Meinst du, ich wüsste es nicht? Obwohl mir in den vergangenen Jahren jede Woche von der einen oder anderen Freundin deine neueste unsägliche Eskapade in allen Einzelheiten geschildert wurde? Immer mit demselben selbstgefälligen Lächeln und dem größten Vergnügen. *Oh, meine Liebe, Sie werden nie erraten, was ich soeben erfahren habe, eine höchst pikante Neuigkeit über Ihren ungezogenen Freund.*«

Roland schloss die Augen. »Ich bin anders als dein Mann. Ich halte, was ich verspreche.«

»Ach ja? Und wie war das damals?«

»Das ist unfair! Das war etwas anderes. Das war …« Roland stockte und suchte schwer atmend nach den richtigen Worten. Bittend musterte er Lilibets Gesicht, ehe er etwas sanfter fortfuhr: »Damals war ich noch ein Junge. Ein schlecht gelaunter, misstrauischer Junge, dem noch nie etwas weggenommen worden war, das er liebte. Ich würde … dir gern *beweisen* … dass ich in der Zwischenzeit erwachsen geworden bin.«

Er wirkte so bescheiden, so zerknirscht und verletzlich, als stünde es wirklich in ihrer Macht, ihm das Herz zu brechen. Der Anblick seines ernsten, aufrichtigen Gesichts war beinah unerträglich.

Abwehrend hob Lilibet eine Hand. »Es reicht, Roland. Lass mich einfach in Ruhe. Ich habe auch so genug Sorgen.«

Dann drehte sie sich um und ging den Hügel hoch zu Philip, der mit dem Arm voller Pfirsichblüten schon ungeduldig auf sie wartete.

ACHT

Roland hätte die Nachricht in seiner Tasche, statt sie zu lesen, lieber zerrissen. Verbrannt, bespuckt und den Verfasser für alle Ewigkeit in der Hölle schmoren lassen. Vorzugsweise mit einer Schar vollbusiger Frauen, die knapp außerhalb seiner Reichweite nackt um ihn herumtanzten. Das wäre die richtige Strafe, bei Gott. Das wäre Gerechtigkeit.

Nie hatte er in solch einer Klemme gesteckt. Lilibet warf ihm vor, ein Schürzenjäger zu sein, und er konnte sich nicht wehren! Es weder leugnen noch erklären noch darüber lachen.

Konnte ihr die Wahrheit nicht sagen.

Nur wegen Sir Edward mit seinen blöden Geheimnissen und diesem ganzen verdammten Agentenpack, verflucht sollten sie sein, dreimal verflucht.

Wütend stieß Roland die Küchentür auf und stellte den Picknickkorb mit so rachsüchtigem Schwung auf dem großen Tisch in der Mitte ab, dass ein am anderen Ende aufgetürmter Bohnenhaufen wie aus dem Schlaf geschreckt in Bewegung geriet.

»Signore!«

Erschrocken drehte Roland sich um. Im Türrahmen stand eins der Küchenmädchen, die Brauen vor Überraschung weit hochgezogen.

»Herrgott noch mal!«, stöhnte Roland. Verdammt. Waren

seine Antennen hier draußen in der Wildnis so schnell eingerostet? Oder verwirrte Lilibet seine Sinne? In den letzten Jahren hatten so manche versucht, sich an Lord Roland Penhallow heranzuschleichen, doch keinem Einzigen war es gelungen.

Und nun erschreckte ihn ein einfaches italienisches Küchenmädchen mit einem unerwarteten schlichten *Signore* fast zu Tode.

Hilflos verzog das Mädchen den Mund. »Der Korb … Signor … er gehört Signora Somerton …« Sie schaute zum Korb und wieder zu ihm, dann fiel ihr der Krug, den sie trug, aus der Hand und zerbrach auf dem Boden. »Oh, *Dio*!«, jammerte die junge Frau. Mit puterrotem Gesicht bückte sie sich und sammelte die Scherben, traurig auf Italienisch vor sich hinmurmelnd, in ihrer Schürze.

Mitleidig kniete Roland sich neben das arme Mädchen. »Schon gut, schon gut. Ich helfe Ihnen. War doch nur ein einfacher Krug.« Er schob ihre Hände beiseite, hob die Bruchstücke auf, stapelte sie auf dem Tisch und zog ein Taschentuch aus der Tasche. »Sehen Sie? Halb so schlimm, meine Liebe. Bin selbst ein großer Tollpatsch.« Er reichte ihr das Taschentuch, mit dem sie sich auf der Stelle ausgiebig die Nase putzte. »Ja. Gut. Äh, behalten Sie es, wenn Sie möchten. *No returno.*« Roland machte eine entsprechende Handbewegung.

Das Mädchen schaute zu ihm auf und lächelte unter Tränen. Sie war hübsch, konstatierte Roland angesichts ihres glänzenden schwarzen Haars und der rosigen runden Wangen. Er lächelte zurück. »Sehen Sie? Alles ist gut. *Buon* oder so ähnlich.«

Die tränenfeuchten dunklen Augen des Mädchens bekamen einen verträumten Glanz. »*Grazie*, Signor Penhallow«, sagte sie erfreut mit einem reizenden italienischen Akzent.

»Keine Ursache, Signorina … äh …«

Das Lächeln des Mädchens wurde noch etwas breiter und ließ neben ihrem üppigen Mund ein gut platziertes Grübchen erscheinen. »Francesca, Signore. *Mi chiamano* Francesca.«

»Francesca! Ein schöner Name. Meine Mutter, Gott hab sie selig, hieß Frances. Ist ungefähr dasselbe, glaube ich. Nur auf Englisch.« Suchend klopfte Roland seine Taschen ab, bis er Papier knistern hörte. Dann schaute er zum Picknickkorb auf dem Tisch. »Tja, ich muss los. Wollte nur den Korb zurückbringen. Das Essen war lecker. Der Käse ein Gedicht. Äh …« Er richtete den Blick wieder auf Francesca, deren Wangen noch rosiger geworden waren. Sie musterte ihn nachdenklich mit leicht schräg gelegtem Kopf. Roland räusperte sich. »Äh, ja. Also, ich bin weg.«

Hastig schlüpfte er durch die Tür und entschwand.

Am ersten Abend im Castel Sant'Agata hatte Roland trotz des Regens und des Durcheinanders und der schier unglaublichen Tatsache, dass Lilibet Harewood (wenn möglich versuchte er, den Namen *Somerton* zu vermeiden) in nächster Zukunft mit ihm unter einem Dach wohnen würde, einen Moment Zeit gefunden, um in der dritten Schublade der alten italienischen Kommode in seinem Zimmer ein Geheimfach einzurichten.

In diesem kleinen Geheimfach hatte er einige wichtige Dinge versteckt: die Liste der Kontaktleute, die Sir Edward ihm anvertraut hatte; ein Holzkästchen mit Goldmünzen, die ihm nach drei Unterschriften für Sir Edwards akribisch geführte Buchhaltung ausgehändigt worden waren und bei Bedarf als Bestechungsgeld dienen konnten, und das Buch mit den Codes.

Sehr lästig, diese Codebücher. Normalerweise merkte Roland sich jede neue Verschlüsselung, sobald er sie bekam; sein mathematisches Talent war im kleinen Kreis der Personen, die davon wussten, geradezu legendär. Doch in den wenigen Monaten seit dem schicksalhaften Treffen in Sir Edwards Bibliothek hatte er viel zu tun gehabt. Außerdem hatte er seit einem kurzen Besuch bei Beadle im Büro in Florenz von seinen Kollegen keine Nachricht mehr bekommen, und ein Blick auf das Papier in seiner Hand sagte ihm, dass der benutzte Code nicht nur neu, sondern auch kompliziert war.

Roland machte seine Zimmertür zu, klemmte einen Stuhl unter die Klinke und ging zur Kommode.

Die Schublade ließ sich leicht öffnen, denn in dem weichen alten Holz, das sich längst an den Wechsel von Hitze und Feuchtigkeit gewöhnt hatte, hatten sich komfortable Rillen gebildet. Roland fasste hinein, tastete nach dem Geheimfach und zog das dünne Büchlein mit dem Pappeinband aus dem Versteck.

RECHENHEFT stand auf der einfachen, hellblauen Deckseite, ein ziemlich dürftiger Verschleierungsversuch, denn jeder Agent, der sein Geld wert war, hätte auf den ersten Blick gewusst, worum es sich handelte. Roland zog den Brief aus der Tasche und sah sich das Wachssiegel genauer an. Es handelte sich natürlich um einen der FUCHS-Codes, und als er im rechten Ohr des Tiers die Nummer 6 entdeckte, schlug er in seinem Heft die Seiten mit dem Code FUCHS 6 auf.

Da es in dem kleinen Zimmer keinen Tisch gab, ging Roland zu seiner Truhe, nahm seinen Reiseschreibtisch heraus und öffnete den Deckel. Süßer Geruch nach Zedern erfüllte den Raum. Er wählte einen Füllfederhalter mit feiner Spitze aus, klappte den Deckel wieder zu, setzte sich, das Schreibpult auf dem Schoß, auf einen alten Holzstuhl und legte die langen Beine auf das Fußende des Betts.

Nichts war besser als nüchterne Zahlen, wenn man Ärger mit Frauen hatte. Beruhigend kratzte die Feder übers Papier, und eine duftende Brise vom Fenster her strich über seine Wangen, als er sich dankbar in das schwierige Puzzle vor ihm vertiefte. Schon nach kurzer Zeit wurde das Heft überflüssig, und er warf es aufs Bett. Aus dem Zahlengerüst, das nach und nach einen Sinn ergab, schälte sich schließlich die Lösung, die entschlüsselte Botschaft heraus.

Roland ließ den Füller fallen. »Großer Gott«, sagte er.

Jemand hämmerte an die Tür.

Erschrocken sprang Roland auf und schaffte es gerade noch, das Schreibpult davor zu bewahren, auf den Boden zu knallen. »Wer ist da?«, rief er.

»Dein Bruder, verdammt! Mach auf, um Himmels willen!«

Roland atmete tief durch. Zum Teufel mit Wallingford. Schnell warf Roland das Pult in die Truhe zurück und schloss den schweren Holzdeckel.

»Wieso schließt du dich ein, verdammt noch mal?«, fragte der Herzog anstelle einer Begrüßung und marschierte selbstherrlich wie immer ins Zimmer, dass die alten Holzdielen unter seinen Stiefelabsätzen ächzten. Sein hübsches Gesicht wirkte noch finsterer als sonst, so als ob er gerade erfahren hätte, dass sein Stadthaus in Mayfair in seiner Abwesenheit von einer Horde zigarettenrauchender Anarchisten besetzt worden wäre.

»Einen schönen guten Tag. Ja, es geht mir gut. Und wie geht es dir?« Roland zwängte sich an seinem raumfüllenden Bruder vorbei und schloss nachdrücklich die Tür.

Hinter ihm fragte Wallingford mürrisch und erstaunt: »Warum hast du abgeschlossen? Glaubst du, sie haben angefangen, uns zu *bespitzeln*?«

Überrascht drehte Roland sich zu ihm um. »Wer?«

»Na, die Frauen.« Der Herzog stieß die geballte rechte Faust in die linke Handfläche. Er sah aus, als hätte er vor Kurzem ein besonders ausgiebiges Bad genommen: Das dunkle Haar hing ihm feucht über den Kragen, und seine Wangen glänzten so frisch geschrubbt wie die des kleinen Philip. »Verdammt noch mal! Wahrscheinlich hast du recht! Natürlich, sie spionieren uns nach! Wie könnte es sonst …«

Roland legte den Kopf in den Nacken und prustete los. »Du meinst, sie verfolgen uns? Die Frauen? Um Himmels willen, Mann. Hast du vielleicht Opium geraucht?«

Wallingfords finsteres Gesicht wurde noch finsterer. »Sei nicht so naiv, Penhallow. Zuzutrauen wäre es ihnen, diesen hinterhältigen Hyänen. Weißt du, dass ich heute Morgen Lady Morley in Burkes Werkstatt erwischt habe?«

Roland schnappte theatralisch nach Luft und legte die Hand aufs Herz. »Nein!«

Mit erhobenem Zeigefinger deutete Wallingford auf die Brust seines Bruders. »Schäm dich, du unverschämter Bengel. Weißt du denn nicht, dass sie es darauf anlegen, dass wir als Erste aufgeben? Dass sie vorhaben, nicht nur diese verdammte Wette zu gewinnen, sondern auch uns ganz von hier zu vertreiben, ehe dieser verbrecherische Rosseti gefunden werden kann, um uns recht zu geben? Ich habe Lady Morley praktisch dabei ertappt, wie sie den armen Burke vor meinen Augen umgarnte, und weißt du, was Ihre Ladyschaft zu ihrer Entschuldigung vorgebracht hat?«

»Ich höre.«

»Dass sie Burke nur die Post bringen wollte. Die *Post*, du meine Güte!« Wieder stieß er die Faust in die Hand.

»Was für eine gemeine Lüge!«

»Genau! Ich habe ihr gesagt …« Wallingford stockte und runzelte die Stirn. »Bist du wieder mal sarkastisch, du Bastard?«

Irritiert beugte Roland sich vor und fixierte eine Stelle über dem linken Ohr seines Bruders. »Sag mal, alter Junge, kann es sein, dass du eine *Feder* im Haar hast?«

Hastig legte Wallingford die Hand übers Ohr. »Wo?«

»Genau da. Unter deiner Hand. Eine hübsche, kleine Daunenfeder, weiß wie …«

»Ach, hör auf!« Wütend strich der Herzog sich durch die schwarzen Locken und drehte sich um, um zum Fenster zu gehen. »Die Sache ist die, wir müssen sie überlisten. Ihnen zuvorkommen, sie von hier vertreiben. Ehe der arme alte Burke Lady Morleys Charme erliegt, und wir uns in der eigenen Schlinge fangen.«

»Bedaure, mein Lieber. Aber ich kann dir nicht ganz folgen.« Plötzlich sah Roland am Rande seines Gesichtsfelds etwas Blaues aufblitzen. Ein rascher Blick zum Bett zeigte ihm, dass das *Rechenheft* deutlich sichtbar auf der verschlissenen gelben Tagesdecke lag.

Verflucht noch mal.

»Die *Wette*, Mann! Die Bedingungen!« Wallingford drehte sich zu ihm um und maß ihn mit einem finsteren Blick. »Wenn Lady Morley ihr Ziel erreicht, müssen wir uns geschlagen geben. Und eine Anzeige in der *Times* schalten, Bruder! Und wenn *das* passiert …« Der Herzog verstummte, so als ob die Folgen einer Anzeige in der *Times* zu entsetzlich seien, um sie in Worte zu fassen.

»Dann?«, hakte Roland nach.

»Na, dann wären wir öffentlich gedemütigt! Außerdem wären wir gezwungen zu gehen und ein schreckliches Leben zu führen. Noch schrecklicher, als es jetzt schon ist.«

Roland zuckte mit den Schultern. »Ich fühle mich alles andere als schrecklich. Ich finde es eigentlich ganz schön, hin und wieder weibliche Gesellschaft zu haben. Das sorgt doch für Unterhaltung.«

Wallingfords Gesicht, das bereits gerötet war, lief dunkelrot an vor Zorn. »Oh ja, für dich ist das alles sehr schön, nicht wahr? Du und diese verwünschte Lady Somerton.«

Ein plötzlicher Windstoß erfasste das Fenster, stieß es mit einem lauten Knall gegen die Wand und blätterte die Seiten des *Rechenhefts* um. Roland trat einen Schritt vor. »Wehe, du sagst das noch mal«, sagte er eisig und knapp.

Wallingford schien etwas erwidern zu wollen, dann überlegte er es sich anders und senkte den Blick. »Tut mir leid, alter Junge. Das wollte ich nicht. Sie … nun, sie ist eine sehr tugendhafte Frau …«

»Sie ist die beste Frau, die es gibt.« Roland ging zur Kommode, lehnte sich mit dem Rücken daran und hielt sich an den Seiten fest.

»Ja, natürlich.« Besorgt runzelte Wallingford die Stirn. »Du dagegen läufst ihr nach wie ein williges Hündchen. Du solltest dich von ihr fernhalten. Sicher ist sie tugendhafter als die andern, aber dein überaus unruhiges Liebes…«

Roland hob eine Hand. »Hüte deine Zunge, Bruder.«

»Na gut.« Der Herzog seufzte. »Dann sagen wir es mal so: Dein Hang zum schönen Geschlecht könnte unser Untergang sein. Unser sehr *öffentlicher* Untergang. Von dem der armen Lady Somerton ganz zu schweigen.«

Roland verschränkte die Arme. Er hatte noch im Ohr, was Lilibet ihm im Obstgarten gestanden hatte: dass sie echte Angst davor hatte, von Somerton aufgespürt zu werden. Daher begann er, seine Gedanken, die noch um Sir Edwards Nachricht kreisten, in eine andere Richtung zu lenken und über die Worte seines Bruders nachzudenken. »Hör mal, mein Lieber. Du wirst kein Wort über ihr Hiersein verlauten lassen, hast du mich verstanden? Dieser Rohling, der ihr Ehemann ist …«

»Was zum Teufel willst du damit sagen?« Neugierig sah der Herzog ihn an.

»Nur dass der Mann ein verfluchter Bastard ist und sie mir zu verstehen gegeben hat, dass sie sehr froh wäre, wenn er fürs Erste nichts über ihren Aufenthaltsort erführe.«

Der Herzog kniff die Augen zusammen. »Willst du damit etwa sagen, dass wir hier eine ausgerissene Ehefrau beherbergen? Denn das wäre wohl kaum …«

Roland beugte sich vor und schnitt ihm barsch das Wort ab. »Ich würde nicht mal einen Hund in Somertons Obhut geben, und du auch nicht, Wallingford! Zeig doch einmal in deinem verpfuschten Leben ein wenig Mitleid.«

Der Herzog blinzelte überrascht. »Du glaubst doch nicht …?«

»Was?«

»Na, dass sie uns deshalb hier rausekeln wollen? Weil sie Angst haben, dass Somerton ihnen auf die Schliche kommt?«

Roland schaute zu Boden. »Schon möglich.«

»Hmm.« Der Herzog überlegte. Dann verkündete er laut: »Nun, wie auch immer. Ich werde nicht klein beigeben. In dieser Gegend gibt es bestimmt eine ganze Reihe von unbewohnten Schlössern, und die Damen könnten sehr wohl ein anderes finden.«

Roland seufzte und starrte weiter auf die Holzdielen. »Sag mal, Wallingford. Warum zum Teufel ist dir das so wichtig? Können wir die Wette nicht einfach vergessen und freundschaftlich zusammenleben?«

»Willst du mich auf den Arm nehmen? Wie soll man denn freundschaftlich mit den Harpyien zusammenleben? Ach, sieh mal an. *Mathematik*, Penhallow?«

Roland riss den Kopf hoch.

Sein Bruder nahm gerade das hellblaue Codebuch vom Bett. »Was sind denn das für komische Rechnungen?«

Roland machte einen großen, nicht gerade graziösen Satz nach vorn und entriss seinem Bruder das *Rechenheft*. »Nichts! Nur … ein Flugblatt, das ich in Frankreich aufgelesen habe. Eine neue Rechenweise. Faszinierend, aber leider über deinem Niveau.«

Vergebens versuchte Wallingford, das Heft wieder an sich zu bringen. »Na, ich muss doch sehr bitten! Ich habe immer einen recht guten Kopf für Mathematik gehabt, und das da … Also bitte …«

Roland legte das Heft in die oberste Schublade seiner Kommode und schob sie wieder zu. »Egal. Es lohnt sich nicht. Wir sollten lieber …«

Wallingford kam auf ihn zu und sagte mit tiefer, seidenweicher Stimme: »Moment, Brüderchen. Erst will ich mehr über diese Berechnungen wissen.«

»Um Himmels willen, sie sind völlig uninteressant. Ein paar nichtssagende Zahlen. Ich …«

»Die aber wichtig sind, oder?« Wallingford streckte den Kopf vor und schnüffelte wie ein Jagdhund. So als ob er etwas gewittert hätte. »Schließlich hast du dir gerade sehr große Mühe gegeben, sie vor mir zu verbergen.«

Roland stockte der Atem. *Sei vernünftig*, sagte er sich. *Er ist ahnungslos. Lass ihn doch.* Er atmete tief durch und schloss die Augen. Als er sie gleich darauf wieder aufschlug, hatte er das charmanteste und dümmste Gesicht aufgesetzt, das er anzubieten hatte.

»Oh Mann«, sagte er leichthin. »Warum bist du nur so verdammt misstrauisch? Was glaubst du denn, was das ist? Eine Sammlung von Liebesbriefen von einer Rechenmaschine? Verschlüsselte Botschaften von einem dieser orientalischen Apparate … mit den Kügelchen und so?« Nervös rieb er die ersten beiden Finger der rechten Hand aneinander.

»Was es auch sein mag, du gibst dir jedenfalls große Mühe, es zu verstecken.«

Roland stieß einen übertriebenen Seufzer aus. »Es zu verstecken? Das meinst du doch wohl nicht ernst? Aber wenn dir so viel daran liegt, dann sieh es dir doch an.« Roland drehte sich um, zog das Buch aus der Schublade und drückte es seinem Bruder an die Brust. »Wenn du schlau daraus wirst, gebe ich dir einen Fünfer.«

Wallingford warf ihm einen bösen Blick zu und fuhr mit dem Daumen über den Rand der Blätter. »*Rechenheft*, dass ich nicht lache«, murmelte er, schlug eine Seite auf und ließ den Blick von links nach rechts über eine Reihe von Zahlen wandern, dann über eine zweite und eine dritte. Irritiert runzelte der Herzog die Stirn, legte einen Finger unter die nächste Reihe und führte ihn langsam daran entlang.

Schließlich schaute er auf. »Ich weiß, was das ist.«

Roland verschränkte die Arme, schaute an die Decke und tat, als ob er das Muster studierte, das die dicken Holzbalken im Putz bildeten, während seine Gedanken sich überschlugen, um Ausreden und Erklärungen zu finden. »Dann verrat es mir doch bitte«, sagte er gelangweilt und möglichst sorglos.

Wallingford klappte das Buch wieder zu. »Gern, das sind chemische Formeln. Hilfst du Burke etwa bei seinen elektrischen Batterien? Warum hast du mir das nicht erzählt?«

Roland fiel die Kinnlade herunter. »Formeln für Batterien?«

»Ja. Ich, äh, habe die Gleichungen wiedererkannt. Masse und Kraft und … ähm … Äther und so weiter.«

»Von Ionen gar nicht zu reden.«

»Ionen, ja.« Mit einer Selbstsicherheit, die angesichts einer solch traurigen Ignoranz nur ein Herzog aufbringen konnte, hielt Wallingford seinem Bruder das *Rechenheft* hin.

Ohne es anzuschauen, nahm Roland es an sich und drückte es mit einer Hand an die Brust. Vor Erleichterung war ihm der Magen bis in die Kniekehlen gerutscht. »Bislang habe ich Burke noch nichts davon erzählt. In ein paar Tagen möchte ich ihn damit überraschen. Einfach in seine Werkstatt spazieren und über elektrische Ladungen und Zündungen und so weiter referieren. Er wird völlig baff sein, meinst du nicht auch?«

»Zweifellos. Aber zurück zu den Frauen …«

Roland nahm seinen Bruder beim Arm und führte ihn zur Tür. »Hör mal, Wallingford. Ich habe keinen Sinn für strategische Planung, absolut nicht. Das bringt mein armes Hirn ganz durcheinander. Und im Umgang mit Frauen bin ich weich wie Wachs. Das weißt du. Ich könnte die Damen ebenso wenig täuschen wie meine eigene Mutter.«

»Ja, stimmt. Du bist wirklich ein alter Romantiker, Mann«, sagte Wallingford gönnerhaft freundlich.

»Siehst du? Also, triff du alle Entscheidungen in dieser Hinsicht, und ich … nun, ich werde mich wohl einfach im Hintergrund halten.« Roland lächelte sein argloses Lächeln. »Wie hört sich das an?«

»Gut.« Wallingford klopfte ihm auf die Schulter und fasste nach der Türklinke. »Dann werde ich mir heute Nachmittag etwas ausdenken und es ihnen beim Abendessen servieren. Haha. Bei Gott, ich werde dieser Miss Harewood mit ihren verfluchten Gänsefedern eine längst überflüssige Lektion erteilen.«

»Miss Harewood?« Roland hob beide Augenbrauen. »Gänsefedern?«

»Ja. Aber egal. Und weißt du, Penhallow«, fügte der Herzog mit einem letzten freundlichen Blick über die Schulter hinzu: »Ich will dich ja nicht entmutigen, aber ich glaube nicht, dass du die nötigen Voraussetzungen für mathematische Höhenflüge hast. Überlass das Denken auf höherem Niveau besser Burke und deinem lieben Bruder. Halt dich an deine Dichtkunst, das ist das Richtige für dich.«

»Ja! Klar! Ich habe tatsächlich gerade ein sehr schönes Sonett in Arbeit. Möchtest du es vielleicht hören?«, fragte Roland.

Der Herzog erbleichte. »Ja. Nein. Vielleicht nach dem Abendessen, Penhallow. Ich … äh … warte dann auf dich.« Eilig rannte er über den Flur.

Roland hob einen Arm. »In Ordnung! Wir sehen uns dann«, rief er Wallingford nach.

Der Herzog wedelte bestätigend mit der Hand, dem Letzten, was bei seinem hastigen Rückzug über die Treppe noch von ihm sichtbar war.

Roland wartete noch ein oder zwei Sekunden, nur um

ganz sicherzugehen, dann schlüpfte er wieder ins Zimmer und schloss die Tür. An das alte Türblatt gelehnt blieb er eine Weile stehen und starrte mit zusammengekniffenen Augen in die grelle Nachmittagssonne, während sein exzellenter Verstand präzise wie ein Uhrwerk arbeitete und seine Finger sich langsam um das knisternde Papier schlossen, das scharf geknickt in seiner Tasche steckte.

In den Wochen seit seiner Ankunft in Italien hatte er nicht allzu oft an die Lage daheim in England gedacht. *Ich werde das aufklären*, hatte Sir Edward versprochen. *Den Dingen auf den Grund gehen und den Maulwurf finden.* Roland hasste diesen Aspekt seiner Arbeit: dieses interne Gerangel und Taktieren, die Konkurrenz unter den Geheimdiensten. Es kam ihm so sinnlos und unnütz vor. Den Außendienst fand er sehr viel spannender und anspruchsvoller. Aber wenn Sir Edward den Verräter in ihrer Mitte aufspüren wollte, konnte er das natürlich gern tun.

Außerdem gestaltete sich das Verschwinden von der Bildfläche durch Lilibets Auftauchen wesentlich angenehmer als erwartet.

Tja. Lilibet. Die Liebe. Was sie wohl von den Informationen in seiner Tasche halten würde?

Roland zog das Blatt Papier hervor und entfaltete es. Nachdem der Code nun entschlüsselt war, hatte er die Nachricht in perfektem Englisch vor sich. Die Botschaft an sich war kurz und knapp, so wie man es von Sir Edwards Nachrichten gewohnt war, und warf viel mehr Fragen auf, als sie beantwortete:

Abgleich der Indizien deutet auf den Earl of S. im Dienste der Marine als möglichen Widersacher. Aufenthaltsort der Ehefrau und des Sohnes momentan nicht bekannt. Bleiben Sie am Platz und warten Sie auf weitere Instruktionen.

Es sah so aus, als könnte Lilibets Reise nach Italien doch kein Zufall sein.

NEUN

Wie alles im Castel Sant'Agata war auch der Esstisch in der Mitte geteilt worden. Jeden Abend nahmen die Damen auf der einen und die Herren auf der anderen Seite Platz, eine Anordnung, die sich für Wortgefechte als ideal erwies.

Lilibet, die nach dem verhängnisvollen Gespräch mit Roland im Pfirsichgarten noch etwas mitgenommen war, brachte es kaum fertig, um das Salz zu bitten, doch ihre Cousinen hatten keine derartigen Hemmungen. Alexandra war offenbar am Morgen dabei ertappt worden, wie sie Mr. Burke die Post in die Werkstatt brachte, und der Herzog war fest davon überzeugt, dass sie unlautere Absichten verfolgt hatte.

Abigail sah das natürlich ganz anders. »Aber das ist doch absurd. Wenn du Mr. Burke verführen würdest, mit Erfolg meine ich, wäre der Ausgang praktisch unentschieden, oder?«

Alexandra verschluckte sich an ihrem Essen.

»Ja«, sagte Mr. Burke. »Ja, ich glaube schon.«

Abigail wandte sich an den Herzog.

»Sehen Sie? Also brauchen Sie sich über das Thema »Verführung« keine Gedanken zu machen, Durchlaucht. Kein klar denkender Mensch würde auf so eine Idee kommen. Zwei Anzeigen in der *Times*! Wer will das schon.«

Das Gesicht des Herzogs lief dunkelrot an.

»Um Himmels willen, Wallingford«, sagte Lady Morley. »Sie müssen wirklich versuchen, sich zu mäßigen. Sonst trifft Sie am Ende noch der Schlag. Haben Sie vielleicht auch medizinische Kenntnisse, Mr. Burke?«

Mr. Burke nahm sich eine Olive. »Allenfalls rudimentäre, fürchte ich. Kaum genug, um seine Krawatte zu lösen.«

»Es freut mich, dass ich allerseits für so viel Erheiterung sorge. Aber du« – Wallingford zeigte mit dem Finger auf Mr. Burkes Brust – »und du« – dann auf Lord Roland –, »ihr beide habt doch keine Ahnung, was diese Frauen vorhaben. Vom Augenblick unserer Ankunft an haben sie uns belauert und bedrängt, um uns das Leben zur Hölle zu machen und uns von hier zu vertreiben, damit sie das Schloss für sich haben. Und beleidigen Sie mich nicht, indem Sie das abstreiten, Lady Morley.«

»Ich wäre sehr froh, Sie los zu sein, Wallingford«, sagte Alexandra. »Daraus mache ich gar keinen Hehl.«

Lilibet griff nach ihrem Glas und trank einen Schluck. Doch der Wein war noch jung und schmeckte ihr nicht. Sie setzte das Glas wieder ab. Wenn Alexandra doch nur ihre Zunge im Zaum hielte! Sie spürte Rolands Blick auf sich ruhen. Er starrte sie über den Tisch hinweg an, und sie fühlte sich, als ob er sie mit den Augen auszöge.

»Sehr schön, meine Gute. Dann würde ich unsere Wette gern etwas erweitern. Sozusagen den Einsatz erhöhen«, sagte der Herzog kühl.

»Ach du meine Güte«, meinte Mr. Burke. »Hast du nichts Besseres zu tun, Wallingford? Vielleicht ein paar Bücher aus dieser riesigen Sammlung in der Bibliothek zu lesen? Deswegen sind wir doch schließlich gekommen.«

Alexandra lachte. »Er kann gern an unseren literarischen

Debatten im Salon teilnehmen. Es würde uns freuen, die Werke aus einem neuen Blickwinkel zu betrachten, auch wenn ich empfehlen würde, einen Schirm mitzubringen, falls das Wetter sich verschlechtert.«

»Nein, verdammt noch mal! Entschuldigen Sie, Lady Somerton.«

Warum um alles in der Welt hielten sie eigentlich alle für die Hüterin des Anstands? »Ungern, Durchlaucht«, erwiderte sie trocken.

»Also, ich schlage Folgendes vor«, sagte Wallingford und beugte sich vor. Die dunklen Augen unter den gerunzelten Brauen glänzten gespannt. »Dass der Verlierer der Wette, zusätzlich zu Burkes exzellentem Vorschlag, eine Anzeige in der *Times* aufzugeben, zusammen mit seiner lästigen Entourage sofort aus diesem Schloss verschwindet.«

O Gott. Lilibet wurde eiskalt. Den Stiel ihres Weinglases fest umklammert schaute sie verzweifelt zu Roland hinüber.

Das goldene Haar fiel ihm in die Stirn, und er saß so ruhig und sorglos da wie immer, ein Inbegriff selbstsicherer Männlichkeit. Dann schüttelte er den Kopf und stieß einen leisen Pfiff aus.

»Das sind aber harte Bedingungen, mein Lieber. Bist du dir auch ganz sicher? Was ist denn, wenn am Ende *wir* es sind, die auf der Straße stehen?«

»Du bist zugegebenermaßen das schwächste Glied in der Kette«, erwiderte der Herzog, »aber ich glaube, dass ich mich, wenn schon nicht auf deine, so doch auf Lady Somertons Tugendhaftigkeit verlassen kann.«

»Ich muss schon sagen, Durchlaucht«, wisperte Lilibet. Ihr war, als würde sie gleich ohnmächtig werden. Sie versuchte, sich zusammenzureißen und irgendetwas zu sagen, das die Situation retten könnte, doch ihr war zu schwindlig und flau im Magen.

Alexandra mischte sich ein.

»All dieses Gerede über Verschwörungen und so weiter ist mehr als absurd, Wallingford. Ich versichere Ihnen, dass ich keinerlei Interesse daran habe, den armen Burke zu verführen, und ich wage zu behaupten, dass er seinerseits kein Interesse daran hat, verführt zu werden. Sie tun das alles doch nur wegen dieser Geschichte mit den Federn heute Morgen, oder? Sie wollen sich bloß an uns rächen …«

Wallingford griff nach der Weinflasche und schenkte sich noch ein Glas ein. Die Bitterkeit des Chianti schien ihn nicht zu stören. »Wenn ich falschläge, Verehrteste, hätten Sie überhaupt keinen Grund, sich gegen eine Erhöhung des Wetteinsatzes zu sträuben. Ist es nicht so?«

Lady Morley sah zu Lilibet hinüber. Ihre Cousine warf ihr einen flehentlichen Blick zu. Hoffentlich schluckte Alexandra den Köder nicht. Sicher hatte sie genug Verstand und genug Mitleid für Lilibets Notlage.

»Selbstverständlich habe ich nichts dagegen.« Alexandra wählte ihre Worte mit Bedacht. »Nur dass es mir … völlig absurd vorkommt.«

Mr. Burke räusperte sich. »Wirklich, Wallingford. Das ist doch nicht nötig. Ich sehe keinen Grund, warum wir nicht so weiterwursteln können wie bisher. Ein Büschel Gänsefedern hier und da hat doch nicht viel zu bedeuten. Und ich bin ziemlich sicher, dass ich Lady Morleys Charme widerstehen kann, so entschlossen ihre Angriffe auf meine Tugend auch sein werden.« Sein Gesicht blieb bewundernswert ausdruckslos.

Wallingford lehnte sich zurück und setzte ein selbstzufriedenes Lächeln auf. »Also hat keine von Ihnen, nicht eine, den Mumm, mein Angebot anzunehmen? Lady Morley? Was ist aus Ihrem Ehrgeiz geworden?«

»Sie waren immer schon ein Ekel, Durchlaucht«, Alexandra schüttelte den Kopf.

Lilibets klopfendes Herz begann, sich wieder etwas zu beruhigen. Alexandra hielt sich gut. Bestimmt dachte sie sich etwas aus und fand einen Weg, den Herzog auszutricksen und die Situation zu ihren Gunsten zu wenden. Alexandra würde es niemals riskieren, aus dem Schutz des Schlosses vertrieben zu werden.

»Warum nicht?«, fragte eine klare Stimme unschuldig und sorglos von Alexandras anderer Seite her.

Abigail. Doch nicht Abigail.

Beinahe fröhlich fuhr Abigail fort: »Ich kann natürlich nicht für Ihre Seite sprechen, Durchlaucht, aber wir drei tun nur das, was wir uns vorgenommen haben, wir studieren und bilden uns weiter, so wie es geplant war. Wenn Sie Spaß daran finden, ein Spiel daraus zu machen und den Einsatz noch zu erhöhen, betrachten Sie die Wette als angenommen. Uns ist das völlig egal. Nicht wahr, Alex?«

Alexandra strich mit den Fingern über den Griff des Messers, das quer auf ihrem leeren Teller lag. Ihre Knöchel waren ganz weiß. »Ja, stimmt. Natürlich«, sagte sie, während sie unter dem Tisch mit der anderen Hand Lilibets Knie tätschelte. »Also gut. Wir akzeptieren Ihren Vorschlag, Wallingford. Obwohl das kaum etwas ausmacht, da Ihre Verdächtigungen völlig falsch sind. Tatsächlich scheinen Sie *insgesamt* im Moment völlig falsch zu ticken, und ich schlage vor, dass Sie Ihre wilden Spekulationen beenden und Ihren Verstand lieber auf die Dinge konzentrieren, die Sie von Anfang an tun wollten. Wir sind gerade bei Aristophanes, den die liebe Abigail bereits zweimal im Original gelesen hat. Sicher hätte sie einige nützliche Anregungen für Sie. Vielleicht kann sie Ihnen ja sogar bei Ihrem Griechisch behilflich sein.«

Ganz langsam nahm Lilibet Alexandras Hand von ihrem Knie und ließ sie in den Schoß ihrer Cousine fallen.

Der Herzog schickte sich an zu gehen. »Mit meinem Griechisch ist alles in Ordnung, das können Sie mir glauben, Lady Morley. Und nun, meine Damen, wenn Sie mir das Unverzeihliche verzeihen würden. Ich muss mich leider entschuldigen und Sie der weit angenehmeren Gesellschaft meiner Mitreisenden überlassen.«

Dann erhob er sich, marschierte aus dem Zimmer und hinterließ ein unangenehmes Schweigen.

Alexandra lachte unsicher. »Wieso kann ich mich des Gefühls nicht erwehren, dass er uns alle düpiert hat?«

»Tja«, sagte Roland. »Das war recht amüsant, nicht?«

Mr. Burke faltete seine Serviette zusammen und stand auf. »Ich denke, es wird Zeit, dass ich mich zurückziehe. Gute Nacht, die Damen.«

Roland seufzte widerwillig, doch die Regeln der Etikette ließen ihm keinen Spielraum. »Natürlich«, sagte er und stand ebenfalls auf. »Zurück zu den lustigen alten Büchern in der Bibliothek. Was für ein Spaß. Ja, wir haben wirklich ein schönes Leben, nicht wahr?«

Lilibet übte sich wie immer in Geduld. Sie wartete, bis die Herren gegangen waren, sogar bis ihre Schritte im Flur verhallt waren, ehe sie sich mit ausgefahrenen Krallen auf ihre Cousine stürzte.

Natürlich nur metaphorisch gesprochen.

»Was zur Hölle hast du dir dabei gedacht?«, fauchte sie wie eine zornige Katze.

Alexandra und Abigail zuckten zusammen und sahen sie völlig entgeistert an. Lilibet konnte es ihnen nicht verdenken. Bislang hatten sie aus ihrem Munde nicht einmal das Wort *Teufel* gehört, geschweige denn *Hölle*, noch dazu in diesem biestigen Ton.

»Was meinst du damit, meine Liebe?«, fragte Alexandra, während sie sich ein wenig zur Seite neigte, damit Francesca das Geschirr abräumen konnte.

»Ihr zwei wisst ganz genau, was ich meine!« Lilibet wandte sich Abigail zu und äffte sie mit hoher Stimme nach. »Wenn Sie Spaß daran finden, ein Spiel daraus zu machen und den Einsatz noch zu erhöhen, betrachten Sie die Wette als angenommen.«

»Einen Augenblick, meine Liebe …«, setzte Alexandra an.

»Und du!« Empört deutete Lilibet mit dem Zeigefinger in ihre Richtung. »Wir akzeptieren Ihren Vorschlag, Wallingford. Obwohl das kaum etwas ausmacht. Obwohl das kaum etwas ausmacht, hast du gesagt!« Ärgerlich schlug Lilibet mit der Faust auf den Tisch. Francesca erschrak so sehr, dass sie fast die eingesammelten Teller fallen gelassen hätte, und verschwand eilig durch die Tür.

»Lilibet, Schatz«, sagte Alexandra und legte ihre warme Hand beruhigend auf die ihrer Cousine. »Du bist eine liebe, gute Seele und hast vom Spielen überhaupt keine Ahnung …«

»Spielen?« Empört sprang Lilibet auf und stemmte die Hände in die Hüften. »Unglaublich! Ist das alles etwa nur ein *Spiel* für dich, Alex? Ja? Und ich dachte – ich habe *wirklich* gedacht – es ginge hier um mein Leben! Und um das meines Sohnes!«

Vorsichtig stand Alexandra auf, stellte sich hinter ihren Stuhl und legte die langen, schmalen Hände auf die gebogene Rückenlehne. »Wahrscheinlich habe ich das falsche Wort benutzt …«

»Ja, wahrscheinlich! Wahrscheinlich war sogar deine ganze Strategie falsch! Denn …«

Lilibet spürte eine Hand auf ihrem Arm, und als sie sich umsah, stellte sie fest, dass Abigail mit ernster Miene neben ihr stand, die braunen Augen im blassen Gesicht riesengroß. »Wir verstehen dich, Lilibet. Keine Sorge. Und wir haben dich und Philip sehr lieb. Aber *wollen* wir nicht, dass die Herren abreisen? Wallingfords Vorschlag spielt uns doch in die Hände.«

»Verstehst du denn nicht? Er will *selber* gewinnen. Er wird versuchen, uns eine Falle zu stellen, die *uns* zur Abreise zwingt.«

Jenseits der Esszimmertür schepperte es dumpf. Lilibet erstarrte und schaute Alexandra an.

Abigail ging zur Tür. »Alles in Ordnung«, verkündete sie. »Das war nur Francesca, die mit den Tellern angeeckt ist.«

Alexandra, die nachdenklich mit einem Finger auf ihren Arm klopfte, warf ihrer Schwester über Lilibets Kopf hinweg einen vielsagenden Blick zu. »Vielleicht wäre es klüger, in der Küche weiterzureden.«

Lilibet sah zwischen ihren Cousinen hin und her und stimmte dann seufzend zu. »Na gut.«

Am breiten Tisch in der Küche saß Philip, der unter den Augen der Haushälterin und der Küchenmädchen gerade seinen Nachtisch vertilgte. Als er von dem *Panettone* auf seinem Teller aufblickte und seine Mutter sah, strahlte er vor Freude. »Mama!«, rief er und stürzte sich in ihre Arme.

Lilibet kniete sich hin, fing ihn auf und vergrub das Gesicht in seinem warmen, nach Brot duftendem Haar. Die kleinen Ärmchen ihres Sohnes drückten sie mit erstaunlicher Kraft. »Hallo Schatz«, sagte sie. »Hast du auch brav dein Abendessen gegessen?«

Lächelnd erhob sich die Morini vom Tisch. »*Sì*, er war ein guter Junge. Er hat gegessen das Lamm, die *Fagioli* und die Artischocken. Er wird werden *forte*, ein starker Mann.« Zur Demonstration hob sie einen Arm und spannte die Muskeln unter der weißen Bluse.

»Vielen Dank, Signorina Morini«, sagte Lilibet und lächelte zurück.

»Signorina Morini hat mir ein Extrastück *Panettone* gegeben«, flüsterte Philip seiner Mutter ins Ohr. »Ist das in Ordnung?«

»Wenn du dein Essen aufgegessen hast, natürlich.« Spielerisch fuhr sie Philip noch einmal durchs Haar, dann richtete sie sich wieder auf. »Liebling, die Erwachsenen müssen sich ein wenig unterhalten. Möchtest du Francesca mitnehmen und schon mal mit dem Baden anfangen? Ich komm gleich nach, um dich ins Bett zu bringen und dir eine Geschichte vorzulesen.«

»Nicht schon wieder baden!«, stöhnte Philip.

Aus den Augenwinkeln sah Lilibet, dass auch Francesca gequält aufstöhnte. Das Mädchen verstand nicht viel Englisch, doch das Wort *Bad* war ihr in den vergangenen Wochen zu ihrem Leidwesen geläufig geworden.

»Doch, mein Lieber. Keine Widerrede. Wenn du brav mit Francesca gehst, lese ich dir später eine Geschichte mehr vor.« Sie überlegte. »Die mit den Häschen. Die magst du doch so.«

»Nein, Mama, nicht die. Die liest du immer. Aber die ist für Babys.«

Es bedurfte noch eines gewissen Maßes an Drohungen, Schmeicheleien und offener Bestechung, aber schließlich ging Philip an Francescas Hand nach oben, und Lilibet ließ sich auf den abgenutzten Korbstuhl neben Abigail fallen.

»Der Junge ist ein Schatz«, sagte Abigail. »Heute Nachmittag, beim Unterricht, hat er mir eine sehr schöne Geschichte erzählt. Von einem Picknick an einem See mit einem Herrn aus unserer Bekanntschaft.«

»Du willst doch nur vom Thema ablenken«, erwiderte Lilibet scharf. »Besser, du erklärst mir genauer, was du gegen Wallingford unternehmen willst.«

»Oh, das ist ganz einfach.« Abigail nahm den letzten Krumen *Panettone* von Philips Teller und steckte ihn in den Mund. »Wir müssen nur Penhallow dabei erwischen, wie er dich verführt, und schon können wir sie alle hinauswerfen.«

»Wie?«, fragte Lilibet.

»Was?«, sagte Alexandra.

»*Che cosa*?«, murmelte Signorina Morini am anderen Ende des Tisches.

Unschuldig sah Abigail von einer zur andern. »Versteht ihr denn nicht? Ich habe den armen Kerl – Wallingford, meine ich – die ganze Zeit nur gepiesackt, um ihn zu einem Schritt wie diesem zu verleiten. Das ist perfekt. Wenn wir Penhallow sozusagen in flagranti erwischen, sind sie moralisch verpflichtet zu gehen.«

Lilibet sprang auf. »In flagranti erwischen! Penhallow?«

»Ja, Penhallow.« Beschwichtigend hob Abigail eine Hand. »Wen denn sonst? Mr. Burke?«

»Den bestimmt nicht«, knurrte Alexandra.

Schnell senkte Abigail den Kopf, damit man ihr Schmunzeln nicht sah. »Ganz genau, unvorstellbar. Aber Lilibet, du und Penhallow – das ist einfach perfekt! Er ist unsterblich in dich verliebt. Du brauchst nur mit dem Finger zu schnippen, und er kommt und tut, was Männer so tun, wenn sie Frauen verführen. Wahrscheinlich zerrt er an deinem Mieder und …«

»Du liebe Güte, woher hast du nur solche Ideen?«, wollte ihre ältere Schwester wissen.

»Aus Romanen. Und dann kommen wir alle herein und rufen *Aha!* – genau wie im Theater.« Abigail klatschte in die Hände. »Perfekt!«

»Aber ich kann nicht!«, protestierte Lilibet und fasste sich an die Schläfe, an der eine Ader pochte. Mit einem resignierten Rums ließ sie sich wieder auf ihren Stuhl fallen. »Ich kann das einfach nicht!«

Abigail tätschelte ihre Hand. »Ach, du mit deiner unerschütterlichen Tugend. Wir lassen es natürlich nicht zu weit gehen.«

»Auf keinen Fall.« Hastig zog Lilibet ihre Hand weg und faltete sie mit der in ihrem Schoß zusammen. Dann holte sie tief Luft und überließ sich den angenehm tröstlichen Düften der Küche, in der es nach Rosmarin und frisch gebackenem Brot roch.

»Nur ein *winziges* Entgegenkommen, Lilibet. Den Rest mache ich. Lord Somerton wird es nie erfahren.«

»Doch, *wird* er«, sagte Lilibet und zupfte an ihrem Kleid. »Wenn er die Anzeige in der *Times* liest.«

Abigail machte eine wegwerfende Handbewegung. »Wir sagen den Männern, dass wir darauf verzichten.«

»Aber sie werden es überall herumerzählen, wenn sie wieder in der Stadt sind.«

»Nicht, wenn wir sie um Verschwiegenheit bitten.« Abigail

lächelte. »Wallingford ist zwar ein Fiesling, aber er hat Anstand. Meistens jedenfalls.«

Alexandra, die die ganze Zeit stumm dagesessen und auf den Tisch gestarrt hatte, räusperte sich. »Wisst ihr, ich kann wirklich nicht einsehen, warum das nötig sein sollte. Für gewöhnlich bleiben die Männer doch in ihrem Flügel und wir in unserem. Was würde sich schon ändern?«, sagte sie mit ungewöhnlich sanfter Stimme.

»Wir tun es, weil es so viel Spaß macht. Na kommt schon«, sagte Abigail, indem sie sich wieder ihrer Cousine zuwandte. Ihre braunen Augen funkelten. »Wäre es nicht wunderbar, das ganze Haus für uns zu haben? Die anderen ein für alle Mal los zu sein?«

Aus Signorina Morinis Richtung kam ein nachdenklicher Laut. Lilibet schaute gerade noch rechtzeitig zu ihr hin, um das leichte Kopfschütteln der Haushälterin zu sehen, deren glänzend schwarzes Haar dem Tuch entkommen war und sich in Stirn und Nacken krauste. Im riesigen Herd hinter ihr glommen die letzten Reste eines Feuers, das in einem beruhigenden Rhythmus leise zischte und knackte, während die weißen Bienenwachskerzen in den Wandleuchtern warme gelbe Kreise auf die verputzten Wände warfen.

Lilibet legte die Hände auf den Tisch, malte einen Kreis auf das abgenutzte Holz und dachte an das winzige, unbekannte Wesen, das in ihrem Bauch ums Überleben kämpfte. In wenigen Monaten würde sie nicht mehr imstande sein, seine Existenz zu leugnen. Was würde Roland sagen und tun, wenn er schließlich Verdacht schöpfte?

Die Antwort kannte sie bereits. Er würde es niemals zulassen, dass sein Kind mit Somertons Namen aufwuchs. Er würde sich mit ihrem Ehemann anlegen und eine Scheidung erzwingen; und sie würde ihren Sohn, ihre Freunde und ihren guten Namen verlieren. Sie würde nichts anderes mehr haben als das Leben, das in ihr wuchs, dieses neue Baby – und Rolands flüchtige Aufmerksamkeit, ehe seine Leidenschaft abkühlte und sein Augenmerk sich wieder auf etwas anderes richtete. Ächtung, üble Nachrede, Exil, Kummer: Sie spürte ihn schon auf der Zunge, den bitteren Geschmack des langsamen Gifts, das ihre Seele auffressen würde.

Lilibet hob den Kopf und schaute in Abigails gespanntes Elfengesicht. »Also gut, meine Liebe. Was genau soll ich tun, um dieses Treffen zu arrangieren?«

Das leise Knacken einer Holzdiele vor der Bibliothek verriet Roland, dass seine Ruhe gleich gestört werden würde.

Er blieb still in seinem Sessel sitzen und nahm jedes Detail seiner Umgebung in sich auf. Es roch etwas muffig nach altem Leder, feuchtem Holz und warmem Putz, und die Luft hing so schwer und reglos im Raum, als müsse sie die deckenhohen Bücherregale stützen. Durch die offene Tür sah er einen kleinen, zögernden Schatten an der Wand gegenüber.

Roland lächelte.

»Komm rein, mein Junge«, rief er, während er einen Daumen in sein Buch steckte und es zuklappte, damit man nicht hineinsehen konnte. »Schließlich sind wir hier auf der Männerseite des Hauses.«

Ein kleiner Kopf lugte um die Ecke. »Sir?«

»Komm nur, komm.« Roland legte das Buch beiseite und stand auf. »Weiß deine Mutter, dass du hier bist?«

Philip trat einen Schritt vor. »Nein, Sir. Eigentlich nicht. Sie glaubt, ich nehme gerade ein Bad.«

»Ah ja. Verstehe. Und ein lebhafter Bursche wie du badet natürlich nicht gerne. Möchtest du ein Glas … äh …« Roland schaute zum Lampentisch hinüber, auf dem ein Tablett mit Karaffen stand. »Wasser?«

»Nein, danke, Sir.« Philip kam noch etwas näher. Dann blieb er stehen, straffte die Schultern und zupfte nervös an seinen Ärmeln herum. Die weiße Matrosenjacke hatte man ihm bereits ausgezogen, Schuhe und Strümpfe ebenso, doch anscheinend war es ihm gelungen zu flüchten, ehe ihm auch Hemd und Hose abhandenkamen.

»Gut. Also.« Roland verschränkte die Hände hinter dem Rücken. »Worum geht's, junger Mann?«

»Nun, Sir.« Der Junge schluckte schwer und legte die Hände ebenfalls hinter dem Rücken zusammen, was ihn ziemlich steif und rührend mutig aussehen ließ. Er holte so tief Luft, dass sein ganzer Körper sich aufzublähen schien, und stieß dann hervor: »Um Sie, Sir.«

»Um *mich*?«

»Ja, Sir. Heute … im Pfirsichgarten … haben Sie meine Mutter zum Weinen gebracht.«

Roland hatte das Gefühl, als würde sich vor ihm der Boden auftun. Rasch streckte er eine Hand aus und hielt sich am Rücken des Ledersessels fest, aus dem er sich gerade erhoben hatte »Ich … tut mir leid … *was* sagst du da?«

Philips junge Stimme schöpfte die nötige Kraft aus seiner gerechten Empörung. »Nachdem sie mit Ihnen gesprochen hat. Als ich ihr die Blumen gegeben habe, hatte sie … sie hatte Tränen in den Augen, Sir. Sie hat versucht, es zu verbergen, so wie immer, aber ich weiß es. Mylord.«

So wie immer.

»Ich … also, ich bitte vielmals um Verzeihung«, sagte Roland in einem Tonfall, der selbst in seinen eigenen Ohren kühl klang. Seine verwirrten Gedanken versuchten, irgendwo Halt zu finden und sich wieder zu sammeln. »Ich hatte keine Ahnung. Auf mich wirkte sie ganz normal.«

»Worüber haben Sie mit ihr geredet?«

»Nun, über …« *Um Himmels willen, Penhallow. Du bist ein erwachsener Mann. Ein gottverdammter Geheimdienstagent. Reiß dich zusammen.* »Hör mal, mein Junge. Vielleicht möchtest du dich kurz setzen.« Roland klopfte auf die Sessellehne. »Hierhin, ans Feuer. Ist immer noch etwas klamm in diesem alten Gemäuer.«

Der Junge zögerte und ließ den Blick misstrauisch zwischen dem Sessel und Roland hin und her wandern. Ein lautes Knacken im Feuer durchbrach die Stille, und als wäre es ein Zeichen gewesen, setzte Philip sich in Bewegung und kletterte in den Sessel.

Lächelnd schlenderte Roland zum Tablett mit den Karaffen. Eine der ersten Taten des Herzogs hatte darin bestanden, alle Spirituosen aus dem Haus zu verbannen, obgleich Wein stillschweigend als Ausnahme von der Regel geduldet wurde, und nach einigem Hin und Her Likör ebenso. Schließlich brauchte man für ein anständiges Leben seinen Sherry. Doch die Karaffen in der Bibliothek enthielten nur pures Wasser, das jeden Morgen und Abend frisch aus dem Küchenbrunnen gepumpt wurde und sehr schön nach gar nichts schmeckte. Roland nahm ein Glas und schenkte Philip einen ordentlichen Schluck ein.

»Bitte sehr, mein Freund«, sagte er und reichte dem Jungen das Glas. »Zur Schlafenszeit in Schlössern herumzuwandern macht bestimmt ziemlich durstig.«

»Danke, Sir.« Vorsichtig nippte Philip an dem Wasser.

Roland setzte sich auf ein nahes Sofa, beugte sich vor und stützte die Unterarme auf die Oberschenkel. »Also gut. Ich nehme an, du weißt, dass ich deine Mutter vor langer Zeit kennengelernt habe, in London. Ehe sie deinem Vater begegnet ist. Oder nicht?«

Philip nickte. »Waren Sie mit ihr befreundet?«

»Sogar sehr gut. Ich fand deine Mutter äußerst charmant. Und ich hoffe … ich hoffe wirklich, dass wir immer Freunde bleiben werden.«

Wieder nickte Philip und nahm noch einen Schluck. »Warum haben Sie sie dann zum Weinen gebracht?«

Roland verflocht die Finger, bohrte die Nägel in die Haut und schaute auf den alten, abgetretenen Teppich hinunter, dessen Farbe und Muster im Laufe der Jahre unter unzähligen Schuhsohlen gelitten hatten. »Das wollte ich nicht. Weißt du, wir haben über alte Zeiten geredet, und vielleicht ist sie dabei ein wenig nostalgisch geworden.«

»Was ist nostalgisch?«

»Nun, das ist, wenn man sich an früher erinnert, als man jünger war. An die guten Zeiten, die man gehabt hat. Und darüber nachdenkt, dass alles jetzt anders ist, nicht besser oder schlechter, sondern einfach anders. Aber manchmal vermisst man die alten Zeiten.« Roland schaute auf. »Verstehst du?«

Auf Philips rundem Kindergesicht lag ein erstaunlich ernster Ausdruck. »Ich weiß nicht. Hat sie deshalb geweint?«

»Ich nehme es an. Ich hoffe, dass ich nichts gesagt habe, was sie traurig gemacht hat. Denn ich möchte deine Mutter nicht traurig machen, bestimmt nicht.«

»Das würde ich Ihnen auch nicht raten«, sagte Philip. »Dann würde ich Ihnen nämlich das Licht ausknipsen.«

Roland blinzelte. »Oh. Nun. Das möchte ich vermeiden.«

»Mein Vater würde es sicher herausfinden. Und Ihnen noch mal das Licht ausknipsen.«

Roland lief rot an. »Tatsächlich?«

Philip seufzte. »Hm, hm.«

Vorsichtig hakte Roland nach. »Macht er sowas öfter?«

Philip zuckte mit den Achseln. »Vater hat eigentlich immer schlechte Laune. Als ich drei oder vier war, vier Jahre und sieben Monate, glaube ich, habe ich eine von Mamas Puppen unter dem Bett gefunden und bin mit ihr reiten gegangen …«

»Reiten?«

»Im *Kinderzimmer*. Auf dem Pferd im *Kinderzimmer*.« Philips helle Stimme triefte vor Verachtung für die begriffsstutzigen Erwachsenen.

»Oh. Ja. Dem Schaukelpferd?«

»Genau! Und wir sind über Wiesen und Felder geritten, und dann kam Papa herein und brüllte …« Philip stockte. Mit großen Augen sah er Roland bittend an. »Das darfst du aber nicht Mama erzählen.«

»Nein. Natürlich nicht. Was …« Roland schluckte. »Was hat dein Vater dann gemacht?«

Philip rutschte vom Sessel herunter. »Ist das ein Buch über Pferde?«

Roland brachte sein Buch gerade noch rechtzeitig in Sicherheit. »Nein. Nein, nur ein langweiliges Buch für Erwachsene, völlig uninteressant.« Er sprang vom Sofa auf. »Ein Buch über Pferde, hm? Magst du Pferde?«

»Oh ja, sehr. Wenn ich groß bin, möchte ich Rennen reiten, aber Mama wird es mir bestimmt nicht erlauben. Ich darf nie machen, was Spaß macht.« Philip versuchte, einen Blick auf das Buch zu werfen, das Roland hinter seinem Rücken verborgen hielt.

Roland stellte sich auf die Zehenspitzen und schob es irgendwo hoch oben ins Regal, zwischen zwei Bücher über römische Architektur. »Tja, so sind sie, die Mütter. Aber ich glaube, du wirst viel zu groß, um Jockey werden zu können. Sieht so aus, als würdest du kräftig und breitschultrig. Ah, da haben wir's. Ein Buch über Pferde.« Roland zog ein sehr altes Buch hervor und staubte es mit einem Jackenärmel ab.

»Oh, prima!«, rief Philip, riss ihm das Buch aus der Hand und hockte sich sofort auf den verschlissenen Teppich. »Kriegspferde!«

Roland setzte sich ihm gegenüber, kreuzte die Beine und legte den Kopf schief, um zu lesen, was auf dem Einband stand. »*Equis belli*. Richtig.«

Hellauf begeistert blätterte Philip neugierig die Seiten um. »Sehen Sie mal! Ich werd verrückt! Was heißt das?« Er schob das Buch in Rolands Richtung.

Roland las die lateinische Bildunterschrift. »›Hier galoppiert Bukephalos, das Ross Alexanders des Großen‹. Das Pferd ist eine Legende. Ein schwarzer Koloss, ein riesiges Streitross.«

»Wer war Alexander der Große?«

»Och, nur der größte Feldherr, der je gelebt hat, alter Junge. Sein Reich reichte von Makedonien bis nach Kleinasien. Und weißt du, wer sein Lehrer war?«

»Nein.«

»Aristoteles, mein Junge. Aristoteles höchstpersönlich.«

Philip kniff die Augen zusammen. »Dieser Grieche?«

»Kluges Kind. Man sagt« – Roland deutete auf das Bild –, »dass Alexander den riesigen Rappen gezähmt hat, als er zehn Jahre alt war. Außer ihm hat das keiner geschafft.«

»Das würde ich auch gern machen!« Ehrfürchtig strich Philip über das Bild. Dann blätterte er, den Kopf aufmerksam gesenkt, eine Seite weiter. Sein zerzaustes schwarzes Haar glänzte im Schein der nahen Lampe, und seine Schulterblätter stachen deutlich sichtbar aus seinem weißen Leinenhemd hervor.

Das verlöschende Feuer knisterte leise. Roland stand auf, nahm die alte Eisenschütte und legte Kohlen nach. Dann setzte er sich wieder, genauso wie zuvor, die Beine gekreuzt und die Knie irgendwo zwischen dem dicken Ledereinband von *Equis belli* und dem gesenkten Kopf seines jungen Besuchers.

Des jungen Somerton. Nur dass das Kind in den letzten Stunden irgendwie aufgehört hatte, Somertons Sohn zu sein, und für ihn Lilibets geworden war. Die Linie der Wangen, den sanften Schwung des Nackens, den Knochenbau: Das alles hatte der Junge von ihr. Sie hatte ihn in sich getragen, ihn gestillt und ihn tröstend in den Arm genommen. Und sie liebte ihn.

Mit hoffnungsvollen schwarzen Augen sah Philip zu ihm auf, und diesmal sah Roland in diesen Augen nicht mehr den Vater. »Lesen Sie mir das bitte vor?«, fragte der Junge.

Roland räusperte sich. »Äh. Ja. Das ist wieder Latein, siehst du. Furchtbar, dieses Latein. Weißt du, was mein Bruder und ich immer gesagt haben, als wir klein waren?«

»Meinen Sie den Herzog?«

»Ja. Wir haben immer gesagt: *Latein, Latein, wer's nicht kann, lässt es sein.*«

Philip kicherte.

»Das haben wir unserem Lehrer, dem Armen, ständig hinterhergerufen.«

»Und was hat er gemacht? Sie bestraft?«, fragte Philip voller Schadenfreude.

»Nein, leider nicht. Er hat zwar versucht, uns zu schelten, aber wir sind weggelaufen. Am Ende musste mein Großvater uns den Kopf zurechtsetzen.«

»Ihr Großvater?«

Lächelnd fasste Roland seinen neuen Freund ans Kinn. »Der Duke of Olympia. Ein Furcht einflößender Mann.«

Philip lächelte zurück, dann schaute er wieder auf das Buch vor ihm. »Der Duke of Olympia. Der hat bestimmt viele Pferde, oder?«

»Ja, eine ganze Menge.« Roland beugte sich vor, überflog das Geschriebene und begann, schnell und fehlerlos Plutarchs Bericht von der Zähmung Bukephalos' zu übersetzen.

Tief versunken in die Geschichte hörte er die schnellen Schritte im Flur erst, als es bereits zu spät war.

Roland!

Mehr brachte Lilibet nicht heraus. Verblüfft schaute sie zwischen Lord Roland Penhallow und ihrem Sohn hin und her, die, ein riesiges Buch zwischen sich, im Schneidersitz auf dem Boden der Bibliothek saßen und überrascht zu ihr aufschauten.

Philip fasste sich als Erster. »Mama!«, rief er und stürzte sich in ihre Arme.

»Da bist du ja, Schätzchen! Du hast uns allen einen furchtbaren Schrecken eingejagt!« Sie presste den kleinen Jungen so fest an sich, dass er kaum Luft bekam.

»Tut mir schrecklich leid«, sagte Roland freundlich distanziert mit seiner klangvollen Stimme. »Ich hätte wissen müssen, dass man seine unerlaubte Entfernung melden würde.«

»Du hättest mir Bescheid sagen müssen!«, zischte Lilibet, die das Gesicht immer noch mit geschlossenen Augen in Philips weiches Kinderhaar drückte und seinen Duft einsog: eine Mischung aus Sonnenschein und Grünzeug und einem Hauch vom warmen Brot aus der Küche.

»Es ist nicht seine Schuld!«, sagte ihr Sohn dumpf an ihrer Brust. »Ich habe ihn gebeten, mir die Geschichte von Bruke … Buke …«

»Bukephalos«, half Roland immer noch reserviert nach. »Aber deine Mutter hat ganz recht. Ich hätte dich sofort zurückbringen müssen.«

Endlich sah Lilibet auf. Roland stand am Kamin, in reuiger Pose, die Arme hinter dem Rücken, den Kopf leicht gesenkt, eine Wange dem glühenden Feuer zugewandt. Sein Jackett war aufgeknöpft und enthüllte die Weste, die ihm auf den Leib geschneidert war. Er war schön wie eine Statue, ohne jeden Makel. »Als Francesca uns alarmiert hat …«, hörte Lilibet sich mit unnatürlich hoher Stimme sagen.

»Francesca ist ein Dummerchen.« Philip entwand sich ihren Armen. »Ich habe ihr doch gesagt, dass ich gleich wieder da bin.«

»Ich schätze, sie hat dich nicht richtig verstanden, mein Junge«, vermutete Roland. »Weil du englisch gesprochen hast. Nicht ihre Muttersprache.«

Lilibet richtete sich wieder auf und nahm ihren Sohn bei der Hand. »Du hättest es mir sofort sagen sollen. Du hättest wissen müssen, dass ich mir Sorgen mache.«

»Es tut mir wirklich außerordentlich leid, Lilibet. Es wird nicht wieder vorkommen, versprochen.« Mit aufrichtigem Blick sah er ihr tief in die Augen, und schon knisterte es zwischen ihnen.

Lilibet trat einen kleinen Schritt zurück. »Du musst uns sofort benachrichtigen, wenn Philip sich irgendwo herumtreibt. Ich gebe mir große Mühe, aber er läuft mir immer wieder weg.«

Roland schmunzelte. »Das ist eben so bei Jungs.«

Philip zog an Lilibets Hand. »Er kann Latein, Mama! Er hat mir alles ganz schnell übersetzt! Kann ich morgen mit Lord Roland reiten gehen, Mama? Bitte.«

»Oh nein. Lord Roland ist sehr beschäftigt.«

»Aber ich hätte nichts dagegen.« Roland zuckte mit den breiten Schultern und lächelte sie an. Mit diesem verwünschten, liebenswürdigen Lächeln, das den ganzen Raum mit seiner augenzwinkernden guten Laune füllte.

»Vielleicht können wir das später besprechen«, erwiderte Lilibet kühl.

Roland verneigte sich leicht. »Stets zu Ihren Diensten, Mylady.«

Verärgert öffnete Lilibet den Mund, doch dann hörte sie im Kopf Abigails Stimme und verkniff sich eine Erwiderung.

Wäre es nicht wunderbar, das ganze Haus für uns zu haben? Die anderen ein für alle Mal los zu sein?

Lilibet fasste Philips Hand fester.

Nun mach schon. Schließlich ist es nur ein Spiel. Du meinst es doch nicht ernst.

»Bleibst du noch länger in der Bibliothek?«, fragte sie.

Rolands Augen begannen zu leuchten. »Aber die ist doch tabu, oder? Streng genommen verstößt du momentan schon gegen die Regeln.«

»Im Notfall dürfen wir doch sicherlich eine Ausnahme machen.« Lilibet lächelte. »Schließlich sind wir zivilisierte Menschen.«

»Natürlich. Wenn du es nicht tust, sage ich meinem Bruder auch nichts davon.« Abwartend hob Roland die Augenbrauen, blieb aber weiterhin wie angewurzelt auf dem Teppich vor dem Kamin stehen, ohne ihr auch nur einen Schritt entgegenzukommen.

»Mama, muss ich immer noch baden?«, fragte Philip klagend und zerrte an Lilibets Hand.

»Du solltest auf deine Mutter hören, junger Mann«, sagte Roland streng. »Baden ist zugegebenermaßen furchtbar lästig, aber unter zivilisierten Menschen leider unerlässlich.«

»Ich möchte, dass Lord Roland mich badet.«

»O Gott, nein. Francesca kann das viel besser. Sie ist ein nettes Mädchen. Eh du dich versiehst, hat sie dir Italienisch beigebracht, und du sprichst es so schnell wie alle hier.« Endlich kam Roland näher, langsam, mit schweren Schritten, ließ sich auf ein Knie herab und sah Philip in die Augen. »Ab ins Bad, dann darfst du das Buch mitnehmen, ja? Ein Angebot, das du nicht ablehnen kannst.«

»Oh ja, darf ich?« Mit strahlenden Augen sah Philip zu seiner Mutter auf. »Darf ich, Mama?«

»Ja, natürlich.«

Roland nahm das Buch vom Teppich und reichte es dem Jungen mit feierlichem Ernst.

»Vielen Dank«, sagte Lilibet, den Blick auf Philip gerichtet, der das alte ledergebundene Buch, das fast so groß war wie er selbst, fest an sich drückte. »Du bleibst also noch länger hier?«, flüsterte sie nahe an Rolands linkem Ohr, weil sie es nicht wagte, ihn anzusehen.

Sie spürte, dass er sie lächelnd ansah.

»Wie ich schon sagte. Stets zu Ihren Diensten, Mylady.«

ZEHN

Ein Flügel der massiven, mit unzähligen geschnitzten Löwen verzierten Bibliothekstür stand einen Spaltbreit offen.

Lilibet legte die Hand auf das weit aufgerissene Maul eines Löwen und zögerte. Ihr Morgenmantel fiel in sanften rosafarbenen Wellen bis auf die Bodenfliesen hinab und klaffte oben so weit auseinander, dass der seidenbesetzte Saum ihres Nachthemds und der Ansatz ihres Dekolletés zu sehen war. Großer Gott! Hatte der Mantel schon immer einen so großen Ausschnitt gehabt? Mit der freien Hand zog sie die Kragenaufschläge zusammen.

Dann ließ sie sie wieder los.

Das gehörte zum Plan. Sie *sollte* ihn doch verführen. Ein kleiner Flirt, dann war sie ihn los, und mit ihm die Versuchung und die Bedrohung, die er für sie darstellte. Sie tat ein gutes Werk, wirklich. Sie tat das Richtige.

Entschlossen stieß Lilibet die Tür auf und trat über die Schwelle. »Roland«, rief sie leise.

Niemand antwortete.

Sie ließ den Blick durch den Raum schweifen: vom Feuer, das immer noch im Kamin brannte, zu den deckenhohen, dunklen Bücherregalen und über die Umrisse der klobigen Möbel, die im Dämmerlicht kaum zu erkennen waren. Das Licht der einzigen Lampe war fast ganz heruntergedreht und verbreitete nur auf der anderen Seite des Raums einen schwachen Schein.

»Roland?«, rief Lilibet noch einmal leise. In dem Moment nahm sie hinter sich eine Bewegung wahr, und die Tür schloss sich mit einem beinahe unhörbaren Klicken.

Erschrocken fuhr sie herum. Roland drehte gerade den Schlüssel um und steckte ihn in die Tasche. »Was machst du da?«, fragte sie beunruhigt.

»Ich möchte nicht, dass Wallingford hereinstürzt und fordert, dass ihr euch geschlagen gebt«, erwiderte er lächelnd, »obwohl ich davon ausgehe, dass er so viel Anstand hätte, dich nicht auf der Stelle hinauszuwerfen.«

»Das ist alles andere als lustig.« Lilibet war schwindlig vor Aufregung. Er stand zu nah bei ihr, viel zu nah: Angesichts der breiten Schultern, die vor ihr aufragten, kam sie sich völlig hilflos vor, und der Geruch von frisch poliertem Leder, der von ihm ausging, raubte ihr den Atem.

»Ach, komm, Schatz. Du weißt, dass ich ihm das niemals erlauben würde.«

»Du sollst mich nicht so nennen.« Ihre Stimme klang selbst in ihren eigenen Ohren unsicher.

Die Hände auf den Türknäufen lehnte Roland sich mit dem Rücken an die Tür, ließ den warmen haselnussbraunen Blick über ihr Gesicht wandern und kurz auf ihrer Brust verweilen. Das schmale Dreieck nackter Haut erglühte unter dieser Musterung. »Warum nicht?«, fragte er. »Denn du *bist* mein Schatz. Das, was für mich das Wertvollste auf der Welt ist. Es ist die Feststellung einer Tatsache, mehr nicht.«

»Du musst sofort wieder aufschließen.«

»Möchtest du schon wieder gehen?«

Lilibet zögerte. »Nein, noch nicht.«

»Dann sag mir, wenn es so weit ist«, erwiderte Roland, während er von der Tür wegging, »und ich schließe sie dir wieder auf.« Er nahm sie bei der Hand. »Komm, lass uns etwas plaudern.«

Der Schreck darüber, von seiner großen, festen Hand berührt zu werden, lähmte sie. Widerstandslos ließ Lilibet sich zu dem langen, breiten Sofa vor dem Feuer führen und nahm benommen auf den fadenscheinigen Samtpolstern Platz. Roland setzte sich dicht neben sie und drückte sein Knie an ihres. Ihre Hand lag immer noch in seiner, und Lilibet unternahm einen schwachen Versuch, sie ihm zu entziehen, doch er ließ es nicht zu, legte nur ihre miteinander verflochtenen Finger wie eine Seilbrücke in den Spalt zwischen seinem linken und ihrem rechten Bein. Die Wärme seines Körpers begann, sie einzuhüllen und geradezu magnetisch anzuziehen.

»Deine Erwartungen sind viel zu hoch«, sagte sie. »Ich bin nur gekommen, um … also, ich wollte dir nur danken, dass du dich heute Abend um Philip gekümmert hast. Natürlich hättest du ihn besser zu mir gebracht, aber wenigstens hast du … tja, es war nett von dir, ihm aus dem Buch vorzulesen. Er liebt Pferde und …«

»Schon gut«, sagte Roland. »Es hat mir richtig Spaß gemacht. Dein Sohn ist wirklich ein interessantes Bürschchen. Und mordsmäßig gescheit.«

Lilibet erlaubte es sich, die Nackenmuskeln ein klein wenig zu lockern. »Ja, er ist furchtbar klug, nicht wahr? Aber in Zukunft solltest du ihn selbstverständlich immer zu mir zurückbringen.«

»Wieso?«

Lilibet schaute auf ihre miteinander verschränkten Finger hinab, die im Wechsel – ihre hell und schlank, seine dunkel und kräftig – ein fehlerloses Muster ergaben. »Na, weil er nicht traurig sein soll. Wenn du weggehst.«

Irgendwie brachte Roland sie dazu, sich zurückzulehnen und näher an ihn heranzurücken. »Und was ist, wenn ich nicht vorhabe, irgendwohin zu gehen?«

»Er *hat* bereits einen Vater«, fauchte sie warnend.

Langsam schüttelte Roland den Kopf an ihrem Haar. »Das weiß ich. Und ich habe nicht vor, ihn zu ersetzen. Ich möchte nur … na ja, so etwas wie ein Onkel sein. Er ist dein Sohn, Lilibet. Warum sollte ich ihn nicht kennenlernen wollen? Warum sollte ich mich nicht um ihn kümmern?«

Oh, verflixt. Lilibet spürte, dass ihr die Tränen kamen, und kämpfte heftig blinzelnd dagegen an, während ein dumpfer Schmerz ihr den Hals zuschnürte. Roland legte die rechte Hand auf ihre, nahm die andere weg und schlang einen Arm um ihre Schultern. Lilibet ließ es einfach geschehen. Irgendwie hatte sie nicht mehr genug Willenskraft, um ihn abzuschütteln.

Das war natürlich nur eine List. Sie tat das bloß, um, so wie besprochen, Roland in eine Falle zu locken. Nur dass die Tür abgeschlossen war und Abigail nicht imstande sein würde, ins Zimmer zu stürzen und *Aha!* zu rufen, um der Sache ein Ende zu bereiten.

»Das ist falsch«, flüsterte sie. »Das darfst du nicht tun.«

Roland schwieg, doch die Luft war geschwängert von dem, was sie beide nicht sagten, aber insgeheim wussten. Die Wärme des Feuers kroch an ihren Beinen hinauf, und Roland an ihrer Seite strahlte Stärke und Verlässlichkeit aus. Um ein Haar hätte sie den Kopf an seine Schulter gelegt.

»Irgendetwas an dir ist anders«, sagte sie schließlich mit leiser Stimme.

»Wie meinst du das?«

»Du bist nicht mehr … so wie du warst, damals. So nett und aufrichtig und direkt. Aber auch nicht so, wie du dich heute gibst, in der Öffentlichkeit, unter Menschen: so sorglos und leichtsinnig.« Wie aus eigenem Willen fuhr ihr Daumen über seinen Zeigefinger.

Roland hatte sich kaum merklich versteift. »Ich habe nicht die leiseste Ahnung, was du damit sagen willst. Ich bin genauso wie immer.«

»Nein, bist du nicht. Ich kenne dich, Roland. Vergiss das nicht. Ich kenne dich besser als irgendjemand anders.«

»Hmm.« Sein Zeigefinger reagierte, indem er zärtlich über ihren Daumennagel strich. »Sag mal, Schatz. Wie habt ihr dieses Schloss eigentlich gefunden?«

»Ich weiß nicht. Ich glaube, Alexandra hat eine Anzeige gesehen. Es ging alles so schnell.« Lilibet schloss die Augen, um diesen Moment zu genießen. Er benahm sich einfach großartig: beruhigend und sanft, nicht drängend oder dreist. Es war genau richtig. Einfach nur … schön. Sie fühlte sich geborgen. Geschützt durch das Wissen, dass er sie liebte, dass sie diese Liebe erwiderte und dass das alles war, was man brauchte.

»Schnell? Warum? Ist etwas passiert?« Seine Stimme klang gleichgültig, beinahe uninteressiert.

»Wir hatten … Somerton und ich hatten … einen … Streit.« Lilibet schlug die Augen wieder auf. »Einen sehr heftigen Streit, bei dem er mir einiges vorgeworfen hat. Aber auch er hatte einiges getan, das ich im Nachhinein nicht tolerieren konnte. Ich konnte nicht bei ihm bleiben, ehrlich.«

Der Druck des Arms um ihre Schulter nahm zu, und der harte Muskel unter ihrer Hand zitterte ganz leicht vor Anspannung. »Hat er dich geschlagen? Oder verletzt?«

»Er … nein.« Lilibet starrte ins Feuer und beobachtete das Spiel der schwarzen Kohlen und der roten Flammen in der brodelnden Glut. Diese letzte Nacht mit Somerton: Wie sollte sie das erklären? Sie hatte die Erinnerung daran verdrängt, gut verpackt und zusammen mit all den andern ganz hinten in ihrem Gedächtnis verstaut. Nur ein paar kurze, heftige Szenen schossen ihr manchmal noch durch den Kopf. Sein nacktes Fleisch, sein finsteres Gesicht. Sein heißes, wildes Drängen.

»Was dann?«, fragte Roland.

Lilibet holte tief Luft und wählte ihre Worte mit Bedacht. »Er hatte meine Existenz seit geraumer Zeit ignoriert. Ich habe ihn kaum noch gesehen. Aber in der Nacht, in der wir uns gestritten haben, war er … wollte er mir zeigen, dass ich nach wie vor seine Ehefrau bin. Und das hat er. Er hat mich nicht gezwungen«, fügte sie rasch hinzu, als sie spürte, wie Roland neben ihr wütend die Muskeln anspannte. »Ich fand … nun, ich *war* seine Frau, und ich dachte, ich hätte nicht das Recht, ihn einfach abzuweisen. Aber am nächsten Morgen, als er gegangen war, habe ich begriffen, endlich verstanden, dass ich dieses Recht *habe*. Dass er jeden Anspruch, den er einmal gehabt hat, mit mir … körperlich intim zu sein, verwirkt hat.« Mit der freien Hand griff Lilibet nach dem Gürtel ihres Morgenmantels und strich mit dem Daumen geistesabwesend immer wieder über die feine Seide. Dann sagte sie leise: »Ich konnte es einfach nicht mehr ertragen. Ich habe eine Entscheidung gefällt. Ich hatte mir selbst und meinem Sohn gegenüber eine Verpflichtung, die wichtiger war als das Versprechen, das ich meinem Ehemann gegeben hatte, vor langer Zeit, als ich noch unschuldig und leichtgläubig war.«

»Ich werde ihn umbringen …«

»Nein!« Lilibet riss sich los. »Wirst du nicht! Du wirst nichts dergleichen machen, Roland Penhallow! Mit dir hat das überhaupt nichts zu tun. Denn ich werde meinen Mann nicht gegen einen Liebhaber eintauschen. Das kommt nicht infrage.«

»Hast du doch schon«, entgegnete er barsch.

Lilibet sprang auf. »Nein, habe ich nicht. Das war ein Fehler, ein idiotischer Fehler. Der Wein beim Essen …«

Roland erhob sich zu seiner vollen Größe. »So viel Wein war es gar nicht«, sagte er nachdrücklich und selbstsicher. Sein freundliches Lächeln war verschwunden, seine Miene ernst, und seine Augen schienen bis auf den Grund ihrer Seele zu blicken und die Wahrheit zu sehen.

»Du verstehst das nicht, oder?«, fragte Lilibet erregt. »In der Nacht im Stall habe ich nicht an die Zukunft gedacht. Nur an die Vergangenheit. Ich habe mich nicht *dir* hingegeben, Roland, sondern dem jungen Mann, den ich vor mehr als sechs Jahren angehimmelt habe. Dem netten, lieben Jungen, der Gedichte für mich geschrieben und mir ewige Treue geschworen hat. Wobei er mit ewig, wie sich herausstellte, nur ein oder zwei Monate meinte.«

»Das stimmt nicht. Ich liebe dich immer noch. Ich habe nie damit aufgehört.«

Worte, immer nur Worte. Schöne Worte ohne Bedeutung. Die Wut, die lange in Lilibet gegärt hatte, stieg auf und brach aus ihr heraus. »Oh ja. Sicher. Hast du mich etwa auch noch geliebt, als du später mit all diesen Frauen im Bett warst? Hast du mich noch geliebt, wenn du nackt bei ihnen lagst und sie genommen hast? Hast du?«

Roland packte sie bei den Schultern. »Und hast du mich geliebt, wenn du bei deinem Mann gelegen hast? Wenn du dich von ihm hast betten und beschlafen lassen?«

Die Worte trafen sie mitten ins Herz.

»Wie kannst du es wagen!« Lilibet war so empört, dass sie kaum sprechen konnte. Tränen quollen ihr aus den Augen und rannen über ihre Wangen. Sie wischte sie mit den Fäusten fort. »Wie kannst du es wagen! Ich habe ihn geheiratet, weil ich musste, weil ich keine andere Wahl hatte. Papas Schulden und Mama … und du warst weg, einfach verschwunden! Niemand hat mir geholfen. Ich hatte keinen Freund, nicht einen Menschen, dem ich mich anvertrauen konnte. Alexandra war auf der Hochzeitsreise und …«

Roland schlang die Arme um Lilibet, zog sie an seine Brust und ließ sie ins Revers seines Wolljacketts schluchzen. »Schsch. Es tut mir leid, Liebling. Ich habe es nicht so gemeint. Schsch.«

»Und dann bist du wiedergekommen, und ich habe immer noch gehofft. Gehofft, dass du mir oder meinen Eltern einen Besuch abstattest und sie irgendwie umstimmst. Oder deinen Bruder oder Großvater schickst, irgendeinen von denen! Aber ihr habt tatenlos zugesehen, ihr alle. Und mich Somerton überlassen«, klagte sie dumpf und abgehackt an seiner Brust. Sein Jackett roch beruhigend männlich, nach Rauch und freier Natur.

»Mein blöder Stolz! Verdammt soll er sein! Was für ein dummer, unverzeihlicher Fehler. Vergib mir, Schatz. Ich war ein Esel, ein furchtbarer Esel.« Zwischen den einzelnen Worten presste Roland immer wieder nachdrücklich die Lippen auf ihr Haar.

Leise redete Lilibet weiter. »Und dann habe ich all die Geschichten gehört. Von deinen Ausschweifungen. Und ich habe gedacht, ich könnte froh sein, dass ich dich los bin.«

»Es tut mir leid.« Sein Atem streifte ihr Haar. »Ehrlich leid.«

Die Wut, die plötzlich in ihr hochgekommen war, ebbte langsam wieder ab. »Braucht es nicht. Ich hatte ja keinen Anspruch auf dich. Natürlich war ich in meinem Stolz gekränkt, aber das konnte ich ja nicht dir vorwerfen.«

Aufreizend langsam glitten seine Hände über ihren Rücken. Ihre Nerven verfolgten das ruhige Auf und Ab, das träge Kreisen auf der Haut aufmerksam. »Können wir nicht neu beginnen, Schatz?«, fragte Roland. »Die Vergangenheit hinter uns lassen und von vorn anfangen?«

Wie überzeugend sie klang, diese schmeichelnde, leise Stimme. Und wie sie diese Stimme liebte – und hasste. Denn sie verführte sie dazu, unmögliche Dinge zu glauben: dass er aufrichtig war und anders als andere Männer, nicht der oberflächliche Aristokrat, der er vorgab zu sein, und dass er alle anderen Frauen vergessen und nur ihr treu sein würde. Aber sie wusste es besser. Aus Wut und verletztem Stolz hatte er sie Somerton heiraten lassen. Und dann hatte er sich – treulos wie er war – aus purer Lust mit einer endlosen Reihe von Frauen vergnügt.

Das konnte sie nicht noch einmal ertragen.

Sie legte ihre Wange an Rolands Brust, lauschte dem Schlag seines Herzens und betrachtete die Stelle, an der er vor einer Stunde mit Philip gesessen und in dem Buch über Kriegspferde geblättert hatte. Mit ihrem Sohn, der oben neben ihrem Bett mit geröteten Wangen und zerzausten Locken in seinem Ausziehbett schlief.

Nichts war den Verlust ihres Kindes wert. Sie würde kein Risiko eingehen.

»Nein«, sagte sie fest.

»Nein? Wirklich, Lilibet?«

Unfähig, sich zu beherrschen, strich sie ihm mit den Daumen über den Rücken. Schließlich würde sie bald keine Gelegenheit mehr dazu haben. »Das geht nicht, Roland. Es ist zu spät.«

»Nein, ist es nicht, Lilibet. Für dich würde ich jedem Skandal trotzen. Ich würde einen Weg finden, dich zu meiner Frau zu machen.« Er drückte sie an sich und fragte flehend: »Willst du … kannst du das nicht auch für mich tun?«

»Nein.« Sie lehnte sich zurück und schaute ihm in die Augen, doch als sie sein Gesicht sah, die große Zärtlichkeit, die sich darin spiegelte, zerbrach irgendetwas in ihr. Sie musste das Ganze beenden, ehe ihre Schwäche sie verriet, ehe sie sich wieder von ihm verführen ließ. Sie musste einen Weg finden, ihn zu verjagen.

Und ihr fiel nur einer ein.

»Es geht nicht, weil ich einen Ehemann habe, der das Recht hat, mir meinen Sohn zu nehmen, wenn ich ihn mit einem anderen Mann betrüge.«

»Dann bringe ich uns alle fort, irgendwohin, wo Somerton uns nicht finden kann …«

Lilibet hob eine Hand. »Das ist noch nicht alles. Es geht nicht, weil …« Sie schluckte, nahm ihren Mut zusammen und hasste sich selbst für das, was sie nun sagen würde. »Weil ich sein Kind unter dem Herzen trage.«

Roland dröhnte der Kopf.

Mit feuchten, unschuldigen blauen Augen sah Lilibet zu ihm auf. Sie konnte nicht lügen.

Oder?

Den ganzen langen Nachmittag hatte er über die verschlüsselte Botschaft nachgedacht und sich gefragt, wie eigentlich Somerton ins Bild passte und ob Lilibet ihn nicht an der Nase herumführte. Er war über die Terrassen zum See zurückgegangen, zu genau der Stelle, an der er mit ihr gepicknickt hatte. Dann hatte er sich ausgezogen, sich in das atemberaubend kalte, frische, geschmolzene Wasser des Sees gestürzt und beim Hin- und Herschwimmen jedes Wort, das sie gesagt hatte, jede Geste, jeden Gesichtsausdruck Revue passieren lassen. Überlegt, ob sie ihn nach dem Abendessen möglicherweise hinters Licht geführt hatte und was sie wohl in der Bibliothek von ihm wollte.

War es denkbar, dass sie mit Somerton unter einer Decke steckte? Ihre Reise so gelegt hatte, dass sie mit seiner zusammenfiel; ihn im Stall absichtlich verführt und ihm dann die kalte Schulter gezeigt hatte, um keinen Verdacht zu erregen? Versuchte sie, ihn zu überlisten, sein Vertrauen zu gewinnen?

Als er dem Treffen in der Bibliothek zugestimmt hatte, war er fest entschlossen gewesen, das aus ihr herauszubekommen.

Doch ein Blick in ihr Gesicht, in die blauen Augen, die groß und dunkel waren vor Angst, und auf ihre Hand, die sich in den Falten des Morgenmantels immer wieder schloss und öffnete, hatte ihm gezeigt, dass sie nicht mit Somerton im Bunde war. Keine Schauspielerin hätte die Rolle der perfekten Unschuld so gut spielen können; keine noch so raffinierte Agentin hätte derart verwirrende Kehrtwenden gemacht, ihn gleichzeitig angelockt und weggestoßen.

Und nun das.

»Du trägst sein Kind unter dem Herzen?«, wiederholte er und ließ sie los.

»So ist es.«

Bilder fluteten Rolands Hirn; hässliche Bilder von Somerton auf Lilibet; gierigen Augen, die sich an ihren Brüsten weideten; breiten Händen, die über ihre Haut glitten. Rücksichtslos schob er die Bilder beiseite. Unwichtig. Nutzlos. Gefühle trübten den Verstand, und er musste nachdenken, die neue Information richtig einordnen. Mit ruhiger Stimme fragte er nach. »Bist du … ganz sicher?«

»Vollkommen.«

Roland schaute auf den flachen Bauch unter dem Gürtel des Morgenmantels und kniff nachdenklich die Augen zusammen. »Wann ist der Geburtstermin?«

Lilibet zögerte. »Ich … ich glaube … im Herbst.«

»Vielleicht im Dezember?«

»Ja, ungefähr. Genau, im Dezember.« An ihrem schlanken Hals konnte er sehen, dass sie heftig schluckte.

Er legte die Hände auf ihre Schultern. »Dann könnte es mein Kind sein.«

»Nein! Auf keinen Fall.« Lilibet schüttelte ihn ab und wich einen Schritt zurück.

»Doch, könnte es. Wenn die Daten so nah beieinander sind, kannst du nicht sicher sein.«

»Natürlich kann ich das.«

»Nein.« Roland ließ sich nicht beirren; zu denken, sie könne sich auf die weit verbreitete männliche Ignoranz bezüglich der weiblichen Biologie verlassen, war ein Fehler gewesen.

Trotzig sah Lilibet ihn an. »Dann eben im November. Ich habe mich verrechnet.«

»Nein. Deine Taille ist schmal, und deine Brüste« – schamlos ließ er den Blick über ihr Dekolleté wandern – »haben immer noch dieselbe schöne Pfirsichgröße wie vor fast einem Monat.«

»Haben sie nicht.« Lilibet trat einen weiteren Schritt zurück und kreuzte die Arme vor der Brust.

»In diesen Dingen bin ich unfehlbar.« Roland sah sie an und fing an zu grinsen. Lilibet stand neben der Lampe, deren schwacher Schein ihren makellosen Teint wie pures Elfenbein schimmern ließ, und ihr Haar, das sich aus den Nadeln gelöst hatte, rahmte ihr Gesicht wie eine dunkle Wolke. »Es könnte durchaus auch meins sein.«

Lilibet errötete sichtlich. »Auf gar keinen Fall«, flüsterte sie und fing an, nervös mit dem Gürtel ihres Morgenmantels zu spielen.

Was hatte sie vor ein paar Minuten gesagt?

Er hat jeden Anspruch darauf, mit mir körperlich intim zu sein, verwirkt.

Ich bin zu dem Schluss gekommen, dass ich mir selbst und meinem Sohn gegenüber eine Verpflichtung habe, die wichtiger ist als das Versprechen, das ich meinem Ehemann gegeben habe.

Ah. Seine wunderschöne Lilibet. So mutig trotz ihrer Angst. Sie war keine Festung, die im Sturm genommen werden konnte; sie musste Schritt für Schritt erobert werden. Er konnte sie nicht überreden, seine Frau zu werden – noch nicht. Noch war sie nicht dazu bereit. Doch den ersten Schritt hatte sie schon getan. Sie hatte sich von Somerton getrennt, körperlich und im Geiste. Was sie auch sagte, so heftig sie auch widersprach, in ihrem Herzen betrachtete sie den Grafen nicht länger als ihren Ehemann.

Das bedeutete, dass Roland sie umwerben durfte.

An diesem Abend und auch in Zukunft, so lange, wie es dauerte, sie davon zu überzeugen, dass sie zu ihm gehörte.

Lächelnd ging er auf sie zu. »Sag mal, Lilibet, hast du wirklich geglaubt, damit könntest du mich abschrecken?«

»Jetzt kannst du mich doch nicht mehr haben wollen.«

»Doch. Ich will dich sogar unbedingt haben.«

Erstaunt stieß Lilibet die Luft aus. Dann wich sie langsam vor ihm zurück, einen zögerlichen Schritt nach dem anderen. »Das ist unanständig.«

»Nein, ist es nicht. Es wird das Anständigste sein, das ich jemals getan habe.« Roland folgte ihr Schritt für Schritt und trieb sie auf ein Regal zu. »Ich liebe dich. Und du liebst mich.«

»Nein, ich liebe dich nicht mehr. Früher habe ich dich geliebt. Den Mann, der du damals warst.« Lilibet stieß an das Regal und hielt sich mit beiden Händen an einem Bücherbrett fest. Bei dem Zusammenstoß hatte sich eine Haarnadel gelöst, und ein paar schwarze Locken fielen auf ihre rechte Schulter herab. Herausfordernd hob sie das Kinn.

»Lilibet.« Roland nahm ihre Hand und legte sie auf seine Jacke, sein Herz. Die zärtliche Geste führte zu einem schmerzhaften Ziehen in den Lenden; jede Faser seines Körpers sehnte sich danach, sich mit ihr zu vereinen. »Sieh mich an. Ich bin noch derselbe.«

»Nein. Du hast dich verändert.«

»Nicht, was das Wesentliche angeht.« Roland spürte, wie Lilibets Finger sich um seine Jackenaufschläge schlossen, und lächelte. »Siehst du? Alles wie immer.«

Hastig riss sie ihre Hände zurück und hielt sich wieder an dem Regal fest.

Roland trat so nah an sie heran, dass er die Spuren sehen konnte, die die Zeit in ihrem Gesicht hinterlassen hatte: die winzigen Linien in den Augenwinkeln und die straffer gewordenen Konturen ihres schmalen Gesichts. Sie war kein pausbäckiges Schulmädchen mehr, sondern eine erwachsene Frau. Eine Frau, deren süßer Atem – das Einzige, was in der Stille zu hören war – warm sein Gesicht streifte und deren schwarze Wimpern sich langsam senkten, als sie auf seinen Mund blickte.

Roland neigte den Kopf und brachte den Mund dicht an ihr Ohr heran.

»Du bist die Einzige, Lilibet. Nur du kennst mich wirklich. Nur du kennst mich in- und auswendig.« Dann legte er eine Hand auf ihre Taille und wartete.

»Ich und die einhundert anderen Frauen aus den letzten paar Jahren«, entgegnete sie rau.

»Nein.« Roland küsste ihr Ohr und fuhr mit den Lippen über ihre Wange. »Nur du verstehst mich, mein Schatz. Alles an mir. Das war schon immer so.«

»Damals. Vor langer Zeit«, erwiderte Lilibet kaum hörbar.

Langsam, aber stetig näherte Roland die andere Hand dem Gürtel ihres Morgenmantels. »Kannst du dich noch daran erinnern«, sagte er, während er Lilibets Schläfe und Stirn mit winzigen, hauchzarten Küssen bedeckte, »wie wir das erste Mal miteinander getanzt haben?«

»Bei Lady Pembrokes Ball.«

Schön, dass sie sich so gut erinnerte. »Ja. Nur zwei Tage nach unserer ersten Begegnung. Du hast ein wunderschönes hellrosa Kleid getragen, wie es sich für eine Debütantin gehört« – Roland zog sachte an ihrem Gürtel –, »ein Kronleuchter hat dich von oben beschienen und du hast so heftig mit deinem Fächer gewedelt, dass ich wie hypnotisiert war. Der Anblick war atemberaubend.« Der Gürtel löste sich. Vorsichtig öffnete Roland den Morgenmantel und berührte die feine Seide des Nachthemds. »Und dann bin ich zu dir gegangen und habe dich um den nächsten Walzer gebeten.«

»Der schon vergeben war.«

»So was kann doch einen Mann nicht aufhalten, der gerade seine zukünftige Braut entdeckt hat.« Roland schob eine Hand in den Morgenmantel und schlang sie um Lilibets Taille. Dann schob er ihr mit der anderen das Haar von der Schulter und legte die zarte Haut ihres Halses frei. »Ich weiß noch, dass wir zwei Walzer hintereinander getanzt haben. Dann habe ich versucht, dich auf die Terrasse zu führen, aber du warst zu vernünftig.« Zielstrebig küsste er sich von ihrem Ohrläppchen zum Schulteransatz vor und weidete sich am süß-salzigen Geschmack ihrer Haut und an ihrem zarten Lavendelduft.

Lilibet seufzte genüsslich und entspannte sich. »Vernünftig?«, wiederholte sie.

»Ja. Denn wenn du mitgegangen wärst, hätte ich vielleicht Folgendes versucht.« Entschlossen legte Roland eine Hand an ihre Wange, drückte seinen Mund auf ihre vollen Lippen und gab ihr endlich den lange überfälligen aufreizenden Kuss. Ihr überraschter Protest wich beinahe augenblicklich einer willigen, wenn auch etwas zögerlichen Kooperation, bei der sie ihm nach und nach immer mehr gestattete. Sie schmeckte süß und sündig nach *Panettone,* den getrockneten Früchten vom Nachtisch und dem kleinen Glas Grappa dazu.

»Roland, bitte«, sagte Lilibet.

»Still.« Er küsste sie auf den Mundwinkel, ließ seine Hand von ihrer Wange zum Kragen ihres Morgenmantels gleiten und strich mit dem Daumen über die nackte, seidige Haut in ihrem Ausschnitt.

»Ich werde mich dafür hassen.«

»Ach, Liebling.« Er streifte den Morgenmantel über ihre zarte, runde Schulter und küsste sie dort, durch das Nachthemd hindurch. Die Haut unter seinen Lippen glühte vor Hitze. »Deine Skrupel sind einfach wunderbar. Es wird mir ein Vergnügen sein, sie dir nach und nach auszutreiben.« Ein kleiner Ruck mit der anderen Hand, und schon sank der Seidenmantel mit einem üppigen Rascheln zu Boden. »Weißt du, was ich glaube?« Er legte seine Lippen auf ihre Halsgrube und ließ die Zunge kreisen. »Ich glaube, dass du gar nicht so brav bist, wie du tust.«

Endlich schob sie die Finger in sein Haar und umfasste sanft seinen Kopf. Dann bog sie mit geschlossenen Augen den Hals zurück. »Sag das nicht. Sag nicht, ich wäre böse. Ich bin nur schwach, furchtbar schwach …«

Auf ihrer Wange glitzerte eine Träne. Roland leckte sie ab. »Das haben sie dich glauben lassen, die ganze Zeit? Somerton? Und dieser furchtbare Drache, der deine Mutter war? Gott sei ihrer bösen Seele gnädig.« Wieder küsste er sie, zerstreute ihre Sorgen, indem er sanft, aber entschlossen ihre Lippen teilte und mit ihrer Zunge spielte. »Bei mir musst du kein Ausbund an Tugend zu sein, Liebling. Du brauchst nicht perfekt zu sein. Sei einfach nur du selbst. So mutig und leidenschaftlich, wie du in Wahrheit bist. Ich weiß, was in dir steckt, Lilibet, und ich bewundere dich dafür.«

Erschauernd klammerte sie sich an ihn. O Gott, sie war so schön! Er konnte kaum denken vor Lüsternheit, jeder Nerv in ihm schrie *nimm sie, nimm sie,* direkt vor dem Regal, auf dem Sofa, dem Boden. Und seine Hand zitterte von der Anstrengung, die Selbstbeherrschung zu bewahren, als er langsam den tiefen Ausschnitt ihres Nachthemdes zur Seite schob. »Vergiss all die verdammten blöden Regeln, Lilibet. Befrei dich von ihnen.« Eine Brust zeigte sich, prall, üppig und schwer schmiegte sie sich in seine Hand. Erstaunt schaute Roland auf sie herunter.

»Mein Gott.«

Benommen flüsterte Lilibet: »Was ist?«

Abschätzend wog Roland die Brust in der Hand, fuhr mit dem Finger über die dunkelrote Spitze und sah zu, wie sie sich in einen perfekten, mundgerechten Knopf verwandelte. Erregt drückte sein Glied gegen die robuste Wolle seiner Hose.

»Ich nehme alles zurück, Liebling«, sagte Roland ehrfürchtig. »Das sind wirklich keine Pfirsiche mehr.«

Verwirrt wie es war, bemerkte sein Hirn keinerlei Anzeichen von Gefahr. Dass Lilibet sich versteifte, fiel ihm gar nicht auf, und als sie ihre Hände auf seine Brust legte, dachte er erfreut, sie wollte ihn streicheln. Oder – noch besser – ihn von seinem völlig überflüssigen Jackett befreien.

Daher kam es für ihn völlig überraschend, dass er plötzlich durch die Luft flog und unsanft vor dem Feuer auf dem Hintern landete.

»Was zum Teufel?«

»Du verfluchter Schwerenöter!«, fauchte sein Engel erbost.

Verblüfft schaute Roland zu Lilibet auf. Sie sprühte vor Zorn, und – was noch trauriger war – ihre Brüste waren bereits empört in das Nachthemd zurückgestopft worden.

»Ich bin kein Schwerenöter«, protestierte er, wobei er sich bemühte, weniger beleidigt zu klingen, als er war. Verdammt noch mal, was hatte er denn gesagt? Wenn er sich richtig erinnerte, hatte er doch nur auf die üppige Fülle ihrer Brust angespielt. Die meisten Frauen hätten das als Kompliment betrachtet.

Lilibet anscheinend nicht.

»*Keine Pfirsiche mehr*, na so was. Du hast ja weiß Gott genug Auswahl gehabt. Äpfel, Birnen, Melonen.« Lilibet nahm ihren Morgenmantel vom Boden und steckte wütend die Arme in die Ärmel. »Vielleicht sogar hin und wieder ein paar jämmerliche Trauben, wenn dein berühmtes Glück dich verlassen hat.«

»Du hast doch nicht die leiseste Ahnung, wie viel Auswahl ich gehabt habe«, sagte Roland. »Jedenfalls kann ein kleiner Busen sehr elegant sein.« So würdevoll, wie es ihm möglich war, erhob er sich und widerstand dem Drang, sich das schmerzende Hinterteil zu reiben.

Von den schmerzenden Lenden ganz zu schweigen.

Lilibet band gerade den Gürtel ihres Morgenmantels zu, wobei sie sehr darauf achtete, die Kragenaufschläge so nah aneinander zu bringen, wie es irgend möglich war. »Wie konnte ich nur einen Moment unachtsam sein. Nachdem ich mir selbst versprochen hatte …«

»Hör mal, Schatz …«

Lilibet stemmte die Hände in die Hüften. »Ich bin nicht dein Schatz!«

»Du wirst immer mein Schatz sein, das weißt du.«

»Du schämst dich wohl nie, was? Obwohl ich das Kind eines anderen erwarte!« Rasch fasste Roland sie am Arm und sagte ernst: »Kann sein, kann aber auch nicht sein. Aber ganz egal, wer der Vater ist, ich betrachte das Kind als meins, mein Schatz. Als *unseres*. Und ich fühle mich so sehr an dieses Baby gebunden wie an dich. Das solltest du nicht vergessen.«

Überrascht riss Lilibet die blauen Augen auf. »Verdammt sollst du sein, Roland. Um Himmels willen.«

Dann schob sie seine Hand beiseite und rannte mit wehenden Röcken zur Tür.

Griff nach dem Knauf und rüttelte daran.

Roland ging zu ihr und zog den Schlüssel aus der Tasche. »Ohne den geht es nicht«, sagte er, indem er seinen Arm unter ihren schob und aufschloss.

ELF

Lilibet war schon fast fertig mit Frühstücken, als Abigail ins Speisezimmer gestürmt kam und sich entschuldigte.

»Gestern Abend hat es einen furchtbar dringenden Notfall gegeben«, erklärte sie. »Die Morini ist damit zu mir gekommen, gleich nachdem du zur Bibliothek gegangen warst.«

Lilibet stellte ihre Teetasse ab und sah ihre Cousine an. »Womit?«, fragte sie eisig. »Was könnte wohl derart wichtig sein, dass du darüber dein Versprechen vergisst? Hast du etwa *Heu* im Haar?

Abigail fasste sich an den Kopf. »Nein, Stroh«, sagte sie. »Aus dem Hühnerstall. Ich …«

»Aus dem Hühnerstall?«

»Ich habe Eier gesucht, für den Priester. Er wird schon in einer Stunde hier sein, für so eine Art Ostersegen, und dazu braucht er Eier.« Abigail zupfte sich das Stroh Halm für Halm aus dem Haar und steckte es in die Tasche der einfachen, verschlissenen Schürze, die sie sich umgebunden hatte. »Glücklicherweise waren die Hennen sehr kooperativ, die Guten.«

»Ein Segen für …?« Kopfschüttelnd hob Lilibet eine Hand. »Egal. Ich will's nicht wissen. Sag mir nur, warum du gestern Abend nicht in die Bibliothek gekommen bist.«

»Ich bin ja gekommen, später. Aber das muss nach deinem Abgang gewesen sein, denn es war keiner mehr da. Ich habe mich ganz erbärmlich gefühlt.« Beschwingt nahm Abigail einen Teller vom Tisch und ging zum Büfett auf der Anrichte. Obwohl an diesem Morgen nichts von dem sonst üblichen typisch englischen Frühstück zu sehen war, hatten Signorina Morini und die Mädchen sich dennoch sichtlich Mühe gegeben und Eier, Schinken und Käse aufgetischt, dazu getoastetes italienisches Brot und eine verführerische Auswahl an Obstkonserven aus der letztjährigen Ernte. »Hat er dich sehr in Bedrängnis gebracht?«, fragte sie über die Schulter.

Lilibet verschluckte sich an ihrem Tee. »Nein. Nein, hat er nicht.«

»Wirklich? Wie schade. Ich denke, es könnte ganz nett sein, von Penhallow bedrängt zu werden. Natürlich nur, wenn man bedrängt werden möchte.«

»Bislang sind jedenfalls noch keine Klagen gekommen, meine liebe Miss Harewood«, sagte Seine Lordschaft, der in genau diesem Moment ins Speisezimmer geschlendert kam: fast so, als hätte er an der Tür gelauscht, was Lilibet nicht im Geringsten gewundert hätte. »Vielleicht sollten wir einen Blick in Ihren Kalender werfen und uns einmal verabreden.«

»Lieber nicht«, sagte Abigail, während sie eine großzügige Portion Pfirsichkompott auf einen Berg Toast häufte. »Der Priester kommt heute Morgen, und wir müssen noch so vieles vorbereiten.«

»Was ist bedrängen, Mama?«, fragte Philip, den Mund voller Ei.

Lilibet beschäftigte sich angelegentlich mit der Anordnung der Speisen auf ihrem Teller: Der Schinken lag genau in der Mitte, das Ei steckte kerzengerade in seinem Becher, doch die Scheibe Toast am Rand schwankte bedenklich. So konnte sie den für sie gefährlichen Anblick eines taufrischen Roland vermeiden, dessen zurückgekämmtes nasses Haar im Morgenlicht glänzte und dessen Wangen noch rosa waren von der kürzlichen Begegnung mit der scharfen Seite eines Rasiermessers. Einen Moment hatte sie sogar den Eindruck, sie könnte seine Seife riechen, doch das war nur eine Sinnestäuschung. »Du sollst nicht mit vollem Mund reden, mein Schatz«, belehrte sie ihren Sohn.

»Mit bedrängen, mein lieber Junge …«, begann Roland von der Anrichte her zu erklären.

»Euer Lordschaft!«, zischte Lilibet.

»… beschreibt man eine lange, lebhafte Auseinandersetzung zwischen Mann und Frau«, fuhr Roland unbeirrt fort, während er seinen Teller füllte, »bei der der Mann aufgrund der überlegenen Fähigkeiten der Frau stets der Unterlegene ist. Daher der Ausdruck *bedrängt*. Also, besiegt. Erledigt.« Roland setzte sich an den Tisch, straffte die breiten Schultern und warf Lilibet über den Tisch hinweg sein strahlendes Lächeln zu. »Vernichtet.«

Philip runzelte die Stirn. »Aber wenn *Sie* Mama bedrängt haben, bedeutet das doch, dass *Sie* den Streit gewonnen haben, oder?«

»Das ist nur die höfliche Art, es auszudrücken.« Roland nahm Messer und Gabel und machte sich über seinen Schinken her. Als er auf seinen Teller schaute, fiel ihm eine feuchte braune Locke in die Stirn und kringelte sich neckisch. »Um die armen Kerle nach ihrer furchtbaren Niederlage wieder aufzumuntern. Darf ich Sie um den Tee bitten, Lady Somerton?«

Lilibet reichte die Teekanne Abigail, die sie an Roland weiterreichte – die Mädchen waren an diesem Morgen, gleich nachdem sie das Büfett angerichtet hatten, in nervöser Eile verschwunden. »Komm, Philip«, sagte Lilibet. »Wir müssen unseren Morgenspaziergang machen.«

Philip sah auf. »Welchen Morgenspaziergang?«

»Den, den ich schon eine ganze Weile mit dir machen will.« Lilibet legte ihre Serviette zusammengefaltet neben den Teller und streckte eine Hand aus.

»Aber ich habe mich gerade erst gesetzt«, sagte Roland mit einem unerhört frechen Augenzwinkern. »Oder gehen Sie etwa meinetwegen?«

»Das würde mir nicht im Traum einfallen. Wir gehen, weil wir es möchten. Komm schon, Schatz«, sagte Lilibet mit zuckersüßer Stimme zu ihrem Sohn, der ein trotziges Gesicht aufgesetzt hatte. »Vielleicht können wir später noch ein Picknick machen.«

»Darf Lord Roland auch mitkommen?« Widerstrebend ließ Philip sich langsam vom Stuhl gleiten, offenbar wollte er verhandeln.

»Oh, ich würde sehr gerne mitkommen«, sagte Roland. »Um wie viel Uhr?«

»Seine Lordschaft kann uns selbstverständlich nicht begleiten«, entgegnete Lilibet triumphierend, »denkt doch an die Wette.«

»Ach was, Wallingford wird es nie erfahren.« Ein klein wenig nervös schielte Roland zur Tür. »Wo ist der gute Mann überhaupt?«

»Das weiß ich nicht. Ich habe ihn noch nicht gesehen. Lady Morley ist schon gegangen, bevor Sie gekommen sind, und Mr. Burke wird wohl in seiner Werkstatt sein.« Lilibet nahm Philip bei der Hand. »Wenn Sie mich jetzt entschuldigen würden.«

»Komm nicht zu spät zurück!«, rief Abigail ihrer Cousine nach, die ihren Sohn hastig durch die Tür zog, ehe noch weitere Vorschläge gemacht wurden. »Sonst verpasst du den

Priester! Und das Segnen der Eier! Es ist eine lustige Zeremonie, wirklich!«

»Ja, bestimmt einzigartig«, grummelte Lilibet vor sich hin.

»Muss ich meine Jacke anziehen?«, fragte Philip.

Also führten die Damen tatsächlich etwas im Schilde.

Roland schob die Hände in die Taschen und stapfte mit einem breiten Grinsen im Gesicht über das Gras auf der Wiese. Wie süß. Wallingford wäre natürlich hocherfreut gewesen, die gute Nachricht zu hören, doch er hatte nicht die Absicht, seinem neugierigen Bruder einen Ton davon zu sagen.

Bevor Roland ins Speisezimmer gegangen war, hatte er gerade genug von Abigail und Lilibet gehört, um den Ablauf der gestrigen Ereignisse nachvollziehen zu können. Die arme Lilibet! Kein Wunder, dass sie so blass geworden war, als er die Tür abgeschlossen hatte. Das hatte ihren ganzen Plan durchkreuzt. Rolands Grinsen wurde noch ein wenig breiter, als er an Miss Harewood dachte, die durch irgendeinen gottgesandten Notfall in der Küche aufgehalten worden war, während er vor dem gemütlichen Feuer in der Bibliothek völlig ungestört Lilibets üppigen Busen gestreichelt hatte.

Ein oder zwei Sekunden jedenfalls.

Natürlich sah er keinen Grund, die Frauen wissen zu lassen, dass er ihnen auf die Schliche gekommen war. Der allseits bekannte Leichtsinn des Lord Roland Penhallow hatte sich bei seinen geheimen Aktivitäten im Beruf als sehr nützlich erwiesen, und er glaubte, dass eine ähnliche Strategie im Privatleben noch schönere Ergebnisse zeitigen würde. Mit ein bisschen Glück würde Lilibet weiterhin seine Nähe suchen, in der Hoffnung, dabei entdeckt zu werden, und er konnte weiterhin dafür sorgen, dass das nicht geschah.

Kinderkram für ihn, aber recht nützlich, um den Verstand nicht völlig einrosten zu lassen, während er darauf wartete, dass Sir Edward ihm mehr über …

Roland erstarrte mitten in der Bewegung, einen Fuß über der niedrigen Steinmauer, die ihn von der nächsten Terrasse trennte.

Somerton.

Großer Gott. Er sollte sich erschießen. Vergangene Nacht hatte er die perfekte Gelegenheit gehabt, mehr über Somertons Aktivitäten zu erfahren; stattdessen hatte er sich, nachdem ihm klar geworden war, dass Lilibet nicht mit ihrem Mann unter einer Decke steckte, nicht mehr von seinem Kopf steuern lassen, sondern von einem anderen Körperteil. Er hatte sein Hirn einfach ausgeschaltet, nicht einmal versucht, noch ein paar Informationen zu bekommen und zu sehen, ob sie in das Puzzle passten.

Informationen wie etwa die, die er bei der seltsamen Unterhaltung auf dem Weg zum Schloss erhalten hatte. Damals war ihm Lilibets Wortwahl merkwürdig vorgekommen, aber er hatte den Gedanken verdrängt: Nun drehte sein Gedächtnis, ein gut trainiertes und sehr flexibles Instrument, die Zeit ein Stückchen zurück.

Was hatte Philip gesagt?

Papa erfährt alles … Mama sagt, Papa ist ein richtiger, echter …

Philip!

Tja, das ist natürlich ein Geheimnis.

Nachdenklich ließ Roland sich auf der Mauer nieder. Ein echter … *was*? Offenbar sollte das niemand wissen. Also … worum war es noch gegangen? Ach ja, *Allwissenheit*. Das war das Wort, das Lilibet gebraucht hatte. Er konnte den dumpfen, niedergeschlagenen Klang ihrer Stimme noch hören.

Sie hielt Somerton für allwissend.

Verflixt noch mal. Es war die ganze Zeit direkt vor seiner Nase gewesen. Wie viel mochte Lilibet wissen? Wie war sie an dieses Wissen gelangt?

Und wichtiger noch, *was* wusste sie?

Wenn Somerton beim Geheimdienst der Marine wäre, hätte man doch längst davon gehört. Das war eine viel zu delikate Information, um in den geschwätzigen Geheimdienstkreisen nicht in Umlauf zu kommen, zumindest in den eigenen Reihen.

Sagen Sie, Penhallow, haben Sie vielleicht Feinde? Ist einer dabei, der Sie zugrunde richten will?

Nein. Das konnte nicht sein. Somerton hatte das Spiel doch gewonnen, hatte sich schon vor über sechs Jahren die Königin genommen. Genau betrachtet war er dem Grafen bis zu jener schicksalhaften Nacht im Gasthof nicht einmal auf den kleinen Zeh getreten. Wenn überhaupt sollte *er* derjenige sein, der Somerton Übles wünschte.

Trotzdem … es war ein verdammt komischer Zufall.

Und Sir Edward glaubte nicht an Zufälle. Graben Sie tiefer, sagte er immer, dann finden Sie die Verbindung. Graben Sie so tief, wie Sie müssen.

Die feuchte Kühle der Mauersteine drang durch Rolands Hose und ließ seine Kehrseite taub werden. Er starrte in die Wipfel der nahen Obstbäume und auf die langen Reihen der Reben zur Rechten, deren winzige grüne Triebe aus dieser Entfernung noch nicht zu sehen waren. Die Morgensonne tauchte jedes Lebewesen, jedes neue Blatt, jede sprießende Blüte in ein schimmerndes Licht; vergoldete das ganze vor ihm liegende Tal und die gelben Häuser des Dorfes, die sich in der Mitte aneinanderschmiegten. Es war himmlisch, ein

Paradies, nur dass er im Grunde nicht dazugehörte. Nicht einfach eintreten und bleiben konnte.

Sollte er Sir Edward informieren oder nicht?

Er hatte Lilibet versprochen, ihren Aufenthaltsort nicht zu verraten. Selbstverständlich würde Sir Edward diskret vorgehen, doch die Quelle der Information sickerte unweigerlich durch. Das war immer so.

Roland fühlte sich dem Grafen gewachsen. Hatte keinen Zweifel daran, dass er Lilibet beschützen konnte, falls ihr Mann mit fliegenden Fahnen in die Toskana einritt, um seine Frau zurückzuholen.

Aber er hatte ihr versprochen, ihr Geheimnis zu wahren. Und dann war da noch Philip – und das Baby, das in ihr wuchs: das Baby, das sie womöglich zusammen gemacht hatten, er und Lilibet.

Oder auch nicht.

Ach ja, Sir Edward, was ich noch sagen wollte, ich habe die ganzen langen Monate mit Lord Somertons Frau unter einem Dach gelebt! Sie verführt! Vielleicht sogar geschwängert! Tut mir schrecklich leid, dass ich Ihnen bei Ihren Nachforschungen und so nicht geholfen habe, aber ich hatte ihr versprochen, dass ich den Mund halten würde, wenn Sie verstehen, was ich meine.

Bestimmt würde das Amt für maritime Angelegenheiten seine Sichtweise genau verstehen. Und bestimmt würde Sir Edward nur die massigen Schultern zucken und die Tatsache, dass Lady Somerton und Lord Roland unter demselben Dach lebten, als für seine Untersuchung völlig bedeutungslos einstufen.

Die Situation war wirklich heikel.

Roland stand auf, wandte sich zum Gehen und wäre beinah mit der drahtigen Brust des Verwalters zusammengestoßen.

»Großer Gott, Mann!«, sagte er erschrocken. »Hättest du dich nicht bemerkbar machen können?«

Streitlustig kreuzte Giacomo die Arme. »Es ist Signor Burke. Er braucht Hilfe von Sie.«

»Burke? Braucht *meine* Hilfe? Du machst wohl Witze.«

»In seiner Werkstatt, unten am See.«

»Ja, ich weiß, wo er arbeitet. Aber warum zum Teufel sollte er meine Hilfe benötigen? Der Bursche ist doch bisher immer gut zurechtgekommen.« Roland schaute die Terrassen hinunter zum alten Kutscherhaus, wo Burkes Apparate standen, oder zumindest die, die er mitgebracht hatte.

Unten am See.

Lilibet war am See.

Eine Augenbraue fragend erhoben richtete Roland den Blick wieder auf den grimmigen Verwalter und stellte fest, dass der Mann ihn seltsam drängend anstarrte, so als wolle er ihm etwas sagen, was er nicht in Worte fassen konnte.

»Wirklich, alter Junge. Du musst versuchen, dich klarer auszudrücken.« Roland klopfte sich an die Stirn. »Da oben ist leider nicht allzu viel los. Dezente Hinweise haben die verstörende Angewohnheit, nicht verstanden zu werden und sinnlos zu sein.«

Giacomo stieß einen Seufzer aus, der sich so anhörte, als verzweifle er an der gesamten englischen Rasse. »Bis *heute*«, sagte er endlich, »er hatte keine *Frauen* dabei.« Die schwere, missbilligende Betonung, die er dabei auf das Wort *Frauen* legte, war in etwa so dezent wie ein Stoß in den Rücken.

Roland spitzte die Ohren. Frauen? Tatsächlich?

Burke, du alter Halunke.

Auch ohne Wallingfords Aufregung über eventuelle Verführungsversuche war Roland schon vor einiger Zeit aufgefallen, dass Phineas Burke und die Marquise von Morley sich heftig zueinander hingezogen fühlten. Es hatte ihm sogar einiges Vergnügen bereitet, den beiden dabei zuzusehen. Denn Lady Morley war nicht nur sehr schön und charmant, sondern auch ein Snob allererster Güte. Und zu beobachten, wie sie sich liebeshungrig nach seinem titellosen, wenig glamourösen Freund Burke verzehrte – ein recht hübscher Kerl, aber etwas zu groß, zu rothaarig und zu schweigsam für die meisten Frauen –, hatte sich als höchst amüsant erwiesen.

Aber waren die Dinge wirklich so weit gediehen? War die Marquise von Morley, der Liebling der Londoner Gesellschaft, wirklich dem Charme des Mr. Phineas Burke von der Royal Society erlegen? Oder versuchte sie, wie Wallingford annahm, ihn zu verführen, um die Wette zu gewinnen?

Und hatte der arme Burke sich tatsächlich in sie verliebt?

Eine äußerst interessante Entwicklung. Vielleicht sogar nützlich.

»Ah«, sagte Roland. »Jetzt sprechen wir die gleiche Sprache. Weißt du, dass ich gerade vorhatte, zum See hinunterzugehen? Vielleicht sollte ich kurz in der Werkstatt vorbeischauen.«

Grüßend tippte Roland sich an den Hut und ging den Hügel hinunter.

Ein bisschen Sport war genau das Richtige, wenn die Gedanken sich im Kreise drehten.

ZWÖLF

Sie hatte nicht einschlafen wollen. Welche Mutter wollte das schon?

Natürlich hatte sie gewusst, dass sie müde war. Schließlich lag man nicht die halbe Nacht wach vor Sehnsucht nach einem braunhaarigen englischen Herzensbrecher und verfolgte das Spiel des Mondlichts an der Decke, ohne sich am nächsten Morgen ein wenig mitgenommen zu fühlen.

Doch die kühle Brise vom See her war belebend gewesen. Philip hatte sie an der Hand gehalten und in schnellem Schritt am Ufer entlanggezogen; lachend waren sie über die feuchten Kiesel gelaufen, wobei der Weidenkorb mit dem Picknick immer wieder gegen ihren Oberschenkel gestoßen war, und schließlich hatten sie sich ganz in der Nähe der Stelle niedergelassen, an der sie am Tag zuvor gewesen waren. An genau denselben Baum gelehnt hatte sie zugesehen, wie Philip am Ufer spielte, und sich vorgestellt, dass Roland so wie am Vortag auf der rot karierten Picknickdecke läge. Dabei war sie so unruhig geworden, dass sie an Schlafen gar nicht gedacht hatte.

Aber dann, eine unbekannte Weile später, der Rücken schmerzte von der rauen Borke des Baumes, hatte sie die Augen aufgeschlagen und festgestellt, dass Philip nirgendwo zu sehen war.

Hastig sprang Lilibet auf und rief »Philip!«.

Das Wasser trieb fächerförmig auf sie zu, und einen Augenblick später wehte eine Brise ihr das Haar aus der Stirn. Eine freundliche weiße Wolke zog am Himmel entlang und ließ einen Schatten über die Landschaft wandern.

»Philip!«, rief Lilibet wieder, etwas lauter, aber bemüht, die Stimme ruhig zu halten.

Hinter ihr begann ein Vogelpaar heftig zu streiten. Das war das einzige laute Geräusch in der Stille. Sonst hörte sie nur Blätterrascheln und Flügelflattern.

Lilibet rannte zum Ufer. »Philip! Wo bist du?«

Der Felsvorsprung auf der anderen Seite des Sees warf ihre Stimme leise und gespenstisch zurück.

Das schnelle Herzklopfen in ihren Ohren hörte sich an wie rennende kleine Füße. Das Wasser wirkte ganz ruhig und unschuldig; so kleine, sanfte Wellen konnten doch einem Fünfjährigen nicht ernsthaft gefährlich werden.

Nervös sah Lilibet sich um und suchte den Uferrand ab: den kleinen Kiesstrand, den Olivenhain und das, was man zwischen den dunkel belaubten Ästen von den Weingärten und Terrassen sehen konnte.

»Philip!« rief sie, so laut sie konnte.

Doch die warme Frühlingsluft trug ihr keine Antwort zu.

Phineas Burkes schuldbewusste Miene verriet Lord Roland, dass er nicht einen Moment zu früh gekommen war.

Entschlossenen Schrittes trat er über die Schwelle des kleinen Steinhauses, damit sein Freund keine Chance hatte, ihn zurückzuweisen, und sah sich um. Auf den ersten Blick gab es keine Anzeichen für irgendwelche sexuellen Aktivitäten. Weder achtlos weggeworfene Korsetts noch herrenlose Schuhe. Außerdem war außer Burke niemand zu sehen.

Jedenfalls noch nicht.

Die Dame versteckte sich also. Umso besser. An der Wand stand ein Schrank und in der Mitte des Raums die kolossale Karosserie eines aufgebockten Automobils. Also genug Möglichkeiten. Vor Vorfreude hätte Roland sich beinah die Hände gerieben. Abgesehen davon, dass es nützlich sein konnte, Burke auf die Schliche zu kommen, hatte er einen Mordsspaß an Katz-und-Maus-Spielen.

Daher legte er sofort los. »Was für eine erbärmliche Hütte ist das denn? Und warum hast du dich hier eingeschlossen?«

»Aus Sicherheitsgründen«, erwiderte Burke. »Unter uns Motorsport-Enthusiasten ist die Konkurrenz ziemlich groß.«

»Haha. Und es ist auch recht nützlich, wenn man sich eine verführerische Marquise vom Leib halten möchte, was?« Mitten in der Werkstatt blieb Roland stehen. Aus den Augenwinkeln sah er zwei Teetassen, die auf einem abgenutzten Arbeitstisch an der Wand standen. Aus dem weißen Porzellan stiegen Dampfwölkchen auf.

»Das natürlich auch.« Burkes Stimme klang ziemlich unwirsch.

Roland grinste und drehte sich um. »Sag mal, was war denn gestern Abend mit Wallingford los? Der Mann war ja kaum wiederzuerkennen. Und dann dieses ganze Gerede über Gänsefedern.«

Burkes Gesichtszüge entspannten sich. »Ich vermute, dass dein Bruder im Hinblick auf Frauen selber Probleme hat, mein Lieber«, sagte er mit einem herablassenden Lächeln, und einen Moment sah es sogar so aus, als würde er so weit gehen, ihm zuzuzwinkern.

Roland stieß einen Pfiff aus und riss – wie überrascht – die Augen auf. »Was du nicht sagst! Wallingford und Lady Morley? Aber das ist ja wohl ganz natürlich, schließlich sind sie beide sehr temperamentvoll und geborene Anführer und so weiter. Und es erklärt, was er gestern Abend gesagt hat, all diese Vorwürfe, weil sie dir angeblich nachstellt. Eifersucht, bei meinem Bruder! Haha. Sehr gut.«

Befriedigt sah er zu, wie sein Freund rot anlief. Rothaarige konnten ihren Ärger nie verbergen.

»Lady Morley habe ich nicht gemeint«, erwiderte Burke knapp.

»Wie bitte? Aber wer – großer Gott, du meinst doch sicher nicht Lilib … doch nicht Lady Somerton! Wag es nicht, schlecht über …« Als Zugabe machte er einen drohenden Schritt nach vorn.

Burke stieß ein gezwungenes Lachen aus und zog sich zum Arbeitstisch zurück. »Beruhige dich, Mann! Ihre Ladyschaft habe ich auch nicht gemeint. Gott behüte.«

Nun spielte Roland den Dummen. »Aber wen dann? Doch wohl nicht Miss Harewood? Das kann nicht dein Ernst sein.«

»Es ist nur eine Vermutung.« Burke lehnte sich an den Arbeitstisch und blockierte die Sicht auf die Teetassen. Dann schaute er ganz kurz an Roland vorbei auf den Boden hinter ihm.

Am liebsten hätte Roland seinen Freund bei den Schultern gepackt und geschüttelt und ihn das ein oder andere über heimliche Blicke gelehrt, denn seine Vorstellung war recht enttäuschend. Einen so erbärmlichen Schauspieler zu entlarven, machte einfach keinen Spaß.

Außerdem mochte er Phineas Burke sehr gern, ganz unabhängig von der allgemein nicht bekannten familiären Verbindung, die – recht pikant – auf eine außereheliche Beziehung des Duke of Olympia, seines Großvaters mütterlicherseits, zurückzuführen war. Zum einen weil Burke der Einzige war, den er als geistig überlegen betrachtete; und zum anderen weil er es trotz seiner Genialität schaffte, ein netter Kerl zu sein.

Aber auch wieder nicht so nett, dass man sich nicht ab und zu einen Spaß mit ihm erlauben konnte.

Roland räusperte sich. »Hmm. Miss Harewood. In der Not ist jedes Mittel recht, nehme ich an. Aber was hat das alles mit Gänsefedern zu tun?«

»Ich habe nicht die geringste Ahnung«, sagte Burke. Dann zog er umständlich seine Uhr hervor und starrte auf das Zifferblatt. Das Licht, das sich in seinem Haar verfing, ließ es feuerrot aufleuchten. »Hör mal, hast du irgendeinen besonderen Grund für deinen Besuch, oder bist du nur gekommen, um mir die Zeit zu stehlen? Ich habe nämlich ziemlich viel zu tun.«

Haha. Wer's glaubt, du Lügner. Viel zu tun, also wirklich.

»Jaja, natürlich.« Extra langsam drehte Roland sich um, als betrachte er seine Umgebung zum ersten Mal. »So sieht sie also aus. Die Werkstatt eines Genies, die Sterbliche nicht zu betreten wagen. Alle möglichen … Sachen … und … was ist denn das?«, sagte er plötzlich mit scharfer Stimme.

Ein gedämpftes Geräusch drang unter dem Automobil hervor.

Hastig kam Burke auf ihn zu. »Nur ein paar Ersatzteile. Hör mal, Penhallow …«

Feierlich drehte Lord Roland sich zu der riesigen Maschine mitten im Raum um und ging bewundernd einige Schritte zurück, als versuche er, ihre Großartigkeit zu erfassen. Ja, nun sah er es: das Stückchen Blau unter dem Chassis. Die gute alte Lady Morley. Ganz schön mutig von ihr. Auch wenn er, um die Wahrheit zu sagen, ziemlich enttäuscht war, dass sie vollständig bekleidet war. »Und dann das! Die Maschine selbst! Einfach großartig! Wirklich, mein Lieber. Ich bin platt. Äh … ist das der Motor?«

»Ja, ich glaube schon.«

»Haha. Immer einen Scherz auf den Lippen, was, alter Freund?« Er atmete tief ein. »Riecht es hier nicht nach Lilien?«

»Um Himmels willen! Lass mich in Ruhe, Penhallow. Spar dir das alles fürs Abendessen auf.«

»Wie unhöflich, Burke. Ich komme, um dir einen freundlichen Besuch abzustatten, dich etwas aufzuheitern …«

»Ich brauche nicht aufgeheitert zu werden«, blaffte Burke. »Hinaus.«

Roland wusste, dass er besser gehen sollte. Schon allein weil die Höflichkeit unter Männern es gebot. Außerdem hatte er die gewünschten Informationen bekommen: Burke (oder Lady Morley oder beide) hatten streng genommen gegen die Regeln der Wette verstoßen, was sich später als nützlich erweisen konnte. Doch jenseits der Tür wartete die unangenehme Entscheidung über Sir Edward, während innerhalb dieser Wände … also, Burke vorzuführen machte einfach zu viel Spaß. Zudem fand er großen Gefallen an der Vorstellung, die elegante Lady Morley unter einem Automobil ausharren zu lassen, während sie um ihren Ruf und ihr Leben bangte, zweifellos in genau dieser Reihenfolge.

»Ach verdammt, Burke«, sagte er und tat so, als wäre er kurz davor, in Schluchzen auszubrechen. »Alles ist so verworren. Gestern Abend … dieses blöde Gerede über die Erhöhung des Einsatzes … du weißt doch bestimmt, dass ich unsterblich in sie verliebt bin.«

»Ach du lieber Gott.«

»Ich weiß, dass du als nüchterner Forscher mich nicht verstehen kannst, aber … verdammt noch mal, irgendjemandem muss ich mich anvertrauen! Und du bist so ein lieber Kerl, mein Freund. Du würdest mich nie an meinen Bruder verraten – oder an die Damen. Bei dir ist mein Geheimnis vollkommen sicher.« Roland überlegte, ob er die Hand aufs Herz legen sollte, entschied sich aber dagegen. Sir Edward hatte ihn oft genug davor gewarnt, wie gefährlich es war zu übertreiben.

»Völlig richtig. Aber wenn es dir nichts ausmachen würde …«

Ein leiser, unterdrückter Laut, wie von einer erstickenden Maus, kam aus der Richtung, in der das Automobil stand: ein Laut, der von anderen gar nicht bemerkt worden wäre, doch Lord Roland hatte sehr gut geschulte Ohren.

Oh. Sie hatte Staub eingeatmet. Die arme Lady Morley. Ob es unter dem Automobil auch Spinnen gab? Es sah so aus, als würden Spinnen sich dort sehr wohl fühlen.

Roland versteckte sein Grinsen hinter einem traurigen Kopfschütteln und redete unbeeindruckt weiter. »Dieser verfluchte Ehemann. Es ist doch allseits bekannt, dass er sie nicht gut behandelt, deshalb haben ihre Freundinnen sie ja hergebracht. Aber die gute Seele ist so loyal und tugendhaft …«

»Ein andermal vielleicht, Penhallow. Ich bin wirklich ziemlich beschäftigt.«

»Und nachdem Wallingford überall Gespenster sieht, kann alles, was ich sage oder tue, dazu führen, dass sie auf die Straße gesetzt wird. Dass dieser Drache …« – sagte er ein klein wenig lauter und mit etwas mehr Betonung – »… diese schreckliche Lady Morley sich gleich auf Wallingfords Vorschlag eingelassen hat! Ich hätte sie aufhalten sollen. Ich war auch kurz davor, aber Lilibet ... Lady Somerton hat mich *so* böse angesehen.«

Burkes Gesicht lief purpurrot an. »Lady Morley ist kein Drache.«

»Nun, das ist sehr anständig von dir, mein Lieber, wenn man bedenkt, dass sie ihr Bestes getan hat, um dich zu bezirzen, haha. Natürlich ist sie sehr hübsch, trotzdem kann man sich nicht vorstellen, ihr beim Frühstück gegenüberzusitzen.« Um das Maß voll zu machen, streute Roland ein Lachen ein.

Burke biss die Zähne zusammen, sonst hätte er sie wohl gebleckt. »Penhallow, es tut mir sehr leid, dass du Probleme hast, aber wir müssen allen Ernstes ein andermal darüber reden. Die Batterie ...«

Ein ersticktes Hüsteln unterbrach ihn.

Überrascht drehte Roland sich um. »Was war das?«

»Nichts. Nur die Hydraulik«, sagte Burke rasch. »Wie ich schon gesagt habe ...«

Noch ein Hüsteln. Die arme Lady Morley. Wirklich, sie fing an, ihm leidzutun, doch noch war sein Mitleid nicht groß genug, um endlich aufzuhören.

»Da war es wieder!«, rief Roland. »Was ist denn das für eine komische Hydraulik? Das hört sich aber gar nicht gut an.«

Finn räusperte sich und zog an seinem Kragen. »Es ist nur ... einfach ... das Bremssystem. Eine Neuentwicklung, die ich gerade teste. Eine ziemlich schwierige Aufgabe, die höchste Konzentration erfordert, und außerdem recht gefährlich. Ich muss dich wirklich bitten zu gehen.« Er ging zur Tür.

»Hör mal, Burke. Genau deswegen wollte ich ja mit dir sprechen. Ich habe gedacht ...« Lord Roland zögerte und überlegte hastig. »Ich habe gedacht, dass du mich vielleicht als Assistenten gebrauchen könntest. Damit ich beschäftigt bin und ihr nicht dauernd begegne, weißt du? Das wäre das Beste.«

»Du als mein Assistent?« Burke war deutlich anzuhören, dass er alles andere als begeistert war.

»Ja. Brauchst du nicht noch ein Paar Hände, die …nun ja, die dir dabei helfen … all das …all das Zeug, das es hier gibt, zu ordnen?«

Burke stieß einen tiefen Seufzer aus. »Penhallow, mein Freund. Hast du auch nur die leiseste Ahnung, wie eine Batterie funktioniert?«

»Leider nicht. Das heißt, ich stelle es mir so vor, dass … die Funken vielleicht … tja …also nein. Nein, habe ich nicht.« Roland ließ den Kopf hängen.

»Kannst du überhaupt unterscheiden, wo bei diesem Motorwagen vorn und hinten ist?«

Roland wandte sich gerade noch rechtzeitig um, um einen blauen Ellenbogen unter dem Automobil verschwinden zu sehen. »Nun ja … ich würde sagen … also, wenn ich raten sollte …«

»Genau das meine ich«, sagte Burke. »Wenn du nun also so freundlich sein würdest, in die Bibliothek zurückzukehren und dich weiter dem Streben nach Wissen zu widmen. Wieso verfasst du nicht ein kleines Gedicht, das von den Qualen unerfüllter Liebe kündet? Und wenn die Freude an dieser Beschäftigung schwindet, könntest du dich praktisch betätigen und vielleicht mit Giacomo über den Käse in den Ställen reden.«

»Welchen Käse?« Diesmal war Roland ehrlich erstaunt.

»Er wird es dir schon erzählen. Aber um Himmels willen, Penhallow, was du auch tust, *lass … mich … allein*!« Burke riss die Tür auf und starrte ihn mit funkelnden grünen Augen an.

»Ich muss schon sagen, Burke, das ist nicht sehr nett.«

»Wirklich? Wie bedauerlich.«

Roland zupfte an seinem Ärmel. »Vor allem da es doch gerade der gute Giacomo war, der mich hierhergeschickt hat. Angeblich weil du Hilfe brauchst. Das hat mich ja erst auf die Idee gebracht.«

»Hat er das, dieser Mistkerl?« Burke kreuzte die Arme vor der Brust, richtete sich zu seiner vollen Größe auf und starrte ihn mit zusammengekniffenen Augen an. »Also, *das* ist wirklich nicht nett.«

»Na gut, ich habe verstanden. Aber denk mal darüber nach, mein Freund …« Als Roland durch die Tür trat, prallte er unversehens mit der breiten Brust seines Bruders zusammen, der eilig auf die Werkstatt zugestürmt kam. »Oh, hallo, Wallingford! Machst du einen Spaziergang?«

»Mitnichten. Dieser blöde Verwalter schickt mich«, knurrte der Herzog. »Weil Burke angeblich dringend Hilfe braucht.«

»Was für ein Zufall!«, erwiderte Lord Roland fröhlich. »Mir hat er auch gesagt, dass Burke in seiner Werkstatt Hilfe braucht, da dachte ich mir, Penhallow, mein Lieber, das ist genau das Richtige für dich …«

Wütend unterbrach Burke ihn. »Ich weiß nicht, was Giacomo sich dabei denkt. Ich brauche keine Hilfe. Ganz im Gegenteil.«

Insgeheim bewunderte Roland ihn dafür, wie beherzt er Lady Morley verteidigte. Er sollte ihn besser in Ruhe lassen: Mit dem Herzog würde er auch allein fertigwerden.

Immerhin war er Wallingfords Onkel.

Lächelnd tippte Roland sich an den Hut. »Schon gut. Das

hast du mir ja soeben deutlich zu verstehen gegeben. Ich gehe jetzt, und meinem lieben Bruder möchte ich raten, genau dasselbe zu tun.«

Nachdem er die Werkstatt hinter sich gelassen hatte, legte Roland eine Pause ein. Oberhalb des grünenden Hügels stand das Schloss, dessen gelbgraue Steine das Sonnenlicht angenehm widerspiegelten, und in dem Schloss warteten einsatzbereit sein Codeheft und sein Schreibpult.

Rechts von ihm lag der glasklare See, an dem Lilibet mit ihrem Sohn picknickte.

Roland nahm seine Schirmmütze ab und fuhr sich mit der Hand durchs Haar. Eine sanfte Brise wehte durch die Bäume am See und umfächelte kühl seine Stirn.

England erwartet, dass du deine Pflicht tust, alter Junge.

Roland setzte seine Mütze wieder auf und begann, mit schweren Schritten auf das Schloss zuzugehen.

Lilibet lief am Kiesstrand entlang und schaute suchend in die Bäume. Die Sorge schnürte ihr fast die Luft ab.

Wie lang mochte sie geschlafen haben? Sicher nicht allzu lang. Nur ein paar Minuten. Sie blieb stehen und zog ihre Uhr aus der Tasche. Elf Uhr dreiunddreißig. Wann waren sie losgegangen? Lange nach dem Frühstück, nach dem Morgenunterricht. Er konnte noch nicht weit gekommen sein.

»Philip!« Ihre Stimme klang rau, halb erstickt und verzweifelt. »Wo bist du?«

Wieder blickte Lilibet über den See. Philip wusste, dass er nicht hineingehen durfte. So ungehorsam würde er doch nicht sein. Er hatte keinen Badeanzug und kein Handtuch. Und er war ungewöhnlich einsichtig für einen Fünfjährigen, klug genug, um sich nicht in einen eiskalten See zu stürzen.

Oder?

Lilibet wurde schwindlig vor Angst.

Nein. Sei vernünftig. Sie holte tief Luft und zwang sich, ruhig nachzudenken. Er wäre nicht ins Wasser gegangen. Außerdem hatte sie nirgendwo am Ufer Schuhe oder Strümpfe liegen sehen: Selbst in einem Anfall von Leichtsinn hätte er niemals versucht, mit Schuhen an den Füßen schwimmen zu gehen.

Oder?

O Gott. Sollte sie im Wasser nachsehen und wertvolle Zeit verlieren, während Philip irgendwo zwischen den Bäumen oder im Tal herumirrte?

Aber wenn er im See war, irgendwie gestürzt war, auf die Bäume geklettert und hineingefallen war …

»Philip!«, schrie sie mit aller Kraft. Das musste er doch hören. Der Wind kam vom See her. Und wenn er sie hörte, würde er auch kommen. Vorausgesetzt er war in den Bäumen, nicht im Wasser.

Plötzlich entdeckte sie etwa hundert Meter entfernt ein altes Bootshaus, dessen rostfarbener Anstrich sich in der Sonne schälte. Kiesel gruben sich in das Leder ihrer robusten Schuhe, als sie keuchend und mit schmerzenden Lungen darauf zulief. Doch die Angst hatte ihr Flügel verliehen und trieb sie so schnell voran, dass sie ihren Hut verlor.

Sie riss die Tür des Bootshauses auf. »Philip?«

Ängstlich mit den Flügeln schlagend flatterte ein Star in die Dachsparren. Staubflusen, die gemächlich zwischen alten Holzstapeln und Seilrollen schwebten, glitzerten im unerwarteten Sonnenschein.

Enttäuscht ließ Lilibet die Schultern sacken. Dann drehte sie sich um und rannte zum See zurück. Links von ihr ragte eine Ansammlung von Felsbrocken wie ein breiter Zeh ins Wasser hinein.

Philip liebte es, auf Felsen zu klettern.

Ohne nachzudenken stieg Lilibet die gefleckten Steine hoch. Ihre Schuhe glitten immer wieder aus, und bei der Suche nach Halt zerkratzte sie sich die Finger, doch mit der Kraft der Verzweiflung zog sie sich auf den höchsten Stein und lief stolpernd zum Rand des Felsens.

Ein perfekter Platz, um in den See zu springen. Ein Platz, an dem ein neugieriger Junge leicht ausrutschen und ins Wasser fallen konnte.

Bebend vor Angst spähte Lilibet nach unten und suchte verzagt die Wasseroberfläche ab. Unvernünftig, sie war unvernünftig, sie sollte in den Wäldern nachsehen, das hier war absurd. Doch irgendetwas hatte sie angelockt, sie dazu getrieben, an dieser Stelle nachzusehen. Vorahnung? Furcht? Krankhafte Einbildung?

Das Wasser des Sees plätscherte klar und ungehindert über die Kiesel am Grund. Ein Schwarm winziger Fische glitt vorüber und blitzte kurz im Sonnenschein auf.

»Sieh an, du hast meinen Lieblingsschwimmplatz gefunden.«

Lilibet drehte sich so hastig um, dass sie beinah abgestürzt wäre.

Am Fuße des Felsens stand Roland und schaute mit seinem warmen, freundlichen Lächeln zu ihr auf. Und auf seinen breiten Schultern thronte Philip, der hellauf begeistert die Arme nach ihr ausstreckte.

»Mama!«

DREIZEHN

Lilibet rutschte die Felsen hinab, ließ sich mit den Knien in die Kiesel fallen, drückte ihren Sohn an sich und schluchzte in sein Haar.

»Ich habe mir solche Sorgen gemacht! Ach, Schatz! Entschuldige bitte!«

»Ich war hinter einem Grashüpfer her. Dem größten und schönsten Grashüpfer, den ich je gesehen habe, Mama. Und Lord Roland …«

Leise und besorgt fragte Roland: »Hast du dich so sehr geängstigt? Tut mir furchtbar leid. Er ist putzmunter zwischen den Bäumen herumgeschlichen.«

Lilibet sah zu ihm auf. Er lehnte an den Felsen und schaute mitfühlend auf sie herab. Da sein Haar unter einer Schirmmütze verborgen war, waren die makellosen Konturen seines Gesichts, das markante Kinn und der kräftige Hals, der im geöffneten Hemdkragen verschwand, besonders deutlich zu sehen, und die Sonne verlieh seiner Haut einen goldenen Schimmer. Er sah aus wie ein klassisches Standbild, ein Adonis in moderner Kleidung, zu schön für diese Welt.

»Ich bin eingeschlafen«, sagte Lilibet mit rauer Stimme. »Ich dachte … ich wusste nicht, wo er hingegangen war … da bin ich in Panik geraten … der See …«

»Aber Mama«, sagte Philip vorwurfsvoll. »Ich würde doch niemals mit Schuhen schwimmen gehen.«

Seine Mutter vergrub das Gesicht in seinem sonnenwarmen Haar. »Nein, Schatz. Natürlich nicht. Ich bin so dumm. Natürlich kannst du selbst auf dich aufpassen. Schließlich bist du schon groß.« Wieder schaute sie auf, obgleich sie es kaum wagte, den Mann anzusehen, der immer noch schön wie ein Gott am Fuß des Felsens lehnte. »Danke«, raunte sie ihm zu.

Roland lächelte, und schon wirkte er wieder menschlich. »Ich hatte dir doch versprochen, dass ich ihn beim nächsten Mal direkt zu dir zurückbringe, oder?«

»Ja«, sagte Lilibet, die Wange in Philips wolkenweiche Locken geschmiegt, »du hast es versprochen.«

Roland nahm seine Mütze ab, inspizierte das Innenleben und setzte sie wieder auf. Dann schaute er prüfend zum Himmel empor. »Bekommt man für eine gute Tat nicht meistens eine Belohnung?«

Lilibet musste lächeln. »Was für eine Belohnung?«, fragte sie und erhob sich.

»Eine Einladung zum Picknick vielleicht?«

»Oh ja, kann er mitkommen, Mama?« Philip fasste nach ihrer Hand. »Kann er? Bitte.«

Beruhigend drückte Lilibet seine Finger. Roland sah sie abwartend an. Mit fragend erhobenen Augenbrauen und zurückgezogenem Kinn wirkte er alles anders als göttlich, nicht einmal mehr menschlich, sondern eher wie ein besonders süßer Golden Retriever, der darauf hofft, einen Knochen zu bekommen.

Lilibet war so erleichtert und euphorisch, dass sie am liebsten laut gesungen hätte. Die warme italienische Sonne schien auf sie herab, und sie war verliebt in Roland Penhallow, verliebt in die ganze Welt.

»Ja«, sagte sie, »natürlich kann er das.«

Drei Stunden später schleppte Roland sich mit aufgeknöpftem Hemdkragen, das Jackett über die Schulter geworfen, völlig erschöpft den Weg zum Schloss hoch.

Bislang hatte er einen harten Jagdtag auf einem kraftvollen Hengst für das Anstrengendste gehalten, was ein Mann unternehmen konnte. Doch nachdem er einen Nachmittag lang einem lebhaften Jungen an einem Seeufer nachgejagt war, musste er *diese* Annahme ins Reich der Fabel verweisen.

»Er braucht einen Vater«, sagte er zu Lilibet.

Sie antwortete nicht, sondern ging zwischen zwei langen Reihen aus Reben, das Gesicht beschattet vom Rand ihres breiten Hutes, einfach stumm neben ihm her. Etwa fünfzig Meter vor ihnen lief Philip mit der überbordenden Energie kleiner Kinder von Rebstock zu Rebstock und blieb hier und da stehen, um nach neuen Trieben zu suchen.

Womit fütterten sie den Jungen bloß?

Mit einem Finger weitete Roland seinen Kragen, damit seine erhitzte Haut etwas mehr Luft bekam. »Du wirst sicher sagen, er hat schon einen Vater«, fuhr Roland fort. »Seinen Papa.«

»Ja, das hat er. Und er liebt seinen Vater.«

Roland nahm den Picknickkorb in die andere Hand, um näher an Lilibet und ihr raschelndes maigrünes Kleid heranzukommen. »Ist Somerton ein guter Vater?«

»Nicht besonders. Aber das spielt keine Rolle. Kinder lieben ihre Eltern trotzdem.« Lilibet war sehr ruhig und nachdenklich. Roland fragte sich, woran sie dachte. Sie war so glücklich und beschwingt gewesen beim Picknick, fast so lebhaft wie die Lilibet, die er in jenem Sommer in London kennengelernt hatte. Ihr Lachen, das laut durch die warme Frühlingsluft geschallt hatte, hatte sein Herz vor Freude anschwellen lassen. Doch als sie wieder eingepackt hatten, war sie sehr still geworden. Stumm hatte sie das Tischtuch zusammengefaltet und die Teller verstaut und es vermieden, ihn anzusehen oder zu berühren.

Ein leises Brummen lenkte ihn ab, eine vorüberfliegende Hummel, schwarz, dick und trunken vom Nektar aus dem Obstgarten. »Vielleicht hätte ich das Wort *Vater* nicht benutzen sollen«, meinte Roland. »Ich wollte bloß sagen, dass er ein Junge ist, ein heranwachsender Junge. Er braucht – glaube ich – hin und wieder einen Mann, der sich um ihn kümmert.«

»Ist schon in Ordnung«, sagte Lilibet sanft. »Ich weiß, was du meinst.«

»Und du würdest das zulassen?«

»Das kommt darauf an, schätze ich. Darauf, wer dieser Mann wäre.« Sie sah ihn nicht an, wandte ihm nicht mal den Kopf zu, hielt die Augen fest auf ihren fröhlichen Sohn gerichtet. Obwohl die sinnlichen Kurven ihres Körpers sittsam verhüllt waren, verspürte er plötzlich das dringende Bedürfnis, sie zu berühren, neben ihr zu liegen und all die Stoffschichten zwischen ihnen zu entfernen. Er wollte sein Gesicht an ihren Busen drücken, die Hand auf ihren anschwellenden Bauch legen, sie ehrfürchtig betrachten, sie lieben, bis sie weinte vor Glück.

Wie zufällig strich er mit dem Handrücken an ihrer Hand entlang. »Und wenn ich dieser Mann wäre?«

»Ich weiß nicht, Roland.« Ihr Zögern schmerzte. »Ich kann nicht … ich möchte nicht mal daran denken, wieder neu anzufangen. Selbst wenn … selbst wenn es meine Ehe … selbst wenn Somerton wie durch Zauberhand verschwände, einfach so, ohne dich umzubringen oder Philip mitzunehmen oder beides …«

»Das würde ich niemals zulassen. Das weißt du.«

»Aber selbst wenn all das geschähe, ich kann nicht …« Lilibet zögerte.

»Was kannst du nicht?«

»Du weißt nicht, wie das ist«, flüsterte sie. »Du kennst das nicht. Auf diese Weise betrogen zu werden. Oh ja, du schwörst, du wärst anders. Alle Männer sagen das. Aber ich kann mich nur an das halten, was du getan hast, Roland. Und soviel ich weiß, bist du in den vergangenen sechs Jahren von einem Bett zum andern gestolpert …«

»Herrgott noch mal …«

»… und wie soll ich da erwarten, dass du dich änderst? Selbst wenn ich völlig verrückt nach dir wäre …«

»Du *bist* völlig verrückt nach mir. Und ich nach dir. Machen wir uns doch nichts vor, Lilibet.« Roland blieb stehen, fasste sie am Arm und drehte sie zu sich um. Dann legte er einen Finger unter ihr Kinn und zwang sie, ihn endlich anzusehen. »Schau mich an. Machen wir uns doch wenigstens an *der* Stelle nichts vor.«

Lilibet musterte ihn ruhig, die Augen strahlend blau in der hellen Nachmittagssonne. »Selbst wenn ich in dich verliebt wäre, könnte ich dich nicht bitten, jemand zu sein, der du nicht bist. Und ich möchte nicht noch ein Kind mit einem Vater aufwachsen lassen, der ein notorischer Schürzenjäger ist.«

Das war wie ein Schlag in die Magengrube. »Ich bin kein Schürzenjäger«, erwiderte Roland, doch es klang nicht überzeugend, nicht einmal in seinen eigenen Ohren. »Ich habe nicht … ich bin nicht so, wie du denkst. Wie alle denken. Ich …« Mit äußerster Willensanstrengung bremste er sich. *Sag es nicht. Sag es ihr nicht.*

Abwartend hob Lilibet eine Braue.

Roland umklammerte ihren Arm so fest, als wollte er sie

zwingen, ihm zu glauben. »Dieser … dieser Ruf, den ich habe. Ich will nicht so tun, als gäbe es ihn nicht. Und auch nicht behaupten, ich hätte ihn nicht gepflegt. Aber … was man sich erzählt … was du gehört hast …« Roland schloss die Augen, holte tief Luft und schlug die Augen wieder auf. Lilibets wunderschönes Gesicht mit der fragend gerunzelten Stirn wirkte leicht verschwommen. »Das alles ist übertrieben. Ich schwöre es, Lilibet. *Stark* übertrieben.«

»Und das soll ich dir glauben?«

»Ich schwöre es, Lilibet. Hoch und heilig, bei meiner Ehre.« Roland ließ seine Hand an ihrem Arm heruntergleiten und nahm ihre Hand. Lilibet schaute den Berg hoch zu Philip, dann wieder zu ihm hin. »Ich schwöre es«, sagte er eindringlich.

Lilibet schüttelte den Kopf und ging weiter. »Ich habe festgestellt, dass Gerüchte, auch wenn sie im Detail oft falsch sind, meist einen wahren Kern haben.«

»In diesem Fall stimmt beides nicht«, entgegnete Roland. »In diesem Fall sind es nur Gerüchte, die ich absichtlich so gestreut habe.«

»Ach, komm«, entgegnete Lilibet lachend. »Warum um alles in der Welt sollte ein Mann sich einen Ruf als Schürzenjäger zulegen, ohne ihn auch zu genießen?«

»Ich habe meine Gründe.«

»Sehr überzeugend. *Glaub mir, Schatz, ich sage die Wahrheit, aber ich kann es dir nicht beweisen*. Ja natürlich, gewiss.« Dennoch hielt Lilibets warme, ein wenig feuchte Hand sich weiter an seiner fest.

»Hast du denn kein bisschen Vertrauen zu mir?«, fragte Roland.

Plötzlich machte Philip abrupt kehrt und kam auf sie zugerannt. Lilibet ließ Rolands Hand fallen wie eine heiße Kartoffel, sodass er wie ein Bittsteller neben ihr stand.

»Ich habe gelernt«, sagte sie unterdrückt, »lieber auf Taten zu vertrauen als auf Worte, Eure Lordschaft.« Dann fragte sie Philip: »Was hast du denn da für mich, mein Schatz?«

Der Junge schüttelte den Kopf und hielt seine Hände, die einen Ball bildeten, Roland hin. »Das ist nicht für dich, Mama. Das ist für Lord Roland. Sehen Sie! Ein Grashüpfer!«

Philip ließ Roland durch einen kleinen Schlitz zwischen zwei Fingern sehen. »Bei Gott! Der ist ja riesig!«

»Er heißt Norbert«, sagte Philip und spähte selbst mit väterlichem Stolz durch den Schlitz. »Ich baue ihm einen Käfig, fülle ihn mit Gras und stelle ihn in mein Zimmer.«

»*Unser* Zimmer«, korrigierte Lilibet, »und du wirst nichts dergleichen tun.«

»Oh, Mama! Bitte! Er ist ein sehr lieber Grashüpfer! Er hat sich ganz brav von mir fangen lassen!«

»Trotzdem. Ich möchte keine riesigen Insekten in meinem Zimmer haben. Nicht einmal, wenn sie ganz brav sind.«

Philips Unterlippe begann, leicht zu zittern. »Bitte, Mama! Ich füttere ihn auch selbst!«

»Hör mal«, unterbrach Roland, unfähig dieser zitternden Unterlippe zu widerstehen, »es wäre mir eine Freude, den kleinen Kerl bei mir wohnen zu lassen. *Ich* habe nichts gegen riesige Insekten. Solange sie in einem Käfig sind.«

Philip strahlte ihn an. »Oh, Sir! Das würden Sie tun? Ehrlich?«

»Mit Vergnügen«, sagte Roland, »aber nur, wenn er einen ordentlichen Käfig bekommt.«

»Wirklich, Lord Roland, das ist doch nicht nötig«, wandte Lilibet ein.

Roland lächelte sie an. »Doch, meine Liebe, das ist es. Jeder junge Mann sollte ein Haustier haben. Warum nicht einen Grashüpfer?«

»Er hat recht, Mama! Norbert ist bestimmt ein wunderbares Haustier!«

Roland hob eine Hand und zählte nacheinander an den Fingern ab. »Er braucht kein Fleisch. Braucht nicht ausgeführt werden. Hinterlässt keine Haare auf den Polstern. Und keine Pfützen auf dem teuren Teppich.« Dann reckte er triumphierend die geschlossene Faust. »Ein äußerst pflegeleichtes Haustier. Ich weiß gar nicht, warum ich mir nicht selbst eine Schar davon zugelegt habe. Äh… oder sagt man besser Schwarm?«

Lilibet lachte. »Na gut. Aber den Käfig müsst ihr selbst säubern. Und macht ihn *dicht*, wenn ich bitten darf.«

»Ich schätze, das schaffen wir, nicht wahr, mein Junge?« Roland klopfte Philip freundlich auf die Schulter.

»Ja, Sir! Abigail kann uns sicher dabei helfen, ein bisschen Hühnerdraht zu finden.« Wieder flitzte Philip den Hügel hoch, und was er im Laufen über die Schulter rief, wurde immer leiser. »Ich glaube, ich trainiere ihn für den Flohzirkus!«

»O Gott«, sagte Lilibet.

Roland fasste sie wieder an der Hand, und sie wehrte sich nicht. Sie näherten sich dem Ende der Rebenreihe, gleich würden sie leicht zu sehen sein, dann lag zwischen ihnen und dem gepflasterten Küchenhof nur noch eine kleine Wiese. »Kann ich dich später noch mal sehen?«, fragte Roland leise.

»Wozu?« Lilibet lachte nervös. »Um noch einen Verführungsversuch zu unternehmen?«

»Wenn du möchtest. Den Gefallen tu ich dir nur zu gern.«

Noch ein Lachen. »Du gibst wohl nie auf, oder?«

Philip war um das Ende der Reben herum verschwunden.

Roland blieb stehen, drehte sich zu Lilibet um und nahm auch ihre andere Hand. Wie weich und zart ihre Haut war. An irgendeinem Punkt ihres Spaziergangs war ihr Hut ein wenig verrutscht. Als er ihn wieder gerade rückte, streifte er mit dem Daumen ihre Wange. »Und? Hab ich recht damit?«, fragte er.

Mit klopfendem Herzen wartete er auf Lilibets Antwort.

Ihre blauen Augen richteten sich kurz auf seine Lippen, dann glitten sie wieder aufwärts. »Nach dem Abendessen«, sagte sie schließlich. »Ich werde Francesca bitten, ein Auge auf Philip zu haben, oder Signorina Morini.«

»Signorina Morini?«

»Die Haushälterin. Sie wird nichts dagegen haben.« Ein wenig atemlos drückte Lilibet seine Hände. Roland konnte nicht nur ihren Lavendelduft, sondern auch ihren süßen Atem riechen. Ihre vollen hellroten Lippen reizten ihn so sehr, dass er kaum widerstehen konnte.

Warum auch?

Ehe sie protestieren konnte, nahm er ihr Gesicht in beide Hände und küsste sie: nicht sanft und behutsam, sondern so, als weide er sich am zarten Fleisch eines Pfirsichs. Er streichelte ihre Zunge, den Gaumen, die Wangen, ergötzte sich an ihrem köstlichen Duft. Nach der ersten Überraschung gab Lilibet nach, lehnte sich an ihn und küsste ihn zurück, legte die Hände – *Großer Gott!* – besitzergreifend auf sein Hinterteil und drückte sein erigiertes Glied an sich.

Angetrieben von einem hungrigen Knurren, das ganz tief aus ihrer Kehle kam, schob er die Finger in Lilibets Haar und klemmte ihre Beine zwischen seine.

»Mama!«, rief Philip durch die Rebstöcke.

Mit einem leisen Schrei schob Lilibet ihn von sich weg und wich taumelnd zurück.

»Ich komme!«, rief sie heiser. Dann fasste sie sich ins Haar, steckte die Nadeln wieder fest und richtete ihren Hut. Die großen, runden Augen, mit denen sie ihn dabei unverwandt ansah, waren so tiefblau, dass er am liebsten darin versunken wäre. »Ich muss gehen«, flüsterte sie und wandte sich ab.

»Warte.« Roland hielt sie an den Händen fest. »Heute Abend?«

Sie atmete so schwer, dass ihre Brüste sich an das dünne Leinenkleid pressten, und an ihrem Hals konnte er ihren Puls schlagen sehen. »Ja, heute Abend.«

»Wann?«

»Später. So gegen elf. Draußen, wo man uns nicht finden kann.«

»Ich denke mir etwas aus und schicke dir eine Nachricht.«

Lilibet nickte, entzog ihm ihre Hände und war fast schon um die Reben herum verschwunden, ehe er sich wieder rühren konnte. Sein verstörtes Hirn brauchte einen Moment, um zu begreifen, was gerade geschehen war.

Später. Draußen. Nachricht. Elf Uhr.

Hoffentlich hielt er es so lange aus.

VIERZEHN

Was für ein schändliches Benehmen!

Lilibets Ohren glühten vor Scham, und das Herz klopfte ihr bis zum Hals.

»Mama, muss ich wirklich heute Nachmittag mit Abigail lernen? Einen Käfig zu bauen ist doch bestimmt genug Unterricht für einen Tag, oder?«

Sie war ein Flittchen. Eine Ehebrecherin. Nicht besser als ein hergelaufenes Weibsbild.

»Ich schätze, das hängt davon ab, wie lange es dauert, einen Käfig zu bauen«, sagte Lilibet, »und was deine Cousine Abigail heute Nachmittag vorhat.«

Aber Abigail war ganz versessen darauf, einen Käfig für den Grashüpfer zu bauen. Nein, es sei nicht zu viel Arbeit. Sie würden sich morgen wieder mit Zahlen und Buchstaben beschäftigen. Sicher gebe es irgendwo noch etwas Hühnerdraht. Nur dass die Maschen vielleicht zu groß seien, um einen Grashüpfer aufzuhalten, selbst wenn er so riesengroß sei wie Norbert. Nun, sie würden schon etwas finden. Na los.

Ein Kuss auf Philips Stirn, ein letztes Winken. Eine duftgeschwängerte Brise wehte von draußen herein. Leicht benommen ließ Lilibet sich mit dem Rücken an die kühle Wand der Diele fallen und legte eine Hand auf ihren warmen Bauch.

Schwach, verdorben und mannstoll war sie.

Weil sie ihn so sehr begehrte. Was für eine Qual es gewesen war, neben ihm herzugehen, die Wärme seines Körpers zu spüren und keinen einzigen Annäherungsversuch zu unternehmen. Ihre Haut hatte geglüht, ja gebrannt vor Sehnsucht, sich mit ihm im Gras zu wälzen und seinen bildschönen Körper an sich zu spüren, nackt in der warmen Sonne.

Lilibet kniff die Augen zu. Und dieser Kuss, o Gott. Wie herrlich seine Lippen sich angefühlt hatten. Sie war ganz feucht geworden vor Verlangen. Sie sollte in der Hölle schmoren, sterben vor Scham. Sie hatte nachgegeben, *schon wieder*. Sie hatte ihn trotz allem zurückgeküsst und sich an sein erregtes Glied gedrückt.

Sich sogar heute Abend mit ihm verabredet, um ihren Untergang zu besiegeln.

»Signora Somerton! Ist Ihnen nicht gut?«

In dem Moment, in dem sie die sanfte Stimme hörte, roch Lilibet auch den frischen Brotduft.

Erschrocken richtete sie sich auf. »Oh! Signorina Morini! Nein, nein. Es geht mir gut. Es ist nur … so warm draußen …«

Die Haushälterin stand ganz dicht vor ihr und sah sie mitfühlend an. »Vielleicht möchten Sie eine Tasse Tee? Ich mache sehr guten Tee jetzt. Signorina Abigail zeigt es mir.«

Die Ablehnung lag Lilibet schon auf der Zunge. Doch stattdessen sagte sie: »Eine Tasse Tee wäre sehr schön. Vielen Dank, Signorina.«

Dann folgte sie dem schmalen weißen Rücken der Haushälterin durch die Diele zur Küche, wo das Feuer heruntergebrannt war und die Brotlaibe zum Auskühlen auf dem Tisch lagen. Daneben warteten eine Teekanne und eine Tasse auf sie.

Lilibet nahm die Kanne und schenkte sich ein. Dann

hielt sie die Nase in den spiralförmig aufsteigenden wohlriechenden Dampf und sackte seufzend auf einem Stuhl zusammen.

»Sehen Sie?« Die Morini setzte sich auf einen Stuhl am Kopfende des Tisches. »Nun ist es besser, *si*?

»Viel besser. Wie nett von Ihnen, sich auf unsere englischen Sitten einzustellen. Mit dem Frühstück und dem Tee.«

Die Haushälterin lächelte und zuckte mit den Achseln. »Das ist nicht so viel. Das Essen am Mittag und am Abend ist sehr oft aus die Toskana, von unseren Hügeln und Tälern. Von den Sachen, die wir pflanzen in die Erde.«

»Und die sind köstlich. In England wird alles so lange gebraten oder gekocht, bis es nach nichts mehr schmeckt. Ich habe gar nicht gewusst, dass Artischocken so lecker sein können.«

Wieder zuckte die Morini mit den Achseln. »Ich denke, Sie haben gelassen in England viele Sachen, die sind nicht sehr schön.«

Lilibet schaute in ihre Tasse. »Das stimmt.«

»Signora, Sie noch haben eine Träne im Auge. Sie sind nicht glücklich. Warum? Sie haben ein sehr schönes Kind, und der nette Signore liebt Sie. Und bald Sie bekommen sein Baby. Gott es meint gut mit Ihnen.«

Überrascht blickte Lilibet auf. »Wie kommen Sie darauf, Signorina?«

Die Morini lächelte freundlich. »Es ist wahr. Ich weiß es. Sie ihn treffen heute Abend, *si*?«

»Woher wissen Sie … wer …«, stotterte Lilibet, unfähig logisch zu denken. Nur das völlig unerwartete, von Abigails aufgeregter Stimme gesprochene Wort *sonderbar* hallte durch ihren Kopf. Sie drängte es beiseite.

Immer noch lächelnd schüttelte die Morini den Kopf. »Ich

weiß es, das ist alles. Ich helfe Ihnen, Signora. Ich hüte heute Abend den jungen Signore. Sie gehen Ihre Liebe treffen. Er tut Ihnen gut, er macht Sie glücklich.«

»Nein, tut er nicht, Signorina.« Lilibet stockte. »Er stürzt mich ins Unglück. Ich kann nicht … ich sollte nicht … Ich habe bereits einen Mann! Philips Vater.«

Die Morini legte eine Hand flach auf den Tisch und entgegnete scharf: »Ein böser Mensch. Das ist nicht Ihr Mann.«

»Lord Roland aber auch nicht. Und das ist mir ganz recht. Denn ich möchte ihn gar nicht heiraten. Das ist ja das Problem. Ich will ihn … oh, wie ich mir das wünsche … aber ich kann ihn nicht haben.« Lilibet unterdrückte ein Schluchzen.

»Schsch. *Povera donna.* Trinken Sie Ihren Tee. Das ist dumm, dass Sie ihn nicht heiraten möchten. Er ist ein guter Mann, *molto bello*. Und er liebt Sie so sehr.«

Hastig kippte Lilibet ihren Tee herunter und genoss es zu spüren, wie er brühheiß durch die Kehle rann. »Ja, im Moment. Aber in ein paar Jahren …«

»Das glaube ich nicht. So wie er Sie ansieht. Und wie er sich kümmert um Ihren Sohn.« Die Morini faltete die Hände und lächelte weise. »Gehen Sie zu ihm, Signora.«

»Ich kann ihm nicht widerstehen. Ich schaffe es einfach nicht. Ich bin zu schwach, Signorina. Es ist schon schlimm genug, wenn alles normal ist, aber wenn … wenn ich schwanger bin … kann ich es einfach nicht aushalten. Es ist, als würde ich platzen. So sehr sehne ich mich nach ihm, seinem Duft, und danach, ihn anzufassen …« Sie errötete heiß und bemühte sich, ihren Redeschwall zu stoppen, doch die Worte flossen wie ein reißender Strom unaufhaltsam aus ihr heraus.

»Natürlich tun Sie das, Signora. Das ist der Ruf der Natur. Sie haben das schon einmal erlebt, *no*? Mit dem jungen Signore.«

»Ja«, bestätigte Lilibet gedämpft. »Dabei *mochte* ich meinen Mann nicht einmal, und trotzdem wollte ich … ich konnte nicht anders … ich habe voll Angst und Scham auf die Tür zwischen unseren Zimmern gestarrt … ich bin hoffnungslos, nicht? Warum habe ich solche Gefühle? Ich möchte so gerne gut sein. Wirklich, Signorina. Aber dieses Verlangen, dieser animalische Drang staut sich, bis ich nicht mehr denken kann.« Es hatte keinen Zweck mehr, das Weinen zurückzuhalten. Sie konnte nur noch haltlos in ihr Taschentuch schluchzen wie ein ganz gewöhnliches Weibsbild, das sich von seinen Gefühlen leiten ließ statt von Vernunft und Anstand.

»Sch, Signora. Oh, *mia povera signora*. Sie sind jung, Sie sind eine Frau. Wenn man ein Baby bekommt, ist das so. Ihr Körper will einen Mann, ganz nah bei sich. Das ist natürlich. So ist das Leben.« Die Morini schob ihre schmale, aber kräftige Hand über den Tisch, ohne Lilibet anzufassen. »Das ist keine Schande. Das ist wunderschön.«

»Nein, es ist schrecklich.« Lilibet schniefte, unterdrückte einen weiteren Schluchzer, nahm ihre Tasse und stellte sie wieder ab. Dann holte sie tief Luft und zwang sich, ruhig weiterzureden. »Ich versuche, eine rationale Entscheidung zu treffen, zu erkennen, was das Beste für meinen Sohn und mich ist.«

»Und das Baby. Von dem netten Signore.«

Lilibet machte sich nicht mehr die Mühe, der Haushälterin zu widersprechen. »Ich rede mir immer wieder ein, dass ich beim nächsten Mal stärker sein werde, dass ich ihm widerstehen kann. Und wenn ich ihn dann sehe, überkommt mich dieser Drang, diese Fleischeslust, und ich kann mir nicht mehr helfen.«

»Weil der Körper, der Herz wissen, was der Verstand nicht will wissen.«

»Ich kann das nicht akzeptieren. Ich kann Roland nicht heiraten. Selbst wenn ich frei wäre, ginge das nicht. Somerton … wenn er wüsste, mein Gott! Er würde Roland umbringen. Und mir Philip wegnehmen. Sie wissen nicht, wie wütend er werden kann, Signorina. Sie wissen nicht, wozu er fähig ist«, sagte Lilibet frostig und müde, während ihr Magen sich vor Angst zusammenzog.

»Ich glaube, Signor Penhallow weiß, wie man kämpft.«

Lilibet warf der Haushälterin einen mitleidigen Blick zu. »Oh ja, sicher. Im Boxring oder im Fechtraum, sehr zivilisiert und regelgerecht. Aber Somerton … ist … ein Profi.« Sie trank noch einen großen Schluck Tee und schloss die Augen. »Er kämpft, um zu gewinnen.«

»Vielleicht kennen Sie Signor Penhallow nicht so gut, wie Sie denken.«

Erstaunt riss Lilibet die Augen auf. »Was soll das heißen?«

Die Haushälterin zuckte die Schultern. »Gar nichts. Ich sage nur, gehen Sie zu Ihrer Liebe heute Abend. Sie dürfen sie nicht wegwerfen, diese wunderbare Liebe. Egal, was wird. Diese Liebe in Ihnen, diese Sehnsucht nach dem Signore ist ein Geschenk. Von Gott. Sie dürfen es nicht zurückhalten, Sie müssen es weitergeben. Dann Ihre Liebe wird wachsen wie das Baby. Das ist nicht falsch. Das ist keine Schande. Das ist ein großes Geschenk.« Völlig unerwartet stand die Morini auf. »Ich rufe die Mädchen, zu machen das Essen. Heute Abend ich komme zu Ihrem Zimmer, ich klopfe dreimal, ganz leise. Ich hüte den jungen Signore.«

»Ich kann nicht. Das tut man nicht.«

»Sie müssen, Signora. Für den netten Signore und das Baby. Er ist ein guter Mann. Er wird sein ein guter Ehemann.«

»Ich habe schon einen Ehemann.«

Entschieden schüttelte die Morini den Kopf und strich mit den Händen über ihre Schürze. »Nicht vor Gott, Signora. Nicht mehr vor Gott. Die Wahrheit ist wichtiger als Worte auf Papier. Sogar wichtiger als die Kirche. Signor Somerton hat seine Schwüre gebrochen, sich darüber lustig gemacht. Diese Ehe ist so.« Sie schnippte mit den Fingern. »Zu Ende.«

»Das meinen Sie nicht ernst. Sie sind doch katholisch.«

Wieder schnippte die Morini mit den Fingern, und ihre dunklen Augen blitzten herausfordernd. »Ist zu Ende. Ist keine richtige Ehe. Signor Penhallow ist Ihre Liebe, schon immer, Ihr wahrer Ehemann. Nun Sie lassen ihn sein, was Gott will.«

Lilibet schlang die Finger um ihre leere Tasse und musterte die Haushälterin nachdenklich. Die Frau strahlte eine so unglaubliche Sicherheit aus, dass sie ihr unheimlich wurde. »Woher wissen Sie so genau, was Gott will?«, fragte Lilibet leise.

Morinis Augen wurden etwas schmaler, doch ihr Mund verzog sich zu einem Lächeln. »Vertrauen Sie mir«, sagte sie. »Ich weiß es.«

Die Nachricht an Lilibet hob Roland sich bis zum Schluss auf, denn nach dem schwierigen Unterfangen, ein geeignetes Schreiben für Sir Edward zu verfassen, dazu noch in einem Code, den sein lüsternes Hirn nur mühsam durchschaute, hatte er eine Belohnung verdient.

Schließlich war es geschafft: *Lady S wohnt hier mit Sohn. Earl of S weiß nichts davon. Größte Diskretion.*

In diesem Fall erschien es ihm geboten, sich möglichst kurz zu fassen.

Die Nachricht an Lilibet war etwas ganz anderes. Sicher hatte sie nachgedacht und Gewissensbisse bekommen; schließlich hatte sie von Anfang an wenig Vertrauen zu ihm gehabt. Also musste er sie von seiner Standhaftigkeit überzeugen und sie mit seiner Leidenschaft anstecken.

Roland legte die Füße aufs Bett und starrte durch das Fenster in den luftigen blauen Himmel.

Meine Herzliebste, ich bin völlig überwältigt von …

Äh, nein.

Liebe Lilibet, ich kann es kaum erwarten, deine roten Lippen …

O Gott, noch schlimmer.

Roland kaute an seinem Füllfederhalter, schüttelte ihn und ließ die Tinte an der Spitze trocknen. Dann fasste er das geduldige leere Blatt ins Auge.

Elf Uhr im Obstgarten. Mein Herz gehört dir.

Das war's. Schließlich wollte sie Taten, nicht Worte.

Und bei Gott, heute Nacht würde er es ihr zeigen.

Das Blatt, das vor Lilibet lag, war nicht leer.

Sie hatte schon vor mehr als fünf Jahren mit dem Schreiben begonnen, ein paar Monate nach Philips Geburt, nachdem sie ihren Mann bei einem Wohltätigkeitsbesuch auf dem Somertonschen Anwesen in Northumbrien beim Geschlechtsverkehr mit der Frau eines Pächters erwischt hatte. Er hatte nicht einmal bemerkt, dass sie eingetreten war, obwohl sie eine ganze Minute, wenn nicht länger, starr vor Schreck einfach dagestanden hatte. Die Frau war nackt gewesen, während Somerton nur den Mantel abgelegt und die Hose heruntergelassen hatte. Die zwei hatten auf einem Stuhl gesessen, die Frau obenauf, und zwar so, dass Lilibet mit eigenen Augen sehen konnte, wie das Glied ihres Gatten zwischen die milchweißen Schenkel der Pächterin glitt und sein herrschaftliches Vorrecht mit großem Eifer ausübte. Ein Kind, nicht viel älter als Philip, in einer hölzernen Wiege am Fenster schrie heftig; vielleicht hatten die beiden sie deswegen nicht hereinkommen hören. Vielleicht aber auch wegen des wollüstigen Stöhnens, das die Frau von sich gab, während sie sich am Gemächt Seiner Lordschaft rieb.

Als der Graf befriedigt aufgrunzte, hatte Lilibet den Korb mit Essen und gestrickten Babysachen mit einem Knall auf den Tisch gestellt. Dann war sie wieder nach Hause gegangen, ins Kinderzimmer, hatte ihren kleinen Sohn an sich gedrückt und in seinen seidenweichen Haarflaum geweint. Nach und nach hatte sein milchiger Babyduft sie beide eingehüllt und getröstet.

Zuerst war Lilibet schockiert gewesen, dann traurig und schließlich zornig. Nach etwa einer halben Stunde war sie in ihr Arbeitszimmer gegangen, hatte ein paar Blätter aus dem Schreibtisch genommen und einen Brief an die Anwälte ihres Vaters aufgesetzt, die bei der Abfassung des Ehevertrages die Interessen der Harewoods vertreten hatten.

Sehr geehrte Herren,

leider muss ich Ihnen mitteilen, dass es aufgrund des schändlichen Benehmens meines Gatten nötig geworden ist, Sie zu beauftragen, in meinem Namen eine Scheidungsklage einzureichen, um eine Verbindung zu lösen, die für mich unerträglich geworden ist. Erstens habe ich ein verbrecherisches Gespräch mit …

An der Stelle war die Tür aufgeflogen, und Somerton war ins Zimmer gestürmt, einen kalten Luftstrom mit sich bringend, der nach Sattelleder und nasser Wolle roch. Mit zitternden Händen hatte sie den Brief zusammengefaltet und in ihrem Schreibtisch versteckt. Im Laufe der folgenden Jahre, in denen solche Eskapaden immer häufiger und offenkundiger wurden, hatte sie den Brief mehrfach hervorgeholt, ihn erneut gelesen, etwas hinzugefügt oder geändert und an der Ausdrucksweise gefeilt.

Aber abgeschickt hatte sie ihn nie. Im letzten Moment fehlte ihr stets der Mut. *Scheidung*: Das Wort war so hässlich, so endgültig, so überaus folgenreich. Wer würde zu ihr halten, wenn sie sich mit dem mächtigen Earl of Somerton anlegte? Sie musste mit Ausgrenzung, Beschränkung der Mittel und dem Verlust ihres Sohnes rechnen. Die schmutzigen Details würden in den Klatschblättern durchgehechelt werden, und ihr guter Ruf wäre ruiniert, obwohl die Vergehen selbst ausschließlich von Somerton begangen worden waren.

Abgesehen von jener Nacht im Gasthof natürlich.

Ehebrecherin.

Draußen ging der Nachmittag allmählich in den Abend über; der letzte Schein des Sonnenuntergangs verglühte in einer dünnen Linie über den Bergen im Osten. Die kühler gewordene Luft drang ins Zimmer und ließ sie in ihrem dünnen Leinenkleid erschaudern. In der Nacht würde es recht frisch sein. Besser, sie nahm ihren warmen Kaschmirschal mit, wenn sie zu der Verabredung mit Roland ging, vielleicht sogar den Mantel.

Sie dachte daran, wie er am Nachmittag ausgesehen hatte, an den Felsen am See gelehnt wie Atlas persönlich. Konnte er sich wirklich gegen den Earl of Somerton behaupten? Und würde seine Familie ihn bei einem so skandalträchtigen Unternehmen unterstützen?

Spielte das überhaupt eine Rolle?

Denn so oder so würde es nicht mehr lang dauern, bis Somerton sie endlich fand. Sie hatte ihn bereits verlassen und entehrt und konnte den Folgen nicht mehr entgehen.

Die Wahrheit ist wichtiger als Worte auf Papier. Sogar wichtiger als die Kirche.

Sie war feige gewesen. Sie hätte sich schon vor langer Zeit von Somerton scheiden lassen sollen. Das Recht war auf ihrer Seite; sie war stark, entschlossen und clever. Sollte er doch versuchen, ihr Philip wegzunehmen. Sollte er doch versuchen, sie einzuschüchtern, oder die zu verletzen, die sie liebte.

Ist zu Ende. Ist keine richtige Ehe. Signor Penhallow ist Ihre Liebe, schon immer, Ihr wahrer Ehemann.

Sie dachte an Philip, wie er auf Rolands Schultern gesessen und lachend die Arme nach ihr ausgestreckt hatte. An Roland, wie er sich über Philips Hände gebeugt hatte, um den Grashüpfer zu betrachten.

Daran, wie seine Lippen sich auf ihre gelegt hatten, als gehörten sie dorthin, und wie sicher sie sich an seiner starken Brust gefühlt hatte.

An das Kind, das in ihr wuchs, seins und ihres, die Frucht ihrer Liebe.

Plötzlich kam ihr eine Idee, und sie schöpfte Hoffnung.

Hast du denn kein bisschen Vertrauen zu mir?, hatte er sie gefragt.

Lilibet senkte den Blick auf das Papier vor ihr. Dann legte sie es zur Seite, nahm ein neues Blatt aus dem Schreibtisch und fertigte mit ruhiger Hand in ihrer gestochenen scharfen

Schrift eine exakte Kopie an. Als der Horizont in der Dunkelheit verschwunden war und Philips aufgeregte Stimme auf der Treppe neben der Tür erklang, hatte sie den Brief bereits gefaltet und in einen Umschlag gesteckt, der adressiert war an Bellwether and Knobbs, Esq., Stonecutter Lane, London.

FÜNFZEHN

Roland hatte sich von dem Abend so manches erhofft, doch Phineas Burkes lange Beine im Mondschein hinter einem Pfirsichbaum hervorragen zu sehen gehörte definitiv nicht dazu.

Verdammt noch mal. Was wollte der Kerl um diese Zeit da?

Wahrscheinlich Lady Morley treffen. Als ob ein Rendezvous in der Ruhe und Abgeschiedenheit seiner dämlichen Werkstatt nicht genauso gut wäre. Aber nein, der Kerl musste seine Herzallerliebste offenbar unbedingt nach allen Regeln der Kunst unter duftenden Blüten im Mondlicht verführen und damit anderen Männern bei ihren nächtlichen Aktivitäten in die Quere kommen.

Dieser verflixte Pfirsichgarten. Genau genommen musste er sich selbst die Frage stellen, was er sich dabei gedacht hatte, von allen verwünschten romantischen Orten ausgerechnet diesen für die Verabredung mit Lilibet auszuwählen. Gut möglich, dass das halbe Dorf zwischen den Bäumen herumschlich und berauscht von wiedererwachter Leidenschaft dafür sorgte, dass die Bevölkerungszahl des Tals im nächsten Jahr nicht gefährlich schrumpfte.

Roland stellte die Flasche Champagner – Champagner wirkte Wunder bei weiblichen Skrupeln – und die beiden Gläser auf dem Boden ab, zog seine Uhr aus der Tasche und hielt sie ins Licht. Er war recht früh dran. Lilibet würde erst in einer Stunde kommen.

Wieder schaute er zu seinem versteckten Freund hinüber. Nein, wirklich. Das sollte er nicht tun. Das war zu gemein.

Roland klopfte seine Taschen ab und fand den in ein Stück Papier eingewickelten Bleistiftstummel, den er immer bei sich trug, für den Notfall. Dann sah er sich nach einem spröden alten Ast um und trat darauf, damit er knackte. Laut.

Aus Burkes Richtung kam ein erschrockenes Rascheln.

»Dich, dich, dich«, murmelte Roland deutlich hörbar. »Mich? Sich? O Gott, nein. Wich? Verdammt. So geht es nicht.«

Er lugte über den oberen Rand des Blattes und sah hinter dem Baumstamm einen kleinen Schimmer vom Jackett seines Freundes.

Schwungvoll fuhr er fort. »… *Gedanken kreisen nur um dich*… nein, *Gedanken kreisen nur um sie. Gedanken kreisen nur um sie*, das ist es. *Gedanken kreisen nur um sie, vergessen soll die Liebe nie?* Oder *bedauern? Bedauern soll die Liebe nie?* Oh ja. Sehr gut.«

Das waren wirklich die fürchterlichsten Zeilen, die er sich je zusammengereimt hatte. Roland war sehr stolz auf sich. Er lehnte sich an den knorrigen Stamm eines alten Pfirsichbaumes und schaute verzückt in den blütenverhangenen mitternächtlichen Himmel empor.

Aus den Augenwinkeln sah er eine kleine Bewegung, fuchsrotes Haar, das kurz hinter dem Baum hervorkam und wieder verschwand. Jedenfalls nahm er an, dass es fuchsrot war, denn im nächtlichen Schatten der Bäume hatte selbst Phineas Burkes Haarschopf, der sonst so rot glänzte wie ein neuer Kupferpfennig, einen stumpfen Bronzeton angenommen.

Der arme Kerl. Obwohl Roland glaubte, selbst viel besser zur verwitweten Marquise von Morley zu passen – immerhin spielte er viel besser Pikett –, bezweifelte er, dass Burke ihm unter den gegebenen Umständen zugestimmt hätte.

Trotzdem würde er ihn nicht verschonen.

»*Gedanken kreisen nur um sie, bedauern soll die Liebe nie*«, fuhr er nach einem tiefen Atemzug fort.

Ein unterdrücktes Stöhnen war zu hören, leise, aber unverkennbar.

Roland zuckte zusammen, so, als erwache er aus den Tagträumereien eines Verliebten. Dann schaute er auf das leere Blatt Papier hinunter, räusperte sich und holte tief Luft. »Großartig«, sagte er möglichst sonor. »Also noch mal von vorn.«

Burkes Verzweiflung schien so groß zu sein, dass er ihn wohl am liebsten gewürgt hätte.

Trotzdem machte Roland weiter, reihte mit größtem Vergnügen eine schreckliche Zeile an die andere und fand daran so viel Gefallen, dass er den dümmsten Fehler machte, den es gab: Er vergaß seine Umgebung. Bis …

Ein Zweig knackte.

Als Roland die näher kommenden Schritte hörte, duckte er sich instinktiv und verbarg sich hinter seinem Baum. Dann drückte er sich an die raue Borke und lauschte.

Schwere, lange Schritte. Also keine Frau. Mithin weder Libet noch Lady Morley. Vielleicht ein Mann aus dem Dorf? Oder einer von den Stalljungen?

Roland spähte hinter dem Baum hervor und sah den dunklen, aber vertrauten Schatten des Duke of Wallingford vorübergehen.

Verdammt und zugenäht.

Was zum Teufel ging hier eigentlich vor? Erst Burke und nun Wallingford.

Es gibt keine Zufälle, hörte er Sir Edward sagen, und sofort musste er an Lilibet denken. Hatte sie ihn wieder einmal versetzt? Hatte er ihren leidenschaftlichen Kuss, die Vorfreude in ihren Augen missdeutet?

Mit ruhigen, selbstsicheren Schritten, die keinen Raum für Zweifel ließen, marschierte Wallingford in seiner kerzengeraden, herrischen Art weniger als einen Meter entfernt an seinem Bruder vorbei; so nah, dass es Roland möglich gewesen wäre, die leichte, extrafeine Wolle des herzoglichen Abendanzugs zu berühren.

Das hätte dem alten Knaben sicher einen Schrecken eingejagt.

Nicht weit von dem Baum, hinter dem Burke zweifellos vor sich hin fluchte, blieb Wallingford schließlich stehen.

»Ich weiß, dass du da bist«, verkündete er mit seiner dröhnenden Stimme, die die Äste der nächsten Bäume erzittern ließ. »Also kannst du genauso gut rauskommen.«

Roland verdrehte die Augen. Diese verfluchten Herzöge. Was erwartete sein Bruder eigentlich? Dass nun alle mit hängendem Kopf beschämt hinter den Bäumen hervorkamen, schlotternd vor Angst vor der erdrückenden Kraft seiner Autorität?

Doch die herrschende Stille wurde nur hier und da vom Trillern einer Nachtschwalbe unterbrochen, die vom Einfall dieser idiotischen Engländer in ihren Obstgarten aufgeschreckt worden war. Wallingford sah sich suchend um. Offenbar war er verwundert, dass niemand auf seine völlig ernst gemeinte Aufforderung reagierte.

Dann fuhr er etwas freundlicher fort: »Ich habe deine

Nachricht bekommen. Du brauchst dich nicht zu verstecken. Oder dir weitere Tricks auszudenken.«

In der Ferne, vom Schloss her, waren Schritte zu hören – noch jemand, der zum Obstgarten kam –, wie Rolands gut geschulte Ohren feststellten.

»Nun komm schon«, sagte Wallingford. »Du hast mich gebeten, mich heute Abend mit dir zu treffen. Also hab keine Angst, mein tapferes Mädchen.« Seine Stimme war leiser und lockender geworden, und die kühle Frühlingsluft trug Roland die Worte nur bruchstückhaft zu. Außerdem war er mehr auf die sich nähernden Schritte konzentriert.

Sie waren leichter als Wallingfords. Unsicherer. Wahrscheinlich die einer Frau. Roland schloss die Augen und sammelte sich, achtete auf die Geräusche, die sie machte, die Schwingungen, die sie aussandte, den ersten Hauch ihres Parfüms.

Er spürte, dass sie innehielt, als sie Wallingfords Stimme hörte, und dann weiterging, mutig dem Klang folgend.

Als Zweige unter ihren Füßen knackten, verharrte Wallingford. Roland verrenkte sich den Hals nach der Frau.

Lilien. Sie roch nach Lilien. Erleichtert sackte er an seinem Baumstamm zusammen. Lilien waren nicht sein Problem, sondern Burkes.

Mit weiten Röcken, die über den Boden streiften, rauschte Lady Morley an ihm vorbei. Dabei schaute sie sich nach allen Seiten um, um den Mann zu finden, den sie gehört hatte.

Roland konnte ihr genau ansehen, in welchem Augenblick sie Wallingford erkannte. Sie schnappte nach Luft und drückte den Rücken durch. Da er darauf trainiert war, all die winzigen Details zu registrieren, die verrieten, was in einem Menschen vorging, bemerkte er ihre kurze Panik, den Kampf um Haltung, die tapfere Entschlossenheit.

Ein Rasseweib, diese Lady Morley, trotz all ihrer Fehler.

Wallingfords gelangweilte Stimme begrüßte sie. Doch die beiden waren zu weit von ihm entfernt, um sie verstehen zu können; alles, was er mitbekam, war ihr Tonfall.

Roland schaute zu Burkes Baum, hinter dem sich nichts mehr regte. Der arme alte Knabe. Er kaute sicher an den Fingernägeln, um sich daran zu hindern, Lady Morley zu Hilfe zu kommen. Denn genau damit würde er natürlich sie und sich selbst kompromittieren.

Was für eine hübsche Szene.

Roland blickte auf die Champagnerflasche, die neben den zwei Gläsern, die er von der Anrichte stibitzt hatte, zu seinen Füßen im Gras lag, und fluchte leise.

Konnte man denn in diesem Garten keine fünf Minuten ungestört sein?

Leise klopfte es dreimal an der Tür.

Lilibet sah ein letztes Mal nach Philip, der unter einer gestreiften Wolldecke in dem Ausziehbett neben ihrem Bett schlief. Ein Arm hatte sich freigemacht und lag nun auf dem Kissen neben seinem Kopf, den er der rau verputzten Wand zugewandt hatte. Die Decke bewegte sich langsam und regelmäßig im Rhythmus seines Atems.

Lilibet lächelte, warf ihm einen Kuss zu und öffnete die Tür.

Draußen stand Signorina Morini, ein verschmitztes Lächeln im Gesicht. »Er ist im Pfirsichgarten«, flüsterte sie. »Ich habe ihn gehen sehen. Es ist fast eine Stunde her. Er hat Champagner.«

»Ah, im Pfirsichgarten. Danke, Signorina. Vielen Dank.« Lilibet legte den Kaschmirschal um die Schultern, trat auf den

Flur und lief beschwingt die Treppe hinunter. Sie war voller Zuversicht und Elan, so als ob allein die Tatsache, dass sie einen schlichten weißen Briefumschlag versiegelt hatte, ihrem müden Körper neue Kraft verliehen hätte.

Der Pfirsichgarten. Blütenduft, Mondschein und Champagner. Wie schön, dass er immer noch so romantisch war.

Sie ging so leise zwischen den Bäumen hindurch, dass er sie fast nicht bemerkt hätte.

»Liebling!«, flüsterte Roland so laut, wie er sich traute. »Ich bin hier!«

Sie blieb stehen, drehte sich um und zögerte. Ein einzelner Mondstrahl, der einen Weg durch die Pfirsichblüten gefunden hatte, schien auf sie herab. Sie trug einen Schal.

Erleichtert atmete Roland aus. Die letzten zehn Minuten hatte er schon befürchtet, dass er sie verpasst hätte, dass sie die Stimmen im Garten gehört und sich wieder ins Schloss geflüchtet hätte. Das hitzige Wortgefecht zwischen Wallingford und Lady Morley hatte zwar nicht lang gedauert, aber der Herzog hatte noch eine ganze Weile dagestanden und der Marquise nachgesehen, wobei er trotz seiner Größe so mit den Schatten verschmolzen war, dass man ihn kaum noch von den Bäumen ringsherum unterscheiden konnte, nur dass er nicht ganz so knorrig war und nicht so gut duftete. Schließlich hatte Wallingford sich mit einem ärgerlichen Fluch umgedreht und war davonmarschiert. Dann war Burke hinter seinem Baum hervorgekommen und hatte verstört den Kopf geschüttelt.

Der Ärmste. Was für eine Enttäuschung, von einem schlecht gelaunten Herzog um sein Rendezvous gebracht zu werden.

Dann war Burke in eine andere Richtung davongegangen,

wahrscheinlich in seine Werkstatt, und Roland hatte sich beruhigt an den Stamm seines Baumes fallen lassen, um sich zu erholen, hatte die kühle, wohlriechende Luft eingesogen, um einen klaren Kopf zu bekommen.

Zum Teufel mit all den anderen. Für einen Mann, der so viel Erfahrung mit heimlichen Treffen hatte wie er, sollte es eigentlich ein Kinderspiel sein, sich mit der Liebsten im Mondschein zu verabreden. Stattdessen wurde er immer wieder gestört, noch dazu von seinen eigenen Leuten.

Doch als Lilibet nun endlich im Dunkeln vor ihm stand, war er kurz davor, vor aufgestautem Verlangen zu platzen. Er konnte froh sein, wenn er sich nicht blamierte wie ein Schuljunge.

Roland schloss die Augen, um sich zu beruhigen. Geduld. Jede Bewegung zählte. Wenn er Lilibet für sich gewinnen wollte, musste er seine Sinne beisammen haben. Er musste die beste Vorstellung seines Lebens geben. Er wollte, dass sie rasend vor Leidenschaft, trunken vor Glück, blind vor Liebe war. Sonst konnte er ihre unbeugsame Tugend nicht erschüttern.

Er lockerte die Finger.

»Liebling«, flüsterte er wieder und trat mit ausgestreckten Armen hinter dem Baum hervor.

Sie murmelte irgendetwas Unverständliches, kam unsicher einige Schritte näher und fasste ihn an den Händen. Da der Abend recht kühl war, hatte sie ihren Schal fest um Kopf und Schultern geschlungen. »Mein Schatz«, sagte Roland. »Endlich.«

Mit einem Finger fuhr er über ihre Wange, die im Schatten lag, und senkte begierig den Kopf, um sie auf die Lippen zu küssen.

Einen Sekundenbruchteil zu spät erkannte er seinen Irrtum.

Das war nicht Lilibet.

Im Licht des zunehmenden Mondes waren die Stufen in der Terrassenmauer problemlos zu finden. Leichtfüßig stieg Lilibet sie hinab. Kühle Luft streifte ihre Wangen, als sie über die flache Wiese lief, die von den Abenddüften erfüllt war: einer Mischung aus dem leichten Windhauch, der von den Bergen herunterwehte, den grünenden Pflanzen, die aus der Erde schossen, und den Blüten, die Bäume und Sträucher schmückten. Vor ihr schimmerte das Weiß der Pfirsichblüten wie eine Nebelwolke im Dunkeln.

Eilig steuerte sie auf den ersten Pfirsichbaum zu, der sie mit seinem schweren Duft empfing. Dann blieb sie stehen und spähte ins Dunkle. Wo konnte er sein? Sicher nicht weit. Wahrscheinlich wartete er am Rande des Gartens mit seinem Champagner und seinen Küssen auf sie.

Gerade wollte sie mit klopfendem Herzen weitergehen, als sie Stimmen hörte und mitten in der Bewegung erstarrte.

Hastig riss Roland den Kopf zurück.

»Mein Gott!«, sagte er laut, viel zu erschrocken, um an Flüstern zu denken.

»Signore!«

Als er eine Hand hob und den Schal zurückschob, wurde das Mondlicht von einer schwarzen Haarpracht verschluckt. Die Frau fasste ihn an den Armen. »Oh, Signore!«, sagte sie noch einmal.

»Du bist das … was zum Teufel …«

»Signore?«

»Francesca?«

»*Sì*, Signore.« Ein kleiner Schluchzer drang aus ihrer Kehle. »Sie bitten mich … heute … der Brief …«

»Welcher Brief?«

Mit einer Hand fasste Francesca in ihre Rocktasche. In Rolands Kopf jagten sich die Gedanken. Der Brief. An Sir Edward. Er hatte ihn Francesca gegeben. Damit sie ihn im Dorf zur Post brachte.

Oder?

Ein Stück Papier wurde ihm in die Hand gedrückt. Er schaute nach unten. Das war Briefpapier, zweimal geknickt. Mit gefühllosen Fingern entfaltete er das Blatt. Im Dunkeln konnte er die Wörter nicht lesen, doch an Form und Länge erkannte er sie, hätte sie sogar aus dem Gedächtnis zitieren können.

Elf Uhr im Obstgarten. Mein Herz gehört dir.

Dann hörte er Francescas bittende Stimme. »Maria … sie kann *inglese*, sie hat gesagt …«

»O Gott.« Roland schlug sich mit der Faust an den Kopf.

»Signore … Sie nicht …« Francescas Frage ging in einem etwas lauteren Schluchzen unter, und ihre Schultern sackten zusammen.

»Oh, Mist. Armes Mädchen.« Eilig zog Roland ihr den Schal wieder über und rückte ihn gerade. »Entschuldige. Das ist leider ein … ein Missverständnis, du verstehst? Ein Fehler.« Er beugte sich vor und küsste sie auf die Stirn. »Du bist ein sehr hübsches Mädchen, Francesca. Aber ich …«

Schluchzer schüttelten Francescas Schultern, und aus ihrem Mund kamen neben einem Schluckauf auch mehrere italienische Sätze, die wohl alle nicht besonders schmeichelhaft für ihn waren.

Roland zog seine Uhr aus der Tasche, schaute aufs Zifferblatt und hielt es ins Mondlicht.

»Hör mal, Schätzchen«, sagte er und klopfte Francesca sacht auf die Schulter. »Es tut mir schrecklich leid. Aber … glaubst du, du könntest vielleicht … ach verdammt. Hier.« Mit ein paar langen Schritten war er bei seinem Baum und der Flasche Champagner, die daran lehnte. Er fasste sie am Hals und köpfte sie.

»Da«, sagte er und reichte dem Mädchen ein überschäumendes Glas. »Trink. Schon besser, was? Nichts geht über einen Schluck guten, alten Schaumwein, wenn man Sorgen hat.«

Francesca nahm das Glas, leerte es und hielt es ihm mit einem erstickten Hicksen wieder hin.

»Äh. Ja. Das ging ja fix.« Erneut füllte Roland das Glas bis zum Rand, dann stellte er die Flasche wieder ins Gras. »Nun, jedenfalls, wie ich schon sagte, das alles tut mir schrecklich leid. Ein furchtbares Durcheinander. Sieht so aus, als hätte ich dir die falsche Nachricht gegeben, haha. Bestimmt werden wir uns morgen früh köstlich darüber amüsieren, was?«

Traurig musterte Francesca ihn über den Rand ihres Glases hinweg.

Roland räusperte sich. »Tja, leider muss ich jetzt. Wenn du genug Champagner hast und so, muss ich jetzt wirklich … ich muss gehen.«

Francesca antwortete nicht, ihre gesamte Aufmerksamkeit schien auf das Glas Champagner konzentriert zu sein.

Versuchsweise machte Roland einen kleinen Schritt zur Seite, dann noch einen. »Also dann. Gute Nacht. Viel Spaß … ähm … mit dem Champagner.«

Noch ein Schritt zur Seite, dann drehte er sich um und rannte zum Schloss zurück.

Die falsche Nachricht. Er hatte dem armen Hausmädchen die *falsche Nachricht* gegeben.

Das hieß, dass er den Brief an Sir Edward unter Lilibets Tür durchgeschoben hatte. Hoffentlich hatte sie ihn noch nicht gelesen. Bitte, lieber Gott.

Sir Edward würde ihm den Kopf abreißen, wenn Lilibet ihm nicht zuvorkam.

Roland lief über die Wiese, die Terrassentreppe hoch und quer über den Hof zur Tür. Die Diele war leer und düster, nur von einem Strahl Mondlicht erhellt, der durch das hohe Fenster neben der Treppe fiel. Roland nahm zwei Stufen auf einmal und kam atemlos keuchend vor Lilibets Tür zum Stillstand. Schnell fuhr er sich mit beiden Händen durchs Haar und ballte die Hand, um zu klopfen.

Doch gerade noch rechtzeitig bremste er sich.

Philip schlief in ihrem Zimmer.

Roland ließ die Hand so hastig wieder sinken, dass sie gegen seinen Oberschenkel schlug.

Dann blieb er einen Moment reglos stehen, immer noch leise keuchend von der Anstrengung, Lilibets Tür zu erreichen. Ein kalter Tropfen Schweiß rann ihm über den Rücken und verschwand in seinem Hemd. Roland legte beide Hände auf den Kopf, machte kehrt und ging durch eine Reihe von Fluren zum Westflügel, wo die Herren wohnten.

In seinem Zimmer angekommen, steckte er eine Kerze an und zog das Jackett aus. Der Schein der Kerze beschien die Möbel und die wenigen Dinge auf seinem Schreibpult. Norberts provisorischen Käfig hatte er, ehe er gegangen war, auf Philips Geheiß mit einem Tuch zugedeckt, damit der Grashüpfer sich beruhigen und an seine neue Umgebung gewöhnen konnte.

Wider Willen musste Roland lächeln. Er ging zur Kommode und lüftete eine Ecke des Tuchs. Der Grashüpfer schien tatsächlich an einer Wand des Käfigs zu ruhen, von wo aus er träge einen Grashalm beäugte.

Roland ließ das Tuch wieder sinken und sah sich im Zimmer um. Er hatte keine Lust, schlafen zu gehen, denn er war noch zu aufgeregt, außerdem war er enttäuscht und erschrocken und generell wütend auf sich selbst. Schließlich ging er wieder aus dem Zimmer und schloss die Tür hinter sich.

Vielleicht sollte er im See schwimmen gehen. Das würde ihn etwas klarer sehen lassen, ihm helfen, seine Möglichkeiten abzuwägen. Sein Kopf konnte weiß Gott etwas Klarheit gebrauchen, denn seitdem er die Grenze nach Italien überquert hatte, hatte er einen Fehler nach dem anderen gemacht.

In leichtem Trab lief er wieder über die Wiese, in Gedanken bereits damit beschäftigt, was als Nächstes zu tun war. Morgen früh würde er natürlich in Erklärungsnot sein. Blumen? Gab es schon welche zum Pflücken? Abgesehen von den verfluchten Pfirsichblüten natürlich, sollten die Bienen sie doch mit einer furchtbaren Seuche anstecken. Er würde noch vor dem Frühstück losgehen und ein paar Blumen suchen.

Der schnellste Weg zum See führte durch den Pfirsichgarten, aber er wollte verdammt sein, wenn er sich noch einmal dort hineinwagte. Stattdessen ging er um die Bäume herum an der Wand der Terrasse entlang, die Augen aufmerksam auf den abschüssigen Hang gerichtet. Der Mond stand nun direkt über ihm, kalt und gleichgültig warf er einen präzisen Lichtschein aufs Gras, gerade genug, um den Weg zu finden.

Aus der Dunkelheit vor ihm kam ein Geräusch.

Unsicher blieb Roland stehen.

Da war es wieder. Ein seltsamer Laut, ziemlich hoch und unregelmäßig, fast wie …

Ein Kichern.

Roland runzelte die Stirn, kniff die Augen zusammen und versuchte, in den dunklen Schatten vor ihm irgendetwas Genaueres zu erkennen.

Wieder ein Kichern.

Er trat einen Schritt vor, dann noch einen. Schlich sich vorsichtig an.

Doch plötzlich war er so nahe herangekommen, dass er fast über ein paar ausgestreckte Beine gefallen wäre. »Was zum Teufel?«, stammelte er.

»Hoppla! Bist du das, Roland?« Ein Schatten an der Wand bewegte sich. »Wir dachten, du wärst wieder ins Haus gegangen.«

Roland klappte den Mund auf und zu. Dann machte er ihn wieder auf. »Lilibet?«

»Komm, setz dich zu uns, wenn du möchtest. Obwohl der Champagner fast alle ist.« Rolands Bein stieß an etwas Hartes und Kaltes. Die Champagnerflasche.

»Wir?«, fragte er mit belegter Stimme. »Wer ist *wir*?«

Eine andere Stimme drang durch die Dunkelheit. »Signore! – hicks – Sie sein wieder da?«

»Natürlich, Francesca«, sagte er seufzend.

»Sie ist wirklich sehr nett, weißt du?«, sagte Lilibet. Sie hatte sich bei ihm eingehakt und genoss es, sich an seinem kräftigen, warmen Arm festzuhalten. »Auch wenn sie recht viel trinkt. Ich habe kaum mehr als ein halbes Glas abbekommen.«

Roland grunzte. »Umso besser, in deinem Zustand.«

»Ja, richtig. Im Moment wird mir von Alkohol nur übel.

War sie schrecklich enttäuscht, im Pfirsichgarten?« Roland ging recht schnell, sie musste ein paar Trippelschritte machen, um mit ihm mitzuhalten.

»Ach, nur kurz.« Plötzlich blieb er stehen und wandte sich ihr zu, doch im Dunkeln waren nur die Umrisse seines Gesichts zu sehen. »Und du? Du kommst mir nicht sehr enttäuscht vor.«

»Na ja, im ersten Moment war ich schon ziemlich verunsichert. Als ich euch beide sah, habe ich gedacht …«

»Wahrscheinlich das Schlimmste.«

»Nur eine Minute. Dann habe ich begriffen, was vorgefallen ist, und mich köstlich darüber amüsiert. Die arme Francesca. Sie himmelt dich an, du elender Schuft. Es muss ein großes Problem für dich sein, dass die Frauen bei deinem Anblick reihenweise in Ohnmacht fallen.«

»Ja, das ist ziemlich lästig«, erwiderte Roland trocken.

»Bist du böse auf mich?«

»Nein, ich bin …« Er zögerte, offenbar suchte er nach dem richtigen Wort. »Verwirrt.«

Lilibet lächelte. Heute Nacht fühlte sie sich unbesiegbar, voller Kraft und Enthusiasmus. Sie hob die Hand und streichelte seine Wange, sein markantes, perfekt geschnittenes Gesicht. Er hatte sich rasiert, ehe er heruntergekommen war; die Haut unter ihren Fingern fühlte sich glatt und prall an. Wie sie sich danach sehnte, an ihm zu schnuppern und seinen frischen, maskulinen Duft einzuatmen. Stattdessen sagte sie: »Ich muss dir etwas beichten. Ich hatte nicht vor, heute Abend mit dir ins Bett zu gehen.«

Sie spürte, wie seine Gesichtsmuskeln sich spannten. »Was soll das heißen?«

»Es tut mir leid.« Lilibet strich über seine Schulter, seinen Arm hinab und nahm seine starre Hand in ihre. »Ich bin nur in den Garten gekommen, um dir etwas zu sagen. Etwas ziemlich Wichtiges; etwas, das du wissen sollst.«

»Und das wäre?«

»Ich habe heute einen Brief geschrieben, an meine Anwälte. Ich habe sie gebeten, ein Scheidungsverfahren einzuleiten.«

Roland schnappte hörbar nach Luft.

»Was? … Oh Lilibet, das ist großartig! Hast du es wirklich getan? Endlich.« Er umfasste ihre Ellbogen und zog sie an sich. »Das müssen wir feiern, mein Schatz! Wir werden … o Gott!« Er schlang die Arme um sie, hob sie hoch und wirbelte sie im Kreis herum. »O Gott, Schatz, mein lieber Schatz. Ich sorge dafür, dass er dir nichts tut, und Philip auch nicht. Ich werde stets für dich da sein, immer an deiner Seite sein …«

»Halt! Aufhören!« Wider Willen musste Lilibet lachen. Dann legte sie die Hände an seine Schultern und schob ihn sanft, aber entschieden von sich, bis er sie wieder auf die Füße stellte. »Sei nicht so furchtbar hastig, Roland. Mit dir hat das nichts zu tun.«

Seine Finger gruben sich in ihren Rücken. »Was soll das heißen, mit mir hat das nichts zu tun? *Selbstverständlich* hat es mit mir zu tun. Mit uns beiden. Immerhin trägst du mein Kind unterm Herzen …«

Lilibet legte einen Finger auf seine Lippen. »Das ist eine Sache zwischen mir und meinem Mann. Na ja, und all den Frauen, mit denen er geschlafen hat, die ich namentlich auflisten muss, samt Ort und Zeit und allerlei anderen lästigen Kleinigkeiten. Und ich werde nicht nur den Ehebruch beweisen müssen, sondern auch seine Grausamkeit.«

Roland vergaß seinen Ärger. »Das tut mir leid, Schatz«, sagte er und küsste sie auf die Stirn. »Eine wirklich scheußliche Arbeit für dich.«

»Ja, stimmt. Das wird eine scheußliche Tortur werden.« Libet holte tief Luft und fasste nach Rolands Händen, die immer noch auf ihrem Rücken lagen, zog sie nach vorne und drückte sie. »Und deshalb dürfen wir uns nicht mehr treffen, bis es vorbei ist. Bis ich das Sorgerecht für Philip habe, mit Brief und Siegel, kann ich kein Risiko eingehen. Du musst dich von mir fernhalten.«

Aus dem Pfirsichgarten war das leise Trällern einer Nachtschwalbe zu hören. Rolands Hände lagen schwer und reglos in Lilibets. »Mich von dir fernhalten?«, wiederholte er.

»Ja. Ich kann dich natürlich nicht zwingen, das Schloss zu verlassen, aber es wäre das Beste.«

Noch eine lange, bedeutsame Pause, dann schob er die Hände an ihren Armen hoch und umfasste ihre Schultern. »Das Schloss verlassen? Bist du verrückt geworden? Großer Gott, nein. Wenn er herausfindet, wo du bist …«

»Ich werde schon mit ihm fertig, Roland. Aber es darf keinen Verdacht auf unschickliches Benehmen meinerseits geben. Nicht einmal den Hauch eines Verdachts. Sonst scheitert die ganze Sache.« Im Dunkeln sah sie ihm in die Augen. »Weißt du, was ich damit sagen will?«

»Ja.« Seine Finger schlossen sich fester um ihre Schultern.

»Denn wenn er es herausfindet, wenn er beweisen kann … dass ich …« – sie brachte es einfach nicht fertig, das Wort *Ehebruch* auszusprechen –, »werde ich das Verfahren nicht anstrengen dürfen. Und es wird keine Scheidung geben. Der Antragsteller muss unbescholten sein, verstehst du, sonst sagen die Gerichte, dass es keinen Grund zur Klage gibt.«

»Wie es scheint, hast du die Gesetze ja ziemlich eingehend studiert.«

»Natürlich habe ich das. Das war meine Hauptbeschäftigung.« Lilibet sah zu ihm auf. »Ist das … so in Ordnung?«

Roland schob sie von sich weg und strich sich mit einer Hand durch das Haar. »Nein! Das ist nicht in Ordnung! Was zum Teufel schlägst du da vor? Das ist nicht richtig, Lilibet. Herrgott noch mal, der Schaden ist doch schon angerichtet! Du bist *schwanger*! Glaubst du, du könntest das *verstecken*? Es spielt keine Rolle, ob wir von jetzt an keusch wie im Kloster leben, wenn dein Bauch vor Gericht unübersehbar ist.«

Lilibet schüttelte den Kopf. »Ich weiß. Das ist mir klar. Deshalb werde ich hierbleiben, bis alles vorbei ist. Und keinen Besuch mehr empfangen. Ich versuche, niemandem mehr zu begegnen, bis das Verfahren zu Ende ist. Und falls Somerton es *doch* herausfindet, hat er keinen Beweis … Die Termine sind zu eng beieinander … Er kann nicht sicher sein … und alle, die *hier* sind, werden uns decken und sagen, dass wir nicht zusammen gewesen sind.«

»Das könnte Monate dauern. Jahre. Mein Gott, und wenn bei der Geburt etwas schiefgeht …« Rolands Stimme klang hart und verzweifelt. Wie gern sie in diesem Moment sein Gesicht gesehen hätte! Irgendwie fiel alles noch schwerer, wenn man zu einer Stimme im Dunkeln reden musste, die genauso wie Rolands klang und dennoch einem Fremden zu gehören schien.

»Ich schaffe das schon«, sagte Lilibet. »Ich muss. Verstehst du denn nicht? Du darfst dich nicht einmischen, nie. Jeder Augenblick, in dem wir allein sind, könnte uns vor Gericht ins Unrecht setzen und alles ruinieren.«

Roland trat vor, nahm sie wieder bei den Händen und zog

sie an sich. »Nein. Ich verstehe das nicht. Wir haben doch schon mehr als sechs Jahre gewartet. Und jetzt, wo du endlich da bist, in meinen Armen, und Somerton tatsächlich Vergangenheit ist, kannst du nicht von mir erwarten, dass ich dich in Ruhe lasse. Dann werde ich verrückt, Lilibet.«

Sein Gesicht konnte sie nicht sehen, doch sie fühlte seinen leidenschaftlichen Blick auf sich ruhen. Spürte diese magnetische Anziehungskraft, die sie immer wieder in seinen Bann schlug und zu weiteren Wahnsinnstaten verführte. Lilibet kniff die Augen fest zu und stemmte beide Hände gegen seine Brust. »Nein, wirst du nicht. Und ich auch nicht. Denn wir sind Menschen, Roland, keine Tiere. Wir werden nichts tun. Fürs Erste.«

Roland sagte nichts, doch seine erhitzte Haut hätte ihr verraten können, dass seine Lippen gleich einmal, zweimal zart, aber entschlossen über ihre fahren würden. »Lilibet.« Roland legte die Stirn an ihre und nahm ihr Gesicht in beide Hände. »Bitte. Ich kann dir so viel Vergnügen bereiten, Schatz. Dir so viel Liebe schenken. Lass es einfach zu. Erlaub es mir. Nur ein einziges Mal. Nur heute Nacht. Wer wird es je erfahren?«

»Roland, bitte …« murmelte sie an seinen Lippen, während jede Zelle ihres Körpers sich schmerzlich danach sehnte, von ihm berührt zu werden. Es fühlte sich so *richtig* an, so als wäre er nur für sie allein gemacht.

»Ich begehre dich so sehr, so heftig«, raunte er ihr zu, während seine Daumen ihre Wangenknochen streichelten. »Du kannst dir nicht vorstellen, wie schwer es gewesen ist, so lange auf dich zu warten.«

Daran gab es keinen Zweifel, schließlich drückte sich der Beweis hart wie ein Schürhaken in ihren Bauch.

»Oh, das *kann* ich mir vorstellen«, sagte sie und wich langsam zurück. »Glaubst du, ich wollte es nicht auch? Ich brauche dich so nötig. Ich sehne mich jede Nacht nach dir. Ich …« Lilibet bemerkte das raue Flehen in ihrer Stimme. Schnell trat sie aus Rolands Reichweite heraus und sog in tiefen Zügen die kühle Nachtluft ein. »Du hast mich gebeten, Vertrauen in dich zu haben«, fuhr sie schließlich leise fort. »Und das tue ich jetzt, Roland. Gerade habe ich mein Leben in deine Hände gelegt. Verstehst du das nicht?«

Roland drehte sich ein wenig zur Seite und schaute zum Schloss hinauf. »Du meinst das ernst, ja?«

»Sehr ernst. Bitte versteh doch.«

»Oh, verdammt«, sagte er. »Oh, verdammt.«

Dann wurde es still zwischen ihnen, und Lilibet fühlte, wie er widerstrebend und gequält und … nun ja, ziemlich beleidigt seinen Widerstand aufgab.

Sie konnte es ihm nicht verdenken.

»Na gut«, sagte Roland endlich. »Ich werde dich nicht mehr anfassen, wenn es das ist, was du von mir willst.« Dann beugte er sich vor und kam ihr so nahe, dass sie seinen warmen Atem im Gesicht spüren konnte. »Aber ich werde nicht weggehen, Lilibet. Nie im Leben. Ich bleibe und passe auf dich auf. Und auf das Baby und Philip und Norbert, den verdammten Grashüpfer, wohl auch.« Dann legte er den Kopf schräg und flüsterte ihr ins Ohr. »Und ich werde nicht einen Moment aufhören, den Versuch zu unternehmen, dich umzustimmen.«

»Das wird dir nicht gelingen.«

»Doch, das wird es, verflucht noch mal«, knurrte er.

Lilibet hob eine Hand und schob die Locke zurück, die ihm immer in die Stirn fiel. »Ach komm, nimm es nicht so schwer«, sagte sie. »So schlimm ist es doch gar nicht. Wenn du es leid bist, mir nachzulaufen, hast du ja immer noch Francesca.«

»Francesca«, murmelte Roland.

Auf dem Rückweg zum Schloss achteten sie darauf, Abstand voneinander zu halten. Vor der Tür, kurz bevor sie sich trennten, fiel Lilibet noch etwas ein.

»Oh, das wollte ich dir noch sagen. Heute Nachmittag habe ich unter meiner Tür eine äußerst seltsame Nachricht gefunden. Weißt du vielleicht, wo die herkam?«

»Keine Ahnung«, entgegnete Roland. »Aber ich rate dir, sie zu verbrennen.«

Damit ging er an Lilibet vorbei die breite Steintreppe hoch in den Westflügel, wo die Herren schliefen.

SECHZEHN

Mittsommernacht

Es gab Zeiten, in denen Roland als *de facto* Lehrer eines fünfjährigen Jungen voller Sehnsucht auf sein ruhiges Leben als Geheimagent im Dienste Ihrer Majestät zurückschaute.

»Onkel Roland«, stellte Philip seine schätzungsweise fünfzehnte Frage innerhalb der vergangenen anderthalb Stunden, »wie alt ist das Schloss eigentlich?«

Roland legte die Hände hinter den Kopf und starrte an die Decke der Bibliothek. »Keine Ahnung, mein Junge«, erwiderte er, »aber ich nehme an, das könnten wir herausfinden.«

»Glaubst du, einer von den Medici hat hier gelebt? Das wäre toll«, meinte Philip, sprang vom Teppich auf und begann, mit einem imaginären Schwert herumzufuchteln. »Ich vertreibe die … äh, wer war das noch?«

»Verschiedene Parteien im Laufe der Jahre, glaube ich«, sagte Roland. »Sollen wir mal nachsehen?« Immerhin war das eine vertretbare Beschäftigung. Schließlich sollte er gerade Geschichte unterrichten, auch wenn Philips Lehrplan nicht eben das war, was Rolands ehemaliger Lehrer als gut durchdacht bezeichnet hätte.

Roland hatte nicht vorgehabt, seine Zeit damit zu verbringen, Philip Latein und Geschichte zu lehren. Er hatte nur nach einer Abwechslung gesucht, einem Weg, seine Gedanken davon abzuhalten, immerfort um Lilibets Bett zu kreisen, mit dem sie sich peinlich oft beschäftigten, wenn er sie nicht zügelte. Zuerst war er mit dem Jungen ausgeritten und zum Schwimmen gegangen, weil er fand, dass er den kleinen Kerl besser kennenlernen sollte, wenn er seine Mutter heiraten wollte. Es würde Lilibet gefallen zu sehen, dass sie beide sich gut verstanden, und er mochte den Kleinen recht gern. Er war klug und charmant, immer voller Energie und sehr hilfsbereit.

Dann war Abigail immer häufiger am Nachmittag verschwunden, gerade um die Schulzeit herum, und Roland hatte achselzuckend selbst nach den Büchern gegriffen. Was hatte er sonst schon zu tun?

»Bist du sicher?«, hatte Lilibet ihn mit einem besorgten Blick aus ihren kornblumenblauen Augen gefragt. »Ich kann es auch selbst tun. Macht es dir wirklich nichts aus?«

»Überhaupt nichts«, hatte er erwidert. »Du brauchst deine Ruhe.« In Wahrheit hätte er im Moment alles getan, was sie wollte. Einfach alles, um ihr ein Schuldgefühl zu vermitteln, das bei Gelegenheit (hoffte er zumindest) zu einer Entschädigung in Form von sexuellen Gefälligkeiten führen würde. Denn in den vergangenen Monaten hatte er herausgefunden, dass alle bisher bekannten Arten der körperlichen Folter nichts waren im Vergleich mit der Qual, die Frau, die man liebte, durch das Kind, das man selbst gezeugt hatte, immer runder und fülliger werden zu sehen, ohne sie berühren zu dürfen.

Auch wenn das nicht ganz stimmte. Den ein oder anderen Kuss hatte er ihr hin und wieder geraubt, doch erst nach eingehender Planung und listigen Winkelzügen zusammen mit einer riesigen Portion des legendären Penhallow-Charmes. Aber das war es wert gewesen, jedes Mal, auch wenn diese Küsse nur dazu geführt hatten, dass er sie noch heftiger begehrte.

Bei dem Lohn, der winkte, schien ihm die Aussicht, Philip unterrichten zu müssen, wenig Arbeit zu sein. Roland hatte einen recht unorthodoxen Ansatz gewählt, der ihn in einer Stunde von der schottischen Geschichte zum chinesischen Abakus brachte, und irgendwann war ihm aufgefallen, dass es ihm selbst gefiel. Sehr sogar. Immer wieder entdeckte er an dem Jungen Ähnlichkeiten mit Lilibet, Ausdrücke und Eigenheiten, bei denen es ihm vor Freude und Überraschung den Atem verschlug, bis er völlig unerwartet fast so gern zwischen Schiefertafeln und Büchern auf dem Teppich der Bibliothek herumlungerte wie in Lilibets Bett.

Wobei Letzteres im Moment völlig illusorisch war.

»Wo sollen wir denn danach suchen?«, fragte Philip, während er den Blick über die Wände der Bibliothek schweifen ließ.

»Ich schätze, es wird irgendwo Unterlagen dazu geben«, sagte Roland. Er hievte sich vom Teppich hoch und ging zum nächsten Regal. »Die, die in Wallingfords Bibliothek Staub ansetzen, reichen bis zum ersten Herzog zurück. Landschenkungen, Einnahmen, Brautgaben und all solches Zeug. Wenn ich das sehe, bin ich immer schrecklich froh, dass ich nicht der Erbe bin.«

»Kann ich mir vorstellen«, sagte Philip mit einem traurigen Seufzen.

Roland schaute auf ihn herunter. »Ach, Kopf hoch, alter Junge«, sagte er. »Ein Graf zu sein ist gar nicht so schlecht. Ist ein richtiger Titel, weißt du, nicht wie dieser höfliche Namenszusatz, den ich bekommen habe.«

»Namenszusatz?«

»Na, ich bin doch kein echter Lord von irgendetwas, oder?« Roland studierte die verblichenen Goldprägungen auf den ledernen Buchrücken. Italienische Geschichte, italienische Briefe. Wo zum Teufel würde man die Besitzurkunden aufbewahren? Hier oder anderswo? Er wusste so gut wie gar nichts über diesen Rosseti, dem das Gemäuer gehörte. »Ich bin bloß Lord Roland von Nichts.«

»Wirklich?« Philip blieb einen Moment still und verdaute die Information. »Dann wäre Mama also, wenn sie dich heiratet, Lady von Nichts?«

Rolands Finger verharrte auf dem Einband eines Machiavelli. »Nein«, antwortete er nach einer Pause. »Man würde sie Lady Roland nennen. Lady Roland Penhallow.«

»Oh. Aber das ist Unsinn. Was würde mit ihrem richtigen Namen passieren?«

Rolands Finger nahm die Reise über die Lederrücken wieder auf. »Also du würdest weiter Mama zu ihr sagen und ihre Freunde Elizabeth.«

»Und du?«

»Ich würde sie Lilibet nennen. Oder Schatz oder Liebling. Ihr all diese langweiligen Namen geben, mit denen Ehemänner ihre Frauen rufen müssen.«

»Mein Vater hat sie nie so genannt. Und was ist mit dem Baby in ihrem Bauch?«

Überrascht drehte Roland sich um. »Wie kommst du denn darauf, Herrgott noch mal?

Philip sah ihn ruhig an. »Ich habe sie letzte Nacht gefragt, warum ihr Bauch so dick wird. Und da hat sie mir gesagt, dass ein Baby drin ist, und dass ich das nicht …« Erschrocken schlug er die Hand vor den Mund.

»Genau, junger Mann. Pass auf, dass du es niemand anderem erzählst.« Mit einer Hand fuhr Roland sich durch das Haar. »Deine Mama möchte, dass es ein Geheimnis bleibt, vorerst.«

Philip kniff die Augen zusammen. »Woher weißt du es dann?«

Roland schlenderte zum nächsten Regal und überlegte hastig. »Na, irgendjemandem musste sie es doch sagen, oder? Damit einer den Arzt holt und so. Ist nicht ganz leicht, ein Baby zu bekommen.«

»Oh.« Stumm folgte ihm Philip, die Augen nachdenklich auf den abgetretenen Teppich unter ihren Füßen gerichtet.

»Schauen wir mal hier nach«, sagte Roland. »Das sieht etwas vielversprechender aus. Dies könnten Haushaltsbücher sein.« Er schaute nach unten. »Alles in Ordnung?«

»Onkel Roland«, fragte Philip leise, »ist mein Vater eigentlich tot?«

Roland zuckte zusammen. »Tot? Nein. Nein, Philip. Großer Gott, nein. Ihm geht es gut. Er ist nur … also, er hat bloß viel zu tun. Grafen haben alle möglichen Pflichten.«

Philip sah ihn unverwandt an, die dunklen Augen groß und zweifelnd. »Bist du sicher?«

»Ganz sicher.«

»Ist er krank?«

»Nein. Er ist nicht krank.« Lieber Gott. Auf so etwas war er nicht vorbereitet. Er hatte keine Ahnung, was Lilibet dem Jungen über seinen Vater erzählt hatte, nicht den leisesten Schimmer, wie er ihre Erklärungen untermauern konnte. Philip musterte ihn weiterhin mit diesem unheimlich klugen Blick, so als ob er Rolands oberflächliches Gerede durchschaute und die Wahrheit dahinter sähe. »Ich nehme an, du vermisst ihn sehr«, sagte Roland endlich und ging in die Knie, um auf Augenhöhe mit Philip zu sein.

»Ja.« Die Antwort war kurz und unsicher, und der Junge sah aus, als wollte er mehr sagen.

»Ja, aber?«

»Tja, ich habe ihn nicht oft gesehen. Und wenn, schien er immer böse auf mich zu sein«, brach es aus Philip heraus, doch dann endete der Redestrom so abrupt, als wäre ein Schleusentor geschlossen worden.

»Er war nicht böse auf dich, mein Junge. Ich bin sicher, dass er dich von ganzem Herzen liebt.« Roland ballte eine Hand zur Faust und wünschte, Somerton wäre gerade greifbar; dann hätte er ihn in die Diele gezerrt und ihm die Abreibung seines Lebens verpasst. Dann legte er die andere Hand sachte auf Philips schmale Schulter. »Du bist ein feiner Kerl. Jeder Vater würde stolz auf dich sein.«

Philip zuckte nur mit den Achseln.

»Sieh mal.« Roland klopfte dem Knaben ein letztes Mal auf die Schulter und richtete sich wieder auf. »Ich glaube, ich habe gefunden, was wir suchen. Sieht alt genug aus. Wie ein Haushaltsbuch.« Er zog einen großen, schmalen Einband aus dem Regal. »Das Italienische kann ich nicht richtig lesen, aber ein bisschen Latein scheint auch dabei zu sein. Sollen wir mal hineinschauen?«

Feierlich trug er das Buch zu dem großen Tisch vor den Fenstern – vor dem geistigen Auge Medici-Prinzen, die ihre Karten auf dieselbe abgenutzte Holzplatte gelegt hatten, um weitere Eroberungen zu planen – und schlug es in der Mitte auf. »Rechnungen, genau. Mein Gott, die sind ja schrecklich alt. Sieh dir das an, Philip: 3. November 1597. Sogar doppelte Buchführung. Wusste gar nicht, dass es das damals schon gab.«

»Was ist doppelte … äh …?«

»Doppelte Buchführung. Dabei listet man Einkünfte und Ausgaben auf, alles in schönster Ordnung. Man macht einen Eintrag auf der Kreditseite und einen auf der Debitseite, um aufzuzeigen, wohin das Geld gegangen ist.« Roland blätterte durch die Seiten. »Haushaltsrechnungen. Scheint eine Menge Silber gekauft worden zu sein.«

Philip machte eine ungeduldige Bewegung mit dem Ellbogen, seiner schmalen Gestalt war die Langeweile anzusehen.

»Versuchen wir etwas anderes.« Schwungvoll klappte Roland das Buch wieder zu und ging zum Regal zurück. »Rechnungen, Rechnungen. Ah, das ist seltsam. Dieses sieht eher wie ein Portfolio aus.« Er zog die Mappe heraus. »Voller Papiere. Ein gutes Zeichen. So was Ähnliches habe ich auch, für offizielle Dokumente und so weiter.«

»Was für Dokumente?«

»Na, Besitzurkunden und solche Sachen. Ich habe ein paar Anwesen in den Midlands, aus der Mitgift meiner Mutter. Hier.« Roland breitete die Papiere auf dem Tisch aus. »Mein Gott. Die müssen aus der Zeit stammen, in der das Schloss gebaut worden ist. Schau, das ist die Schenkungsurkunde, vom Papst höchstpersönlich. Die sollte eigentlich im Museum sein.«

»Vom Papst? Wirklich? Darf ich sie anfassen?«

»Du wirst wohl kaum vom Blitz erschlagen werden, auch wenn der Erzbischof von Canterbury vermutlich nicht sehr erbaut wäre.« Roland blätterte die Seiten um und wunderte sich, dass das Papier noch so weiß und die Tinte noch so frisch wirkte. Als ob die Blätter gar nicht gealtert wären. »Jedenfalls beantwortet sie deine Frage. Die Schenkungsurkunde stammt aus dem Jahr 1567; ich nehme an, dass kurz danach mit dem Bau des Schlosses begonnen worden ist. Hier ist das, was im darauffolgenden Jahrhundert hinzugefügt wurde, wenn meine Lateinkenntnisse mich nicht trügen. Und hier …«

Rolands Hand erstarrte mitten in der Bewegung.

»Was? Was ist?« Philip drängte sich an ihn und spähte über seinen Arm hinweg.

Roland legte das Papier auf den Tisch zurück und strich es sorgfältig glatt. Sofort sprang ihm wieder der vertraute Name ins Auge, die kurzen englischen Silben stachen aus den italienischen Wörtern hervor wie ein Kneipenchor aus einer großen Oper. »Also, das ist merkwürdig.«

»Was ist merkwürdig? Sag's mir!«

Roland legte das Papier wieder zu den anderen, steckte den ganzen Stapel zurück in den Ordner und band ihn fest und entschlossen zu. »Nichts, wirklich. Eine Eigentumsübertragung, mehr nicht. Passiert immer wieder. Ich vermute, es gab keine Erben mehr. Aber trotzdem!« Roland stand auf, um den Ordner wieder ins Regal zu stellen. »Wir haben die Antwort auf deine Frage gefunden. Das Schloss stammt aus der Zeit, in der Königin Elizabeth I. regierte. Ist das nicht beeindruckend?«

Plötzlich flog die Tür auf und knallte an die Wand. »Da seid ihr ja!«

Roland sah sich um. Abigail stand im Zimmer, das Haar, das den Nadeln entkommen war, hing ihr in wirren Locken im Nacken, und sie sprühte vor Energie. Sie streckte eine Hand aus. »Komm, Philip! Wir brauchen deine Hilfe bei den Masken für die Feier.«

»Feier?« Roland schob den Ordner zwischen zwei Rechnungsbücher und drehte sich um. »Welche Feier?«

»Heute Abend ist die Mittsommernachtsfeier. Sagt nicht, dass ihr zwei das nicht bemerkt habt.«

»Daher also das Spektakel im Hof mit den Tischen und den Laternen?«

»Ja, das wird sehr lustig. Versprechen Sie mir zu kommen, Lord Roland. Lilibet, Alexandra und ich verkleiden uns als Küchenmädchen, und alle tragen Masken, und es gibt Tanz und Musik.« Abigail machte eine ungeduldige Bewegung mit der immer noch ausgestreckten Hand. »Aber wir sind schwer im Verzug mit dem Basteln der Masken, und wir brauchen dich, Philip. Du sollst die Federn ankleben.«

»Nun ja«, sagte Roland und lehnte sich, getrieben von dem irrationalen Drang, die Bücher auf den Brettern vor Abigail zu verbergen, mit dem Rücken an das Regal. »Wir beschäftigen uns gerade mit ernsthaften akademischen Studien und dergleichen. Kann das nicht eins der Mädchen machen?«

Philip drehte sich zu ihm um und griff nach seiner Hand. »Oh, bitte, kann ich mitgehen, Onkel Roland? Wir können doch morgen eine Stunde länger lernen.«

»Die Mädchen haben schon genug damit zu tun, das Fest vorzubereiten. Es macht Ihnen doch nicht wirklich etwas aus, oder?« Abigails Augen funkelten. »Ich bin sicher, Lilibet wird Ihnen später dafür danken.«

Roland war sich nicht ganz sicher, an welchem Punkt in den vergangenen drei Monaten er und Abigail Verbündete geworden waren. So wie Wallingfords schwindendes Interesse an der Wette hatte es sich ganz allmählich ergeben, durch stumme Gesten, bis nur noch ein hauchdünner Mantel der Höflichkeit die offensichtliche Tatsache verschleierte, dass Abigail alles tat, damit im Schloss und seiner Umgebung nicht nur der Frühling, sondern auch die Liebe Einzug halten konnte.

»In dem Fall«, sagte Roland mit einem vielsagenden Zwinkern und einem festen Händedruck für Philip, »nehmen Sie ihn meinetwegen mit.«

Eifrig lief der Junge zu seiner Cousine.

An das Regal gelehnt, die Beine an den Knöcheln überkreuzt, starrte Roland noch lange, nachdem die beiden um die Ecke verschwunden waren, auf die offene Tür der Bibliothek. Geistesabwesend fuhr er mit den Fingern immer wieder an der Kante des Regalbretts entlang und über die Rücken der Bücher.

Es gibt keine Zufälle.

Endlich richtete er sich auf, zog seine Uhr aus der Tasche und nahm sein Jackett von der Lehne des Stuhls am Tisch. Fast vier Uhr. Um diese Zeit war Wallingford höchstwahrscheinlich draußen beim Reiten zu finden, denn er kompensierte sein ungestilltes Verlangen nach Abigail Harewood mit einer endlosen Reihe körperlicher Aktivitäten.

Der Herzog würde bestimmt wissen wollen, wie der rechtmäßige Besitzer des Castel Sant'Agata hieß.

Insbesondere da es sich dabei um ihren gemeinsamen Großvater zu handeln schien.

»So«, sagte Abigail und zupfte ein letztes Mal an Lilibets Mieder. »Du siehst großartig aus. Morinis Küche ist dir so gut bekommen, dass man dich kaum wiedererkennt.«

Lilibet musterte sie misstrauisch, konnte jedoch in den Augen ihrer Cousine keinen Funken Ironie entdecken. War sie etwa blind? So wie alle andern? Ihre Brüste quollen aus dem Mieder heraus, Haar und Haut strahlten heller als diese neumodischen Glühbirnen, und ihr Bauch hatte sich unübersehbar gerundet. Dachten die anderen allen Ernstes, das sei nur auf die gute italienische Luft und Morinis unwiderstehlichen *Panettone* zurückzuführen?

Die Leute sehen, was sie sehen wollen, hatte ihre Mutter ihr einmal gesagt und dabei mit den Achseln gezuckt.

Wahrscheinlich konnte sich keiner vorstellen, dass die tugendhafte Lady Somerton von ihrem heimlichen Liebhaber schwanger war.

Aber natürlich musste sie es den andern bald sagen. Nur wie? Sollte sie es zulassen, dass sie annahmen, das Kind sei ein Abschiedsgeschenk von ihrem Ehemann, oder sollte sie ihnen die Wahrheit sagen?

»Meinst du nicht, ich bin etwas zu dick geworden?«, fragte sie und schaute auf ihren verräterischen Busen hinab.

»Lord Roland scheint es jedenfalls nichts auszumachen.« Abigail band sich eine Schürze um. »Wie er dich anschaut! Manchmal könntest du ruhig etwas Mitleid mit ihm haben, weißt du?«

Nachdem Abigail auch ihr eine Schürze umgelegt hatte, schob Lilibet die Hände ihrer Cousine beiseite. Am Morgen hatte sie das erste zarte Flattern im Bauch gespürt, und die Hände, die sich in der Nähe eines so großen persönlichen Wunders befinden sollten, waren *nicht* Abigails. »Woher willst du wissen, dass ich mich nicht hin und wieder seiner erbarme?«

»Dein Zimmer liegt direkt neben meinem, meine Süße. Wenn ich hören kann, dass Mr. Burke jeden Morgen in aller Herrgottsfrühe Alexandra zurückbringt, wäre mir so etwas sicher auch nicht entgangen. Wie sehe ich aus?« Abigail drehte sich um sich selbst.

»Einfach hinreißend. Du wirst dich von Wallingford fernhalten müssen.«

»Ich bezweifle, dass der Herzog uns mit seiner Anwesenheit beehrt«, erwiderte Abigail ein klein wenig blasiert.

Und sie hatte recht. Der Hof war voller Menschen – Bauern, Dorfbewohner, eine örtliche Musikkapelle, die erstaunlich gekonnt für Stimmung sorgte, und der alles überragende Rotschopf von Phineas Burke –, doch der hochgewachsene englische Herzog war nirgendwo zu sehen. Francesca tauchte auf. Sie trug eine weiße Federmaske und hatte Philip an der Hand, der seine Mutter sofort erkannte und zu ihr gelaufen kam.

»Magst du meine Maske, Mama? Ja? Sie ist toll, oder? Die Federn habe ich selbst rot gefärbt.« Er schlang die Arme um Lilibets Taille und drückte sie, dann betastete er eine besonders auffällige lange Feder, die an der rechten Seite seiner Maske aufragte. »Und das hier ist die Adlerfeder, die Onkel Roland heute Nachmittag beim Ausreiten gefunden hat. Ist die nicht schön?«

»Deine Maske ist fabelhaft, Schatz. Einfach umwerfend. Aber jetzt geh mit Francesca; ich muss Abigail und Lady Morley helfen, das Essen aufzutragen. Anscheinend ist das Tradition in der Mittsommernacht.« Sie drückte einen Kuss auf den Scheitel ihres Sohnes und ging wieder in die Küche zurück, wo die Tabletts mit den Antipasti auf dem breiten Holztisch standen.

Als sie nach dem Umkleiden zur Küche gegangen war, hatte sie Alexandra getroffen. »Ich weiß nicht, warum ich mich von Abigail zu solchen Sachen überreden lasse«, hatte Alexandra mit einem herrischen Stirnrunzeln gesagt. Erleichtert hatte Lilibet festgestellt, dass sie trotz ihrer schwellenden Brüste nicht mit Alexandras Busen mithalten konnte, der sich, endlich befreit von den Zwängen anständiger englischer Kleidung, so prall im tiefen Ausschnitt des Dienstmädchenkleids wölbte, dass sie sich dafür geschämt hätte. »Hast du vielleicht ein Taschentuch dabei, damit ich mich sittsam verhüllen kann?«, hatte Alexandra gefragt.

»Nein, keins, das groß genug wäre, tut mir leid«, hatte Lilibet geantwortet. Zurück in der Küche sagte sie: »Abigail, wo hast du bloß diese Kostüme aufgetrieben? Die sind ja fast unanständig. Und ganz anders als die Kleider, die Maria und Francesca tragen.«

»Signorina Morini hat sie mir gebracht. Nicht wahr, Signorina?«

Mit schmalen Augen schaute Lilibet zu der Haushälterin hinüber, die mit einem kaum merklichen Lächeln auf den Lippen gefüllte Oliven auf einem Tablett arrangierte.

»Sie sind perfekt für die *festa*«, erwiderte die Morini. »Hier, die Oliven, Signora Somerton. Sie müssen jetzt servieren, ehe sie werden kalt.«

Seufzend nahm Lilibet das Tablett und ging auf den warmen, lauten Hof hinaus. Die Abenddämmerung hatte gerade eingesetzt, und die Fackeln ringsherum wurden nach und nach angezündet. Lilibet suchte die Menschenmenge nach einem lieb gewordenen braunhaarigen Mann ab und entdeckte ihn an einem langen Tisch, wo er sich angeregt mit einer jungen Frau unterhielt, die aus dem Dorf zu kommen schien. Er trug weder Jacke noch Weste, aber eine marineblaue Maske mit weißen Federn und darunter ein strahlendes Lächeln.

Lilibet errötete und wandte sich ab, doch die Bewegung erregte seine Aufmerksamkeit. Als er aufstand, brachte ein Abendhauch von den Bergen sein weißes Hemd zum Flattern.

Den Ausdruck seines Gesichts konnte Lilibet nicht sehen,

da es halb unter der Maske verborgen war, doch sie spürte, dass sein Blick über ihr Gesicht wanderte, weiter nach unten glitt, wo ihre Brüste sich direkt über dem Tablett mit den gefüllten Oliven erhoben, und dann wieder auf ihre Augen richtete. Vor Staunen hatten sich seine Lippen zu einem stummen O verzogen.

Das würde ihn lehren, mit den Dorfmädchen zu flirten.

Lilibet wich ihm absichtlich aus und steuerte mit ihrem Tablett auf den Nachbartisch zu. Doch Roland war schneller. Kurz bevor sie den Tisch erreichte, baute er sich in seiner ganzen Schönheit vor ihr auf. »Kann ich Ihnen helfen, Signorina?«, fragte er.

»Das geht nicht«, erwiderte sie.

»Aber Sie sollten keine Tabletts herumtragen. Sie sollten eigentlich überhaupt nichts tragen.«

»Das ist doch nicht schwer. Und außerdem scheint es ein großes Unglück zu sein, wenn die Besucher des Mittsommernachtsfestes nicht von den Damen des Schlosses bewirtet werden.«

Roland zog die Brauen in die Höhe. »Wer sagt das?«

»Die Morini natürlich. Jetzt lass mich vorbei.«

Roland beugte sich so weit vor, dass sein warmer, nach Wein riechender Atem ihr Ohr streifte. »Nur wenn du mir versprichst, dich später mit mir zu treffen«, raunte er leise.

»So etwas Unanständiges verspreche ich nicht. Jetzt lass mich vorbei.«

»Hmm. Bist du sicher? Seine Stimme wurde noch etwas leiser. »Ich verspreche, dass du es nicht bereuen wirst.«

Lilibet stieß ihn mit dem Ellbogen beiseite. »Mich an Ihre Erfahrung mit Frauen zu erinnern, macht es auch nicht besser, Eure Lordschaft.«

Roland lachte. »Ich habe keine Erfahrung mit Frauen im Allgemeinen, Lilibet. Nur mit dir.« Doch er trat einen Schritt zurück und ließ sie vorbeigehen, sodass sie das Tablett mit den Oliven auf der dicken Tischplatte abstellen und darauf warten konnte, dass ihr wild klopfendes Herz sich wieder beruhigte.

Als sie ihn das nächste Mal sah, eine erschöpfende halbe Stunde später, stand Philip neben ihm und zog an seiner Hand. Roland beugte sich herab, um zu hören, was der Junge von ihm wollte, dann nickte er, hob den Kleinen hoch und setzte ihn auf seine breiten Schultern. Das alles geschah mit einer so selbstverständlichen Leichtigkeit, dass Lilibet Tränen in die Augen stiegen und ihr Herz vor Liebe überfloss. Er konnte nicht wissen, sich wahrlich nicht vorstellen, wie sehr es sie bewegte, die beiden zusammen zu sehen, obwohl ihr dabei immer ihre große Schuld bewusst wurde. Denn nun merkte sie, was für ein schrecklicher Vater Somerton gewesen war mit seiner brüsken und abweisenden Art; doch er war nach wie vor Philips Vater, auch wenn der Geliebte seiner Frau ihn mühelos in den Hintergrund drängte.

Was hatte sie nur getan? War es richtig?

Was, wenn sie scheiterte? Wenn Roland zu dem Schluss kam, dass er nicht länger warten konnte, und sie beide verließ?

Es war viel passiert seit dem ersten Freudenrausch, nachdem sie den Brief an Bellwether and Knobbs geschickt hatte. Daraufhin hatte sich eine rege Korrespondenz entwickelt, und Anfang Mai hatten die Anwälte genug Informationen gehabt, um Somerton mit einem formellen Schreiben darüber zu unterrichten, dass seine Ehefrau ein Scheidungsverfahren gegen ihn angestrengt habe, wegen seelischer Grausamkeit und wiederholten Ehebruchs.

Es war keine Antwort gekommen.

Briefe an Somertons Anwälte waren mit knappen Eingangsbestätigungen quittiert worden, datiert vom 10., 14. und 19. des Monats. Doch das war alles. Es war wie ein Ringen mit einem Geist.

Sie hatte ihre Anwälte angewiesen, mit den rechtlichen Formalitäten fortzufahren. Immerhin konnte es sein, dass Lord Somerton keinen Widerspruch einlegte. Vielleicht ging die ganze Sache problemlos über die Bühne, und sie war in drei Monaten frei.

Vielleicht hatte sein Schweigen aber auch Schlimmeres zu bedeuten.

Während sie zusah, hielt Philip sich lachend an Rolands Haaren fest und ritt glücklich und zufrieden auf den Schultern Seiner Lordschaft. Rolands kräftige, geschickte Hände hatten die Beine ihres Sohnes umfasst und hielten ihn sicher an seinem Platz. Er hob seinen maskierten Kopf und sagte lächelnd irgendetwas zu Philip, was den Jungen noch heftiger lachen ließ.

Bitte, lieber Gott, betete Lilibet, während sie das leere Tablett nach unten sacken ließ, *beschütze ihn. Beschütze sie beide. Somerton hat den Erben, den er haben wollte; lass ihn zufrieden sein, mach, dass er gnädig ist und uns Philip in Ruhe großziehen lässt.*

»Sie geben ein hübsches Paar ab, nicht wahr?«, sagte Abigail leise an ihrer Schulter und Lilibet fuhr überrascht herum.

»Ja … nein … ich …«

»Ich muss schon sagen, ich hätte nie gedacht, dass Penhallow sich für etwas anderes als Pferde und Frauen interessieren könnte«, fuhr Abigail fort und kreuzte die Arme, »aber ich freue mich, dass ich mich getäuscht habe.«

Lilibet ließ sich auf eine nahe Bank sinken und seufzte laut vor Erleichterung. »Das ist sehr nett von ihm. Philip ist genau in dem Alter, in dem Jungen gern mit Männern zusammen sind.«

»Hmm.« Abigail setzte sich neben sie. »Es ist ein schönes Fest, nicht? Morini hat das großartig gemacht, alles so zu arrangieren.«

»Ich hatte keine Ahnung, dass im Dorf so viele Leute wohnen. Schön, das alte Gemäuer mal so festlich zu sehen.« Lilibet streckte die Beine aus und ließ die Füße kreisen.

»Stimmt. So wirkt es überhaupt nicht, als wäre es verflucht, nicht?«

Lilibet versteifte sich. »Verflucht? Was in aller Welt soll das heißen?«

»Wusstest du das denn nicht? Oh, mein Gott. Ich dachte, ich hätte es jedem erzählt. Es ist eine sehr schöne Geschichte, mehrere Hundert Jahre alt, und sie handelt von einem bösen Engländer, der zufällig hier vorbeikam und die Tochter des Schlossherrn ins Unglück gestürzt hat.«

Lilibet fing an zu lachen. »Ach, Abigail, wirklich. Nächstes Mal wirst du mir erzählen, dass es sein Geist ist, der angeblich im Schloss herumspukt.«

»Nein, das werde ich nicht. Denn in Wahrheit ist es viel komplizierter.« Geistesabwesend zupfte Abigail an ihren Fingern. »Der alte Herr ist natürlich eines tragischen Todes gestorben, aber erst nachdem er das Schloss und seine Bewohner mit einem Fluch belegt hatte.«

»Womit?« Wieder lachte Lilibet, etwas hohler diesmal. Natürlich nicht, weil sie an Flüche glaubte. Oder an ähnlichen Unsinn. »Daher also die Zugluft in den Fluren? Dabei mag ich sie eigentlich. Sie steigert die Atmosphäre.«

»Das ist es ja. Mehr weiß ich nicht. Ich kriege es nicht

aus Morini heraus, obwohl ich es stundenlang probiert habe.« Abigail fasste quer über den Tisch nach einer übrig gebliebenen Süßigkeit und schob sie sich in den Mund. »Ich habe mit Engelszungen geredet. Denn das kann ja kein Zufall sein.«

»Was?«

Die Augenbrauen amüsiert erhoben wandte Abigail sich ihr zu. »Na, dass wir Engländer sind natürlich. Genau wie der Bösewicht in grauer Vorzeit.« Sie stand auf und musterte die Menschenmenge. Die Musikkapelle schickte sich an, nach einer kurzen Pause weiterzuspielen, und die Tänzer sammelten sich in der Mitte der Terrasse. Dann drehte Abigail sich wieder zu ihrer erstaunten Cousine um und zwinkerte ihr zu. »Schließlich würde *ich*, wenn ich als Geist des alten Signore hier festsäße, mir die ganze Zeit das Hirn zermartern, wie ich meine Rache bekomme.«

SIEBZEHN

Eine Geschichte von Piraten und Haremsdamen war wohl nicht gerade die beste Gutenachtgeschichte für einen kleinen Jungen, vermutete Roland, aber mit Sicherheit wesentlich interessanter als eine von einer Hasenfamilie, die in einem Salatbeet Tee trinkt.

Auch wenn natürlich einiges entsprechend gekürzt werden musste.

»Und was haben die Piraten mit den Haremsdamen gemacht, nachdem sie das Schiff des Sultans versenkt hatten?«, fragte Philip neugierig, die zerknitterte Bettdecke fest umklammert.

Entschlossen klappte Roland den Deckel des Buches zu. »Ich glaube, sie haben alle zusammen noch ein paar fröhliche Lieder gesungen und sind dann eingeschlafen«, sagte er. »Und das solltest du auch tun, ehe deine Mutter hochkommt, um nach dir zu sehen.«

Philip seufzte und legte sich wieder auf sein Kissen. »Ich weiß. Die Geschichte gefällt mir, Onkel Roland. Sie ist viel interessanter als die aus Mamas Büchern. Kannst du mir nicht jeden Abend vorlesen?«

»Nein, leider nicht, alter Junge. Es ist die Lieblingsbeschäftigung deiner Mutter, und sie würde schrecklich böse auf mich sein, wenn ich das übernähme. Ich vertrete sie nur, solange sie bei der Feier helfen muss.« Roland zog die Decken bis zu

Philips rundem Kinn hoch und steckte die Seiten unter die Matratze. »Ist es so richtig?«

»Ein bisschen eng«, erwiderte Philip gepresst.

»Oh, tut mir leid, mein Freund.« Roland lockerte das Bettzeug ein wenig. »Besser?«

Philip auf seinem weißen Leinenkissen nickte mit ernstem Gesicht. »Onkel Roland«, fragte er ziemlich leise, »hast du eigentlich Kinder?«

Roland stützte die Ellbogen auf die Knie und faltete die Hände auf dem Buch. »Nein. Leider nicht. Jedenfalls noch nicht.«

»Warum nicht?«

»Tja …« Eine Art Kloß steckte in seinem Hals. Ziemlich ungewöhnlich. Roland schluckte mehrmals, um das ungewohnte Gefühl loszuwerden. »Hab noch nicht das Glück gehabt, schätze ich.«

»Oh.« Philip schlug die Augen nieder. Es sah so aus, als studiere er das Muster der Überdecke, die im flackernden Schein der Kerze neben dem Bett dick und weich wirkte. »Möchtest du denn mal Kinder haben?«

»Weißt du«, sagte Roland, »darüber habe ich mir früher nie Gedanken gemacht. Aber jetzt glaube ich, dass ich welche möchte. Sogar sehr gern.«

Philips Kinn zitterte ein wenig. »Ich glaube … wenn wir für immer in Italien bleiben … könnte es sein … dass du das Baby in Mamas Bauch haben darfst. Wenn du willst.«

O mein Gott.

Roland zwinkerte, denn irgendetwas drückte von innen gegen seine Augen. »Das wäre wirklich sehr schön. Natürlich nur, wenn deine Mutter nichts dagegen hat.«

»Würdest du es dann ganz doll lieb haben?«

»Ja, das würde ich.«

»Ich denke … manchmal wünsche ich mir …« Eine dicke, fette Träne quoll aus Philips linkem Auge. »Dass *ich* das Baby wäre.«

Roland kam es so vor, als ob er fiele, als ob die Piraten aus der Geschichte ihn mit zusammengebundenen Armen und Beinen mitten im großen blauen Ozean von einer Planke gestoßen hätten. Für eine Situation wie diese gab es keine Regeln. Kein dämliches Handbuch, keine Gebote wie etwa: Du sollst deinem Nächsten nicht stehlen die Liebe seines Kindes. Oder: Ein Kind, das Liebe braucht, darfst du nicht von dir weisen.

Er musste sich auf seinen Instinkt verlassen.

Roland legte eine Hand auf Philips dunklen Schopf. »Hör mal«, sagte er. »Eigentlich bin ich recht froh, dass du *nicht* das Baby im Bauch deiner Mutter bist, denn ich mag dich genau so, wie du bist.«

Überrascht sah Philip ihm in die Augen. »Wirklich?«

»Schließlich kann man mit einem Baby nicht fischen gehen, oder? Das kann ja noch nicht mal eine Angel halten. Und wer sollte mich sonst mit all diesen klugen Fragen auf Trab halten, hm? Nein, Philip.« Roland beugte sich vor und küsste den Jungen auf die Stirn. »Ich liebe dich, als wärst du mein eigenes Kind, und das will einiges heißen. Jetzt schlaf schön, oder deine Mutter reißt mir den Kopf ab.«

Philip drehte sich zur Seite und gähnte. »Keine Angst. Ich würde sie aufhalten. Ich würde ihr sagen, dass es meine Schuld ist.«

Roland zerzauste ihm das Haar.»Das glaube ich dir. Ich glaube …«

Knarzend öffnete sich die Tür. »Signore?«

Roland stand langsam auf. »Was ist los, Francesca? Alles in Ordnung? Er ist gerade dabei einzuschlafen.« Mit leicht gerunzelter Stirn sah die junge Frau ihn an. In den vergangenen Monaten, in denen sie sich um Philip und die Damen gekümmert hatte, hatte sie recht viel Englisch gelernt, doch in Rolands Gegenwart neigte sie immer noch dazu, nervös zu werden und alles zu vergessen. »Ich passe auf jetzt. Ist das richtig?«

»Oh ja. Ganz richtig. Ich wollte gerade gehen.«

»Da ist ein Mann. Er wartet auf Sie, Signore. In ...« Mit einer Hand deutete sie nach unten.

»Der Halle?«, riet Roland.

Sein Herz schlug schneller. Ein Besucher? Für Ihn? Um diese Zeit? Kein gutes Zeichen.

»Ja, in der Halle, unten. Er ...« Wieder hielt Francesca frustriert inne.

Drängend fragte Roland: »Wann ist er eingetroffen? Wann ist er gekommen?«

»Eben. Vor fünf Minuten. Er sagt, sein Name iste Bee...« Francesca krauste die Stirn.

»Beadle.« Roland war erleichtert – also nicht Somerton –, aber gleich darauf auch besorgt. Was mochte den Agenten aus dem Büro in Florenz dazu bewogen haben, persönlich zu kommen, anstatt eine Nachricht zu schicken? Er schaute auf Philip hinunter, der ihn schläfrig blinzelnd ansah, zu müde, um noch neugierig nachzufragen. »Ich komme sofort. Gute Nacht, mein Junge.«

»Gute Nacht, Onkel Roland.«

Rasch schloss Roland die Tür hinter sich und lief die Treppe hinunter, das Piratenbuch noch in der Hand.

Beadle stand hinten in der großen Halle, in einem Erker mit umlaufender Steinbank, und beobachtete die Festivitäten im Hof. Er trug einen schlichten Anzug aus Wolle, dessen Jacke er auf den Sitz zu seiner Rechten gelegt hatte, mit einem runden Bowlerhut obenauf.

»Beadle!« Roland eilte auf ihn zu. »Was führt Sie denn hierher, alter Junge? Möchten Sie mit uns Mittsommer feiern?«

Beadle drehte sich so hastig um, dass seine Schuhe über die abgetretenen grauen Bodenfliesen schrammten. »Penhallow! Gott sei Dank. Ich bin geritten wie der Teufel.«

»Hoffentlich nicht, weil es schlechte Neuigkeiten gibt. Möchten Sie einen Schluck Wasser? Oder Wein? Etwas Stärkeres haben wir leider nicht.« Im Handumdrehen versetzte Roland Körper und Geist wieder in jenen gut vertrauten Zustand erhöhter Wachsamkeit, der ihn in den vergangenen sieben Jahren sicher durch zahllose Gefahren gebracht hatte. Egal welche Botschaft Beadle bewogen hatte, so spät an einem Juniabend noch im Castel Sant'Agata aufzutauchen, er würde damit fertigwerden.

»Nein, danke. Das Mädchen hat gerade erst etwas zu trinken gebracht.« Beadle deutete auf die Fensterbank, wo ein halb leeres Glas Wasser im Widerschein der Fackeln golden schimmerte. »Hören Sie, Penhallow, Sie müssen ehrlich zu mir sein. Ich habe ernste und ziemlich überraschende Neuigkeiten für Sie. Ist Lady Somerton in der Nähe?«

»Nein, sie ist draußen.« Gespannt kniff Roland die Augen zusammen. Bei seinen Ausflügen nach Florenz, die er alle vierzehn Tage unternahm, um Neues über die Lage zu Hause zu erfahren, hatte er Beadle mit den grundlegenden Fakten des Falles vertraut gemacht, einschließlich des Scheidungsverfahrens, das Lilibet gegen ihren Mann angestrengt hatte. Im Grunde wusste sein Kollege fast genauso viel wie er selbst, nur die intimeren Details hatte er ihm verschwiegen: dass er Lilibet liebte, dass sie ein Kind von ihm erwartete und dass er sie heiraten wollte, sobald die Scheidung erfolgt war. Wobei er die letzte Information mit einigem Zögern zurückgehalten hatte; denn das war zwar Lilibets Privatangelegenheit, hatte jedoch eine gewisse Bedeutung für Sir Edwards Zielperson.

Doch in diesem Fall hatte seine Loyalität gegenüber Lilibet gesiegt.

»Sie müssen sie sofort holen und von hier wegbringen.« Nervös nahm Beadle das Glas von der Fensterbank und trank einen großen Schluck. »Lord Somerton ist gestern in Florenz eingetroffen, mit dem Zug aus Mailand.«

»Großer Gott.« Roland verspürte einen Anflug von Panik und zwang sich zur Ruhe. »Woher wissen Sie das?«

»Ich habe die Behörden in Florenz gebeten, mich auf dem Laufenden zu halten.« Beadle setzte das Glas wieder ab und tupfte sich den Mund mit einem Taschentuch ab. »Rein vorsorglich natürlich. Ich hätte nicht gedacht, dass es so weit kommen würde.«

Roland schüttelte den Kopf. »Verdammter Mist. Weiß Sir Edward davon?«

»Ich habe ihm ein Telegramm geschickt. Sagen Sie mal, Penhallow, was ist hier eigentlich los, verdammt? Was will Somerton in Italien?« Beadle kreuzte die Arme und musterte Roland mit durchdringendem Blick. Er wirkte ein wenig behäbig, dieser Beadle, ganz zufrieden damit, seine letzten Jahre im eher beschaulichen Florenz zu verbringen, doch Roland hatte den Eindruck, dass er in seiner Glanzzeit ein Topagent gewesen war. Dieses schüttere Haar, das in langen, ordentlichen Strähnen über seinen Kopf gekämmt war, bedeckte einen klügeren Kopf, als es den Anschein hatte.

Roland schlug sich mit der Faust an die Stirn. »Zu Frau und Sohn, denke ich. Ich hoffe bei Gott, dass er nicht weiß, dass ich auch im Schloss wohne, denn dann wird er kein Erbarmen mit ihr haben.«

»Aber man hat mir zu verstehen gegeben … Sir Edward ist der Ansicht, dass der Mann irgendetwas gegen Sie im Schilde führt. Wieso eigentlich, Penhallow?«, fragte Beadle seidenweich.

Roland sah ihm direkt in die Augen. »Keine Ahnung. Sicher ist Ihnen bekannt, dass ich ein kurzes Techtelmechtel mit Lady Somerton hatte. Aber das war vor ihrer Ehe. Bis zum März dieses Jahres, als ich sie in Italien getroffen habe, hatte ich keinerlei Kontakt zu ihr. Ich kann Ihnen versichern« – sein Ton wurde eisig –, »dass ich strikte Vorsichtsmaßnahmen getroffen habe, um sicherzustellen, dass es zwischen uns nicht einmal zu einem höflichen Händeschütteln in einem Salon kommen konnte.«

»Warum zum Teufel versucht er dann, Sie zu erledigen?

»Ich weiß es nicht.« Als Roland die Hände hinterm Rücken zusammenlegen wollte, bemerkte er, dass er in der linken immer noch das Piratenbuch hielt, und ein heftiger Drang, Lilibet und Philip zu beschützen, überkam ihn. Er ging ein Stück durch die Halle. Im Halbdunkel ragten die Bögen am Ende wie kleine Berge empor. »Das ist ja das Verrückte daran.«

Eine kurze Pause trat ein. »Penhallow«, fuhr Beadle schließlich leise fort, »ich habe das Gefühl, dass ich Sie aus ermittlungstaktischen Gründen fragen muss, ob zwischen Ihnen und Lady Somerton irgendetwas Ungebührliches vorgeht.«

Roland unterdrückte eine ärgerliche Erwiderung. Schließlich hätte er an Beadles Stelle genau dasselbe wissen wollen. Ohne das Piratenbuch loszulassen, verschränkte er die Hände im Rücken. »Darauf kann ich nur eines antworten, Mr. Beadle«, erwiderte er relativ ruhig, den Blick auf die gegenüberliegende Wand gerichtet, »nämlich dass es an meiner Beziehung zu Ihrer Ladyschaft absolut nichts *Ungebührliches* gibt. Ganz im Gegenteil.«

»Verstehe.« Beadle sah ihn sehr verständnisvoll und vielleicht sogar ein wenig mitleidig an.

Roland schloss die Augen. »Die Frage lautet vielmehr, wie hat dieser Mann von Lady Somertons Aufenthaltsort erfahren? Oder meinem, wenn er hinter mir her sein sollte? Herrgott noch mal. Wenn ich wüsste, was er vorhat ... Hat Sir Edward seit unserem letzten Treffen irgendetwas Neues herausgefunden?«

»Nein. Der Kerl hat seine Spuren gut verwischt. Wir haben nur diesen Hinweis auf seine Mitwirkung bei Johnsons Flucht nach Argentinien im vergangenen Winter, und den auch nur aus zweiter Hand. Das Büro der Marine behauptet, niemals mit ihm zusammengearbeitet zu haben. Hat sich über die Vorstellung sogar lustig gemacht.«

»Das hat doch nichts zu bedeuten.« Roland machte kehrt und ging wieder in Beadles Richtung. »Wenn er seine Beteiligung geheim halten will, werden die Jungs von der Navy garantiert nichts sagen. Die sind absolut loyal.«

Beadle zuckte die Achseln. »Dann habe ich keinen blassen Schimmer.« Er zog seine Uhr aus der Tasche und beäugte sie in dem schwachen Licht, das durch das Fenster fiel. »Tja, ich sollte jetzt gehen, wenn ich im Morgengrauen wieder in Florenz sein will. Wie ich schon gesagt habe, ich würde Ihnen raten, Ihre Ladyschaft von hier wegzubringen. Weit weg. Aber lassen Sie uns wissen, wohin Sie gegangen sind, ja? Dann kann ich den Kollegen vor Ort benachrichtigen, falls ich Sie warnen muss.«

»Ja. Gut. Und vielen Dank, dass Sie den weiten Weg gemacht haben, Beadle. Ich weiß das zu schätzen.« Roland schüttelte seine Hand. »Wenn ich etwas für Sie tun kann, geben Sie mir Bescheid. Falls Sie Ihr Pferd gegen ein frischeres tauschen möchten, der Stall steht zu Ihrer Verfügung.«

»Das ist sehr freundlich von Ihnen.« Beadle nahm Jacke und Hut und schickte sich an zu gehen. »Ach, da wäre noch etwas, worauf ich mir keinen Reim machen kann. Somerton hat ein Telegramm geschickt, aus dem Hotel, kurz nach seiner Ankunft. Hab's noch nicht geschafft, den Inhalt zu erfahren, aber ich weiß, wer der Empfänger ist.«

»Und?«

Beadle setzte den Hut auf den Kopf und gab ihm einen beruhigenden Klaps. »Ihr Großvater, Penhallow. Der Duke of Olympia.«

Eine Hand, die sich auf ihre Schulter legte, schreckte Lilibet aus ihren Träumen. Als sie aufschaute, blickte sie in Signorina Morinis Gesicht, das vom flackernden Schein der nahen Fackeln beleuchtet wurde.

»Der Signore hat vorgelesen. Francesca ist bei dem Jungen«, sagte sie und drückte sanft Lilibets Schulter. »Nun Sie gehen ihn suchen, ja?«

Lilibet lächelte und sah sich nach der Menge der Tanzenden um, die sich mit flatternden Federmasken lachend im Takt der Musik wiegten. Soeben führte Abigail eine widerstrebende Alexandra auf die Tanzfläche, deren kastanienbraunes Haar im

Licht der Fackeln glänzte. »Warum denn, Signorina? Er wird erschöpft sein.«

»Oh nein. Bestimmt nicht. Vielleicht er möchte machen Liebe, eh?« Die Morini setzte sich neben Lilibet an den Tisch und stellte ein Tablett vor ihr ab. Darauf standen zwei kleine Gläser, halb gefüllt mit einer durchsichtigen Flüssigkeit. »Ich glaube, er sucht Sie. Er möchte Sie finden und mit Ihnen tanzen.«

»Ich bin viel zu müde, um zu tanzen, meine Liebe«, erwiderte Lilibet. »Ich habe den ganzen Abend Essen serviert. Meine Füße tun weh; ich will nur noch ins Bett.«

Die Morini deutete auf das Glas vor Lilibet. »Ich bringe etwas. Ist eine Tradition in der Mittsommernacht. Ist so wie ein Limoncello, eine besondere Mischung.«

»Oh, das muss ich leider ablehnen. Von Wein und Likör wird mir im Moment übel.«

»Ist kein Likör. Nicht schlecht für das Baby.« Die Morini nahm ein Glas und hielt es Lilibet hin. Der Inhalt sah kühl und verlockend aus. »Das ist Sitte so. Es bringt Glück. Sie trinken das, und im nächsten Jahr Sie werden sehr glücklich sein. Sehr verliebt.«

»Ich bin schon verliebt genug, danke«, sagte Lilibet. Doch ihre Finger griffen wie von einer unsichtbaren Macht gesteuert nach dem Glas. Sie schaute wieder zu den Tanzenden auf dem Hof hinüber, um Abigail und Alexandra zu entdecken, aber die waren, angefeuert vom gleichmäßigen *Umpta-Umpta* der unermüdlichen Musikkapelle, in der Menge verschwunden.

»Sie werden es mögen. Es tut dem Magen nicht weh. Und dem Baby auch nicht.« Die Morini stieß leicht gegen den Fuß des Glases. »Probieren Sie.«

Lilibet richtete den Blick wieder auf das Getränk in ihrer Hand und zuckte mit den Achseln. »Na gut«, sagte sie dann und nahm einen kleinen Schluck. Die Flüssigkeit, die durch ihre Kehle rann, schmeckte köstlich, kalt und heiß zugleich, und der Zitronenduft stieg ihr gleich zu Kopf. »Oh, das ist lecker!«

»Sehen Sie. Sehr schön. Das bringt Glück.«

Lilibet hob das Glas und leerte es. Sofort fühlte sie sich gestärkt, wie von einer großen Kraft erfüllt. »Wunderbar. Das Getränk und auch das mit dem Glück. Es geht mir schon viel besser.«

»Ah, es klappt. Das freut mich, Signora. Vielleicht ich gebe das andere Glas Ihrem Signor Penhallow?« Die Morini stand auf und nahm das Tablett.

»Ja, ich glaube, das sollten Sie tun. Das würde ihm sehr gefallen.« Alles um Lilibet herum begann, sich in einem fröhlichen Reigen zu drehen. Sie stand ebenfalls auf und beobachtete lächelnd die Tänzer, die netten, freundlichen Dorfbewohner, die Musiker und ihre Cousinen. Wie gern sie all diese Menschen hatte.

»Möchten Sie etwas spazieren gehen, Signora? Gehen Sie zum See. Ich schicke Ihnen Signor Penhallow, ja?«

»Oh, würden Sie das tun, Signorina Morini?« Lilibet küsste die Haushälterin auf die Wange. »Wie nett von Ihnen. Das wäre einfach … herrlich.«

Entschlossen ging Roland auf den Hof hinaus, den Kopf voller Pläne und Möglichkeiten. Wenn sie sofort aufbrachen, konnten sie bei Tagesanbruch schon in Siena sein. Von dort nach Rom oder vielleicht auch nach Neapel weiterreisen und in den geschäftigen Großstadtstraßen untertauchen. Oder sollten sie besser in die andere Richtung verschwinden? Nach Venedig oder sogar übers Meer nach Griechenland. Auf eine Insel, Kreta, Rhodos oder Korfu. Die natürlich groß genug sein musste, damit es einen guten Doktor für Lilibet gab. Herrgott, das Baby. Was, wenn irgendetwas schiefging? Konnte er den italienischen Krankenhäusern trauen?

»Signore?« Eine Hand berührte ihn am Arm.

Eilig fuhr Roland herum und entdeckte eins der Hausmädchen. Nicht Francesca, das andere. Maria? Das Haar war mit einem roten Band zusammengebunden, und eine schlichte Federmaske bedeckte die obere Hälfte des Gesichts. »Ja? Was ist?«, fragte er etwas brüsker als beabsichtigt.

Das Mädchen wich einen kleinen Schritt zurück. »Sie suchen Signora Somerton?«, fragte es schüchtern.

»Ja. Genau! Hast du sie gesehen?«

»Signorina Morini … sie sagt … die Signora ist am See. Und wartet auf Sie.«

»Am See?« Roland schüttelte den Kopf und warf einen schnellen Blick in die Dunkelheit, wo die Terrassen eine nach der anderen zum Seeufer hin abfielen. »Verdammt, warum?«

»Sie wartet am See, sagt Signorina Morini. Und ich soll Ihnen geben das hier.« Sie hielt ihm ein kleines Tablett hin, auf dem ein Glas stand. »Ist eine Tradition.«

»Herrgott noch mal.« Ohne nachzudenken, packte Roland das Glas und kippte den Trank hinunter. Er brannte angenehm in Hals und Bauch und schmeckte nach Zitrone und irgendeinem fremdartigen Kraut, dessen Aroma er nicht richtig zuordnen konnte. »Ich muss schon sagen«, murmelte er und hielt das Glas in den Fackelschein, »das schmeckt wirklich gut.«

Maria zuckte mit den Achseln. »Ist eine Tradition. Sie gehen zum See, sagt Signorina Morini. Ist … äh … sehr …«

»Wichtig?«

Das Mädchen nickte heftig. »Ja, sehr wichtig!«

»Also gut.« Lächelnd stellte Roland das Glas auf das Tablett zurück. Die gute Stimmung schien auf ihn abzufärben. Der Drang, Lilibet zu finden, war immer noch da, doch seine Angst und seine Sorgen waren wie weggeblasen. Alles würde gut werden. Sie schafften das schon. »Dann mache ich mich wohl besser auf den Weg, nicht wahr?«

Der Mond stand hoch und hell über ihm und beleuchtete die Wiesen und Weinrebenreihen, aus denen büschelweise winzige neue Trauben sprossen; die vielen Bäume im Pfirsichgarten, die voller Blätter und reifender Früchte waren; die Kornhalme, die ihm bereits bis zum Knie reichten. All das war ihm ans Herz gewachsen bei den Spaziergängen und Ausritten, die er jeden Tag mit Philip unternahm, und bei seinen einsamen Wanderungen, dem Schwimmen, Angeln und Sinnieren. Pfeifend spazierte er den Berg hinunter und genoss das schöne Gefühl der Zufriedenheit und der Vorfreude auf das, was ihn erwartete.

Vielleicht konnte er Lilibet vor der Abreise sogar noch zu einem Kuss überreden.

Diese gemeinsame Reise würde wunderschön werden. Wie Flitterwochen. Denn dann konnte sie sich nicht mehr an die Anstandsregeln klammern, nicht wenn Somerton hinter ihnen her war. Philip würden sie natürlich mitnehmen und ihm die Sache irgendwie erklären. Sobald seine kleine Familie sicher versteckt war, in irgendeiner idyllischen Hafenstadt am Mittelmeer, weit weg von der Tyrannei der Londoner Gesellschaft, würde er losgehen und Somerton suchen, um dieses seltsame Spiel zu beenden, wenn es sein musste auch mit Gewalt. Er würde alles tun, was nötig war, um sicherzustellen, dass Lilibet und ihr Sohn nie wieder etwas vom Earl of Somerton zu befürchten hatten.

Selbstverständlich würde er sie heiraten, sobald die Scheidung genehmigt war, doch diese Zeremonie würde nur ein juristischer Akt sein. Moralisch betrachtet gehörte sie bereits zu ihm und hatte berechtigten Anspruch auf all die Liebe, Unterstützung und Sicherheit, die er ihr geben konnte.

Ja, sie würden es schaffen.

Roland erreichte die Olivenbäume, die diesen Teil des Seeufers säumten. Die kleinen Blätter glänzten silbriggrün im Mondschein. Zwischen den Ästen konnte er einen Blick auf den See erhaschen, dessen ruhiges Wasser das Mondlicht spiegelte. Die kleinen Wellen brachen sich an einem dunklen Schatten: den Felsblöcken. »Lilibet!« rief er.

»Hier bin ich!«, antwortete sie irgendwo weiter vorn. Er spähte in die Dunkelheit.

»Wo?«

»Auf den Felsen! Es ist wunderschön hier, ganz warm. Ich möchte schwimmen gehen.«

Schwimmen?

Als Roland aus dem Olivenhain heraustrat, verschlug es ihm den Atem.

Lilibet stand oben auf den Felsen, wie im April, als er Philip zu ihr zurückgebracht hatte. Nur dass sie dieses Mal nackt war, oder doch beinahe, denn soeben stieg sie aus ihrem Unterkleid. Das Mondlicht tauchte ihren Körper in einen Silberschein, vergoldete die Spitzen ihrer schweren runden Brüste und betonte die perfekte kleine Rundung ihres Bauches und den Schwung ihrer Hüften. Ein schlankes Bein auf der Felskante, warf sie ihm einen Blick über die Schulter zu. »Da bist du ja! Ist das nicht herrlich?«

»Ja, einfach herrlich«, flüsterte Roland, der wie angewurzelt auf den Kieseln am Ufer stand.

Lächelnd wandte Lilibet sich wieder dem See zu und sprang vom Felsen.

Das Wasser fühlte sich kühl und seidig an. Sie stieß sich mit den Füßen am Grund ab und tauchte wieder auf. Dann machte sie genüsslich einige Züge und drehte sich wieder zu dem Felsen um.

Roland kletterte gerade hinauf. »Komm rein!«, rief Lilibet. »Es ist köstlich! Viel wärmer als letzten Monat.«

»Du warst schwimmen?«

»Natürlich. Jeden Tag, wenn du Philip unterrichtet hast.« Sie strampelte mit den Beinen, erfreute sich an ihrer Kraft und legte sich auf den Rücken. Am Himmel glitzerten freundlich und distanziert die Sterne, Abermillionen von ihnen. Obwohl die Luft warm war, zogen ihre Brustwarzen sich zusammen, als sie aus dem Wasser ragten.

»Großer Gott«, fluchte Roland leise am Ufer. Lilibet sah zu ihm hinüber. Er riss sich gerade das Hemd vom Leib, seine muskulöse Brust glänzte im Mondschein. Er war so schön, so perfekt gebaut, als ob jedes Detail an ihm von einem liebevollen Bildhauer geschaffen worden wäre. Nun fasste er an den Bund seiner Hose, und Lilibet sah verträumt zu, wie er sie abstreifte, dann die Unterhose zu Boden fallen ließ und mit dem Fuß beiseitestieß. Ehe er in einem eleganten Bogen vom Felsen sprang und fast ohne Spritzer die Wasseroberfläche durchbrach, erhaschte sie auch einen kurzen Blick auf seine Beine und sein erregtes Glied.

Sie schloss die Augen und wartete lächelnd darauf, dass er neben ihr auftauchte. Eine unsichtbare Uhr zählte die Sekunden.

Kaum hatte sie die Augen wieder aufgeschlagen, kam eine warme Hand aus dem Wasser und legte sich von hinten auf ihre Brust. *Oh!*, rief sie und *Ah!*, als die Hand sie an seine harte Brust zog.

»Wassernymphe«, raunte er ihr ins Ohr. »Ich hatte keine Ahnung, dass du schwimmen kannst.«

Lilibet drehte sich um, legte die Arme um seinen Hals und schlang die Beine um seine, während sie gemeinsam Wasser traten und ihre Brustspitzen ihn ganz leicht berührten. »Es gibt so einiges, was du nicht über mich weißt, mein Lieber.«

»Dabei wüsste ich so gerne alles von dir.« Dann küsste er sie, drückte seinen warmen, weichen Mund auf ihren, und der Zitronengeschmack auf ihren Lippen vermischte sich. Als er unter Wasser vorsichtig eine Hand auf ihre Taille legte, begann nicht nur ihre Haut, sondern ihr ganzer Körper zu kribbeln.

»Roland. Ich denke … ich glaube …«, flüsterte sie an seinen Lippen.

»Was?« Er hauchte kleine Küsse auf ihre Wange, ihr Ohr.

»Ich glaube … ich möchte nicht mehr länger warten. Es könnte Jahre dauern, und vielleicht klappt es nie, und ich will dich … ich will dich so sehr …«

»Aber wir können nicht«, erwiderte Roland, die heißen, lockenden Lippen an ihrem Ohr. »Nicht heute. Nicht diese Nacht. Ich bin gekommen, um dich zu holen. Wir müssen sofort von hier weg.«

»Was?« Aus irgendeinem Grund schien die Nachricht sie nicht zu stören. »Warum?«

»Dein verwünschter Ehemann«, sagte er, während er sie auf

dem Rücken schwimmend unerbittlich gen Ufer zog, »ist in diesem Moment im schönen Florenz.«

»Oh.« Willig ließ Lilibet sich forttragen. Er war so warm und stark. Sie küsste ihn auf den Hals. »Wie schade. Können wir nicht einfach hierbleiben und ihn vertreiben, falls er herkommt?«

»Nichts wäre mir lieber, wenn es nur um mich ginge, Liebling. Aber ich kann nicht riskieren, dass er dir etwas antut, in deinem Zustand. Oder, Gott behüte, vielleicht Philip.« Er küsste sie federleicht auf Wange und Schläfe. Sie lag auf ihm, während sie durchs Wasser glitten, ihr Busen an seiner Brust, ihre Hüfte an seiner, und er begehrte sie. Trotz des kühlen Wassers um sie herum konnte sie seine pralle Erektion zwischen den Beinen spüren.

»Das ist sehr galant.«

»Eigentlich eher feige«, sagte er sanft. »Ich sollte hierbleiben und ihn verjagen. Ihn erledigen, ein für alle Mal. Aber er ist Philips Vater, und es wäre ein schlechter Anfang, wenn ich seinen alten Herrn einfach umbrächte. Nicht dass er es nicht verdient hätte.«

Für Lilibet schien die Welt stillzustehen. »Womit willst du denn anfangen?«, fragte sie leise.

»Damit, Philips Stiefvater zu sein. Ihn zusammen mit dir großzuziehen, wenn Gott mir diese Gunst gewährt.«

Die Worte trafen Lilibet mitten ins Herz. Sie zog Roland am Nacken, sodass er sich mit ihr aufrichten musste. Ihre Zehen streiften knapp über den Grund des Sees. »Liebe mich, Roland. Wir müssen doch nicht so überstürzt aufbrechen. Was können ein oder zwei Stunden schon ausmachen?«

»Schsch.« Roland strich ihr das nasse Haar aus dem Gesicht. Seine Augen, die im Mondlicht gerade noch zu sehen waren, betrachteten sie mit stiller Freude. »Wie du deutlich sehen kannst, würde ich nichts lieber tun, Schatz. Hab ja an kaum etwas anderes gedacht in den vergangenen Monaten. Aber du hattest ganz recht damit, dass wir warten sollten. Wenigstens bis du in Sicherheit bist, bis ich dich irgendwo hingebracht habe, wo Somerton uns nicht finden kann.«

»Nein.« Morinis zitroniger Trank war ihr ins Blut gegangen und verlieh ihr Selbstvertrauen und Entschlossenheit; sie war vollkommen sicher, dass dieser Mann nur für sie gemacht worden war – und sie für ihn. Sie nahm sein Gesicht in beide Hände und sah ihm in die Augen. »Mach mich zu deiner Frau, Roland. Bevor wir etwas anderes tun. Ehe wir zum Schloss zurückkehren oder aus dem See heraussteigen.«

Roland lachte leise. »Tja, genau genommen, Liebste, habe ich das längst getan.« Er legte eine Hand auf ihren runden Bauch.

»Du weißt, was ich meine, Roland. Das war … das war Leidenschaft, Lust. Eine Erinnerung an alte Zeiten. An das, was uns verbunden hat, als wir noch jung und dumm waren. Das« – sie küsste ihn tief und innig – »das hier ist die Zukunft. Unsere Zukunft. Das, was uns heute verbindet, etwas, das tausendmal stärker und beständiger ist.«

»Ach, Lilibet«, murmelte Roland. Dann legte er seine Hände auf ihre Brüste und strich mit den Daumen über ihre harten Nippel.

»Bitte, Roland. Tu es. Was kann eine kurze Verzögerung schon ausmachen?«

»Alles womöglich.« Dennoch küsste er sie wieder, streichelte ihre Zunge, rollte ihre Nippel sanft zwischen Daumen und Zeigefinger und erregte sie noch mehr.

»Das ist doch Unsinn. Er ist in Florenz. Also meilenweit

entfernt, selbst wenn er wüsste, wo wir zu finden sind.« Lilibet zog die schwebenden Beine an und schlang sie um seine Hüften.

»Ich nehme an«, sagte Roland zwischen zwei Küssen, »dass wir auch im Morgengrauen aufbrechen könnten. Aber auf keinen Fall später, Lilibet.«

»Jaja«, sagte sie. »Und jetzt nimm mich. Bitte.«

Er schmunzelte an ihrer Haut. »Nein, meine eifrige Lilibet. Nicht hier, meine Liebste.«

»Was soll das heißen?«

»Tja, weißt du, ich habe mir geschworen, dass ich, falls ich jemals wieder das Glück haben sollte, dich sozusagen im Bett zu haben ...«

»Betten sind für langweilige verheiratete Paare.«

»Ganz recht. Ställe und Seen sind viel geeigneter.« Er fuhr fort mit der ausgesucht langsamen, druckgenauen Massage ihrer Brüste, und Lilibet legte verzückt den Kopf in den Nacken. »Aber wie ich schon sagte, ich habe mir geschworen, dass ich es beim nächsten Mal richtig mache. Kein hastiges Kopulieren, kein schnelles Ende. Ich möchte dich flachlegen – wiederum bildlich gesprochen –, wie du es verdient hast.«

»Und was habe ich verdient?« Lilibet konnte kaum denken oder sprechen. Ihr Oberkörper trieb im Wasser, ihre einzigen Fixpunkte waren seine Taille zwischen ihren Beinen und seine Hände auf ihren Brüsten, und die Sterne am silbrig schwarzen Himmel zwinkerten ihr freundlich zu. Sie fühlte sich wie in einer anderen Welt.

Als Roland die Finger auf ihrer rechten Brust durch seinen Mund ersetzte, durchfuhr es sie glühend heiß. »Pures Vergnügen«, sagte er an ihrer Haut. »So viel Vergnügen, wie ich meiner wunderbaren Lilibet nur verschaffen kann. Ich will dir zeigen, wie ein Mann eine Frau liebt, die sein Ein und Alles ist. Und ich möchte, dass du danach nie wieder daran zweifelst, zu wem du wirklich gehörst.«

»Aber ich habe keinen Zweifel. Jetzt nicht mehr.«

Rolands Mund legte sich fester um ihren Nippel und saugte heftig daran. Lilibet hielt die Luft an vor Staunen über die Schnelligkeit, mit der seine Leidenschaft auf sie übersprang. Seine Hände wanderten nach hinten, legten sich um ihre Schultern und hielten sie so, dass er sie besser liebkosen konnte. »O Gott, du bist so wunderschön«, sagte er undeutlich, während er sich zu ihrer anderen Brust vorküsste. »So süß und weich überall. In meinen Träumen tue ich das immer. Mich stundenlang an dir weiden.«

Lilibet schob die Hände in sein Haar, ließ sie durch die nassen Strähnen abwärts gleiten und der Linie seiner breiten Schultern, der Wölbung des Schlüsselbeins und den harten, breiten Brustmuskeln folgen. Sie konnte kaum glauben, dass sie das tat, dass Roland vor ihr stand und sie ihn nach Herzenslust berühren, seine Haut unter den Fingern spüren und die leichte, flaumzarte Körperbehaarung im Mondlicht schimmern sehen konnte. Die Knochen zwischen ihren Beinen fühlten sich stark und robust an, und sein dickes, hartes, unerträglich verlockendes Glied passte sehr schön zwischen ihre Pobacken. Sie wollte, dass er sie nahm, dass er ein Teil von ihr wurde, und zwar mit einer solchen Dringlichkeit, dass ihr schauderte.

Sie zog sich hoch und küsste ihn auf die Lippen. »Roland, ich bin so weit«, flüsterte sie. »Und du auch. Also bitte. Ich halte das nicht mehr aus.«

Roland schüttelte den Kopf und lächelte bedächtig. »Oh doch, Liebling. Und du wirst sogar noch viel mehr aushalten müssen. Ich habe dir längst noch nicht alles gezeigt.« Seine Hände wanderten an ihr herab und legten sich mit gespreizten Fingern so auf ihre Hüften, dass sie ihre Oberschenkel umfassten. Ohne auch nur ein einziges Mal den Mund von ihrem zu lösen und das zärtliche, aber gnadenlose Spiel seiner Zunge zu unterbrechen, befreite er sich aus der Umklammerung ihrer Beine und schob sie ein kleines Stück von sich weg.

Von überallher stürmten Gefühle auf sie ein: dieser Kuss; der Brustkorb, der sich an ihren überempfindlichen Brüsten rieb; die festen, runden Hinterbacken unter ihren verschränkten Füßen; die Finger, die die Innenseite ihrer Oberschenkel streichelten und der Stelle, an der sie sich trafen, immer näher kamen. Eine Hand legte sich unter ihr Kreuz und hielt sie, während die andere tiefer vordrang und das Wasser um ihre Lenden zum Strudeln brachte. Sie hielt den Atem an und wartete sehnsüchtig.

Als sein Daumen endlich ihre Locken berührte, stieß sie erleichtert die Luft aus.

Rolands leises Lachen wärmte ihren Hals. »Das hat dir gefallen, ja?«

»Ja«, sagte Lilibet. »Oh ja.«

Wieder berührte sein Daumen sie, so zart und behutsam, dass sie glaubte, sie würde wahnsinnig werden. Ganz versessen auf mehr drückte sie sich an ihn. Dann begann er, sich ganz vorsichtig vorzutasten, sich zwischen ihre Venuslippen zu schieben, sie zu teilen und so langsam über das feuchte Innere zu fahren, dass sie den Kopf zurückwarf und aufschrie. »Still«, sagte er und küsste sie auf den Hals. »Hab Geduld, Liebling. Lass es einfach geschehen.«

Aber wie konnte sie Geduld haben, wenn sein Daumen so

furchtbar langsam war? Wie konnte sie still sein und warten, nachdem er endlich die verborgene Quelle der Lust gefunden hatte und anfing, sie zu umkreisen, als hätte er alle Zeit der Welt, als würde sie nicht gleich aus der Haut fahren? Wie konnte sie nicht einfach platzen, während er Druck und Tempo erhöhte und dann immer wieder verlangsamte, weil er jedes Mal spürte, wenn sie sich der nächsten Schwelle näherte, jede Regung ihres Körpers genau registrierte?

»Bitte«, flehte sie keuchend und rieb die Wange an seinem wirren nassen Haar. »Bitte, Roland.«

Da nahm er den Daumen weg, und es war, als wäre die Sonne hinter den Bergen untergegangen. Lilibet gab einen enttäuschten leisen Schrei von sich und öffnete die Augen. Lächelnd sah Roland auf sie herunter, steckte den Daumen in den Mund und kostete.

»Roland«, sagte sie, »ich sterbe gleich, tu es, *sofort …*«

»Vertrau mir.«

Seine Hände wanderten über ihren Po und die Oberschenkel zu ihren Knien. »Schwimm für mich«, sagte er, während er sich ihre Beine eins nach dem anderen über die Schultern legte und ihren Oberkörper den sanften Wellen des Wassers überließ. Lilibet erschauerte, als sie den Kontakt verlor und gespannt darauf wartete, was er wohl als Nächstes vorhatte. Ihre Arme schaukelten im Wasser und hielten sie an der Oberfläche. Nun würde er sie nehmen, endlich in sie eindringen, sie …

Mit einem erschrockenen *O Gott!* bäumte sie sich auf, als sie seinen Mund zwischen den Beinen spürte, doch seine Lippen waren so heiß und lüstern, dass sie sofort dahinschmolz und sich öffnete. Roland stützte sie, während seine samtene Zunge mit ihr spielte. Kühle Wellen brachen sich an ihr und vermischten sich mit seinem heißen Atem, ließen sie keuchen und stöhnen und beben, vor lauter Lust schier vergehen. Rhythmisch und gnadenlos liebkoste seine Zunge die entblößte Knospe, und sie konnte nicht aufhören, seinen Namen zu flüstern, konnte die Wogen der Erlösung nicht mehr aufhalten. Sie rollten über sie hinweg und ließen sie erbeben, bis das Einzige, was sie noch über Wasser hielt, Rolands Hände und Arme waren, und die unnachgiebigen Schultern unter ihren Beinen.

Der Anblick hätte ihn fast umgebracht.

Sie kam und kam, an seiner Zunge, ein ums andere Mal. Berauscht von ihrem betörenden Duft hörte er sie seinen Namen in die Nacht hinausschreien. Vor sich sah er die sanfte Rundung ihres wachsenden Bauches, dahinter ihre vollen Brüste, und unter Wasser strich ihr langes, nasses Haar an der Hand entlang, mit der er sie hielt. Hilflos vor Erleichterung lag sie auf dem Wasser und überließ alles andere ihm.

Roland stand ganz still, die Knie angewinkelt, die Füße fest auf dem Boden des Sees, und ließ ihr Zeit, vom Gipfel herunterzukommen. Er stützte sie mit den Händen, hielt ihren Kopf über Wasser und ihren süßen Kelch genau auf der Wasserlinie, sodass die Nachbeben ihres Orgasmus im Wellenbad verklingen konnten; ignorierte das dringende körperliche Verlangen, die wunderbare Frau, die vor ihm lag, zu nehmen. Dies war ihre Hochzeitsnacht, ihr wahres Zusammenkommen, und er wollte, dass alles perfekt für sie war.

Schließlich begann Lilibet, sich wieder zu regen, die Arme im Wasser auf und ab zu bewegen. Dann streckte sie sie nach ihm aus, und er half ihr, sich aufzurichten. Rasch zog er sie an sich, ehe ihr kalt werden konnte, und sie legte den Kopf an seinen Hals. »Ich habe nicht vor, dich zu fragen, wo du das gelernt hast.«

Er küsste sie aufs Haar und strich ihr die tropfnassen Strähnen aus dem Gesicht. »In meinen Träumen, meine Süße. Denn du hast mir mehr einsame Stunden in meinem Bett beschert, als ich zählen möchte. Ich schätze, mittlerweile habe ich mir jede mögliche Vorgehensweise ausgemalt.«

Lilibet kicherte leise. »Sehr schön gesagt, mein Lieber.«

Roland legte die Hände an ihre Wangen und zwang sie, ihm in die Augen zu sehen. »Glaubst du mir etwa nicht?«

»Das spielt doch keine Rolle mehr, oder? Von nun an gehörst du mir. *Das* glaube ich.« Dann fing sie an, aufreizend die Hüften zu bewegen, und diesmal konnte Roland nicht mehr widerstehen. Trotz des kühlen Wassers ringsum war sein Glied hart und dick vor Verlangen, und als sie ihn derart reizte, brachen die letzten noch verbliebenen Reste seiner Selbstbeherrschung in sich zusammen.

Er küsste sie lang und leidenschaftlich, ließ die Hände an ihrem Po hinuntergleiten, hob seine federleichte Wassernymphe hoch und brachte sie direkt über seinem prallen Penis in Stellung. Mit einem leisen Stöhnen löste er den Mund von ihrem und sah sie an. Ihre Lippen waren geöffnet, ihre Augen halb geschlossen, ihr Atem ging leise und keuchend, und ihr Verlangen trieb sie ihm zu.

»Bist du sicher?«, brachte er noch heraus. »Ich kann nicht … Lilibet, das ist endgültig. Dann können wir nicht mehr zurück …«

Da fasste sie ihn um die Taille und zog ihn an sich. »Ja. Ja! Um Himmels *willen*, bloß nicht aufhören!«

Langsam schob er sich in sie hinein. Ihr feuchtes Inneres umfing ihn wie eine Faust, heiß und eng nach dem kühlen, sanften Wasser. Seine Arme begannen zu zittern, seine Finger gruben sich in ihre Haut. »Lilibet«, stöhnte er, und mit einem letzten Stoß war er ganz in ihr vergraben, auf die intimste Weise mit ihr verbunden, der Pulsschlag an seinem Hals so stark, dass sie ihn spüren musste.

Sie schlang die Beine um ihn, um sich zu verankern, fuhr mit den Händen über seine Brust, sein Gesicht, in sein Haar und massierte seinen Schädel. Dann lachte sie laut. »O Gott, Roland. Das passiert wirklich. Wir sind *zusammen.*« Dann legte sie den Kopf ganz weit nach hinten, tauchte das Haar ins Wasser und bot ihm ihre Brüste dar. Folgsam senkte Roland den Kopf, saugte nacheinander an den dunklen Spitzen und ließ die Hüften kreisen, bis sie stöhnte und bebte und sich noch enger an ihn drängte.

Erst dann hob er den Kopf und begann, heftig zuzustoßen, unfähig, sich noch länger zurückzuhalten. Sie reagierte sofort, stimmte sich auf ihn ein, kam seinen Stößen willig entgegen. Das Wasser um sie herum rauschte und wogte, sorgte für Widerstand, Reibung und Auftrieb, sodass er sie bei jedem Stoß fest an sich ziehen musste. Er hatte zu lange gewartet, war viel zu angespannt. Der nahende Orgasmus begann, seine eiserne Selbstkontrolle zu durchbrechen. Schnell nahm er eine Hand von ihrer Hüfte, legte seinen breiten Daumen auf die kleine Knospe gleich über ihren vereinten Körpern und umkreiste sie.

Lilibet bäumte sich auf, stieß einen heiseren Schrei aus und presste sich an ihn, kämpfte gegen das Wasser, um den Rhythmus zu beschleunigen, drückte die Fersen fest in seinen Rücken und begegnete seinen Stößen mit solcher Hingabe und Leidenschaft, dass er beinah vor Stolz geplatzt wäre. Er kniff die Augen zusammen, konzentrierte sich, stimmte Daumen und Glied genau so ab, dass er ihr größtmögliche Lust bereitete, und schon kam sie zum Höhepunkt. Noch während sie zitternd auf ihm zusammenbrach, zogen seine Hoden sich in zwei schnellen Stößen zusammen, und sein erlöster Schrei schallte über das Wasser und hallte von den Felsen wider.

ACHTZEHN

Miteinander verbunden wiegten sie sich im Wasser, zu glücklich, um sich zu rühren.

»Bin ich zu schwer?«, fragte Lilibet schließlich leise an Rolands Hals, und er schüttelte den Kopf.

»Nein, du bist perfekt.« Er küsste sie auf das Haar und die Schläfe. »Einfach perfekt, Liebling.« Seine Stimme war sanft, aber heiser.

Lilibet hob den Kopf und lachte. »Nein, bin ich nicht. Deine Beine zittern.«

»Das ist nur die Leidenschaft, Schatz. Ich bin stark wie ein Ochse.« Er klang ein klein wenig beleidigt.

»Ja, aber du hast ein lebloses Gewicht an dir hängen.« Vorsichtig machte sie sich von ihm los und spürte, wie er mit einem feuchten Schwall aus ihr herausglitt. Sie war so leicht und schwerelos im Wasser, dass ihre Beine immer wieder nach oben trieben, bis sie sie endlich nach unten zwang und sich mit den Zehen an den Kieseln am Seegrund festhielt. Dann legte sie eine Hand an seine Wange, küsste ihn auf den lächelnden Mund und sagte: »Jetzt gehörst du mir.«

»Ja«, bestätigte er und knabberte an ihren Lippen. »Aber wir sollten dich aus dem Wasser schaffen, nicht? Sonst wird deine Haut noch ganz faltig.«

»Hüte deine Zunge, Penhallow! Ich bin eine gefeierte Schönheit. Ich bekomme keine Falten.«

Immer noch etwas mitgenommen von der Heftigkeit ihrer Begegnung, wateten sie stolpernd ans Ufer. Dann trocknete Roland sie mit seinem Hemd ab, zog sie an und knöpfte ihre Knöpfe zu, und sie half ihm, seine Sachen anzuziehen. »Dein Hemd ist völlig durchnässt«, sagte sie, als sie es ihm hinhielt.

»Das merkt doch keiner. Komm schon.« Er nahm sie bei der Hand und führte sie in den Olivenhain.

»Wo gehen wir hin?«

»In mein Zimmer.«

Hand in Hand schlichen sie die Terrassen hinauf, nur einmal hielten sie kurz inne, als am Eingang zum Pfirsichgarten ein dunkler Schatten ihren Weg kreuzte. »Wahrscheinlich Wallingford oder Burke«, flüsterte Roland, »auf der Suche nach einer deiner Cousinen.«

»Wirklich? So groß kam er mir gar nicht vor. Ich schätze, es war ein Mann aus dem Dorf, der den kurzen Weg nach Hause nimmt.«

Der Hof war immer noch voller Menschen, und auch die Musikkapelle spielte noch. Sie schlichen sich an den Fackeln entlang, schlüpften ins Haus und liefen die Treppe hinauf. An der Tür zu ihrem Zimmer blieb Lilibet stehen.

»Keine Angst.« Roland zog an ihrer Hand. »Francesca ist bei ihm. Es geht ihm gut.«

»Sie wird sich Sorgen machen, wenn ich nicht wiederkomme.«

»Ich glaube, sie wird sich alles zusammenreimen. Nun komm schon.«

Auf leisen Sohlen folgte Lilibet ihm durch den Flur zum Westflügel, wo sein Zimmer lag.

Dort angekommen steckte er eine einzelne Kerze an, dann zog er ihr wortlos und ohne sie zu küssen die Kleider aus und trug sie zum Bett. »Ruh dich aus«, sagte er und hüllte sie in die Decken. »Im Morgengrauen brechen wir auf.«

Lilibet kuschelte sich an die Matratze und schnupperte an dem sauberen Leinenkissen, das noch ein wenig nach Rolands Seife roch. Ohne jede Hemmung entkleidete er sich vor ihr, warf Hemd und Hose über den einzigen Stuhl, ließ sich dann neben ihr ins Bett fallen und zog sie rücklings an sich.

Wahrscheinlich weil es nicht anders ging, denn das Bett war ziemlich schmal.

Einen Augenblick lag Lilibet mit geschlossenen Augen da. Kaum zu glauben, dass sie in Rolands Zimmer war – noch dazu in seinem Bett, dass sein kräftiger Körper sich an sie schmiegte und sein Arm über ihrer Taille lag. Als sein Daumen begann, sanft mit ihrer Brustwarze zu spielen, fing sie an zu lachen.

»Was ist?«

Sie drehte sich in seinen Armen um und weidete sich am Anblick seines Gesichts, das nur Zentimeter von ihrem entfernt war. »Glaubst du wirklich, ich könnte jetzt einschlafen? Einfach so?«

»Warum nicht?« Roland lächelte wissend und legte eine Hand auf ihre Hüfte. »Du solltest müde sein, um Himmels willen.«

»Du auch.« Sie konnte sich nicht davon abhalten, ihn zu berühren, sich den Luxus zu gönnen, die Hand zu heben und sein Gesicht zu streicheln. Sanft fuhr sie mit den Fingern über seine Wange, das feste Kinn, die feinen Linien auf der Stirn. »Aber du bist es nicht, stimmt's? Weil du dir Sorgen machst.«

Er wandte das Gesicht ab und drückte einen Kuss in ihre

Handfläche. »Nicht mehr als jeder andere Bräutigam in seiner Hochzeitsnacht.«

»Tu doch nicht so. Lüg mich nicht an. Dem Rest der Welt kannst du vielleicht vormachen, dass du völlig sorglos bist, aber ich weiß es besser.« Sie küsste ihn zärtlich. »Ich kenne dich, Schatz. Es gibt so vieles, was du mir nicht erzählt hast, und ich will alles von dir wissen.«

Reumütig zog Roland die Mundwinkel nach unten. »Natürlich.« Aber mehr sagte er nicht, ließ sich nicht weiter darauf ein; strich ihr nur mit der Hand über Hüfte und Po und musterte ihr Gesicht.

»Roland, was ist los? Sorgst du dich wegen Somerton?«

»Natürlich. Dass der Schlüssel zu meinem Glück in seinen hässlichen Händen liegt, passt mir gar nicht. Aber ich mache mir auch Gedanken darüber ...« Er zögerte.

»Ja?«

»Also, wir müssen uns verstecken, wahrscheinlich in einem gottverlassenen Nest, in dem es keinen richtigen Arzt gibt, und ich kann mir nicht helfen, ich habe das Gefühl ...« Wieder zögerte er und runzelte die Stirn.

»Sag's mir.«

Er zog sie an sich. »Na gut, Liebling. Als ich erfahren habe, dass du schwanger warst, vor all den Jahren, so kurz nach der Hochzeit, bin ich ... tja, beinahe durchgedreht. Schlimm genug, dass du geheiratet hattest, aber das!« Er kniff einen Moment die Augen zusammen. »Eine Zeit lang war ich ziemlich durcheinander. Aber als deine Zeit nahte, als du das Bett hüten musstest ...«

»Woher weißt du das?« Lilibets Kehle war trocken.

»Ich habe ein Hausmädchen bestochen«, sagte er ganz sachlich. »Ich musste einfach wissen, wie es dir ging. Ich habe mir solche Sorgen gemacht. Habe mich immer wieder gefragt, was passiert, wenn irgendetwas schiefgeht. Es sterben doch andauernd Frauen im Kindbett. Damals habe ich, glaube ich, auch aufgehört, böse auf dich zu sein. Mir war nur noch eins wichtig, dass dir nichts geschieht und dass du am Leben bleibst.« Die leise, raue Stimme im flackernden Halbdunkel klang immer angespannter. »In jener Nacht habe ich gebetet. Auf den Knien gelegen und Gott angefleht, dich zu verschonen, dann würde ich alles tun, was er will, solange du nur weiterlebst, irgendwo auf der Welt.«

»Oh Roland.« Lilibet legte den Kopf auf seine Brust. »Mein Liebling. Mir ging es gut. Es hat keine Komplikationen gegeben. Ich meine, es hat natürlich sehr wehgetan. Und ... na ja ... man muss sich auch ziemlich anstrengen. Es war nicht leicht.« Sie hob den Kopf. »Aber mir ging's gut. Alles lief wunderbar. Der Doktor hat gesagt, ich hätte ein gebärfreudiges Becken. Wie eine Bauersfrau.«

Roland legte eine Hand auf ihr Haar und streichelte es. »Wenn etwas schiefgeht, werde ich es mir nie verzeihen. Erstens, dass ich so unvorsichtig war, dich zu schwängern, und dazu noch unter solchen Umständen. Und zweitens, dass ich dich nicht geheiratet habe. Dir meinen Namen gegeben habe, um dich und das Baby zu schützen.«

Lilibet rappelte sich auf und stützte sich auf einen Ellbogen. »Hör mal, Roland. Ich will dieses Kind. Verstanden? Und ich schäme mich nicht im Geringsten. Jetzt nicht mehr. Solange du bei mir bist und Philip auch, ist mir alles andere egal. Was auch passiert, was die Zukunft auch für mich bereithält, diesen Teil von dir, dieses Geschenk, kann mir niemand mehr nehmen. Und dafür danke ich Gott.«

Roland drückte sie auf die Matratze und beugte sich über

sie. Seine Augen glühten vor Erregung. »Red nicht so, als würden wir nicht zusammenkommen. Denk nicht mal dran, Herrgott. Wenn dieses Kind zur Welt kommt, mein Liebling, werden wir Mann und Frau sein. Das schwöre ich bei meinem Leben.«

Lilibet schlang die Arme um seinen Hals. »Sag das nicht. Es spielt keine Rolle, Roland. Ich bin schon lange darüber hinaus, mich um das zu scheren, was andere von mir denken. Ich bin verheiratet gewesen, und es hat nichts bedeutet. Es war ein Schwindel, eine Täuschung.« Sie zog ihn an sich und küsste ihn. »Das hier ist das Wahre, Roland. *Das* hier ist heilig. Diese Verbindung, dieses Band zwischen uns.«

»Aber von Rechts wegen ist er immer noch dein Mann. Juristisch gesehen musst du ihm immer noch gehorchen, und das werde ich nicht dulden. Nicht einen Moment länger als nötig, das schwöre ich. Sobald ich dich und Philip in einem sicheren Versteck untergebracht habe, werde ich diesen Kerl suchen gehen und dem Ganzen ein Ende bereiten.«

»Nein. Nein, wirst du nicht!« Sie schob sich unter ihm hervor und setzte sich in dem engen Bett auf. »Was redest du denn da? Er ist gefährlich. Das solltest du besser nicht tun.«

Als Roland sich ebenfalls aufrichtete, fiel die Decke herab und ließ seine breite, muskelbepackte Brust zum Vorschein kommen, die im Kerzenlicht golden glänzte.»Ich versichere dir«, sagte er leise und wütend, »dass ich imstande bin, mich gegen Somerton zu behaupten.«

Lilibet schlug mit der Faust aufs Laken. »Nein, bist du nicht. Hör mir zu, Roland. Er ist ein Profi. Er ist … Ich kann es nicht erklären … Er tut Dinge für die Regierung, geheime Dinge, brutale Dinge …«

Roland packte sie am Handgelenk und führte ihre Faust an

die Lippen. »Das ist egal. Ich werde gewinnen. Ich bin schlauer und kräftiger, als du denkst. Und außerdem kämpfe ich um *dich*. Um dich und unsere Familie.«

»Tu das nicht, Roland. Bitte«, sagte Lilibet leise. Die kalte Angst, die sie erfasste hatte, drang ihr durch Mark und Bein. »Ich habe gesehen, wozu er fähig ist. Es ist schlimmer, als du dir vorstellen kannst, eine ganz andere *Welt*. Hör mir zu. Eines Nachts bin ich ihm gefolgt, weil ich dachte, er wollte zu irgendeiner Dirne ins Bett kriechen, doch stattdessen … Was er getan hat, ist unaussprechlich, Roland. Ich habe gesehen, wie er jemanden getötet hat.«

»Was genau hast du gesehen?«, fragte Roland drängend und griff nach ihrer anderen Hand. »Sag's mir. Wann war das? Und wo?«

Lilibet schüttelte den Kopf. »Es war vor ungefähr einem Jahr. Mehr kann ich nicht sagen; es spielt keine Rolle. Ich will nicht mehr daran denken. Aber es war schrecklich. Und wenn er mit dir dasselbe macht, sterbe ich. Mit der Schuld könnte ich nicht weiterleben.« Sie drückte seine Hände. »Leg dich nicht mit ihm an, Roland. Wir suchen uns einen ruhigen, abgeschiedenen Platz, wo er uns niemals findet. Wenn er irgendwann tot ist und Philip sein Erbe antritt, können wir nach England zurückkehren …«

»Und bis dahin sollen wir ständig mit der Angst leben, von ihm entdeckt zu werden? Immer über die Schulter schauen? Nein, Lilibet. So viel Macht gebe ich ihm nicht. Und ich will verdammt sein, wenn ich es zulasse, dass engstirnige Provinzbürger und ihre Gattinnen sich über dich und unser Kind das Maul zerreißen …«

Lilibet legte einen Finger auf seine Lippen und schlang eine Hand um seinen Nacken. »Hör auf, Roland. Ich will nichts davon hören und jetzt auch nicht darüber nachdenken. Ich will, dass du mich noch einmal liebst, dann möchte ich in deinen Armen einschlafen. Morgen früh nehmen wir Philip und reiten fort, und alles wird gut.«

»Lilibet …«

»Sch.« Sie senkte den Kopf und küsste ihn auf die Halsgrube, ergötzte sich am süßsauren Geschmack, dem schwachen Seifenduft und der überraschend weichen Haut: zart und männlich zugleich. Getrieben von einem rein sinnlichen Verlangen kniete sie sich über ihn, küsste ihn auf die Lippen und drückte die Brüste an ihn. »Bitte, Roland. Darüber können wir doch morgen noch reden. Verdirb uns diese Nacht nicht. *Unsere* Nacht.«

Roland streichelte ihren Rücken. »Oh, Liebling …«

»Bitte.« Sie küsste sein Gesicht, jeden einzelnen lieb gewonnenen Zug und die feinen, bereits nachgewachsenen Bartstoppeln. Sie konnte einfach nicht damit aufhören, musste sich immer wieder vergewissern, dass es wahr war, dass er bei ihr war. »Ich möchte dich wieder in mir haben. Mit dir verbunden sein, ein Teil von dir. Bitte, Roland.«

»Aber du *bist* ein Teil von mir, Liebling. Das warst du immer.« Er sträubte sich immer noch, versuchte immer noch zu widerstehen. Wollte immer noch Probleme wälzen.

»Schsch. Du weißt, was ich meine.« Sie küsste sich zu seinem Ohr hoch, legte die Hände um seine Pobacken und zog ihn an sich. »Du weißt doch, wie es ist, wenn wir zusammen sind. Spürst du es nicht?«

Roland stöhnte. »Herrgott, ja.«

»Es ist perfekt. Eine vollkommene Übereinstimmung. Als ob unsere Seelen irgendwie miteinander kommunizieren. Und sag jetzt nicht, dass das Unsinn ist. Du weißt, dass es stimmt.« Lilibet nahm seine linke Hand und legte sie auf ihre Brust; auf ihrer hellen Haut wirkten seine Finger sehr dunkel und kräftig. »Bitte. Verzaubere mich noch einmal, Roland. Ich möchte all diese wunderbaren Gefühle noch einmal spüren. *Dich* noch mal spüren.«

Ein leises Grummeln, das aus seiner Kehle drang, verriet ihr, dass er aufgegeben hatte. Er fasste sie an den Armen und warf sie auf den Rücken. »Hier? Aber das ist doch nur ein altes Bett. Für langweilige verheiratete Paare, wie du es ausgedrückt hast.«

»Na ja. Das geht schon. Wenn kein See zur Hand ist.« Dann schloss sie die Augen und konzentrierte sich darauf, wie es sich anfühlte, wenn seine Lippen an ihrem Hals entlang zu ihrem Busen wanderten.

»Die Ställe sind nicht weit weg.«

»Zu spät.« Sie schob die Hände in sein Haar. »Ich will dich *jetzt.*«

Äußerst behutsam liebte Roland sie noch einmal, bis es ihr so vorkam, als bestünde sie nur noch aus Licht und Luft und Gefühlen und er erleichtert auf ihr zusammenbrach. *Merk dir das*, dachte sie. *Präg es dir ein.* Was die Zukunft auch bringen mochte, was am nächsten Tag auch geschehen würde, in diesem endlosen Augenblick waren sie vor Gott vereint. Der Akt war vollzogen, auch körperlich, und niemand konnte das ändern oder ungeschehen machen.

Nicht einmal Somerton.

Roland blieb noch lange in ihr, mit ihr verbunden in einer Stille, die geradezu weihevoll war.

Als er sich schließlich über sie beugte, um die Kerze auszublasen, in dem Moment, bevor die Dunkelheit ihn verschluckte, fiel ihr auf, wie hell das feine Haar auf seinem Unterarm schimmerte. Später erinnerte sie sich auch daran, wie stark dieser Arm ihr erschienen war, wie unverwundbar und durchaus imstande, sie zu beschützen.

NEUNZEHN

Roland schreckte hoch: eben noch tief in Schlaf versunken, saß er nun kerzengerade im Bett, hellwach, mit klopfendem Herzen.

Draußen vor dem Fenster kroch eine graugelbe Morgendämmerung über den Kamm der Berge. Höchstens fünf Uhr. Er ließ den Blick durch das Zimmer wandern, prüfte jedes Detail, konnte nichts Ungewöhnliches entdecken.

Dann schaute er auf die leere Mulde in der Matratze neben ihm.

Sie war fort.

Wieder in ihr Zimmer gegangen natürlich. Zurück zu ihrem Sohn, ehe er aufwachte und sie vermisste. Sicher um ihre Sachen zu packen. Und sich auf die Reise vorzubereiten.

Roland sprang aus dem Bett. Eine vage innere Angst machte ihn nervös und rastlos. Er hätte letzte Nacht packen sollen, nachdem Lilibet eingeschlummert war. Er hatte es auch vorgehabt, war aber so träge gewesen, so benommen vor Glück, sie endlich im Arm zu halten, dass er einfach liegen geblieben war.

Nun dämmerte der Morgen, und die Zeit drängte. Er würde sich anziehen und packen, zu ihrem Zimmer gehen und sie und Philip abholen. Vielleicht eine Nachricht in der Küche hinterlassen, damit die anderen sich keine Sorgen machten.

Er nahm seine Hose und streifte sie hastig über, obwohl

seine Muskeln dagegen protestierten. Nicht sonderlich überraschend nach einer solchen Nacht. Wie leidenschaftlich Libet gewesen war, nachdem alle Hemmungen von ihr abgefallen waren und sie sich in ihrer ganzen atemberaubenden Schönheit nackt gezeigt hatte. Wie sie den Rücken durchgebogen und beim Orgasmus geschrien hatte; und wie sie sich nachher an ihn geschmiegt hatte, die Finger mit seinen verflochten, während ihr Atem allmählich regelmäßiger geworden war.

Roland schüttelte die Erinnerungen ab und verbot sich, an etwas anderes zu denken als an das, was noch zu tun war. Liebe, Leidenschaft und Lust gehörten zur Nacht. An diesem Morgen aber brauchte er nur eins: einen kühlen, klaren Verstand.

Entschlossen nahm er sein Hemd vom Stuhl. Am Kragen fehlte ein Knopf, der beim hastigen Ausziehen am Seeufer in der vergangenen Nacht verloren gegangen war. Roland starrte auf den Faden, der an dem zerknüllten Leinenstoff baumelte, und versuchte zu ergründen, woher diese quälende Angst kam.

Mit einem lauten Fluch ging er zur Tür und riss sie auf.

Dann rannte er mit bloßen Füßen über die kalten, harten Fliesen: durch die Flure, um die Ecken, an den rauen Steinwänden entlang. Nur ein schneller Blick. Nur um sicherzugehen, dass sie in ihrem Zimmer war und sich und Philip für die Abreise fertig machte. Nur um die unnatürliche Angst zu bannen, die seinen Puls in die Höhe trieb.

Er bog um die letzte Ecke und blieb vor ihrem Zimmer stehen. Im Flur war es still, die schwere Tür fest an ihrem Platz. Er hob eine Hand, um anzuklopfen, griff dann jedoch nach dem Knauf. Falls Philip noch schlief, wollte er ihn nicht wecken. Der Junge würde seine ganze Kraft für die bevorstehende Reise brauchen.

Die Tür ließ sich ganz leicht öffnen. Doch noch bevor er einen Blick ins Zimmer werfen konnte, hörte er einen zittrigen Laut, der ihm einen Schrecken einjagte. Ein ersticktes Wimmern, fast wie …

Ein Schluchzen.

»Lilibet?«, flüsterte er.

Aber Lilibet war nicht da, und Philip auch nicht. Auf dem schmalen Bett saß Francesca, das Kopftuch leuchtend weiß im Kontrast zu ihrem schwarzen Haar, das Gesicht in die Hände gepresst. Als er ins Zimmer stürzte, schaute sie auf.

»Signore …« Ihre Stimme zitterte. »Oh, Signore!«

»Francesca, was …«

Das Mädchen sprang auf und warf sich in seine Arme. »*Perdonami*, Signore! Oh, Signore!«

»Was ist los? Mein Gott! Wo sind sie?« Roland packte Francesca bei den Schultern, schob sie von sich und starrte verzweifelt in ihr verweintes Gesicht. »Sag's mir, um Himmels willen. Wo sind sie?«

»Der Mann, er gekommen gestern Abend, mitten in die Nacht. Hat genommen den Jungen! Oh, Signore! Ich konnte nichts tun. Er ist sehr groß, sehr böse. Ich renne, um zu finden die Signora. Ich weiß, sie ist … sie ist …«

»Bei mir.«

»Ja! Ich gehe zu ihr, ich wecke sie, ich sage ihr.«

»Großer Gott!« Halb verrückt vor Sorge fuhr Roland sich mit der Hand durchs Haar. »Mein Gott! Warum hast du mich nicht geweckt? Himmelherrgott noch mal!«

»Die Signora sagt nein. Die Signora, sie folgt mir, sie nimmt ihre … ihre Kleider, ihre Sachen.«

»Mein Gott!«

»Sie sagt mir, bleib hier. Warte auf Signor Penhallow. Sag ihm …« Ein weiterer erstickter Schluchzer. »Sag ihm, er soll mir nicht folgen. Er soll hier warten. Sie kommt wieder.«

»Ogottogott! Du hättest es mir sagen sollen! Du hättest mich holen sollen!« Roland konnte sich gerade noch davon abhalten, das Mädchen erneut bei den Schultern zu packen und es zu schütteln.

Francesca fing an zu weinen. »Aber die Signora! Sie sagt, ich soll warten. Ich gehe zu Ihnen, zweimal, dreimal, dann nicht mehr. Ich … ich … Signorina Morini … sie ist nicht da. Sie …« Francesca schüttelte den Kopf und fiel auf die Knie. »Vergeben Sie, Signore!«

»Wann war das? Wann ist sie gegangen?« Roland lief durchs Zimmer und musterte die Wände, die Truhen, den Schrank. Die meisten Kleider hingen noch auf den Bügeln, und auf der Kommode lag noch ihre Haarbürste. Sie hatte nicht viel mitgenommen.

»Ist eine Stunde her, glaube ich.«

Er drehte sich um. »Wollte sie zu Fuß gehen oder reiten?«

»Ich glaube, sie ist gegangen zum Stall. Ich habe gehört Stimmen. Und Pferde.«

Die Ställe. »Giacomo. Ich gehe zu Giacomo. Der alte Griesgram wird es wissen.«

Roland rannte aus dem Zimmer und stieß frontal mit seinem Freund Phineas Burke zusammen, der ohne Jackett aus Lady Morleys Zimmer kam.

»Mein Gott, Penhallow, was ist denn los?«, fragte Finn leise und drängend.

Roland packte ihn bei den Schultern.

»Hast du sie gesehen?«

»Wen?«

»Lilibet! Lady Somerton!«

»Nein, hab ich nicht. Jedenfalls nicht seit gestern Abend. Was ist denn?«

Roland stieß ihn beiseite und lief die Treppe hinab, durch die leere Eingangshalle auf den stillen, bemoosten Hof hinaus. Die scharfen Steine auf dem Weg zum Stall schnitten in seine bloßen Füße, doch er ließ sich nicht aufhalten, wurde erst langsamer, als er durch die Stalltür geschlüpft war und mit voller Lautstärke nach Giacomo rief.

»Die ganze Nacht, die ganze Nacht, es gibt Lärm und Gerede und Feuer!« Aus irgendeiner staubigen Ecke tauchte der Verwalter auf und wischte sich über die Hose. »Und nun *Sie*, Signore! Giacomo hat keine Ruhe! Und es ist noch nicht Morgen!«

»Hör mal! Das ist ein Notfall! Du musst mir sagen …«

Giacomo schüttelte den Kopf. »Ich nix verstehen. Was ist das … ein Notfall?«

»Um Himmels willen! Vergiss es! Lady Somerton, war sie hier? Vor etwa einer Stunde? Hat sie ein Pferd genommen?«

Giacomo nahm seinen Hut ab und kratzte sich am Kopf. »Lady Somerton? Ist welche?«

»Die Schöne, die … die …«

»Sie sind *alle* schön, die Frauen.« Giacomo machte ein so finsteres Gesicht, als wäre die Attraktivität der englischen Besucherinnen eher zu bedauern als zu preisen.

»Mein Gott! Die *Allerschönste*! Die … also, blaue Augen, schwarzes Haar. Die mit dem Kind.«

»Das Kind nicht bei ihr. Der Vater hat geholt den Jungen vorher.«

»Verdammt noch mal! Das weiß ich schon! Es geht um die *Mutter*! Hat sie sich ein *Pferd* genommen, verflucht?«

Giacomo machte ein verwirrtes Gesicht. »Nein. Das Pferd nicht ist verflucht. Warum soll die Signora nehmen ein Pferd, das …«

»Ist ja schon *gut*! Ich meine, hat sie sich irgendein Pferd genommen?«

Der Italiener verdrehte die Augen. »Ja, natürlich sie hat genommen ein Pferd. Glauben Sie, sie geht zu Fuß? Sie hat genommen das Pferd von Signor Burke. Sie hat es gesattelt und ist weggeritten im … äh …« Er ließ die Finger der rechten Hand über die Innenfläche der linken laufen.

»Im Galopp! O Gott!« Roland presste die Hände an den Kopf. Das verdammte Pferd war schnell und feurig. Unzählige Bilder stürmten auf ihn ein, schreckliche Bilder, in denen Lilibet stürzte, das Pferd ein Hufeisen verlor oder über einen Stein stolperte und sie über seinen Kopf hinwegflog. »Und Philip? Der Junge? Der Mann, der ihn mitgenommen hat, was hat er gesagt? Ist er geritten, oder hatte er eine Kutsche?«

Giacomo zuckte mit den Achseln. »Er nix gesagt. Er hatte eine Kutsche, eine schnelle Kutsche. Ich höre Lärm, ich gehe nach draußen, ich sehe sie im Mondlicht.«

»Hat er dem Jungen etwas getan? Sag's mir, Giacomo! Ging es Philip gut?«

Erneutes Achselzucken. »Konnte ich nicht sehen. Aber es war nix zu hören, kein Geschrei, kein … äh, Kampf.«

Ein tiefer Seufzer der Erleichterung drang aus Rolands Brust, der erste seit einer ganzen Weile. Wenigstens war Philip freiwillig mitgegangen und hatte nicht versucht, sich zu wehren. Wenigstens hatte Somerton ihm nicht wehgetan oder ihn mit Gewalt fortgeschleppt.

Rolands Panik ließ ein wenig nach. Die Fakten waren ihm nun bekannt: Somerton hatte Philip mit einer schnellen Kutsche abgeholt, und Lilibet war ihnen nachgeritten. Wohin? Nach Florenz, vermutete er. Schließlich hatte Somerton sich dort einquartiert. Gute Verbindungen nach Mailand und weiter nach London. Sie hatten nur ein oder zwei Stunden Vorsprung. Er konnte sie einholen.

Er stemmte die Hände in die Hüften. »Also, Giacomo. Hör mir gut zu. Ich muss noch mal reingehen und ein paar Sachen packen, dann folge ich ihnen. Sattle mein Pferd und …«

»Oh nein. *No, no*, Signore.« Nachdrücklich schüttelte Giacomo den Kopf. »Ich nicht sattele Pferde. Ich bin der Verwalter.« Er sprach jedes Wort einzeln aus, wie um die Bedeutung zu betonen.

»Dann trag es den Stalljungen auf! Ist mir scheißegal!«

»Ist gewesen eine sehr lange Nacht, Signore. Da war ein Feuer im Kutscherhaus und …«

»Ein Feuer? Was soll das heißen, verdammt?«

Lässig deutete Giacomo ins Tal. »Da, wo Signor Burke arbeitet. War ein Feuer.«

Roland erschrak. »Wirklich? Wann? Aber ich habe ihn doch gerade noch gesehen …«

»Es ist aus jetzt. Aber dann kam der Vater, machte viel Lärm. Und dann die Signora, mit dem Pferd.« Giacomo legte eine Hand aufs Herz. »Ist gewesen eine sehr lange Nacht.«

Roland atmete tief ein, um sich zu beruhigen. »Ja. Da stimme ich dir zu. Für mich war es auch eine recht lange Nacht. Aber trotzdem solltest du besser zuhören, alter Junge. Denn wenn ich in etwa zwölf Minuten wieder aus diesem Schloss herauskomme, möchte ich, dass ein gesatteltes Pferd auf mich wartet, genau da, wo du jetzt stehst. Egal wie müde du bist.

Und egal wer das macht. Ich will, dass das *erledigt* wird.« Roland beugte sich vor und benutzte das furchterregende Flüstern, das sich für alle Arten von Drohungen eignete. »Ist das klar, Giacomo, mein Freund?«

Gereizt kniff der Verwalter die Augen zusammen. »Ist klar.«

Roland machte auf dem Absatz kehrt und marschierte durch die Tür auf den heller werdenden Hof.

»Signor Penhallow?«

Er drehte sich wieder um. »Ja?«

Mit dem Kopf deutete Giacomo auf Rolands nackte Brust. »Ist besser, wenn Sie ein Hemd anziehen.«

Sie hatte ihre Handschuhe vergessen, und die Zügel schnitten in ihre Handflächen, als sie Burkes Pferd über den Weg nach Florenz jagte.

Doch sie bemerkte es gar nicht.

Die Sonne, die sich über die Berge in ihrem Rücken erhoben hatte, warf lange Schatten auf den ausgedörrten Boden vor ihr und brachte sie ins Schwitzen, doch sie trieb das Pferd nur zu noch größerer Eile an.

Der Sattel scheuerte an ihrer zarten Haut, und sie konnte nichts anderes denken als *Dieser verdammte Somerton, zur Hölle mit ihm*, denn obwohl sie gewusst hatte, dass das passieren würde, dass er sie irgendwann aufspüren würde, hätte sie nie gedacht, dass er in genau der Nacht zuschlagen würde, in der sie sich mehrmals mit ihrem kräftigen und gut bestückten Liebhaber körperlich vereinigt hatte.

Dieser Bastard.

Sie konnte nur beten, dass sie dem Baby nicht schadete, dass das kostbare winzige Leben sich fest eingenistet hatte und gut geschützt war vor dem unsanften Auf und Ab.

Sie konnte nur hoffen, dass Somerton ihren Sohn nach Florenz brachte und nicht in die andere Richtung. Konnte sich nur immer wieder einreden, dass der Graf zwar ein Wüstling, aber kein Unmensch war: dass er Philip liebte, auf seine Weise, und ihm nichts antun würde. Schließlich war Philip sein Erbe. Seine Zukunft.

Bitte lass es Philip gut gehen. Lass Somerton vernünftig und freundlich sein. Und gerecht, damit er den Jungen nicht für die Sünden seiner Mutter bestraft.

Der Weg, der sich trocken und grün durch die Hügel wand, war kaum wiederzuerkennen. Bei ihrer Anreise im März war alles nasskalt, grau und kahl gewesen. Sie kam über eine Brücke und erkannte, dass es die in der Nähe des Gasthauses war, in dem sie jene schicksalhafte Nacht verbracht hatten. Im schnellen Vorbeireiten erhaschte sie einen kurzen Blick auf den langen, rot gedeckten Stall, in dem sie und Roland nicht länger als zehn verrückte, zärtliche, gestohlene Minuten zusammengekommen waren und das Baby gezeugt hatten. Das war Monate her, ein ganzes Leben. Damals war sie steif, stolz und ängstlich gewesen, nun strotzte sie vor Liebe und Kraft und schmiedete Zukunftspläne.

Im März, bei Regen und matschigem Grund, hatte der Weg von Florenz zum Gasthof den ganzen Tag gedauert; bergab bei schönem Sommerwetter ritt Lilibet in wenigen Stunden durch die sonnenglühende Landschaft und überquerte den Ponte Vecchio, als die Turmuhr auf der Piazza della Signoria zwölf schlug.

Die Mittagssonne brannte auf ihre Schultern, während das Pferd müde und resigniert mit dem Kopf nickte und auf ihre nächste Anweisung wartete.

Aber sie hatte keine Ahnung, wohin sie es lenken sollte.

Sie hatte Florenz erreicht. Und was, lieber Gott, sollte sie nun tun?

Seit seiner Ankunft im Castel Sant'Agata war Roland mehrere Male nach Florenz geritten. Alle vierzehn Tage hatte er sich dort mit Beadle getroffen, um dienstliche Dinge zu besprechen und zu erfahren, ob es irgendwelche Neuigkeiten bei der Suche nach Beweisen gegen Somerton ab. Und da es in der Hinsicht nicht sehr viel zu besprechen gegeben hatte, hatten sie sich meist umgehend in eine verschwiegene Trattoria am Ufer des Arno begeben, wo sie bei Wein, *Bistecca* und Geplauder zugesehen hatten, wie die Sonne hinter der roten Kuppel der Kathedrale versank.

Er kannte den Weg also gut und wusste, wo er von der Hauptstraße abbiegen musste, um über Hintergassen in die Stadt zu gelangen. Er trieb sein Pferd zur Eile an, überquerte den Arno nicht lange nach Lilibet und begab sich direkt zu Beadles Wohnung, in der Nähe der Kirche Santa Croce.

»Penhallow! Was zum Teufel!« Durch den Türschlitz sah Roland, wie Beadles Gesicht von einem herzzerreißenden Gähnen verzerrt wurde.

»Nun lassen Sie mich schon rein, Mann!« Roland drückte die Tür so weit auf, dass er durch den Spalt schlüpfen konnte. »Er hat uns gefunden. Gestern Nacht ist Somerton zum Schloss gekommen und hat den Jungen geholt.«

»Mein Gott!« Schlagartig war Beadle hellwach. Er riss sich die Nachtmütze vom Kopf und warf sie auf einen Tisch. »Und seine Frau?«

»War bei mir«, sagte Roland ohne zu zögern und ohne Erklärung. Nichts an seiner Beziehung zu Lilibet war unehrenhaft, und er würde jeden umbringen, der es wagte, etwas anderes zu behaupten. »Das Mädchen hat sie geweckt, und sie ist den beiden gefolgt. Gleich nachdem ich ihr Verschwinden bemerkt hatte, habe ich mich aufs Pferd geschwungen.«

Beadle ließ sich auf seinen Schreibtischstuhl fallen und schloss eine Schublade auf. Dann nahm er einen Stapel Papiere heraus und blätterte sie durch. »Wie viel Vorsprung hatten die andern?«

»Soweit ich das beurteilen kann, ist Somerton gegen drei Uhr dreißig gekommen, und kurz danach ist Lady Somerton verschwunden. Vor vier kann das nicht gewesen sein, weil es keinen Mond gab.« Roland ging zum Fenster und zog die Gardine beiseite. Draußen ging das normale Leben weiter: Straßenhändler, Bettler, Studenten, Scharen von Touristen mit Reiseführern in der Hand. Ein Mönch eilte mit flatternder brauner Kutte über den Hof zur Kirche. Eine geschäftige Stadt voller Menschen: Wie zum Teufel sollten sie Somerton finden? War er überhaupt zurückgekommen? Roland drehte sich wieder zu Beadle um. »Am besten fangen wir mit dem Hotel an, in dem er abgestiegen ist, und schauen, ob er die Frechheit besessen hat, dahin zurückzukehren, oder ob er direkt zum Bahnhof gefahren ist.«

Beadle schüttelte den Kopf. »Wenn er einen Zug genommen hätte, hätte ich es schon erfahren. Mein Kontaktmann ist schlau wie der Teufel.«

»Dann also zum Hotel. Wo hat er gewohnt? Im Grandhotel, oder?«

»Ja, natürlich. Zu Fuß sind es ungefähr zehn Minuten bis dahin.« Beadle sah auf seine Uhr. »Sie sollten besser ohne mich losgehen. Ich ziehe mich an und schaue dann im Palazzo Vecchio vorbei, um herauszufinden, ob mein Kontaktmann irgendetwas gehört hat. In der Zwischenzeit fragen Sie an der

Rezeption nach einem Mann namens Sartoli. Sagen Sie ihm, dass Sie ein Freund von mir sind. Er wird wissen, ob Somerton zurückgekommen ist oder nicht.«

»Sehr gut.« Roland hörte sich ruhig und sachlich an, selbst in seinen eigenen Ohren. Dies war sein Gebiet, darauf kannte er sich aus. Er wusste, wie man Menschen aufstöberte. »Wenn nichts dazwischenkommt, treffen wir uns um, sagen wir, halb drei in der Lobby. Kann ich bei Ihrem Sartoli eine Nachricht hinterlassen, wenn ich es nicht schaffe zu kommen?«

Beadle stand auf. »Ja, und ich mach es genauso. Haben Sie etwas gegessen?«

»Nicht seit gestern Abend.«

Beadle ging zu einem kleinen Eckschrank. »Hier, nehmen Sie, etwas Brot und Käse. Wahrscheinlich nicht mehr ganz frisch, aber besser als nichts. Wasser ist im Krug dort. Ich ziehe mir nur rasch etwas Anständiges an.« Schneller als Roland es ihm angesichts seiner Leibesfülle zugetraut hätte, verschwand Beadle in einem benachbarten Zimmer.

Roland füllte ein Glas mit Wasser, leerte es und schenkte sich noch eins ein. Dann stopfte er sich das Brot und den Käse in die Taschen, schlüpfte wieder unter dem Türbalken durch und schloss die alte Holztür mit zuversichtlichem Schwung.

ZWANZIG

Die imposante Lobby des Grandhotels gab sich allergrößte Mühe, die geschätzten Gäste vor den ästhetischen Entgleisungen des modernen Lebens zu schützen, und nur Rolands hübsches Gesicht bewahrte ihn davor, wegen seines ungepflegten Äußeren von einem unschlüssigen Türsteher am Eintritt gehindert zu werden.

Der Empfangschef dagegen sah aus, als würde er jeden Augenblick nach einer Waffe greifen.

»Guten Tag, mein Lieber«, sagte Roland in seinem schönsten Oberklassenakzent und schenkte ihm ein strahlendes Lächeln. »Lord Roland Penhallow. Ich hatte gehofft, mit einem Mann namens Sartoli sprechen zu können, falls er da ist.«

Bei dem Wort *Lord* entspannte sich das bleiche Gesicht des Empfangschefs ein ganz klein wenig. Dennoch zögerte er einen verräterischen Moment, ehe er fast akzentlos erwiderte: »Wenn Eure Lordschaft so freundlich sein würden, einen Augenblick zu warten?«

»Natürlich.« Roland stützte einen Ellbogen auf und lehnte sich, die Beine an den Knöcheln überkreuzt, in seinem abgetragenen Jackett aristokratisch lässig an den Marmortresen. Nur ein sehr aufmerksamer Beobachter hätte bemerkt, wie scharf der Blick war, den er durch den Raum schweifen ließ; für alle anderen hätte er genauso ausgesehen wie der, oberflächliche Tunichtgut, für den die Welt ihn hielt.

Die vergoldete Uhr auf dem ausladenden Kaminsims zeigte dreizehn Uhr fünfundvierzig, und die meisten Hotelgäste genossen das Mittagessen im prunkvollen Speiseraum. Zwei ältere Damen auf einem Kanapee, die über einem Baedeker-Reiseführer verschwörerisch die Köpfe zusammengesteckt hatten, bildeten ein Bollwerk aus weißem Leinen; in den Sesseln weiter hinten flegelten sich drei Männer in leichten Anzügen, die sich, wie an ihren sonnenverbrannten Gesichtern zu erkennen war, von einer ausgedehnten morgendlichen Besichtigungstour erholten. Über ihren Köpfen kreiste gemächlich ein Deckenventilator, der jedoch wenig gegen die drückende Mittagshitze ausrichten konnte.

Weit und breit kein großer, dunkelhaariger Mann wie Somerton und keine Spur von Lilibet.

»Sir?«

Als Roland sich umschaute, stand hinter dem Empfangstresen ein Mann in einem schwarzen Anzug, dessen gestärkter Hemdkragen sich makellos weiß von seiner gebräunten Haut abhob. Sein wacher Blick verriet, dass er wesentlich intelligenter war als sein Vorgänger. »Ah«, sagte Roland. »Ich nehme an, Sie sind Sartoli?«

»Ja, Sir. Kann ich Ihnen behilflich sein?«

»Das hoffe ich. Ein alter Freund hat mir geraten, mich an Sie zu wenden, in einer Angelegenheit, die uns beide interessiert. Ein Engländer namens Beadle.«

»Ich bin gut bekannt mit Mr. Beadle.« Der Portier faltete die Hände auf dem Tresen. Schon der Akzent seines Vorgängers war kaum hörbar gewesen, doch Sartolis Englisch war nahezu perfekt. »Worum geht es?«

»Meines Wissens haben Sie einen Gast namens Somerton.«

»Den Earl of Somerton?« Sartolis Lider zuckten ganz leicht. »Ich bedaure, aber ich muss Ihnen sagen, dass Lord Somerton vor einer Stunde abgereist ist.«

»Wirklich?« Roland spreizte die Finger seiner linken Hand, die auf dem Marmortresen ruhte. »War er allein, oder hatte er jemanden dabei?«

Ein kurzes Zögern. »Zu dem Zeitpunkt war er allein, Mylord.«

»Zu dem Zeitpunkt?«

Diskret senkte Sartoli die Stimme. »Er hat sich die Räumlichkeiten mit einem Begleiter geteilt, Sir. Einem Engländer; seinem Sekretär, glaube ich.«

»Und eine Frau haben Sie nicht gesehen? Oder einen Jungen von etwa fünf Jahren?«

»Nein, Sir«, erwiderte Sartoli fest und entschieden; auch seinen Augen war keine Spur von Unehrlichkeit anzusehen. Seine Hände ruhten nach wie vor auf dem Tresen, schlank und braun im Vergleich zu dem rostroten Marmor.

»Sehr schön. Ich danke Ihnen für Ihre Mühe, mein Lieber.« Roland hob die linke Hand lange genug, um die Goldmünze sichtbar werden zu lassen, die darunter verborgen war. »Ich frage mich, ob ich mir vielleicht kurz die Räumlichkeiten ansehen könnte, die Seine Lordschaft bewohnt hat.«

Sartoli, der kurz nach unten geschaut hatte, begegnete Rolands festem Blick. »Ich glaube, das kann ich gleich arrangieren.«

»Noch etwas, Sartoli. Falls Seine Lordschaft oder sein Sekretär oder ein fünfjähriger Junge oder eine junge Frau mit blauen Augen und schwarzem Haar – eine wunderschöne Frau, sie wird Ihnen sofort auffallen – irgendwo in diesem Hotel auftauchen sollte, wäre ich Ihnen ausgesprochen dankbar, wenn Sie mir diese Information so bald wie möglich entweder direkt oder über Mr. Beadle zukommen ließen.« Roland schob die Hand mit der Münze darunter etwas näher an die gefalteten Hände des Empfangschefs heran.

Sartoli legte den Kopf schief und nickte. »Es wird mir ein Vergnügen sein, Sie auf dem Laufenden zu halten, Mylord.« Dann griff er nach der Münze, die Roland freigegeben hatte. »Wenn Sie so freundlich wären, sich zum Lift zu begeben, Sir. Die Räumlichkeiten Seiner Lordschaft befinden sich im fünften Stock. Ich werde dafür sorgen, dass man Ihnen vor der Tür den Schlüssel aushändigt.«

»Vielen Dank. Es wird nicht lange dauern«, erwiderte Roland. Die neue Information trieb ihn zur Eile. Doch ehe er vom Tresen wegging, drückte er nachdrücklich den Zeigefinger auf den kalten Stein. »Wenn ich zurückkomme, brauche ich wohl eine Droschke. Und, Sartoli?« Er beugte sich vor.

»Ja, Sir?«

»Vielleicht können Sie, wenn Sie den Türsteher instruieren, herausfinden, ob er weiß, wohin Lord Somerton wollte. Verstehen Sie?«

Sartoli nickte und sah ihm in die Augen. »Wird sofort erledigt, Sir.«

Schnell durchschritt Roland den gut ausgestatteten Salon und überprüfte die vergoldeten Möbel und den glänzenden Parkettboden auf eventuelle Spuren des letzten Bewohners.

Sein Instinkt war richtig gewesen; Somerton hatte Philip nicht direkt zum Bahnhof gebracht. Der Junge war nur ein Pfand für ihn, ein Objekt mit dem gleichen Stellenwert wie ein Diamant: ein wertvoller Besitz, noch dazu nützlich, aber als Mensch uninteressant. Nein, er wollte Philip nicht einfach nur nach England schaffen und ihn allein aufziehen. Sicher war ihm klar, dass Lilibet ihnen folgen würde und bereit war, alles für ihren Sohn zu tun. Der Mann hatte andere, größere Pläne.

Und Roland war entschlossen, sie aufzudecken.

Doch ihm blieb nicht viel Zeit. Somerton hatte das Hotel vor einer Stunde verlassen, allein. Das hieß, dass er den Jungen irgendwo anders festhielt, zusammen mit einer anderen Person. Konnte Lilibet ihren Sohn schon gefunden haben? War es Somerton bereits gelungen, sie gefügig zu machen? Roland zwang sich, die aufsteigende Wut zu unterdrücken, und konzentrierte sich stattdessen auf seine Umgebung. Beadle war am Bahnhof und würde den Grafen aufhalten, falls er versuchen sollte, Florenz zu verlassen.

Nichts im Raum schien fehl am Platze zu sein. Roland kontrollierte den Papierkorb: leer. Die Schubladen im Schreibtisch enthielten nur unbeschriebenes Hotelbriefpapier; der Tintenlöscher war fleckenfrei. Er hatte nichts anderes erwartet; schließlich war Somerton Agent und wusste, wie man seine Spuren verwischte.

Licht fiel durch einen Schlitz in den Vorhängen; Roland ging zum Fenster und spähte hindurch. Das Zimmer bot einen Blick nach Süden, auf den gemächlichen graubraunen Arno und die Steinbrücken, die sich bis zu den fernen Hügeln hintereinander reihten. Fünf Stockwerke tiefer hielt eine Droschke vor dem Haupteingang, und der Türsteher trat vor, um mit dem Kutscher zu reden.

Zeit zu gehen.

Auf dem Rückweg kam Roland an einer Tür vorbei, die anscheinend zum Schlafzimmer führte. Sie stand einen Spaltbreit offen, daher drückte er sie auf und sah hinein.

Das Zimmer war dunkel, die Vorhänge fest geschlossen, und doch wusste er sofort, dass er nicht allein war. Er spürte es an der Luft: dem flachen Atmen, dem schwachen Kraftfeld eines Menschen, der ganz in der Nähe gespannt auf ihn wartete.

Roland blieb im Türrahmen stehen und erwog hastig seine Möglichkeiten. Er konnte den Schalter an der Wand betätigen – um den gut betuchten Gästen jeden Komfort zu bieten, hatte das Grandhotel kürzlich moderne elektrische Lampen installiert –, doch das Licht war leicht wieder auszuknipsen. Er konnte aber natürlich auch einfach abwarten, bis seine Augen sich angepasst hatten.

Ach, zum Teufel.

Roland marschierte zum Fenster und riss die Vorhänge auf. Die Nachmittagssonne flutete das Zimmer.

»Sie müssen Lord Roland Penhallow sein.«

Die Stimme kam aus einer Ecke auf der anderen Seite des Raumes, wo jemand sich aus einem tiefen Sessel erhob, ein Mann, schlank, von mittlerer Größe. Im diffusen Licht knapp außerhalb der Sonnenstrahlen, die durch das Fenster fielen, glänzte sein mit Pomade zurückgekämmtes Haar rötlich braun.

Angriffsbereit lehnte Roland sich an die breite Fensterbank. »Das bin ich, Sir. Und darf ich fragen, mit wem ich die Ehre habe zu reden?«

Der Mann trat einen Schritt vor. Er war hübsch, glatt rasiert und erstaunlich jung. Nicht älter als zwanzig, schätzte Roland. »Mein Name ist Markham. Ich bin Lord Somertons Privatsekretär.«

»Verstehe.« Roland musterte das gepflegte Äußere des zierlichen Mannes, jeder Knopf war korrekt geschlossen, jede

Falte messerscharf gebügelt. Ein sehr hübscher junger Mann, wirklich. Aber Somertons Privatsekretär?

Roland lächelte und verschränkte die Arme. »Ich nehme an, Sie haben auf mich gewartet, Mr. Markham.«

Der junge Mann räusperte sich. »Ich soll Ihnen bei Ihrer Ankunft diesen Brief überreichen.«

»Und Sie wussten, dass ich hierherkommen würde? In die Suite Seiner Lordschaft?«

»Mir wurde gesagt, das sei sehr wahrscheinlich.« Markhams Stimme klang irgendwie künstlich, wie die eines Mannes, der älter erscheinen möchte, als er ist. Mit seiner gut geschnittenen Kleidung, all den Stoffschichten und Polstern, wollte er anscheinend so etwas wie jugendliche Unbeholfenheit kaschieren. Wie alt er wohl tatsächlich war? Und was zum Teufel trieb Somerton, so einen Sekretär zu beschäftigen? Zu der Angst, die Roland quälte, seit er am Morgen Lilibets und Philips Verschwinden bemerkt hatte, gesellte sich ein leichtes Unbehagen.

»Von Somerton natürlich.«

Markham senkte den Kopf und zog ein zusammengefaltetes Blatt Papier aus der Jackentasche. Er hielt es wie einen Schild vor sich und trat näher.

»Vielen Dank«, sagte Roland mit seidenweicher Stimme und nahm ihm das Papier ab. Es war dreimal gefaltet und mit einem großen schwarzen Wachssiegel versehen.

»Wollen Sie die Nachricht nicht öffnen?«, fragte Markham.

Roland zuckte mit den Achseln. »Im Allgemeinen ziehe ich es vor, beim Lesen meiner Korrespondenz ungestört zu sein, Mr. Markham.«

»Mir wurde aufgetragen, auf Antwort zu warten.«

»Hmm.« Roland fuhr mit dem Finger am Rand des Papiers entlang. Der junge Mann – eigentlich war er noch ein Kind – hatte ein fein geschnittenes Gesicht und eine beinahe feucht schimmernde Haut mit einem Anflug von Rot auf den Wangen, doch seine braunen Augen waren alt und ernst. Roland verspürte einen Anflug von Mitleid. »Sie sind ein außerordentlich gewissenhafter Sekretär, Mr. Markham.«

»Ich bemühe mich, meinen Arbeitgeber zufriedenzustellen, Mylord.« Das Rot auf den Wangen des Jungen wurde etwas dunkler, doch der Blick seiner Augen blieb ruhig.

»Ja, das glaube ich. Sehr schön. Sie können im Sessel warten.«

Mit langen, ungelenken Schritten ging Markham zu dem Sessel in der Ecke zurück, setzte sich und schlug ein Bein über das andere. Die Schatten schluckten den matten Glanz seines rostroten Haars und ließen oberhalb seines blassen Gesichts nur ein undefinierbares Braun zurück.

Roland erbrach das Siegel.

Sie werden herzlich gebeten, sich zum Palazzo Angelini in der Via Ducale zu begeben, um über das Schicksal der Gattin und des Sohnes des Earl of S. zu entscheiden.

Rolands Finger hielten das Papier ganz fest, während seine Gedanken wild durcheinanderwirbelten, bis er sie mit brutaler Gewalt wieder zur Ordnung rief.

Es war nicht die indirekte Drohung, die ihm Angst machte. Was Somerton auch vorhatte, er war ihm gewachsen; er hatte jahrelang von Sir Edward gelernt, er war stark, schnell und schlau, und er hatte das Recht auf seiner Seite.

Auch die Lage des Palazzos, am Standrand, machte ihm keine Sorge. Vorstädte boten taktische Vorteile; er konnte jeden Umstand zu seinen Gunsten nutzen.

Nein, die Aussage des Briefes, der Satz an sich, berührte ihn nicht. Im Laufe seiner Karriere hatte er zahllose Botschaften dieser Art bekommen und war noch jedes Mal damit fertiggeworden. Was sein Herz zum Klopfen brachte und ihn mit Furcht erfüllte, war vielmehr die Tatsache, dass die Worte auf diesem Blatt Papier unverkennbar in Lilibets gestochen scharfer Handschrift geschrieben waren.

»Sie wissen aber schon, was Ihr Arbeitgeber getan hat, oder, mein Lieber?« Roland hielt sich mit einer Hand an dem Lederband fest, das vom Dach der Droschke herabhing, denn soeben bog das Gefährt mit einem besonders waghalsigen Schwung um die Ecke.

Markham zuckte nicht mit der Wimper. »Ja, das weiß ich. Er hat sich den Sohn zurückgeholt, der vor einigen Monaten aus dem Haus der Familie weggebracht worden ist.«

»Von der eigenen Mutter.« Die Droschke kam wieder ins Gleichgewicht, doch Roland hielt sich weiter an der Schlaufe fest. Die andere Hand steckte er in sein Jackett, wo in einer Innentasche eine kleine Pistole versteckt war.

»Die Lord Somerton weder eine Nachsendeadresse noch einen Hinweis auf das Ziel ihrer Reise gegeben hat, ja nicht einmal auf das Land, in das sie sich verfügt hat.« Markhams braune Augen hielten Rolands Blick stand und verrieten ihm, dass der Sekretär keinerlei Zweifel an seinem Arbeitgeber hatte.

»Weil sie sich vor seiner Reaktion gefürchtet hat. Sie hatte Angst, dass er ihr oder dem Jungen wehtun würde.«

Endlich wandte Markham sich ab und schaute mit unergründlichem Gesichtsausdruck durch das schmale Fenster der Droschke. »Dann kennt sie ihn nicht.«

Roland gab einen erstaunten Laut von sich. »Blödsinn, junger Mann. Gerade Sie müssten doch wissen, wozu Somerton fähig ist. Gerade Sie …«

Wütend schaute Markham ihn an. »Er würde ihr niemals wehtun! Und dem Jungen auch nicht!«

Roland beugte sich vor. »Nicht körperlich vielleicht. Aber ein Mann kann Schlimmeres tun.«

Markham öffnete den Mund, holte Luft und zögerte.

Roland lehnte sich zurück. »Sie wissen, wovon ich rede. Und ich warne Sie, Markham, wenn Lady Somerton oder ihrem Sohn auch nur ein Haar gekrümmt werden sollte, werde ich Sie und Ihren Arbeitgeber direkt dafür verantwortlich machen. Ohne Rücksicht auf Ihre Jugend.«

»Dem Jungen geht es bestens«, erwiderte Markham scharf. »Als ich ihn verlassen habe, vor nicht einmal einer Stunde, war er froh und zufrieden.«

»Sie haben ihn gesehen? Wann? Wo?« Rolands Hand schloss sich so fest um das Band, dass das Leder schmerzhaft in seine Haut schnitt. Die Luft in der Droschke war heiß und stickig geworden und lag wie ein Film auf der Haut.

»Bei seiner Ankunft in der Stadt. Ein feiner Junge. Er hat sich sehr gefreut, seinen Vater zu sehen. Es war richtig rührend.«

Roland ließ die Worte auf sich wirken und versuchte herauszufinden, ob Markham die Wahrheit sagte. Das Gesicht des jungen Mannes hatte wieder diesen teilnahmslosen Ausdruck angenommen, und seine Worte hatten keine besondere Gefühlsregung erkennen lassen. »Und Ihre Ladyschaft?«, fragte er endlich.

Soweit das in dem rechteckigen Lichtschein, der durch das

Fenster fiel, zu sehen war, schien Markhams Blick sich zu verhärten. »Ihre Ladyschaft befindet sich bei bester Gesundheit.«

»Wie konnte sie dann dazu bewogen werden, diese Nachricht zu schreiben?« Roland klopfte auf seine Jackentasche. »Es muss Gewalt im Spiel sein, wenn nicht körperlicher Natur, dann psychischer, und ich schwöre Ihnen …«

»Das weiß ich nicht«, schnitt Markham ihm das Wort ab.

Roland musterte den Sekretär. »Ist sie bei Philip?«, fragte er.

Ein kurzes Zögern, dann antwortete Markham: »Sie sind beide im Palazzo.«

Roland blickte aus dem Fenster. Die Droschke wurde auf der schräg ansteigenden Straße immer langsamer. Der Palazzo Angelini stand, wie er wusste, auf einem kleinen Hügel am Flussufer östlich der Stadt; rechts von ihm fiel das Gelände in einer Reihe von grünen Terrassen, die überquollen vom Reichtum des Sommers, zum Tal hinab, wo die graugelbe Stadt sich um den Fluss drängte, den die Brücken überspannten wie lange, knotige Finger. Und über allem hing, glänzend wie die Sonne, die riesige rote Kuppel der Kathedrale. Schon jetzt wirkte Florenz recht fern und entrückt. Es war ihm zwar gelungen, an der Rezeption eine Nachricht für Beadle zu hinterlassen, doch selbst wenn sie seinen Kollegen erreichte, war erst in frühestens einer Stunde mit Unterstützung zu rechnen. Er war auf sich gestellt.

Roland wandte sich wieder dem Sekretär zu und sagte ruhig: »Nun kommen Sie schon, junger Mann. Sie müssen doch wissen, dass Somerton im Unrecht ist. Sie müssten doch wissen, was er getan hat. Er war ein furchtbarer Ehemann und ein unglaublich unfähiger Vater.«

»Aber er liebt seinen Sohn.«

Roland zuckte mit den Achseln. »Vielleicht so, wie man einen Hund liebt. Oder ein wertvolles Gemälde in seiner Galerie. Sagen Sie, wie lange stehen Sie schon in den Diensten des Grafen?«

»Etwas mehr als ein Jahr.«

»Haben Sie in dieser Zeit jemals erlebt, dass Lord Somerton seinen Sohn umarmt hat? Ihm auch nur einen Hauch von Zuneigung gezeigt hat?«

Wieder ein kurzes Zögern. »Das liegt ihm nicht, das stimmt …«

»Er ist ein kaltherziger Mistkerl, und Sie wissen das!« Roland zog die Hand aus dem Jackett und schlug auf den harten Sitz neben seinem. »Dieser Junge ist das offenherzigste Kind auf der Welt; für ein winziges Zeichen der Zuneigung von seinem Vater würde er alles tun, aber bekommen hat er, wenn er überhaupt beachtet worden ist, nichts als Ablehnung, Gebrüll und Kälte. Gottlob, dem Himmel sei Dank, ist seine Mutter der liebevollste Engel auf Gottes Erde!«

Endlich funkelten Markhams Augen wütend. »Ach wirklich? Ein liebevoller Engel? Der aus dem Land geflohen ist, in die Arme eines Liebhabers? Und den eigenen Sohn in diese illegitime …«

Markhams Redefluss endete mit einem erstickten Laut, denn Roland hatte ihn mit einer Hand an seinem makellosen weißen Hemd und den adretten wollenen Jackenaufschlägen gepackt und zugedrückt. »Wagen Sie es ja nicht«, zischte er ihm zu, »Lady Somertons Namen noch einmal zu beschmutzen.«

Markhams braune Augen waren groß wie Untertassen geworden.

»Ich habe nicht vor«, redete Roland mit eisiger Stimme weiter, »Lady Somertons Vertrauen zu missbrauchen, indem ich im Detail aufzähle, wie Somerton sie hintergangen hat. Es sollte reichen, dass er sie unzählige Male betrogen hat, und zwar lange bevor sie einen einzigen illoyalen Gedanken gehegt hat.« Er ließ Markhams Hemd los und legte die Hand wieder in seinen Schoß. »Sie schuldet ihm nichts. Weder Treue noch Loyalität, und Liebe schon gar nicht.«

Markham rückte seinen Kragen zurecht. »Ich verstehe.«

Roland verschränkte die Arme und betrachtete den jungen Mann: den missmutig gewordenen Gesichtsausdruck, die Form seiner Schultern, die langsamen Handbewegungen. »Sagen Sie mal, alter Junge«, fragte er mit der Lässigkeit, für die er bekannt war, »wissen Sie zufällig, was Seine Lordschaft heute vorhat?«

Markham sah ihn von unten her an. »Nein, zufällig weiß ich das nicht.«

»Wissen Sie, ich denke, ich glaube Ihnen«, erwiderte Roland. Die Droschke fuhr nun sehr langsam um eine Ecke herum, und ein steinerner Torpfosten glitt am Fenster vorbei. »Ich glaube, Sie wissen genauso wenig wie ich, was in Somertons Kopf vorgeht. Und ich habe den Verdacht, dass Sie mir das beinahe übelnehmen. Tja, sieht so aus, als hätten wir beide etwas gemeinsam.«

Markham straffte die Schultern und drückte den Rücken durch. Dann sagte er kalt, beinahe verächtlich: »Ich kann Ihnen versichern, Eure Lordschaft, dass wir beide nichts *gemeinsam haben*, wie Sie es auszudrücken belieben.« Die Droschke kam wippend zum Stillstand, und Markham legte eine Hand auf den Türgriff. »*Ich* bin Somertons Helfer und Vertrauter, und *Sie*« – er öffnete die Tür, sprang aus dem Wagen und wandte sich mit wütendem Blick wieder um – »sind nur der Liebhaber seiner Frau.« Lächelnd musterte er Roland von Kopf bis Fuß. »Auch wenn das jetzt wohl vorbei sein dürfte.«

Dann entfernte er sich über den kiesbestreuten Innenhof.

Nachdenklich stieg Roland aus und ging zum Kutscher, um ihn zu bezahlen. *»Attendere l'angolo«*, sagte er, während er dem Mann einen zusätzlichen Zehn-Lire-Schein in die Hand drückte.

»*Grazie*, Signore«, erwiderte der Kutscher überrascht und tippte sich an den Hut. Dann schwang er die Peitsche, das Pferd trabte an und zog den Wagen mit knirschenden Rädern durch das offene Tor wieder auf die Straße zurück.

Roland wandte sich dem quadratischen Haus im palladianischen Stil zu. Markham stand wartend am Eingang, die Füße leicht auseinander, die Hände hinter dem Rücken. Ein seltsamer junger Mann, dieser Markham. Im Grunde offenbar kein schlechter Kerl, dennoch diesem Schuft Somerton treu ergeben und anscheinend nicht besonders angetan von Lilibet. Welche Art von Macht hatte der Graf über den Jungen?

Roland gestattete sich einen kurzen Blick auf die Fenster der Fassade. Er fragte sich, ob Lilibet und Philip vielleicht hinter einem davon standen und auf ihn herunterschauten. Dann ging er über den Hof zu Markham und merkte sich alle möglichen Details, für den Fall, dass er sie später brauchen konnte: die Höhe der Fenster, die Entfernung zu den nahen Bäumen, den Verlauf der hohen Steinmauern, die das Besitztum umgaben, die Richtung, in die das Haus blickte.

Als er an der Tür ankam, trat Markham beiseite und ließ ihn als Ersten eintreten. Roland trat über die Schwelle und gelangte in eine beeindruckende, aber ziemlich leere Eingangshalle mit wundervollen Proportionen. Sein Blick glitt über die cremefarbenen Wände, die Türen, die geschwungene Treppe und die bodentiefen Fenster weiter hinten, durch die helles Sonnenlicht und der Ansatz einer breiten Steinterrasse zu sehen waren. Zu hören war nichts außer dem Klacken seiner Stiefelabsätze auf den alten Marmorfliesen.

Roland blieb stehen, verschränkte die Hände auf dem Rücken und drehte sich zu Markham um. »Also?«, fragte er. »Sie haben mich hergebracht. Wo bitte ist Lord Somerton, mein Lieber?«

Und was noch wichtiger war, wo zum Teufel war Lilibet?

EINUNDZWANZIG

Zwei Stunden zuvor

Lilibet saß im ersten Stock des Palazzo Angelini auf einem Stuhl mitten im Zimmer und wartete auf den Earl of Somerton.

Die Praxis war ihr nicht ganz unbekannt. Früh am Abend der letzten Nacht, die sie im Haus ihres Mannes verbracht hatte, hatte Lord Somertons Privatsekretär, Mr. Markham, an die Tür des Kinderzimmers geklopft, wo sie Philip gerade eine Gutenachtgeschichte vorlas. »Seine Lordschaft bittet um die Ehre eines Gespräches in seinem Arbeitszimmer«, hatte er in seiner ruhigen Art gesagt, die Augen dunkel und teilnahmslos. Oder jedenfalls etwas Ähnliches; etwas Förmliches und Korrektes, das jedoch trotz der höflichen Worte Böses ahnen ließ.

Also war sie zum Arbeitszimmer gegangen, das sie aber leer vorgefunden hatte. Sie war nicht überrascht gewesen. Schließlich machte er es immer so, ließ die Menschen auf das Gespräch mit ihm warten, ließ sie schwitzen und auf dem Stuhl vor seinem Schreibtisch herumrutschen, bis er endlich hereinkam, um sie zu schikanieren. Daher hatte sie sich auf den besagten Stuhl gesetzt, ihre Röcke geordnet, die Hände im Schoß gefaltet und sich darauf konzentriert, ihren Pulsschlag langsam und gleichmäßig zu halten. Das zunehmende Angstgefühl in Brust und Bauch zu unterdrücken und daran zu denken, dass sie eine Gräfin war, eine Lady, eine hochrangige und tugendhafte Frau. Dass sie nichts zu befürchten hatte.

Gedanklich derart beschäftigt, hatte es einige Minuten gedauert, bis sie bemerkte, dass das elegante vergoldete Schmuckkästchen mitten auf dem Tisch ihres Mannes ihr gehörte. Und während sie sich noch darüber wunderte, ehe sie mehr empfinden konnte als einen ersten Anflug von Empörung darüber, dass die Schatulle aus ihrem Zimmer genommen und offenbar ohne ihre Erlaubnis geöffnet worden war, da sie nun mit halb offenem Deckel auf Somertons glänzendem großen Mahagonischreibtisch stand, war ihr Gatte hereingekommen.

Aus diesem Grunde wusste sie, dass ihre Anwesenheit im Palazzo Angelini zu Somertons Plan gehörte. Seit dem Moment, in dem sie Markhams Gesicht in der Menge von Touristen entdeckt hatte, die sich um den Ponte Vecchio drängten, war jedes Detail um sie herum sorgfältig inszeniert.

Dieser große, leere Raum ohne irgendwelches Mobiliar bis auf einen Lehnstuhl, einen Sekretär und den Stuhl mit der hohen, geraden Lehne, auf dem sie saß.

Die Lampe, die Feder und das Blatt Papier auf dem Sekretär.

Die Geräuschkulisse aus Fußgetrappel, gedämpften Stimmen, Kinderlachen und purzelnden Bauklötzen und anderen Dingen, die aus dem Raum direkt über ihr kam.

Die fest verschlossenen Fenster, die keinen Hauch der frischen Bergluft hereinließen, sodass die Nachmittagssonne, die mit voller Kraft auf die Sprossenscheiben traf, den Raum immer weiter aufheizte.

Die Uhr, die auf dem Kaminsims tickte.

Genau wie an jenem Abend vor vielen Monaten versuchte Lilibet, auch in dieser Situation Ruhe und Haltung zu bewahren. Ihr Rücken blieb kerzengerade, die Muskeln angespannt. Sie konnte warten. Sie hatte Zeit. Und Kraft.

Und sie war nicht dumm. Sie hatte geahnt, dass es so kommen könnte. Bei Mssrs. Bellwether and Knobbs lag längst ein Stück Papier, das jede Liaison auflistete, die Somerton eingegangen war, jede schäbige Begegnung, jede anrüchige Verbindung. Darin wies sie ihre Anwälte an, diese Informationen an den Sekretär der Königin weiterzuleiten, falls Philip in Begleitung des Grafen in England eintreffen sollte. Sie hatte diese Liste im Laufe des letzten Jahres mit allergrößter Sorgfalt zusammengestellt. Sie war Somerton gefolgt und hatte alles notiert. Buch geführt über jeden, der sein Arbeitszimmer betreten hatte, und sogar einen Diener in seinem Club bestochen, um die Namen seiner Kumpane zu erfahren. Sie hatte schon seit geraumer Zeit Munition gegen ihn gesammelt.

Diesmal würde sie gewinnen.

Bis Roland sie aufgespürt hatte, würde sie Somertons schriftliche Zustimmung zur Scheidung in Händen halten.

Warum klopfte ihr das Herz dann trotzdem bis zum Hals?

Lilibet starrte zur Decke empor, wo Philip mit seinen kleinen Füßen nur ein paar Meter von ihr entfernt herumlief, und versuchte, das laute Ticken der Uhr zu ignorieren, während die Minuten verrannen. Mit jeder Faser ihres Körpers sehnte sie sich danach, die Treppe hinaufzulaufen, Philip in den Arm zu nehmen, ihn abzuküssen und aus dem Haus herauszubringen. Weg von dieser kalten, symmetrischen Villa und zurück zum lieb gewordenen Castel Sant'Agata, das in der Junisonne badete, und in Rolands wartende Arme.

Doch diesen Luxus konnte sie sich nicht leisten. Erst musste sie sich mit Somerton aussprechen. Sie musste dieser Sache ein Ende bereiten.

Eine Schweißperle rann zwischen den Schulterblättern ihren Rücken hinunter. Sie konnte versuchen, eins der Fenster zu öffnen, doch sie waren riesig: zwölf mal zwölf Scheiben groß, also mannshoch. Außerdem verriet sie damit, wie nervös sie war. Besser, sie blieb einfach still sitzen und schwitzte.

Der Krach über ihr hörte kurz auf, und in dieser kleinen Pause spürte sie, dass die Holzdielen regelmäßig stark vibrierten.

Schritte.

Sie holte tief Luft und füllte die Lungen mit dem heißen, muffigen Geruch von blätterndem Putz und rissigem Holz. Dann schloss sie einen Moment die Augen und versuchte zu bestimmen, woher die Vibrationen kamen. *Rumms, rumms.* Nun konnte sie sie hören, schwere Stiefelschritte, die sich entschlossen und zielstrebig über die marmornen Treppenstufen näherten.

Immer lauter jetzt. Unverkennbar.

Im letzten Augenblick lehnte sie sich auf ihrem Stuhl zurück, legte die Unterarme auf die Armlehnen und schaute durchs Fenster, wo eine lange Reihe von Zypressen Spalier stand, ein Baum exakt so wie der andere.

Leise knarrend öffnete sich die Tür und fiel mit einem festen Knall wieder ins Schloss.

»Meine liebe Lady Somerton«, sagte eine vertraute Stimme. »Sie sehen hinreißend aus. Italien scheint Ihnen zu bekommen.«

Lilibet zählte langsam die Sekunden, eins, zwei, drei, dann schaute sie zur Tür. »Ja, es bekommt mir wirklich sehr gut, Sir. Vielen Dank.«

Er hatte sich nicht verändert, nicht im Geringsten: groß, breit, bullig, schwarzes Haar, schwarze Augen, stand er da wie ein Block Granit, dem mit äußerster Präzision ein Grinsen eingemeißelt worden war.

Dann kam er auf sie zu, blieb vor ihr stehen, legte eine Hand unter ihr Kinn und hob ihr Gesicht an. »Erstaunlich«, sagte er. »Ich hätte nicht gedacht, dass du noch schöner werden könntest. Aber es ist so.« Er legte den Kopf schief und betrachtete sie aus einem anderen Blickwinkel. »Ja, wirklich erstaunlich. Natürlich schade, dass das alles an so einen Schwachkopf wie Penhallow verschwendet wird, aber dein Geschmack war ja schon immer etwas vulgär.«

»Er ist tausendmal mehr wert als du.«

Somerton lachte. »Wie charmant, meine Liebe! Du machst mir Spaß. Als ob es mich interessierte, was du von mir hältst.«

»Im Allgemeinen ist das bei Ehemännern so.«

»Ja, aber du betrachtest mich nicht mehr als deinen Ehemann, oder? Du möchtest doch die Scheidung.« Bei dem Wort *Scheidung* beugte er sich vor und sprach es so heftig aus, dass es wie ein Peitschenknall wirkte.

Lilibet ließ sich nicht einschüchtern. »Ja, das möchte ich.«

Lächelnd, oder eher grinsend, drehte Somerton sich um und setzte sich in den Lehnstuhl, der ein Stück entfernt stand. »Also dann, meine Teure. Ich erhebe keine Einwände gegen die Scheidung.« Er kreuzte die Beine und legte die Arme auf die Armlehnen. »Wie sind deine Bedingungen?«

Erstaunt sah Lilibet ihn an. »Meine Bedingungen?«

»Ich bin durchaus bereit, vernünftige Ansprüche zu erfüllen. Natürlich bekommst du finanzielle Unterstützung. Dazu ein Haus. Und du kannst gern auch den Jungen mitnehmen, obwohl ich erwarte, regelmäßig über seine Fortschritte informiert zu werden und vielleicht einmal im Jahr Besuch von ihm zu bekommen. Du wirkst überrascht.«

»Ich gebe zu, das bin ich.« Lilibets schweißfeuchter Rücken begann, an der Stuhllehne zu kleben, daher gab sie die lässige Pose auf und setzte sich gerader hin. »Ich habe gedacht, du würdest Widerspruch einlegen.«

»Nie im Leben. Warum um alles in der Welt sollte ich mir wünschen, mit einer Frau verheiratet zu sein, die das Bett eines anderen teilt?«, entgegnete Somerton kühl und starrte sie an, ohne auch nur einmal zu blinzeln.

Lilibet wurde noch heißer. »Wenn ich das getan habe, dann nur, weil du mich dazu getrieben hast. Du hast tausendmal mehr gesündigt als ich, zehntausendmal.«

»Tatsächlich? Ich habe mir vielleicht etwas mehr Abwechslung gegönnt, aber wer von uns *mehr* gesündigt hat, ist ja wohl fraglich.«

»Das stimmt nicht! Ich habe niemals … Er war niemals mein Liebhaber. Erst seit …«

»Komm schon, meine Liebe«, sagte Somerton beruhigend. »Lass uns doch keine Zeit mit sinnlosen Lügen verschwenden. Sein Foto ist all die Jahre in deinem Schmuckkästchen gewesen.« Er beugte sich vor, legte die Hände mit gespreizten Fingern auf die Knie und herrschte sie an: »In deinem *Schmuckkästchen*.«

Lilibet zwinkerte heftig. Sie hasste es, dass er es immer wieder schaffte, sie mit ein paar hingeworfenen Worten in diesem schneidenden Ton, mit einem einzigen drohenden Blick aus diesen schwarzen Augen zum Weinen zu bringen. Mit enormer geistiger Anstrengung brachte sie ihre flatternden Nerven unter Kontrolle. »Du weißt doch, dass Roland und ich einmal ineinander verliebt waren. Alle haben das gewusst. Dann bin ich, wie das Schicksal es wollte, deine Frau geworden. Aber ich habe dich niemals betrogen. Weder in Worten noch Taten, erst nachdem ich England verlassen hatte. Erst nachdem ich ihm zufällig wiederbegegnet bin …«

Ein trockenes Lachen entfuhr Somerton, und er lehnte sich wieder zurück. »Zufällig! Wirklich, Verehrteste! *Zufällig!*«

»Ja, es war Zufall!«, erwiderte Lilibet scharf. »Ich hatte keine Ahnung, dass er in Italien war, unterwegs zum selben Schloss! Wir haben auf eine Anzeige in der *Times* geantwortet, um Himmels willen!«

»So eine Anzeige habe ich nie gesehen.«

»Dann nenn es eine göttliche Fügung. Schicksal.« Lilibet umklammerte die geschnitzten Armlehnen. »All diese Jahre habe ich mich selbst betrogen, Somerton. Ich habe mir große Mühe gegeben, eine gute Ehefrau zu sein. Ich habe alles versucht, um dich zu lieben, um die Vergangenheit zu vergessen und die Träume, die ich hatte. Um mit dir neue Träume zu verwirklichen. Aber du hast sie zertrümmert, einfach so, mit deinen Betrügereien und deiner Untreue, den zahllosen Frauen, deinem Jähzorn und deiner Kälte. Und so habe ich sechs Jahre Winter erlebt, *sechs Jahre* Bitternis und Einsamkeit, in denen nur Philip mir ein wenig Wärme gegeben hat. Ich habe wie eine Nonne gelebt, als müsste ich für deine Sünden büßen, bis zur letzten Nacht, jener furchtbaren Nacht, in der du mir Ehebruch vorgeworfen hast. Mir! Mit einem Mann verkehrt zu haben, den ich für dich aufgegeben hatte, einem Mann, den ich seit Jahren nicht mehr gesehen hatte.«

Abrupt stand Somerton auf und ging zum Fenster, öffnete es mit einem einzigen Ruck und ließ die Nachmittagsbrise ins Zimmer wehen. »Sein Foto, meine Liebe, lag zwischen deinem Schmuck!«

»Ich hatte es vor langer Zeit dorthin gelegt«, sagte Lilibet leise, während sie ihn beobachtete. »Ich habe es nie angerührt. Es hat mich nur getröstet zu wissen, dass es da war.«

Somerton stand am Fenster und schnappte nach Luft. »Zwischen deinem Schmuck«, sagte er wieder, beinahe unhörbar, denn die Brise trug seine Worte fort.

»Ich habe dich niemals betrogen.«

In der Reihe identischer Bäume entlang der Gartengrenze begann ein Vogel zu singen, laut und überschwänglich. Die ausgesperrten Gerüche drangen ins Zimmer, das würzige Aroma der Zypressen, der Duft der Blumen und der sonnenverbrannten Erde.

Von oben waren ein lauter Knall und schrilles Gelächter zu hören. Der Klang schnürte ihr fast das Herz ab vor Sehnsucht.

»Ich nehme an, irgendeine Kinderfrau ist bei ihm«, sagte sie.

Somerton drehte sich um, lehnte sich an das alte Holzfensterbrett und stützte die Arme auf. »Natürlich. Seine ehemalige Kinderfrau, die, die ihr in Mailand zurückgelassen habt.«

»Nachdem ich entdeckt hatte, dass sie von dir schwanger ist.«

Somerton zuckte mit den Achseln. »Völlig ausgeschlossen. Ich achte stets peinlich genau darauf, mir solche Scherereien zu ersparen. War wohl eher ein Diener.«

Lilibet spürte, dass ihr schon wieder heiß wurde, und redete mit gepresster Stimme sachlich weiter, um ihre Verlegenheit zu verbergen. »Wie auch immer, wir sollten zum Geschäft zurückkehren.«

»Geschäft?«

»Den Bedingungen unserer Scheidung. Ich würde die Sache gerne so schnell wie möglich abschließen.«

»Ja, natürlich.« Somerton stemmte sich hoch und ging zu seinem Stuhl zurück, umfasste die Rückenlehne und betrachtete Lilibet mit seinen dunklen Augen. »Würden dir tausend Pfund im Jahr reichen?«

»Ich möchte kein Geld von dir.«

»Solltest du wieder heiraten oder dich unter den Schutz eines anderen Mannes begeben, sehe ich mich selbstverständlich gezwungen, die Zahlungen einzustellen. Aber bei deinem Gesicht sollte es wohl nicht schwer sein, jemanden zu finden, der genug Geld in der Tasche hat, um dich ausreichend zu versorgen, selbst wenn du eine geschiedene Frau bist.« Sein Tonfall war ruhig, doch an den Händen auf der vergoldeten, runden Rückenlehne traten die Knöchel weiß hervor.

»Ich habe doch gerade gesagt, dass ich kein Geld von dir will.«

»Wenn du möchtest, besorge ich dir ein Haus in der Stadt, obwohl ich erwarte, dass Philip mindestens sechs Monate im Jahr auf dem Land verbringt, was sowohl seiner Gesundheit als auch seiner moralischen Entwicklung zugutekommen dürfte, bis er in die Schule geht.«

»Moralische Entwicklung? Das ist ja großartig«, sagte Lilibet. »Aus deinem Mund.«

»Das Haus meiner verstorbenen Mutter, auf meinem Landsitz, kann dafür hergerichtet werden, wenn es dir gefällt. Als zukünftiger Graf sollte Philip etwas über das Land wissen, das er erbt. Ich gehe davon aus, dass er tatsächlich mein rechtmäßiger Sohn ist.«

»All diese Dinge kannst du mit meinen Anwälten besprechen. Sie werden gern eine Übereinkunft aufsetzen, die uns beide zufriedenstellt.« Lilibet erhob sich. »Ehrlich, ich weiß nicht, warum das alles nötig war. Du hättest nur einen Brief zu schicken brauchen, anstatt meinen Sohn zu entführen und ihn dazu zu zwingen, durch die Hügel zu fahren, an einem …«

»Einen Moment, meine Liebe«. Somerton hob eine Hand. »Ich war noch nicht ganz fertig. Zum Dank für meine Kooperation erwarte ich einige Zugeständnisse.«

Irgendetwas an der Art, wie er *Zugeständnisse* sagte – der seidenweiche, gedehnte Tonfall begleitet von einem hellen Leuchten in den Augen –, ließ das Blut in Lilibets Adern gefrieren.

Sie verflocht ihre Finger. »Was für Zugeständnisse? Falls es um Besuche geht, werde ich Philip natürlich erlauben …«

Mit einer lässigen Handbewegung deutete Somerton auf den Sekretär, auf dessen blank polierter Oberfläche Feder und Papier lagen. »Zuerst möchte ich, dass du einen Brief für mich schreibst.«

»Einen Brief? Was für einen Brief?«, fragte Lilibet misstrauisch.

»Ich werde ihn dir diktieren, wenn es dir nichts ausmacht.«

Sie zögerte. »An wen soll der Brief gehen?«

Sie kannte die Antwort schon, bevor er den Mund aufmachte. Die Art, wie er befriedigt leicht die Lippen kräuselte, die triumphierend hochgezogene Braue verrieten sie ihr.

»Na, an deinen Liebhaber natürlich. An Lord Roland Penhallow, unseren galanten Helden, der so beherzt die Frauen anderer Männer verführt.« Wieder deutete Somerton mit der Hand lässig in Richtung Sekretär. »Ich finde, er hat wenigstens ein paar freundliche Dankesworte für seine Bemühungen um meine Ehefrau verdient, du nicht?«

»Halt ihn da raus, Somerton. Mit dem Scheitern unserer Ehe hat er nichts zu tun. Ich habe schon lange, bevor ich ihn wiedergesehen habe, gewusst, dass ich nicht mehr unter deinem Dach leben kann.«

»Sag mal«, entgegnete der Graf im Konversationston und legte die Hände wieder auf die Stuhllehne, »hat er dich befriedigt? Hat er dich zum Schreien gebracht, auf diese irre Art, die du hast, wenn du zum Höhepunkt kommst? Hat er …«

»Hör auf! Sofort! Wie kannst du es wagen?!«

»Hat er sich gefreut, als er entdeckt hat, wie lüstern und unersättlich du bist? Sag's mir, Elizabeth. Ich will jede Kleinigkeit wissen. Hat er an deinen Titten gesaugt? Hat er seine Zunge zwischen deine Beine gesteckt?«

Lilibet drückte die Hände auf die Ohren. »Hör auf! Hör auf damit!«

Somerton hob den Stuhl hoch und warf ihn quer durchs Zimmer, sodass er an die Wand krachte und zersplitterte. »War sein Schwanz so gut wie meiner? Hast du vor Freude geschrien, als er ihn dir reingesteckt hat, so wie bei mir?«

Lilibet riss sich zusammen und nahm die Hände wieder herunter. An ihrem Hals war ihr Pulsschlag zu sehen. »Hör auf«, sagte sie mit leiser Stimme. »Du machst dich lächerlich.«

Massig und schwer atmend stand Somerton vor ihr, die Augen im grob geschnittenen Gesicht funkelten vor Wut. Seine rechte Faust ballte und öffnete sich regelmäßig, so als schlüge sein Herz außerhalb seiner Brust.

Etwas sanfter fuhr Lilibet fort. »Können wir das nicht wie zivilisierte Menschen besprechen, Somerton? Können wir uns nicht einfach darauf einigen, uns zu trennen, und einander alles Gute wünschen?«

Der Graf holte tief Luft und dann noch einmal. Als er endlich antwortete, hatte er seine Stimme wieder unter Kontrolle. »Nichts leichter als das, Madam. Schreiben Sie nur diesen Brief, wie gewünscht, und wir können weitermachen.«

»Nein, das werde ich nicht tun. Roland Penhallow hat nichts damit zu tun.« Da ihre Hände langsam feucht wurden, schloss Lilibet sie um die Falten ihres Kleides.

Somertons Lippen verzogen sich zu einem Lächeln. »Mein liebes, verehrtes Weib. Hast du etwa geglaubt, ich hätte dich hierhergebracht, und zwar mit unserem Sohn, nur um ein freundliches Gespräch über unsere Scheidung zu führen?«

»Ich habe keine Ahnung, warum du mich hergebracht hast.«

»Oder hast du geglaubt, ich hätte mir Hoffnungen gemacht, dich zurückgewinnen zu können? Hätte vielleicht sogar vor, Philip mit nach Hause zu nehmen und ihn selbst aufzuziehen?«

Lilibet antwortete nicht, starrte ihn nur an und wartete ängstlich auf das, was nun kommen würde.

Somerton streckte die Hand aus und nahm ihr Kinn zwischen Daumen und Zeigefinger. Dann beugte er sich vor, sodass sein Brandy-Atem ihre Nase streifte. »Dafür ist es längst zu spät, meine Liebe«, zischte er. »Ich will doch keine Frau zurück, die mit einem andern herumhurt. Und ich will auch nicht dein Balg am Bein haben.«

Lilibet schlug seine Hand weg. »Was willst du *dann*, du gottverdammter unerträglicher Bastard?«

Bei diesen Worten zog Somerton die Brauen hoch. »Was für eine Ausdrucksweise, Elizabeth.« Er lachte in sich hinein.

Dann ging er zum Sekretär, nahm Feder und Papier und hielt ihr beides hin. Sein Gesicht strahlte vor Siegesfreude. »Ich will Penhallow, meine Liebe. Ich will deinen Liebhaber. Und wenn du den kleinen Philip wiedersehen willst – wenn du ihn gern lebendig aus diesem Gebäude herausgehen sehen möchtest –, wirst du für mich den Lockvogel spielen.«

ZWEIUNDZWANZIG

Natürlich hatte sie kapituliert.

Was hätte sie sonst tun können? Verstand und Logik sagten ihr zwar, dass Somerton nicht seinen eigenen Sohn töten würde. Nicht einmal er war derart gestört. Sicher, er hatte Zweifel daran geäußert, der Vater des Jungen zu sein, doch damit hatte er sie nur beleidigen wollen; niemand, der Philips schwarze Augen sah, konnte ernsthaft glauben, dass er anderen Lenden als denen des Earl of Somerton entsprungen war.

Der Verstand sagte ihr auch, dass sie eine ausführliche, gut kommentierte Liste bei Bellwether and Knobbs liegen hatte und nicht ohne eigenes Druckmittel war.

Doch die Angst in ihrem Herzen ließ sich durch den Verstand nicht beherrschen. Sie befand sich momentan in Somertons Gewalt, und ihr Sohn ebenfalls. Und Roland, sagte sie sich, war – falls er sich noch im Castel Sant'Agata aufhielt und nicht versucht hatte, ihr zu folgen – mindestens ein paar Stunden entfernt. Somerton würde ihn finden müssen, wo immer er sein mochte, und dann würde Roland noch zum Palazzo kommen müssen. Viel Zeit für sie, um den Grafen umzustimmen; viele Stunden, in denen sie ihre Flucht planen konnte.

»Ich möchte Philip sehen«, sagte Lilibet, als sie Somerton den Brief reichte. Sie sah ihm direkt ins Gesicht, um ihn wissen zu lassen, dass sie sich diesmal nicht einschüchtern lassen würde.

»Aber natürlich.« Mit einem einzigen scharfen Knick faltete Somerton den Brief, steckte ihn in die Tasche und ging zur Tür. »Madam«, sagte er, indem er die Kassettentür weit aufmachte und beiseitetrat.

Dann führte er sie die Treppe hinauf, zweiundzwanzig breite Marmorstufen (um die Ruhe zu bewahren, zählte Lilibet mit) und um den Treppenabsatz herum zu einer Tür, an die er zweimal klopfte.

Lilibet konnte nicht länger warten. Sie drängte sich an ihm vorbei, stieß die Tür auf, lief ins Zimmer und nahm Philip in die Arme, drückte seinen warmen Körper, der nach Brot, Marmelade und frischem Leinen roch, fest an sich. »Mein Schatz«, sagte sie in sein Haar. »Mein lieber Schatz.«

»Mama! Mama! Da bist du ja! Sieh nur, da ist Miss Lucy! Sie ist zurück!«

Lilibet schaute zu Lucy Yarrow hinüber, die ehrerbietig neben dem Fenster stand, wo das Sonnenlicht ihren runden Schwangerschaftsbauch hervorhob.

»Madam«, sagte die Kinderfrau und knickste steif und schwerfällig.

»Sie hat auch ein Baby im Bauch«, flüsterte Philip seiner Mutter ins Ohr.

Lilibet wich das Blut aus dem Gesicht. Schnell sah sie zu Somerton hinüber, doch er schien nichts mitbekommen zu haben: Er klopfte mit den Fingern auf seine Jackentasche und sah sich im Zimmer um, bis sein Blick schließlich an ihr hängen blieb.

Lilibet spürte, wie er ihr Gesicht und ihre Figur musterte. Sie trug ihr Reisekostüm und hatte die Jacke noch nicht aufgeknöpft, außerdem presste Philip sich an sie. Konnte Somerton ihre fülliger gewordene Taille sehen? Bemerkte er den schwellenden Busen, den rosigen Hauch auf ihren Wangen? Die Veränderungen erschienen ihr so offensichtlich.

Um die Stille zu durchbrechen, nickte sie Lucy zu. »Sie müssen müde sein. Ich passe selbst auf ihn auf.«

»Sehr gut.« Auch Somerton nickte der Kinderfrau kurz zu. »Warten Sie unten in der Küche. Ich schicke nach Ihnen, wenn Sie benötigt werden.«

»Vielen Dank, Sir.« Noch einmal knickste Lucy ungelenk, dann flüchtete sie, so schnell ihr Bauch es zuließ.

Somerton wandte sich wieder Lilibet zu. »Ich nehme an, du bist hungrig. Ich lasse gleich ein Tablett mit Essen heraufbringen.«

»Wo bist du gewesen, Mama?«, fragte Philip an Lilibets Ohr. »Wo ist Onkel Roland? Ist er auch mitgekommen? Kennt er Papa?«

»*Onkel Roland*«, sagte Somerton hämisch und sah ihr in die Augen. »Der liebe alte Onkel Roland. Er wird wohl bald kommen. Und deshalb muss ich leider um die Erlaubnis bitten, mich zurückziehen zu dürfen. Markham wartet unten auf mich.« Wieder klopfte der Graf zufrieden auf seine Jackentasche. Er strotzte vor Kraft und Selbstbewusstsein. Seine Stärke und sein hinterlistiger Blick flößten Lilibet große Angst ein. Wie war sie nur auf den Gedanken gekommen, ihn überlisten zu können? Wie hatte sie Roland nur zu ihm locken können?

Hab Mut, dachte sie. Mut und Zuversicht. Schließlich ist er auch nur ein Mann.

»Nimm dir so viel Zeit, wie du brauchst«, sagte sie kühl. Philip wurde allmählich schwer; sie ließ ihn zu Boden gleiten und nahm ihn fest bei der Hand.

Somerton ging zur Tür und verneigte sich höflich formell

in ihre Richtung. »Ich werde dich natürlich sofort informieren, wenn es irgendwelche Neuigkeiten gibt.«

Damit verschwand er, zog die Tür fest hinter sich zu und drehte leise klickend den Schlüssel im Schloss.

Verdammt sollte er sein.

»Papa scheint sehr böse zu sein«, sagte Philip leise.

Lilibet wandte sich ihm zu und kniete sich auf den Boden. »Hat er dir irgendetwas getan, Liebling?«, fragte sie und gab sich große Mühe, die Frage möglichst sanft und belanglos klingen zu lassen.

Philip schüttelte den Kopf. »Nein. Aber ich weiß, wann er böse ist.«

»Ja, er ist wohl ein wenig verärgert.« Erleichtert schöpfte Lilibet Luft. »Aber das darfst du dir nicht zu Herzen nehmen. Dein Vater ist nur … also …«

»Er hasst mich, nicht wahr?« Die Stimme des Jungen klang erstaunlich sachlich.

»Nein! Nein, natürlich nicht, Schatz. Er hat dich sehr lieb.«

»Nein, hat er nicht.« Philip legte die Arme um ihren Hals. »Er hat kein Wort zu mir gesagt in der Kutsche. Ich glaube, er mag Kinder nicht.«

»Er weiß nur nicht, was er zu ihnen sagen soll. Aber er liebt dich.« Lilibet nahm ihren Sohn ebenfalls in die Arme und legte das Kinn auf seinen Kopf.

»Onkel Roland ist viel netter zu mir. Onkel Roland …«

Sie strich ihrem Sohn übers Haar. »Was ist mit Onkel Roland, Schatz?«

»Ich möchte … ich glaube …« Der Junge seufzte und löste sich aus der Umarmung. »Hat Papa die Wahrheit gesagt? Kommt Onkel Roland hierher?«

»Ich … Nun ja, es könnte sein.«

»Papa mag Onkel Roland nicht, oder?« Philip streckte eine Hand aus und begann, an Lilibets Ärmel zu zupfen, dabei streiften seine kleinen Finger zart ihr Handgelenk.

Woher wusste der Junge das?

Lilibet schluckte. »Nicht besonders, nein.«

»Wird er ihn umbringen?«

Lilibet erstarrte. Sie versuchte zu lachen, aber es hörte sich eher wie ein Krächzen an. »Mein Gott, nein! Wie kommst du denn darauf? Ihn *umbringen*, also wirklich. Die Menschen bringen sich doch nicht einfach so um, mein Schatz.«

Sie klang nicht überzeugend, nicht einmal in ihren eigenen Ohren. Was sollte Somerton schon mit Roland vorhaben, wenn nicht, ihn umzubringen?

Philip drückte sich stumm wieder an sie, und sein kindlicher Atem mischte sich mit ihrem. »Wenn ich mit Papa nach England zurückgehe, ist er dann nicht mehr böse auf Onkel Roland?«

»Oh, Schatz. Darum geht es doch gar nicht. Es ist nicht deine Schuld. Manchmal kommen Menschen einfach nicht miteinander aus.« Lilibet schob Philip ein Stück von sich fort, um ihn ansehen zu können. Seine Haut war gerötet, die Augenlider schwer, so als gäbe er sich große Mühe, nicht zu weinen. »Onkel Roland wird schon nichts passieren.«

Besorgt kniff Philip die Augen zusammen. »Gehen wir mit Papa nach England zurück?«

Lilibet zögerte und nahm seine Hand. »*Möchtest* du denn zurückgehen?«

»Jaaa«, sagte der Junge widerstrebend, so als genüge er einer lästigen Pflicht, und dann: »Aber ich würde auch gern … Warum kann ich nicht … Ich meine …« Wieder warf er sich ihr an den Hals. »Ich würde Onkel Roland vermissen! Und Norbert! Und das Fischen im See!«

»Oh, Schatz. Ist ja schon gut. Alles in Ordnung.«

»Und Papa ist so böse, und in England ist es nass und kalt …«

»Jetzt nicht. Es ist doch Sommer. Und Papa … den werden wir nicht allzu oft sehen. Nur wenn du möchtest. Wir … nun, wir beide werden zusammen in ein Haus ziehen, und dann kannst du deinen Vater besuchen …«

Der kleine Junge in Lilibets Armen versteifte sich. »Also … wir wohnen nicht bei Papa?«

Oh, verdammt. Verdammt noch mal. Sie wollte nicht darüber sprechen, noch nicht. Sie hatte keine Zeit gehabt, sich darauf vorzubereiten. Sie hatte noch nicht die richtigen Worte gefunden. Außerdem machte sie sich große Sorgen um Roland und auch um Philip und sich. Wie zum Teufel erklärte man einem fünfjährigen Jungen, dass die Ehe seiner Eltern vorüber war?

»Schatz, ich glaube … na ja, dein Vater war doch auch früher nicht oft zu Hause, oder? Also wird es nicht viel anders sein als sonst. Es ist nur so … weil er so viel fort war und so viel zu tun hat, haben wir gedacht … tja, dass es vielleicht besser wäre, wenn jeder ein eigenes Haus hätte. Und du und dein Vater gute Freunde würdet und euch immer sehen könntet, wenn ihr wollt. Manchmal ist das einfacher, wenn man getrennt lebt. Dann ärgert man sich nicht so viel.« Lilibet hielt inne, um Philips Reaktion abzuschätzen.

Er sagte lange Zeit nichts. Seine Wange drückte sich an ihre Brust, und sein Blick schien auf eine weit entfernte Ecke des Raums konzentriert zu sein. »Möchte Papa jemand anders heiraten? Wie dieser König?«

»Welcher König?«

»Der mit den vielen Frauen. Onkel Roland hat mir von ihm erzählt. Er hatte sechs, glaube ich. Und sie hießen alle Katherine, wie dumm, wie soll man sie dann auseinanderhalten?«

Lilibet musste lachen. »Sie hießen nicht *alle* Katherine.« Das Knien auf den harten Holzdielen fing an wehzutun, daher setzte sie sich auf den Boden, zog Philip auf ihren Schoß und legte das Kinn auf seinen Scheitel. »Und dein Vater ist kein König. Ich glaube nicht, dass er jemand anders heiraten möchte. Er will nur …«

»Nicht mehr mein Vater sein?«

»Nein! Nein, überhaupt nicht. Er wird immer dein Vater sein, Schatz. Er wird dich immer lieb haben.« Lilibet schaute über das endlose Parkettmuster, das sich bis zur gegenüberliegenden Wand erstreckte. Das Sonnenlicht, das durch das riesige Fenster weiter oben fiel, wärmte ihr Gesicht und ihre Hände.

»Ich will nicht, dass er mich wieder zurückbringt!«, sagte Philip plötzlich sehr heftig. »Ich möchte nicht fort von hier! Wenn er versucht, mich mitzunehmen, dann … laufe ich weg!«

»Schsch. Nein, das wirst du nicht. Du …«

»Doch, werd' ich! Und dann kommt Onkel Roland und holt mich und …«

»Sag das nicht!«

»Warum nicht?« Philip befreite sich aus Lilibets Armen, stand auf und sah sie an. Seine dunklen Augen leuchteten vor Erregung. »Ich will, dass er mich holt! Ich will bei Onkel Roland bleiben! Er ist viel netter, und er hat mich lieb. Er hat es mir gesagt.«

»Still, Schatz. Sag das nicht. Dein Vater könnte dich hören; vielleicht steht er draußen vor der Tür …«

»Das ist mir egal! Er kann mich ruhig hören! Ich will, dass Onkel Roland mit seinem Pferd kommt und uns beide irgendwo hinbringt, wo Papa uns nicht finden kann. Und wenn Papa versucht, ihn aufzuhalten, wird er … wird er mit Papa kämpfen! Er wird ihn erschießen und …«

»Um Himmels willen, Philip! Nein!« Lilibet wollte den Jungen an sich ziehen, doch er wich ihr aus und rannte zum Fenster. »Philip, das darfst du nicht sagen! Dein Vater ist vielleicht … ein bisschen schwierig, aber …«

»Ich wette, Onkel Roland ist gerade da draußen und versucht, uns zu befreien.« Philip streckte den Kopf vor und bemühte sich, unten vor dem Haus etwas zu sehen.

Lilibet fasste ihn am Arm und zog ihn vom Fenster fort. »Unsinn. Er wartet im Schloss. Er …« Sie verstummte. Was konnte sie Philip schon erzählen? Sie konnte nicht lügen, aber auch nicht die Wahrheit sagen. Konnte ihm nicht versichern, dass Roland nichts zustoßen würde; konnte ihm nicht verraten, dass sie Roland gerade einen Brief geschrieben hatte, der ihn in Somertons Fänge lockte. »Wir warten einfach ab, ja?«, endete sie lahm. »Sicher regelt sich alles von selbst.«

»Onkel Roland würde mit Papa um uns kämpfen«, sagte Philip zuversichtlich. »Bestimmt.«

Lilibet wurde schwer ums Herz. »Oh, Philip. Onkel Roland … ist natürlich sehr klug, aber er ist nicht … Lass uns einfach hoffen, dass er sich von deinem Vater fernhält, ja? Wir wollen doch nicht, dass die beiden kämpfen. Bestimmt finden wir einen Ausweg.«

»Onkel Roland könnte Papa besiegen«, sagte Philip. »Er ist sehr schlau. Und er ist groß und stark.«

»Sag das nicht«, flüsterte Lilibet. »Bitte. Wir wollen doch keinen Kampf.« Sie sah ihrem Sohn in die Augen, sah das martialische Licht, das in ihren Tiefen brannte, und spürte, wie eine lähmende Hilflosigkeit sie beschlich. Denn natürlich würden die beiden kämpfen. Weil sie Männer waren, und weil Männer das so machten. Sie würden kämpfen, nach Somertons Regeln, und Roland – ihr Roland, ihr wunderschöner, kluger, großherziger Roland – würde Somertons Schläue, seiner brutalen Kraft und tödlichen Entschlossenheit nicht gewachsen sein.

Und das alles war ihre Schuld.

Lilibet schaute zur verschlossenen Tür und dann wieder zum Fenster. Die Wände des hohen Raums wirkten erdrückend, sie fühlte sich, als wären sie in einem Gefängnis eingesperrt. In der Hitze des Nachmittags war die Luft stickig geworden und roch schwer nach Holz, Putz, Farbe und Sonnenschein.

Wie viel Zeit blieb ihnen noch? Das hing von Roland ab, davon, ob er im Schloss geblieben war oder nicht. Irgendwie bezweifelte Lilibet das. Vermutlich war er ihnen gefolgt, sobald er entdeckt hatte, was passiert war. Wahrscheinlich war er in diesem Moment bereits auf dem Weg nach Florenz, das hellbraune Haar flatternd im Wind, der Blick der haselnussbraunen Augen wild entschlossen. Er kam, um sie zu retten, und ritt direkt in Somertons gut ausgeheckten Hinterhalt hinein.

Also nur Stunden. Ihr blieben nur ein paar Stunden, um Philip aus der Villa herauszubringen und Somerton und seiner Rache zu entkommen.

Nur Stunden, um Roland vor der Falle zu retten, die sie ihm selbst gestellt hatte.

Markham machte ein Gesicht, als ob Roland um eine Audienz bei der Königin selbst gebeten hätte. Kein Butler hätte die Nase höher tragen können als der Sekretär, der mit einer herrischen Armbewegung auf eine im Schatten liegende Tür neben der Treppe deutete und sagte: »Lord Somerton bittet Sie, im Arbeitszimmer auf ihn zu warten.«

Lächelnd verschränkte Roland die Hände im Rücken. »Die Bitte muss ich leider abschlagen, mein Lieber.«

Markham war sichtlich erschrocken. Offenbar widersetzte man sich Somertons Anordnungen für gewöhnlich nicht. »Was soll das heißen?«

»Ich muss ablehnen«, sagte Roland mit einem bedauernden Schulterzucken. »Ich werde hier in der Halle bleiben. Ein sehr hübsches Foyer übrigens«, fuhr er fort, wobei er das Wort *Foyer* mit einem übertriebenen französischen Akzent aussprach, »mit all den klassischen Proportionen und so. Unglaublich, dieser Palladio. Würde das hier jederzeit gegen den alten Steinhaufen zu Hause eintauschen.«

Die Augen weit aufgerissen vor Staunen starrte Markham ihn an. »Das Arbeitszimmer, Sir«, stammelte er.

»Das ist sicher nett gemeint«, sagte Roland immer noch lächelnd, »aber ich ziehe es vor, da zu bleiben, wo ich bin. Hier gibt's Sonne, saubere Luft, eine wunderbare elegante Treppe – schauen Sie, wie raffiniert sie sich emporschwingt –, ja, ich bin ganz zufrieden hier.«

Markhams eben noch überrascht aufgerissene Augen verengten sich entschlossen. »Sir, ich muss Sie dringend ersuchen, Seine Lordschaft *im … Arbeitszimmer … zu erwarten.*«

Roland blinzelte. »Wie bitte, mein Lieber? Ich muss Sie missverstanden haben. Wohl ein Streich der Akustik, dass es sich fast so angehört hat, als sagten Sie *dringend ersuchen.*«

»Ja, das habe ich gesagt.« Markham schob das Kinn vor. »Ich *ersuche Sie dringend*, ins Arbeitszimmer zu gehen und auf Seine Lordschaft zu warten.«

Roland lachte in sich hinein. »Ach, mein lieber Mr. Markham. Sie machen mir Spaß. Haha. Mich zu *ersuchen*, wirklich.« Er zog ein Taschentuch aus der Tasche und wischte sich die Augen. »Was für ein lustiges Kerlchen Sie sind. *Ersuchen*, haha. Sagen Sie mal, was bezahlt Ihnen Somerton eigentlich? Ich verdopple es, nur um das Vergnügen zu haben, Sie diese komischen Sachen sagen zu hören.«

Offensichtlich nicht amüsiert ballte Markham die Hände und stampfte mit dem Stiefel auf die Marmorfliesen. »Ich mache keinen Spaß. Ich meine das ernst. Sie müssen *sofort* ins Arbeitszimmer gehen, Sir, sonst … sonst …«

»Was?«, fragte Roland sanft.

»Werde ich … wird Seine Lordschaft …« Markhams hübsches Gesicht lief langsam rot an.

»Sehen Sie«, sagte Roland im gleichen sanften Tonfall. »Also bleibe ich genau da, wo ich bin, und rühre mich nicht vom Fleck, bis Lord Somerton mir die Ehre seines Kommens erweist.«

»Das ist … unmöglich. Er … er wird sich nicht auf so ein Treffen einlassen. Er …solche Sachen müssen richtig gemacht werden, auf zivilisierte Art.« Vor lauter Verzweiflung wurde Markhams Stimme immer leiser und rauer, und seine Finger zupften nervös am Saum seines Jacketts. Das Sonnenlicht, das durch ein Fenster weiter hinten fiel, schien schräg auf sein Gesicht und betonte den schönen Schwung seines rechten Wangenknochens und den rötlichen Glanz seines glatt zurückgekämmten Haars. Er sah aus wie ein Engel im Moment des Fallens.

»Auf zivilisierte Art? Bei Gott, das ist großartig«, sagte Roland. »Furchtbar zivilisiert, mitten in der Nacht einen kleinen Jungen aus seinem Zimmer zu entführen, um mittelalterliche Rache an der Mutter zu nehmen. So benimmt man sich richtig.«

»Sie drehen einem ja das Wort im Munde um«, sagte Markham. »Sie tun so, als wären Sie völlig unschuldig und könnten kein Wässerchen trüben, wo Sie doch … in Wahrheit …«

»Na, fehlen Ihnen wieder die Worte, mein Junge? Ja, Sie sind in einen ganz schönen Schlamassel geraten, als Sie Somerton Treue geschworen haben und so weiter.« Roland kreuzte die Arme vor der Brust und legte mitleidig den Kopf schief. »Hören Sie mal, warum lassen wir nicht all das Philosophieren – es ist so ermüdend, und ich persönlich vermeide es möglichst – und tun etwas Nützliches und Revolutionäres. Wie zum Beispiel Ihrem großartigen Herrn zu sagen, dass ich angekommen bin.«

»Das kann ich nicht tun. Sobald ich fort wäre, würden Sie verschwinden.«

»Was für eine brillante Idee! Sie gehen Somerton holen, und ich schaue schnell in allen Räumen nach und rette Lady Somerton und den kleinen Lord. Damit wären wahrhaftig alle Probleme gelöst: Sie wären vor dem moralischen Abgrund gerettet, der sich vor Ihnen auftut, und Ihre Ladyschaft könnte das unabhängige und würdevolle Leben fortsetzen, auf das sie als Bürgerin des Britischen Empire, glaube ich, einen berechtigten Anspruch hat.« Lächelnd streckte Roland die Hände vor. »Na? Einfach brillant!«

Von oben war ein langsames, lautes Klatschen zu hören.

»Sehr gut«, dröhnte Lord Somerton, dessen breite Schultern das Licht, das durch das Fenster auf dem ersten Treppenabsatz fiel, vollständig verdeckten. Dann legte er die Hände auf das schmiedeeiserne Geländer und beugte sich vor. »Sehr gut gespielt, Penhallow, wirklich. Fast hätten Sie sogar mich überzeugt.«

»Ah! Wenn das nicht der Schurke des Stücks ist«, erwiderte Roland fröhlich. »Guten Tag, Somerton. Heute schon irgendwelche Tiere gequält?«

Die schwarzen Augen ein wenig verengt, richtete Somerton sich wieder auf, wandte sich dem letzten Treppenabschnitt zu, der in imposantem Schwung in die Eingangshalle hinunterführte, und stieg jede einzelne Stufe demonstrativ langsam hinab. »Ja, sehr gut gespielt. Doch bei Ihrem schönen Auftritt haben Sie eine wichtige Komponente vergessen.«

»Wirklich? Wie dumm von mir.«

Somerton erreichte das Ende der Treppe und ging auf Roland zu; das Knallen seiner Stiefelabsätze hörte sich an wie das Klicken einer monströsen Uhr. Kurz vor Roland blieb er stehen und starrte ihn mit seinen dunklen Augen durchdringend an. »Sogar die wichtigste Komponente von allen.«

Roland zog die Brauen hoch. »Hmm. Welche denn?«

»Mich.«

DREIUNDZWANZIG

Roland schnippte mit den Fingern.

»Sie! Natürlich! Wie blöd von mir.« Nachdenklich klopfte er sich ans Kinn. Lord Somerton war bedrohlich nah an ihn herangetreten, und einen flüchtigen Moment hatte Roland den Eindruck, als brächte sein stämmiger Körper einen schwachen Hauch von Lavendel mit. Der Duft traf Roland mitten ins Herz und ließ es schneller schlagen, sodass er kämpfen musste, um mit Penhallow'scher Gelassenheit weiterzureden. »Lord Somerton … lassen Sie mich nachdenken … ach ja. Sie sollten, glaube ich, nach England zurückkehren und den Rest Ihres unseligen Lebens Gutes tun in der Hoffnung, auf diese Weise vielleicht in einen höheren Kreis der Hölle aufzusteigen als den, der augenblicklich für Sie reserviert ist.« Dann richtete er den Blick auf den blassen Sekretär. »Ich schätze, Mr. Markham wäre hocherfreut, Ihnen dabei behilflich zu sein.«

Ein Anflug von Wut oder Furcht glitt über Somertons Gesicht, war aber so schnell wieder verschwunden, dass ein weniger aufmerksamer Mann als Roland es wohl gar nicht bemerkt hätte. »Mr. Markham«, sagte der Graf mit seidenweicher Stimme, »ist ein Mann mit hohen Maßstäben und mir treu ergeben. Ganz anders als zum Beispiel meine Frau.«

»Oh, selbstverständlich ist er Ihnen treu ergeben«, entgegnete Roland, »auch wenn ich mir erlaube, bezüglich seiner hohen Maßstäbe … ähm … anderer Meinung zu sein, ja?«

»Hören Sie mal«, platzte Markham heraus.

Somerton wandte sich halb zu ihm um und brachte ihn mit einem einzigen Blick zum Schweigen, einem Blick, der weder Strenge noch Zorn, sondern eher so etwas wie flüchtige Zärtlichkeit ausdrückte, ein Versichern des gegenseitigen Verstehens. Markham senkte den Blick und trat einen halben Schritt zurück. »Was für ein arroganter kleiner Laffe Sie sind«, sagte der Graf, indem er sich wieder Roland zuwandte.

Der zuckte mit den Achseln. »Jeder so, wie er kann.«

»Hmm.« Somerton ging zur Treppe und schaute hinauf. »Sind Sie denn kein bisschen neugierig, wo Ihre kleine Hure ist und wie es ihr geht?«

»Aber, aber, mein Lieber. Der Logik kann mein dummes Hirn nicht ganz folgen. Sie meinen damit doch wohl nicht die engelsgleiche Lady Somerton, deren Ehre ich mit meinem Leben verteidigen würde?«

»Genau die.«

Roland schlug sich an die Stirn und ging bedächtig ein paar Schritte vom Grafen weg, den Kopf nachdenklich gesenkt. »Aber das heißt … also, mein Guter, das passt nicht zusammen. Denn wenn die Gräfin, die nur einen einzigen glücklichen Mann ihren Liebsten nennt, einen, den sie erst gefunden hat, *nachdem* sie beschlossen hatte, ihre lächerliche Ehe zu beenden … wenn *diese Frau* eine Hure genannt wird …« Er ließ den Satz in der Luft hängen.

»Ja, Penhallow?«

Roland straffte die Schultern und drehte sich mit seinem offensten und unschuldigsten Gesichtsausdruck wieder zu Somerton um. »Was bitte sind dann *Sie*?«

»Ich?«, blaffte Somerton ungläubig.

»Ja, Sie. Wollen Sie etwa abstreiten, dass Sie im Laufe Ihrer

Ehe mit unzähligen anderen Frauen herumgehurt haben?« Ein schneller Blick zu Markham. »Und anscheinend nicht *nur* mit Frauen.«

Somerton rammte die rechte Faust in die linke Handfläche. »Was wollen Sie damit sagen, Sir? Sie gottverdammter Wicht! Was bilden Sie sich ein!«

Roland streckte die Hände vor. »Ach, kommen Sie. Das weiß doch jeder. Es müssen wohl Hunderte gewesen sein. Ziemlich lockerer Lebenswandel, wenn Sie mich fragen.«

Die Faust noch in der Hand starrte Somerton ihn mit zusammengekniffenen Augen an. Die Luft zwischen den beiden Männern schien zu vibrieren vor Spannung. Markham trat einen Schritt vor, zögerte und machte noch einen Schritt.

Dann löste sich etwas in Somertons Gesicht. Seine Wangen wurden nach und nach wieder blasser, und sein harter Mund verzog sich zu etwas, das als Lächeln bezeichnet werden konnte – zumindest unter seinesgleichen. »Ach Penhallow, Sie sind doch selbst kein Kostverächter. Ist das nicht etwas scheinheilig?«

»Wie belieben? Ich kann Ihnen nicht ganz folgen.«

Somerton legte die Hände hinter den Rücken. Dann schlenderte er mit funkelnden Augen auf Roland zu. »Wie viele fremde Betten haben Sie in den vergangenen Jahren besucht, hä? Dutzende? Hunderte?«

»Oh, das ist ganz leicht.« Roland grinste breit. »Keins.«

Der Graf warf den Kopf in den Nacken und lachte. »Keins! Der berühmte Penhallow, Londons größter Verführer! Haha. Keins, also wirklich.«

Roland zuckte mit den Achseln. »Tut mir furchtbar leid, Sie enttäuschen zu müssen, alter Junge, aber leider sind Sie auf dem Holzweg. Von dem Tag, an dem ich Lady Somerton begegnet bin, bis zum heutigen hat es für mich keine andere Frau mehr gegeben.«

Somertons Lachen erstarb, und seine Augen musterten Rolands Gesicht, als suchten sie verzweifelt nach irgendetwas, das die ehrlich klingenden Worte Lügen strafen könnte. »Unmöglich«, sagte der Graf schließlich tonlos.

»Nein, nein. Das ist leider eine Tatsache. Ich habe es ein paarmal versucht, aber … tja, es war nicht mehr so wie vorher. Ich konnte ihr Gesicht nicht lange genug aus meinem Kopf verdrängen, um den Akt zu vollziehen. Na ja, ich nehme an, dass es mir irgendwann gelungen wäre. Wenn ich ein oder zwei Flaschen Brandy getrunken und eine willige Witwe gefunden hätte.« Roland lächelte über Somertons Entsetzen. »Aber ich hatte wohl Glück. Als ich Ihre Ladyschaft auf der Schwelle eines italienischen Gasthofs wiedergetroffen habe, hat selbst mein schneckenlangsamer Verstand begriffen, dass mir eine zweite Chance gewährt worden ist.«

»Unmöglich«, sagte Somerton lahm.

»Unmöglich«, stieß Markham hervor. »Wir kennen Ihren Ruf, Sie Schürzenjäger! Sie haben Ihre Eroberungen doch in ganz London herumgezeigt!«

Roland schaute über die Schulter des Grafen hinweg den Sekretär an und nickte. »Na ja, ich wollte nicht, dass das bekannt wurde, ist doch verständlich, oder? Hab den Schein gewahrt und so weiter. Am Ende scheint es lustigerweise so zu sein, dass ich Lilibet treuer war als er.« Dann trat er so nah an Somerton heran, dass er den Pulsschlag am Hals des Grafen sehen konnte, stark und schnell. »Wenn ich mich nicht irre, wird so etwas Ironie genannt, alter Knabe.«

Somerton fuhr sich mit der Zunge über die Lippen. »Das waren mehr als sechs Jahre.«

»Sogar mehr als sieben seit dem Tag unserer ersten Begegnung. Sieben lange, vertane Jahre. Eine sehr schmerzliche Zeit der Buße. Die, soweit ich sehen kann, nur ein Gutes hatte« – Roland stieß Somerton leicht unters Kinn –, »dass sie Gott sei Dank endlich vorbei ist.«

Im nächsten Moment segelte er über den Boden, denn Somerton hatte ihn mit einem wuchtigen Kinnhaken von den Füßen geholt.

Natürlich war Roland darauf vorbereitet gewesen, doch das machte den Schlag nicht schwächer. Benommen blieb er einen Moment auf den Marmorfliesen liegen und rieb sich das Kinn. Wenigstens war es nicht gebrochen. Dann studierte er das achteckige Muster an der Decke – eine elegante Stuckarbeit, die aussah, als wäre sie kürzlich gestrichen worden – und zählte, wie oft es sich wiederholte.

»Tja«, sagte er schließlich. »Es freut mich sehr, dass wir *das* endlich hinter uns haben.« Dann stützte er sich auf die Ellbogen und strahlte den finster blickenden Grafen an. »Da wir die langweiligen Formalitäten nun erledigt haben, können wir ja zum Geschäft kommen, wie die Amerikaner so gern sagen.«

Somertons Lippen verzogen sich zu einem Grinsen. »Das einzige Geschäft, das wir beide miteinander machen, sieht folgendermaßen aus, Sie Bastard. Sie werden dieses Haus leider nicht lebend verlassen.«

Roland sprang auf die Füße und lachte. »Ah, sehr schön gesagt! Ich glaube, das habe ich mal im Theater gehört. Haben Sie schon über eine Bühnenkarriere nachgedacht?«

Hinter Somertons schwer atmender Brust sagte Markham leise und besorgt: »Sir, ich glaube … Sie wollen doch wohl nicht …«

Roland breitete die Arme aus. »Da, hören Sie? Fordern Sie mich. Pistolen? Oder steht Ihnen der Sinn eher nach Degen? Schließlich haben Sie eine dramatische Ader.«

»Machen Sie sich doch nicht zum Affen, Penhallow.«

»Sie wollen mich umbringen? Versuchen Sie's doch.«

»Dann geben Sie also zu, dass Sie im Unrecht sind?«, konterte der Graf.

»Ganz und gar nicht«, erwiderte Roland und ließ die Arme wieder sinken. »Aber ich werde mich nicht mit Ihnen schlagen, mein Lieber.«

Somertons grobes Gesicht nahm einen verächtlichen Ausdruck an. »Ein Feigling also. Genau wie ich dachte. Sie lieben sie tatsächlich nicht genug, um für sie zu kämpfen.«

»Oh, doch. Und wenn es nur um Lilibet ginge, wären Sie bereits tot. Aber ich muss an jemand anders denken, wissen Sie.«

Somerton runzelte die Stirn. »An wen?«

»Den kleinen Philip. Ihren Sohn, falls Sie sich an ihn erinnern«, sagte Roland sanft.

»Erzählen Sie mir nichts von meinem Sohn!« Erbost holte Somerton zu einem unbesonnenen Schwinger aus, dem Roland aber leicht ausweichen konnte.

»Ein feiner Junge, Ihr Sohn«, fuhr er fort. »So klug und wissbegierig. Hört gerne Geschichten über Piraten.« Er wich einem weiteren Schlag aus. »Und es ist so, dass ich, trotz Ihres völlig verkorksten Versuchs, ihm ein Vater zu sein« – er duckte sich gerade noch rechtzeitig, um einer üblen Rechten ans linke Auge zu entgehen –, »nicht in die Lage kommen möchte, Philip erklären zu müssen, wie es mir gelungen ist, seinen Erzeuger zu töten.«

Schwer atmend hielt Somerton inne und sagte mit funkelnden Augen: »Bei Gott, dazu werden Sie keine Gelegenheit haben. Sie werden den Jungen nie wiedersehen.«

Langsam schüttelte Roland den Kopf. »Nein, nein. Sie haben mich falsch verstanden. Wenn Sie glauben, dass ich Philip den Rest seiner Kindheit in *Ihrer* freundlichen Obhut lassen würde, muss Ihr armes altes Hirn noch schlechter arbeiten als Ihre Fäuste.«

»Wie können Sie es *wagen* …«

»Ich sage Ihnen, was wir machen, Somerton.« Roland legte die rechte Hand auf die Hüfte, in die Nähe seiner Westentasche. »Sie stimmen der Scheidung zu, und ich werde Lilibet heiraten. Dann lassen Sie uns in Ruhe, damit wir Ihren Sohn und Erben zu einem Mann erziehen können, der dem Titel all die Ehre zurückgeben kann, die er durch Sie verloren hat.«

Somerton begann zu lachen, auf eine harte, kehlige Art, die Roland noch nie gehört hatte. »Na großartig! Faszinierend! Ich habe immer gewusst, dass sie ein arroganter junger Schnösel sind, Penhallow, aber jetzt fange ich an, mich zu fragen, wie Sie so lange durchhalten konnten, selbst mit diesem Haufen von Idioten aus dem Büro im Rücken!«

»Ach, reines Glück, denke ich.« Gelassen befingerte Roland den Rand seiner Westentasche.

»Und Sie glauben – Sie glauben wirklich –, dass ich einfach tue, was Sie sagen? Obwohl Lady Somerton und ihr Sohn fest in meiner Hand sind? Und Sie nicht einmal den Mut haben, sich mit mir auf einen Kampf einzulassen?« Somerton schüttelte den Kopf und lachte erneut. »Geben Sie auf, Penhallow. Sie werden mich nie besiegen, und deshalb werden Sie meine Frau nie bekommen.« Mit einem Grinsen, das an einen Totenschädel erinnerte, beugte der Graf sich vor. »Schach und matt!«

Lächelnd zuckte Roland mit den Achseln und trat ein Stück zur Seite. »Tja, wissen Sie, alter Knabe, bei dieser Runde brauche ich den König gar nicht. Ich brauche nur« – mit einer einzigen schnellen Bewegung stürzte er sich auf Markham, nahm ihn in den Schwitzkasten und zog ein kleines Messer aus der Westentasche – »seinen Springer.«

Die Angst in Somertons Gesicht und sein spontaner Schritt nach vorn verrieten Roland, dass er sein Ziel gut gewählt hatte. Er drückte die Messerspitze an Markhams Kragen und zog ihn rückwärts. »Kommen Sie mir nicht zu nah, Somerton. Sie haben einen teuflischen Plan ausgeheckt, und ich würde nicht gern die Kontrolle verlieren, sonst kommt es noch zu einem dieser unschönen Unfälle, die in unserem Beruf so häufig sind.«

»Sie trauen sich nicht.«

»Oh, verflixt«, sagte Roland, »ich glaube, das Messer ist gerade abgerutscht. Ich bin so furchtbar ungeschickt.«

»Sir …« krächzte Markham, dessen schmaler Körper steif und reglos an Rolands Brust lehnte. An der Spitze des Messers quoll ein winziger Blutstropfen hervor.

»Wie weich und blass seine Haut ist«, fuhr Roland freundlich fort. »Glauben Sie, dass er schnell Narben bekommt? Ich kannte mal so einen Mann. Jede kleine Wunde hinterließ eine Spur. Ich fürchte, seine Frau konnte seinen Anblick kaum ertragen.«

»Bastard«, knurrte Somerton etwas ruhiger. Sein Gesicht zeigte eine misstrauische Bereitschaft; die Augen fest auf Roland gerichtet, ballte er immer wieder die herabhängenden Hände zu Fäusten.

»Sie sind doch ein vernünftiger Mann, Somerton. Sie wissen, wie viel Lilibet mir bedeutet. Im Gegensatz zu *diesem*

Burschen.« Er schüttelte Markham ein wenig, woraufhin Somerton scharf die Luft einsog. »Ist Ihre dumme Rache wirklich das junge Leben des armen Markham wert? Soll ein so vielversprechender, so hübscher Junge der Welt entrissen, ein so perfekter Mensch ausgelöscht werden? Nein, warten Sie einen Moment, das war nicht ganz richtig ... ein so ...«

»*Aufhören!*«, rief der Graf heiser. Sein Blick und die hochgezogenen Brauen verrieten, dass er wieder Angst bekommen hatte, und die Stärke dieser Angst überraschte sogar Roland.

»Oh, ich *möchte* ihm natürlich nicht die Kehle durchschneiden«, sagte Roland. »Aber ich meinerseits möchte auch nicht mit durchschnittener Kehle enden oder zusehen müssen, wie die Frau, die ich liebe, noch ein einziges Mal unter Ihnen leidet. Also schlage ich vor, dass Sie sich eiligst diese Treppe hinaufbegeben, mein Guter. Ich folge Ihnen mit Ihrem Freund, in angemessenem Abstand, bis wir das Zimmer erreichen, in dem Sie – mal sehen, ob ich das richtig verstanden habe – eine unschuldige Frau und ihren hilflosen Sohn gefangen halten.«

Somerton klappte den Mund auf. Dann stand er einen langen Augenblick wie geistesabwesend da, so als ob das Hirn hinter dem maskenhaften Gesicht am Kampf seines Lebens nicht beteiligt wäre. Schließlich schaute er kurz, beinahe flehentlich, Markham an und dann wieder Roland. »Sie sind ein gottverdammter elender Bastard, Penhallow«, sagte er endlich.

»Das Kompliment kann ich zurückgeben«, erwiderte Roland freundlich. »Also, dann los.«

Somerton drehte sich um und stieg die Treppenstufen hinauf, als führten sie zum Schafott. Roland folgte mit Markham im Schlepp, gute zehn Stufen hinter dem Grafen, die Augen fest auf Somertons breite Schultern gerichtet, um jedes Anzeichen eines überraschenden Angriffs zu entdecken. Die Schultern verrieten so etwas zuerst.

Doch kein Muskel auf dem breiten Rücken regte sich, während sie vom ersten zum zweiten Stock hochstiegen. Somerton ging einen breiten Flur entlang, an dessen Ende er vor einer Tür stehen blieb.

»Sie ist natürlich abgeschlossen?«, vermutete Roland.

Somerton nickte und zog den Schlüssel hervor.

»Öffnen Sie sie«, befahl Roland.

Wie ein Automat hob Somerton die Hand, doch dann schüttelte er den Kopf. »Nein. Erst lassen Sie Markham frei, dann gebe ich Ihnen den Schlüssel.«

»Netter Versuch.« Lachend schüttelte Roland den Kopf. »Ich bin sieben lange Jahre in diesem Geschäft, und ich werde den Teufel tun. Öffnen Sie die Tür und holen Sie meine Verlobte – unversehrt, wie ich wohl kaum hinzufügen muss –, und Sie bekommen Ihren kostbaren Sekretär zurück.«

»Nein. Erst lassen Sie ihn frei.«

Roland drückte Markham das Messer an die Kehle, sodass der Sekretär verängstigt aufschrie.

Somerton trat einen Schritt vor. »Verdammt sollen Sie sein! Dafür werden Sie bezahlen!«

»Wohl kaum«, erwiderte Roland. »Ein oder zwei Tropfen Blut sind mit etwas kaltem Wasser schnell zu entfernen. Aber *kalt* muss es sein. Sonst gehen die Flecken nie mehr heraus.«

Somertons Gesicht war totenbleich geworden. »Lassen Sie ihn *sofort* frei, Penhallow. Nun haben Sie doch, was Sie wollten.«

»Nein, habe ich nicht.«

»Woher soll ich wissen, dass Sie ihn nicht umbringen?«

Roland verdrehte die Augen. »Himmelherrgott«, fluchte er und trat mit einem Bein die Tür ein.

»Was zum Teufel …«

Ehe Somerton reagieren konnte, hatte Roland den Sekretär ins Zimmer gestoßen und sprang über die Tür hinter ihm her.

Dann zog er Markham auf die Füße, drückte ihn wieder an seine Brust und sah sich hastig um.

Ein Schaukelstuhl, ein Ball, ein Haufen Spielsachen in der Ecke. Ein Sofa, ein paar Stühle, ein Tisch mit einer Lampe. In der Luft ein Hauch von Lavendel, vermischt mit dem würzigen Duft der Zypressen, der durch das offene Fenster drang.

Aber keine Lilibet. Und kein Philip.

VIERUNDZWANZIG

Der Palazzo Angelini mochte ja von Palladio entworfen worden sein, dachte Lilibet grimmig, doch dieser Garten war eindeutig von Machiavelli inspiriert.

Wenigstens amüsierte sich Philip.

»Das ist wirklich ein toller Irrgarten«, sagte er fröhlich, als er zu ihr zurückgelaufen kam, nachdem er um die nächste Ecke gespäht hatte. »Können wir in unserem Schloss auch so einen anlegen? Ich wette, Onkel Roland kann ein riesengroßes Labyrinth planen.«

Lilibet schob eine Haarsträhne hinters Ohr. Sie hatte ihren Hut in Philips Zimmer vergessen – wer dachte schon an Hüte, wenn er an einem Seil zum nächsten Balkon hinunterrutschte? –, und die Sonnenstrahlen, die ihren unbedeckten Kopf trafen, ließen Schweißperlen von den Schläfen in ihr Dekolleté rinnen. Sie konnte nur hoffen, dass ihr dunkles Haar besser mit der Umgebung verschmolz als ein heller Strohhut und von der Villa in ihrem Rücken weniger gut sichtbar war.

Auch wenn sie es nicht einmal Somerton zutraute, sie in diesem Wirrwarr zu finden.

»Bei Labyrinthen muss man darauf achten«, sagte Philip wichtigtuerisch, »an jeder Ecke rechts zu gehen.« Anscheinend gefeit gegen Hitze, Erschöpfung und Zweifel trottete der Junge neben ihr her.

»Wirklich? Bist du sicher?«

»Todsicher. Das hat in einem Buch gestanden, glaube ich. Onkel Roland hat es mir vorgelesen, also muss es stimmen. Schau mal, der Vogel!«

Lilibet fasste nach seiner Hand. »Bleib bei mir, Schätzchen. Wir dürfen uns nicht verlaufen.« Sie bog um die nächste Ecke, und neue dunkelgrüne Wände, genau wie die andern, ragten vor ihr auf. Ihr wurde bang ums Herz. Woher sollte sie wissen, ob sie in die richtige Richtung gingen? Der Boden war eben, die Hecken hoch. Als sie über die Steinterrasse zum Rasen gelaufen waren, hatte sie über den Bäumen zur Linken das rote Dach der Kathedrale emporlugen sehen; doch nun, in der Mitte des Labyrinths, war es aus ihrem Blickfeld verschwunden. Kamen sie voran? Oder gingen sie zurück? Die Sonne hing wie ein heißes weißes Licht am blassen Himmel – noch zu hoch, um den Weg zu weisen.

Philips feuchte Hand fest in ihrer, hastete Lilibet weiter. Sie hatte sich für ziemlich schlau gehalten, als sie ein langes Stück Seil von der Spule eines Kinderspielzeugs abgewickelt hatte. Ein dünnes Seil, zum Ziehen gedacht, aber stark: An einem schweren Sofa befestigt, hatte es ihr Gewicht bis zum Balkon im ersten Stock getragen und danach Philips kleinen Körper, auf den sie, die Arme nach ihm ausgestreckt, unten ängstlich gewartet hatte. Dann war sie, getragen von der Begeisterung, Somertons Fängen so leicht entkommen zu sein – wie überrascht und verärgert er sein würde, wenn er feststellte, dass sie fort waren –, über die Terrasse und den Rasen geeilt, und nun irrte sie durch dieses Labyrinth und stolperte, ohne die geringste Ahnung, wohin es sie führte, durch die Büsche.

Immer rechtsherum, hatte Philip gesagt.

Sie verließ sich auf das Gedächtnis eines Fünfjährigen.

Eine Mauer aus grünen Blättern erhob sich vor ihr: eine Sackgasse. »Komm weiter«, sagte Lilibet und riss Philip beinah zurück, dann nach rechts und wieder nach rechts, Sackgasse, rechts herum. Die Luft war heiß und drückend, der Geruch der Hecken und Zypressen erstickend, die sonnenverbrannte Erde wie Straßenpflaster unter den Füßen. Wieder ging Lilibet rechts herum, bog mit Philip um eine Ecke, und urplötzlich breitete sich eine große grüne Rasenfläche vor ihr aus, die sanft abfallend zu einer bröckelnden Steinterrasse über den trägen schlammbraunen Wassern des Arno führte.

Bestürzt ließ Roland Markham los, der mit einem unrühmlichen Plumps zu Boden sank. Dann drehte er sich wütend zu Somerton um.

»Wo zum Teufel sind sie? Reden Sie, Mann! Soll das ein blöder Scherz sein?«

Doch er sah bereits, dass das kein Scherz war, denn Somerton war leichenblass geworden und hatte die Augen weit aufgerissen vor Staunen. Eilig ging der Graf zum Fenster, hob das Seil auf, das an das Bein eines Sofas gebunden war, und lehnte den breiten Oberkörper aus dem Fenster. »Sieht so aus«, sagte er mit unnatürlicher Ruhe, indem er sich wieder aufrichtete, »als ob wir beide ausgetrickst worden wären.«

»Sie meinen wohl, *Sie* wurden ausgetrickst«, erwiderte Roland. »Wir beide, also wirklich. Das ist nicht meine Schuld. Was zum Teufel haben Sie sich dabei gedacht, ein Seil im Zimmer zu lassen? Warum nicht gleich die sprichwörtlichen Bettlaken zum Zusammenknoten, um Himmels willen? Die beiden hätten sich umbringen können!«

Somerton verdrehte die Augen. »So gefährlich war es nicht. Im ersten Stock ist ein Balkon.«

Markham stand auf und wischte sich über die Ärmel. »Soll ich in den Garten gehen und sie holen?«, fragte er.

»Unterstehen Sie sich!«, zischte Roland und lief zur Tür. »Ich hole sie selbst und beende diese verdammte Scharade, bei Gott.«

»Nicht, wenn ich sie zuerst finde.«

Verwundert schaute Roland sich um und sah gerade noch, wie der Kopf des Grafen unterhalb des Fensters verschwand, während das Sofa gegen die Wand knallte, dass die Fensterscheiben klirrten.

»Verdammt noch mal!«, schrie Roland und rannte weiter.

Dann stürzte er, ohne darauf zu achten, ob Markham ihm folgte, hastig die Treppe hinunter. Von Angst beflügelt sprang er auf dem ersten Absatz übers Geländer, landete mitten auf dem nächsten Treppenlauf und nahm schließlich immer zwei Stufen auf einmal.

Am Ende wäre er fast gestürzt, konnte sich in der Eingangshalle aber wieder fangen. Dann lief er um die Treppe herum zu der Reihe von Fenstertüren weiter hinten, rüttelte an den Knäufen, fand eine, die sich knarrend in den alten Angeln öffnete, und stürzte auf die Terrasse hinaus.

Eine breite, flache Rasenfläche lag vor ihm, dahinter ein kunstvoller Garten voller Sommerblumen, der von eleganten, symmetrisch angelegten Kieswegen durchzogen wurde. Keine Spur von Somerton und Markham. Waren sie ihm voraus? Oder hatten sie eine andere Richtung eingeschlagen?

Roland zögerte einen Moment und hob einen Arm, um seine Augen vor dem grellen Licht der Sonne zu schützen. Wohin wäre Lilibet gegangen? Zur Straße oder durch den Garten zum Fluss?

Intuitiv wusste er, dass sie es vorziehen würde, versteckt zu bleiben. Auf der Straße wären sie und Philip gleich entdeckt worden. Am Flussufer, fern vom regen Verkehr, hatten die beiden eine viel bessere Chance, unbemerkt wieder in die Stadt zu gelangen.

Nachdem die Entscheidung gefallen war, rannte er über die Terrasse, den Rasen hinunter zum Garten und um die blühenden Beete herum, dass der Kies unter den harten Sohlen seiner Reitstiefel knirschend aufspritzte. Der Boden vor ihm war voller Fußspuren. Von Lilibet und Philip? Somerton und Markham? Oder allen zusammen?

Als er zum Ende des Gartens gelangte, ragte eine hohe Hecke vor ihm auf; rechts glaubte er eine Lücke im dichten Blätterdickicht zu sehen. Er lief darauf zu, duckte sich hindurch und fluchte.

Ein Labyrinth. Ein blödes Labyrinth. Genau wie zu Hause, auf jedem verdammten Anwesen, das diesen Namen verdiente; genau wie im kunstvollen Garten des imposanten alten Gemäuers in Cumberland, das seinem Bruder gehörte.

Zugegebenermaßen eine clevere Lösung, um das Gesindel vom Fluss vom Haus fernzuhalten. Er konnte dem früheren Besitzer keinen Vorwurf machen.

Er hätte ihn nur gern gewürgt.

Natürlich wusste Roland, wie man aus einem Labyrinth herausfand. Der Trick war ganz einfach: Man legte die rechte Hand an die rechte Hecke und ging immer daran entlang. Dann kam man früher oder später am Ende wieder heraus.

In diesem Fall vorzugsweise früher.

Die rechte Hand ausgestreckt marschierte er los und vermied die offensichtlichen Sackgassen. Immer rechts herum gehend spürte er instinktiv, wie er sich der Mitte des Labyrinths näherte und dann wieder davon entfernte. Die Hitze des Tages drang durch sein Jackett und kribbelte auf der Haut. Irgendwo hatte er seine Mütze verloren – wahrscheinlich in der Eingangshalle, als Somerton ihn zu Boden geschlagen hatte –, und die Sonnenstrahlen schienen sich in seinen Schädel zu bohren und sein Gehirn zu verbrennen. Er zog die Jacke aus, warf sie über die Schulter und bog wieder rechts ab.

Wie auf ein Zeichen begannen um ihn herum geschätzte elftausend Vögel gleichzeitig schrill zu zetern, dann trat er plötzlich aus dem Labyrinth heraus auf einen anderen Rasen vor einer anderen Terrasse über dem trüben braunseidenen Streifen des Arno, auf der Somerton stand – in einem Arm einen strampelnden Philip, im anderen eine flehende Lilibet – und so aussah, als würde er die beiden liebend gern im Fluss hinter sich ertränken.

Zuerst sah Lilibet Rolands Haar, das im Sonnenlicht glänzte wie ein Glorienschein. Wie der goldene Helm eines griechischen Gottes, nur dass er aus Fleisch und Blut war, auch wenn er furchtbar spät kam.

Freude, Angst, Erleichterung, Hoffnung: Die anstürmenden Gefühle raubten ihr den Atem. Somertons Arm lag wie ein Stahlband um ihre Schultern, und sie musste sich den Hals verrenken, um Roland besser sehen zu können und sich zu vergewissern, dass er wirklich da war.

»Oh, schau!«, rief sie triumphierend. »Roland ist da!«

Als Somertons Muskeln einen Moment erschlafften, ballte sie eine Hand und schlug mit aller Kraft dahin, wo sie seine Leber vermutete. Wie ein Stein fiel Philip ins Gras.

»Lauf!«, schrie sie. »Lauf ins Labyrinth!«

»Onkel Roland!«, rief der Junge und rannte mit ausgestreckten Armen den Abhang hinauf. Roland kniete sich hin und fing ihn auf, schlang seine langen Arme um den Jungen und flüsterte ihm etwas ins Ohr. Lilibet kamen die Tränen. Mit einem Mal war alles gut, die Welt wieder im Lot, Zweifel und Bedenken verflogen und ersetzt durch das beinahe schmerzliche Gefühl, dass alles in Ordnung war.

»Siehst du?«, zischte sie Somerton zu. »Siehst du, wie er mit ihm umgeht? Er liebt ihn!« Sie konnte nicht anders, konnte sich nicht davon abhalten, ihren Ehemann zu reizen und ihm die bittere Wahrheit ins Gesicht zu schleudern. Denn im Moment empfand sie bei seinem Anblick nichts als Wut und Rachegelüste.

Sie wollte weglaufen, doch der Graf, der sich von ihrem Schlag erholt hatte, legte den Arm wieder fest um sie. »Was für ein gemeines Luder du bist«, sagte er, die Stimme noch rau vor Schmerz und doch seltsam ruhig. Als ob das, was er vor sich sah, ihn gar nicht störte.

»Lass mich los!«, keuchte Lilibet. »Siehst du denn nicht, dass es hoffnungslos ist? Begreifst du nicht, dass du nicht gewinnen kannst?«

»Er wird dich nicht bekommen«, sagte der Graf an ihrem Ohr. »Das schwöre ich bei Gott.«

»Dann töte mich! Töte ihn! Töte uns alle! Was zum Teufel soll das alles? Glaubst du, du kannst deine Ehre retten, indem du Rache übst?« Sie holte kurz Luft und dann noch einmal, denn vor lauter Angst schafften ihre Lungen es nicht, sich von allein zu füllen. »Das funktioniert nicht. Niemals. Rache ist dumm; hast du das nicht mittlerweile gelernt?«

Statt einer Antwort schüttelte Somerton sie.

»Das war's, nicht?«, flüsterte Lilibet. »Du hast keine Ahnung, was du mit uns anfangen sollst. Du kannst dich nicht dazu bringen, uns gehen zu lassen, aber auch nicht dazu, allem ein

Ende zu machen. Du bist ein Feigling. Ein Tyrann und Feigling.«

Ein wütender Ausdruck glitt über das Gesicht des Grafen. Dann hob er einen Arm, und Lilibet schloss die Augen und wartete auf seinen Schlag.

Doch nichts geschah.

Selbst der Arm, der sie festhielt, war wie erstarrt. Verwundert öffnete sie die Augen wieder und sah, dass Somerton, die dicken schwarzen Brauen ungläubig erhoben, in die Ferne starrte, den Fluss entlang.

Dann griffen Hände nach ihr, warme, zärtliche Hände – Rolands Hände, wie sie instinktiv wusste –, von denen sie sich willig wegziehen ließ, als Somerton sie kampflos freigab.

»Lilibet«, flüsterte Roland gerührt, und sie schmiegte sich aufschluchzend an seine sonnenwarme Brust. »Alles in Ordnung, Liebling?«

»Ja«, brachte sie mühsam heraus.

An sich gedrückt brachte Roland sie fort, aus der Reichweite des Grafen heraus. Sein Körper, der nach Seife, Pferd und Schweiß roch, war angespannt, kampfbereit. Er wirkte wie ein Jagdhund kurz vor dem tödlichen Biss.

»Philip?«, hörte sie sich selbst fragen, mit einer Stimme, die so hoch und dünn war, dass es unmöglich ihre sein konnte.

»Schsch. Er ist oben auf dem Rasen.« Roland ließ sie los und küsste sie auf den Scheitel und die Schläfe. »Geh zu ihm, Liebling. Sofort.«

»Aber …« Verwirrt hob Lilibet den Kopf.

»*Jetzt*. Lauf.« Er sah sie gar nicht an; er schaute mit zusammengekniffenen Augen in dieselbe Richtung wie Somerton, am Ufer des Flusses entlang.

Lilibet drehte sich um und folgte seinem Blick.

Ein Mann spazierte über den Weg am Ufer und setzte gerade einen Fuß auf die Treppe, die zur Terrasse führte. Er war groß und hielt sich kerzengerade, sein Haar war mit reichlich Grau durchsetzt, und er trug einen Anzug aus englischem Tweed.

Hinter dieser beeindruckenden Erscheinung konnte Lilibet die ihr gut bekannte schlanke Gestalt Mr. Markhams über den Weg huschen und im Gebüsch verschwinden sehen.

Wie ein Säbel durchschnitt Somertons Stimme die reglose Luft.

»Olympia! Was zum Teufel machen Sie hier?«

»Dein Großvater!«, sagte Lilibet an Rolands Brust erstaunt.

»*Geh* jetzt, Liebling«, zischte Roland ihr zu und gab ihr einen kleinen Schubs. »Geh zu Philip.«

Vom Rand der Terrasse war die unverkennbare Stimme seines Großvaters zu hören. »Dasselbe könnte ich Sie fragen, Somerton. Mein Gott, Sie vermasseln wirklich alle Pläne.«

»Pläne? Welche Pläne?«, fragte Roland scharf, trat einen Schritt vor und verschränkte die Arme. Hatte Beadle nicht gesagt, dass Somerton ein Telegramm an den Duke of Olympia gesandt hatte, nachdem er in Florenz angekommen war? Und was war von seiner Verbindung mit dem Castel Sant'Agata zu halten? Er kannte seinen Großvater gut genug, um sicher zu sein, dass das alles kein reiner Zufall war.

Der Herzog blieb stehen, stützte sich auf den Goldknauf seines Spazierstocks und sah zwischen Roland und Somerton hin und her. Das war natürlich nur eine Pose, denn Roland wusste, dass sein Großvater keine Stütze brauchte, um aufrecht zu stehen. Der Mann war stark wie ein Ochse.

»Welche *Pläne*, Großvater?«, fragte Roland noch einmal.

Der Blick des Herzogs richtete sich auf ihn. »Vielleicht möchte unser guter Freund, der Graf, dir das gerne erklären. Hmm, Somerton? Wie sieht's aus?«

»Ich weiß nicht, was Sie meinen«, erwiderte der Graf. Sein Gesicht konnte Roland nicht sehen, doch seine Körperhaltung zeigte seine Kampflust: Die Beine waren gespreizt, die Arme gekreuzt.

Der Herzog seufzte. »Ach, kommen Sie, mein Lieber. Ich bin viel zu alt und zu mürrisch für Spielchen. Als ich mich vor all den Jahren dazu bereitgefunden habe, Ihnen den Weg zu ebnen …«

»Was soll das heißen?« Roland trat noch einen Schritt vor. »Was hast du gerade gesagt? Dass du ihm den Weg geebnet hast?«

»Somerton?«, sagte der Herzog fragend, doch der Graf schüttelte nur einmal kurz und heftig den Kopf.

»Einer von euch *redet* jetzt«, sagte Roland in seinem bedrohlichsten Ton: eigentlich fast so, wie er auch sonst sprach, nur sehr viel leiser. Dann schaute er den Hügel hinauf zu Libet, die mit Philip im Arm auf dem Rasen kniete und besorgt die Stirn runzelte. Konnte sie hören, was gesagt wurde?

»Na gut. Wenn der Graf es dir nicht selbst erzählen möchte.« Der Herzog legte auch die zweite Hand auf den Knauf, als bereite er sich auf eine lange Geschichte vor. »Ich schätze, du wirst recht verärgert sein, Roland, also erspare mir deine Kommentare, bis ich fertig bin, mein Junge.«

»*Rede* endlich, Großvater.«

Der Herzog zuckte mit den Achseln. »Eigentlich ist es ganz einfach. Somerton, mein Freund und Kollege, trat vor sieben Jahren mit einem, wie es damals schien, guten Vorschlag an mich heran: dass ich dich dem Büro als außerordentlich vielversprechenden Neuzugang empfehlen sollte. Dass er eine knifflige Sache in Norwegen zu erledigen habe, bei der es auf gar keinen Fall so erscheinen sollte, als hätte die Marine die Finger im Spiel, und für die du, Roland, bestens geeignet warst.«

»Mein Gott!«, stieß Roland hervor.

Olympia hob eine Hand. »Ich bin zwar alt, aber nicht dumm«, sagte er, »und ich habe das wahre Motiv hinter dem Vorschlag meines Kollegen natürlich erkannt. Aber weißt du, eigentlich war ich der gleichen Meinung.«

Roland ballte die Fäuste. Allmählich begriff er die Tragweite des Ganzen, mit allen Konsequenzen. »Du warst der *gleichen* Meinung? Du hast mich in diese Falle laufen und abreisen lassen, obwohl du genau wusstest, dass …«

»Du warst zu jung, um zu heiraten, mein Junge«, erwiderte der Herzog scharf. »Viel zu jung. Du warst faul und ziellos und überhaupt nicht geeignet als Ehemann für eine solche Frau.« Er neigte den Kopf in Lilibets Richtung. »Innerhalb eines Jahres hättest du dich gelangweilt und wärst rastlos geworden. Du hättest sie unglücklich gemacht.«

»Nicht so unglücklich wie ihr Ehemann«, blaffte Roland.

Endlich hielt Somerton es nicht mehr aus. »Halten Sie den Mund!«

»Stimmt doch! Sie war sechs Jahre in der Hölle, und das nur, weil du meintest, ich wäre nicht reif für die Ehe! Was zum Teufel hast du dir dabei gedacht, sie einem solchen Mann auszuliefern? Wir waren verliebt und …«

»Ja, ja. Verliebt und im siebten Himmel; sehr bewegend. Im Nachhinein hätte ich es vielleicht besser machen können. Aber, mein lieber Junge«, fuhr der Herzog mit sanfter werdender Stimme fort, »du kannst nicht abstreiten, dass du auf diese Weise zum Mann geworden bist. Du bist zehnmal mehr wert als früher. Du warst verwöhnt und kanntest nichts als Privilegien und Rechte. Du hast eine Herausforderung gebraucht. Härtere Umstände.«

»Wer bist du, um das für mich entscheiden zu können? Und noch dazu für Lilibet?«

Der Herzog legte die Hand, die er erhoben hatte, wieder auf die, die den Spazierstock hielt, und der Blick seiner blauen Augen schien sich in der Ferne zu verlieren. »Ich wurde mit achtzehn Jahren verheiratet«, sagte er. »Und das hat kein glückliches Ende genommen.«

»Ich bin nicht der Duke of Olympia«, erwiderte Roland leise.

»Nein, bist du nicht.« Der Herzog nahm Somerton ins Visier. »Und Sie, junger Mann. Sie haben die Sache ganz schön vermasselt, nicht wahr? Ich verschaffe Ihnen etwas so Wertvolles« – er deutete den Hang hinauf auf Lilibet –, »und Sie haben nicht die leiseste Ahnung, wie man damit umgeht. Sie und Ihre verdammten Huren, mein Gott. Man sollte Sie prügeln.«

»Hören Sie …«, begann Somerton.

»Und dann wäre da noch die Geschichte, wie es dazu gekommen ist, dass Sie gegen meinen Enkel intrigiert haben.« Der Herzog stieß seinen Spazierstock heftig in die Erde. »Denselben Mann, den Sie für das Büro rekrutiert hatten, damit Sie ihm die Braut stehlen konnten! Sie haben, weiß Gott, eine Menge zu erklären!«

Knallend rammte Roland die rechte Faust in die linke Hand. »Ihr habt beide eine Menge zu erklären! »*Sie*!« Wütend drehte er sich zu Somerton um, packte ihn am Hemd und blaffte auf höchst untypische Weise: »Sie haben sie mir *gestohlen*, Sie erbärmlicher Schuft! Und nun spielen Sie hier den gekränkten Ehemann! Dabei hat sie immer nur *mir* gehört!«

»Sagen Sie das noch mal«, knurrte Somerton drohend mit vor Wut funkelnden schwarzen Augen. »Trauen Sie sich, Penhallow!«

Roland zog ihn so nah an sich heran, dass ihre Nasen fast aneinanderstießen. »Ich sage es bis in alle Ewigkeit. Ich lasse mir …«

Plötzlich schob der Spazierstock des Herzogs sich zwischen sie. »Aufhören, ihr jungen Heißsporne«, sagte er schneidend. »So etwas will ich nicht sehen. Nicht vor Frauen und Kindern.«

Roland schüttelte Somerton noch ein letztes Mal und ließ ihn los. Dann gingen die beiden Männer zögernd auseinander, die Nackenhaare gesträubt wie zwei Kampfhunde.

»Die Sünden der Vergangenheit sind nicht mehr zu ändern«, sagte der Herzog. »Nie mehr. Da kann man nichts machen.«

»Ich kann Ihnen sagen, was ich mache«, stieß Somerton hervor. »Ich werde ihm jeden einzelnen verdammten Knochen brechen …«

»Oh nein. Was zum Teufel hätten Sie davon? Es ist vorbei, Somerton. Sie haben Ihre Chance gehabt.«

»Es geht um die *Ehre*, Olympia.« Der Graf grinste höhnisch. »Für Sie beide vielleicht ein unbekannter Begriff, den ich aber zufällig sehr hoch schätze.«

»Ehre? Sie wissen doch gar nicht, was das ist«, erwiderte Roland. »Welche Art von Ehre verlangt, dass man als Balsam für den verletzten Stolz das Leben anderer ruiniert? Ein ehrenhafter Mann würde das Gegenteil tun. Ein ehrenhafter

Mann würde seiner unglücklichen Frau erlauben, ihre eigene Wahl zu treffen. Ein ehrenhafter Mann würde großmütig sein, nicht kleinlich.«

»Ich …« Somerton stockte, straffte, wie um sich zu wappnen, die Schultern und sah zwischen Roland und dem Herzog hin und her. Dann schaute er den Hügel hinauf, zum Eingang des Labyrinths, wo seine Frau und sein Sohn aneinandergeklammert auf die Szene herabsahen.

»Geben Sie auf, Somerton«, sagte der Herzog leise. »Ziehen Sie sich elegant aus der Affäre, solange Sie es noch können. Denn wenn Sie es nicht tun …«

Erstaunlicherweise sackten Somertons Schultern bei diesen Worten erleichtert herab. Dann richtete er sich zu seiner vollen Größe auf und schaute, eine seiner dicken Augenbrauen hochgezogen, den Herzog an. »Was dann? Der so überaus ehrenhafte Lord Roland hier hat sich bereits geweigert, für die Frau, die er angeblich liebt, zu kämpfen.«

»Wenn Sie damit meinen, dass ich nicht vorhabe, mich mit dem Vater eines Fünfjährigen zu duellieren, haben Sie recht«, sagte Roland. »Aber ich warne Sie, Somerton: Wenn es sein muss, werde ich Lilibet und Philip mit allen Mitteln verteidigen.«

Seine leisen, drohenden Worte blieben in der Luft hängen.

»Aber das wird nicht nötig sein, oder, Somerton?«, sagte der Herzog mit samtweicher Stimme und fixierte den Grafen mit seinen strahlend blauen Augen, die sein faltiges Gesicht vergessen ließen, während er den Knauf seines Spazierstocks fester umfasste.

»Ich weiß nicht, was Sie meinen«, sagte Somerton, der es offensichtlich ganz genau wusste, zurückhaltend.

Roland entspannte sich ein wenig, sah schnell zu Lilibet

und Philip hinüber und richtete den Blick dann wieder auf seinen Großvater und Somerton. Allmählich begriff er, dass sie bisher nur an der Oberfläche dessen gekratzt hatten, was die beiden verband. Dass der Duke of Olympia und der Earl of Somerton tief in die endlosen Intrigen zwischen den Geheimdiensten Ihrer Majestät verstrickt waren.

Und dass er nichts davon erfahren würde.

Endlich, wie auf vorherige Absprache, fasste der Herzog in seine Jackentasche und zog einige zusammengerollte Schriftstücke heraus. »Wissen Sie, was das ist, Somerton?«, fragte er.

Der Graf verschränkte die Arme. »Ich schätze, ja.«

Der Herzog klopfte mit dem rechten Zeigefinger auf das Ende der Rolle. »Sie sind nie dagegen angegangen, oder? Sie hatten es niemals vor.«

»Natürlich nicht. Warum sollte ich? Darum ging es doch gar nicht.«

»Wovon redet ihr?«, fragte Roland, trat einen Schritt vor und griff nach der Rolle. »Was ist das?«

Der Herzog schüttelte den Kopf. Dann schaute er den Hügel hinauf zu Lilibet und winkte sie mit einem Finger heran.

»Was soll das?« Roland musterte Somertons ausdrucksloses Gesicht. Der Graf hatte seine Aufmerksamkeit dem Fluss zugewandt, auf dem ein Boot mit lachenden, lärmenden Touristen vorbeifuhr, deren Stimmen ihnen die reglose Luft mit erstaunlicher Klarheit zutrug. Im Kielwasser des Bootes kräuselten sich seidige braune Wellen.

Roland schaute den Hügel hinauf. Lilibet war aufgestanden und hatte sich vorgebeugt, um Philip etwas zu sagen. *Bleib hier*, vermutete er. *Geh nicht weg. Ich bin gleich wieder da.*

Ihre Ankunft beendete die kühle Stille zwischen den drei

Männern. »Da sind Sie ja, meine Liebe«, sagte der Herzog freundlicher, als Roland ihn je erlebt hatte. Dann entrollte er die Papiere und legte sie in Lilibets ausgestreckte Hand.

Sie schaute einen Moment auf das oberste Blatt und überflog es, dann sah sie, hilflos vor Staunen, erst den Herzog, dann Somerton an. »Ich … Ich verstehe nicht …«

»Was ist das?«, fragte Roland.

Endlich richtete sie ihre blauen Augen auf ihn. »Das ist das vorläufige Scheidungsurteil«, sagte Lilibet leise.

»Was heißt das?«

»Dass die Scheidung unter Vorbehalt genehmigt wurde«, erklärte der Herzog. »Vor vier Tagen, in London. Ich habe mich privat mit dem Richter getroffen, einem guten, alten Freund, der mir als älterem Schüler in Eton damals zu Diensten sein musste. Er hat mir versprochen, das endgültige Urteil in einem Monat zu fällen, wenn kein Einspruch erhoben wird.«

»In *einem* Monat?«, fragte Lilibet mit großen Augen und sah den Herzog an, als wäre er verrückt geworden.

»Was hat das zu bedeuten?«, erkundigte sich Roland und fasste sie an der Schulter. »Sag's mir.«

Lilibet sah ihn an. »Sechs Monate. Normalerweise dauert es sechs Monate, es sei denn, es gibt besondere Umstände.« Ihr Blick richtete sich wieder auf den Herzog. »Wie haben Sie das …«

»Aber meine Liebe«, sagte der Herzog weise, »meinen Sie nicht, dass es sich hier um besondere Umstände handelt?«

»Und Sie … Sie haben mit ihm gesprochen …«

Der Herzog nahm ihre Hand. »Ich habe auch kurz mit den Anwälten Ihres Mannes gesprochen, meine Liebe. Zusammen mit meinem alten Freund, dem Richter. Dabei hat er freundlicherweise zugesagt, den Fall so schnell wie möglich abzuschließen, um sowohl der Antragstellerin als auch dem Beklagten unnötiges Leid zu ersparen.«

Lilibet wandte sich an Somerton. »Und du hast das zugelassen?«, fragte sie mit rauer Stimme. »Du hast es zugelassen, dass der Antrag bearbeitet wird, ohne zu widersprechen?«

Somerton verneigte sich spöttisch. »Wie ich Ihrer Ladyschaft, glaube ich, bereits berichtet habe, hatte ich keine Einwände gegen die Scheidung an sich. Die Beweisführung war ganz in Ordnung. Ich habe Ehebruch begangen. Und ich bin wohl auch grausam gewesen.«

»Dann haben Sie also nur etwas gegen *mich*«, sagte Roland scharf.

»Genau.« Der Graf begegnete seinem Blick, und der Hass in seinen Augen war so groß und unversöhnlich, dass Roland erschrak. »Lord Roland Penhallow. Der hübsche, brillante Penhallow, unter einem Glücksstern geboren, von ganz England bewundert. Ich habe sie zuerst gesehen, wussten Sie das? Beim Flussfest in Richmond, wo sie mit ihrer blendenden Schönheit alle anderen in den Schatten gestellt hat. Eine ungepflückte Rose, die ihre Blütenblätter noch nicht entfaltet hatte. Doch ehe ich die Gelegenheit bekam, ihr vorgestellt zu werden, hatten Sie sie schon ins Gebüsch geführt mit ihrem verfluchten Lächeln und ihrem umwerfenden *Charme*.« Das Wort *Charme* sprach er so angewidert aus, als wäre es etwas Obszönes.

»Sie sind verrückt«, konstatierte Roland.

»Danach hatte sie keine Chance mehr. Ich habe den ganzen Sommer zugesehen, wie Sie sie bezirzt haben, Sie Dummschwätzer. Wissen Sie eigentlich, wie nahe ich daran war, Sie umzubringen? Ich hätte es hundertmal tun können: wenn Sie aus dem Club kamen oder von einem Ball oder von irgendeinem Dinner. Und niemand hätte mich verdächtigt.«

»*Ich* hätte Sie verdächtigt«, sagte der Herzog, »und bei Gott, ich hätte dafür gesorgt, dass Sie hängen.«

Somerton beachtete ihn gar nicht. »Doch dann habe ich eine perfekte Lösung gefunden. Die Sache in Norwegen fiel mir wie ein Geschenk in den Schoß, und Ihr Großvater« – er erlaubte sich einen höhnischen Blick auf den Herzog – »war leichter zu überzeugen, als ich es mir hätte träumen lassen.«

»Was soll das heißen? Die Sache in *Norwegen*? Ich dachte … Aber du wolltest dort *Lachse* fangen!« Lilibets Stimme klang ungläubig und verwirrt. Dann sagte sie noch einmal leise: »Lachse.«

»Dass ist nicht lache!«, sagte Somerton. »Mein Gott, meine Teure. Bist du ihm immer noch nicht auf die Schliche gekommen? Bei mir hast du nur einen oder zwei Monate gebraucht.«

Roland fasste Lilibet am Arm. »Ich konnte es dir nicht sagen, mein Schatz …«

Sie wandte ihm ihr blasses Gesicht zu. »Du willst doch wohl nicht behaupten … dass du all die Zeit …« Ihr Stammeln und ihr fassungsloser Blick trafen Roland mitten ins Herz.

»Das habe ich doch die ganze Zeit versucht zu erklären. Dass mein Benehmen seit jenem Sommer, seit deiner Heirat, Teil meiner Tarnung war. Um zu verbergen …«

»Um zu verbergen, oder besser, um darüber hinwegzutäuschen, dass er als Spion für das Amt für maritime Angelegenheiten arbeitet«, unterbrach ihn Somerton gelangweilt. »Ein untergeordneter Dienst natürlich, aber ich konnte einen unerfahrenen Jungen ja wohl kaum für etwas Besseres vorschlagen. Auf Drängen des Herzogs hat Sir Edward ihn eingestellt. Alles verlief genau nach Plan, außer …« Somerton zuckte mit den Achseln und verzog verächtlich den Mund.

»Außer?«, fragte Lilibet, die Hände in die Hüften gestemmt.

Somerton wandte sich ihr zu. »Außer dass er nicht überleben sollte, meine Liebe. Ich muss zugeben, dass ich den Jungen unterschätzt habe. Ich habe vergessen, dass das Glück den Penhallows dieser Welt immer treu ist. Ja, er hat Europas gefährlichsten Attentäter ausgeschaltet, verrotten soll er, und ist im Triumph nach Hause zurückgekehrt, als vielversprechendster neuer Agent seit Jahren. Noch dazu nicht zu spät.«

Blitzschnell schlug Lilibet ihrem Mann ins Gesicht, und die Kraft ihres unerwarteten Schlags brachte ihn beinah ins Straucheln. »Zur Hölle mit dir!«, zischte sie.

Ehe Somerton zurückschlagen konnte, trat Roland vor sie und schirmte sie ab. Doch der Graf führte nur einen Finger an den Mundwinkel, wischte den kleinen Blutstropfen fort, der dort erschien, und lächelte sie an. »Ich schätze, das habe ich verdient«, sagte er, auch wenn er alles andere als reumütig aussah. »Jedenfalls habe ich dich bekommen. Er war zu stolz oder zu feige, um den Versuch zu unternehmen, dich zurückzugewinnen. Ja, ich hatte dich als Erster«, endete er mit leiser Stimme.

»Aber du wirst mich nie wiederbekommen«, versprach Lilibet leise.

Mit unergründlicher Miene, die Augenbrauen eng zusammengezogen, als wäre er tief in Gedanken versunken, sah Somerton sie noch einen Augenblick an. Rolands Blut geriet langsam in Wallung. Woran dachte der Mann? An seine Hochzeitsnacht? Oder an all die anderen Nächte mit Lilibet, seiner gestohlenen Braut? Es juckte ihn in den Fingern, den dicken Hals des Grafen zu packen und ihn zu erwürgen. Nur der Gedanke an Philip hielt ihn davon ab. Der Junge saß im Schneidersitz auf dem Rasen, zupfte gelangweilt Grashalme aus und schaute einer vorüberziehenden Wolke nach. Hatte er gesehen, wie seine Mutter den Grafen ohrfeigte?

Roland legte einen Arm um Lilibets Schultern, zog sie an sich und trat einen Schritt zurück. »Lassen Sie uns in Ruhe«, sagte er. »Ich will Sie nie wiedersehen. Und kommen Sie Lilibet und dem Jungen nicht zu nahe.«

Urplötzlich war Somerton wieder hellwach. »Ganz schön mutig, mein Junge. Aber Sie vergessen, dass wir noch eine Rechnung offen haben, Sie und ich. Vielleicht bekomme ich ja unsere liebe Elizabeth nicht zurück, aber Sie bekommen sie auch nicht.«

»Ich glaube, das Spiel ist vorbei. Und Sie haben verloren, Somerton. Denn ich *werde* sie bekommen, wenn sie mich haben will. Ich werde sie lieben und ehren und ihr alles geben, was Sie ihr in all den Jahren verweigert haben.«

»Ach ja?« Wieder zog der Graf eine Braue hoch. Roland verspürte den Drang, ihm ins Gesicht zu schlagen. »Muss ich Sie etwa daran erinnern, dass das Dokument in der Hand Ihrer Ladyschaft nur ein vorläufiges Scheidungsurteil ist? Es dauert noch einen Monat, bis unsere Ehe aufgelöst wird. Einen Monat, in dem neue Beweise vorgelegt werden können, die zur Ablehnung des Antrags führen.«

»Es gibt keine neuen Beweise«, sagte der Herzog ein wenig zu scharf.

»Wirklich?« Überraschung heuchelnd wandte Somerton sich ihm zu. »Aber ich habe doch von Lord Roland selbst erfahren, dass er mit meiner Frau Geschlechtsverkehr hatte. Und sie hat das bestätigt. Ehebruch des Antragstellers macht jeden Anspruch auf Klagen gegen den Ehepartner zunichte, oder?«

»Eine private Unterhaltung wird ja wohl kaum als Beweis zugelassen«, erwiderte der Herzog.

Somerton kniff die Augen zusammen. »Sagen Sie, Euer Gnaden, mir scheint, ich bemerke ein gewisses Unbehagen bei Ihnen.« Dann schaute er wieder Roland und Lilibet an. »Gibt es vielleicht etwas, was ich wissen sollte?«

»Nein, nichts«, erwiderte Lilibet zu hastig.

»Reden Sie doch keinen Unsinn, Somerton«, sagte Roland.

Der Graf drehte sich wieder zum Herzog um. »Was ist es, Mann? Was verschweigen Sie? Diese Eile. Wegen der besonderen Umstände, wie Sie gesagt haben. Was sind denn das für Umstände?«

»Hör auf!«, fauchte Lilibet.

Roland spürte, dass sie in Panik geriet, und drückte sie, um sie zu besänftigen. Wenn sie sich nicht beruhigte, verplapperte sie sich. Dann würde Somerton sie genauer anschauen und ...

Doch es war schon zu spät. Langsam betrachtete Somerton sie eingehend von Kopf bis Fuß und bemerkte (wie hätte es anders sein können?) die rosige Frische ihrer Wangen, die Fülle ihres Busens und die spannende Jacke über ihrer rund gewordenen Mitte. Roland versuchte noch, sie wegzudrehen, ihr die Musterung zu ersparen, aber solche Dinge waren nicht zu verbergen und für ein misstrauisches Auge offensichtlich.

»Mein Gott«, flüsterte Somerton. »Mein Gott.«

Der Spazierstock des Herzogs schob sich gerade noch rechtzeitig vor ihn, um ihn zurückzuhalten. »Sie haben kein Recht dazu, Somerton«, sagte Olympia ruhig. »Penhallow, mein Junge, bring sie weg von hier!«

Die zitternde Lilibet im Arm drehte Roland sich um und

führte sie den Hügel hinauf, damit sie in Sicherheit war, außerhalb Somertons Reichweite. Den Grafen konnte er sich später noch vorknöpfen.

»Ist es meins?«, rief Somerton hinter ihnen her. »Sag's mir, um Himmels willen.«

Roland bemerkte die Veränderung, die in Lilibet vorging, einen Moment zu spät. Ehe er sich versah, hatte sie sich plötzlich entschlossen unter seinem Arm weggeduckt. »Nein!«, schrie sie. »Es ist *meins*! Meins und Rolands, unser Baby, und du wirst es nicht bekommen! Du elendes Scheusal, du … du …« Sie schnappte nach Luft, während Somertons Gesicht zornrot anlief. »Es ist Rolands Baby, du Mistkerl, du Monster! Rolands, verstehst du? Und jedes Baby danach, jedes einzelne, wird seins sein. So, und nun fahr von mir aus zur Hölle!«

Der Herzog stand vor Somerton, den Spazierstock an beiden Enden gepackt, und drückte ihn gegen die breite Brust des Grafen, um ihn zu bändigen. Gerade als Roland seinem Großvater zu Hilfe kommen wollte, rutschte der Herzog im Gras aus, und Somerton preschte mit wildem Blick los.

Schnell zog Roland sein Messer aus der Tasche und erwartete ihn in Kampfhaltung. Hinter sich hörte er Lilibet schreien, doch er hielt den Blick fest auf den heranstürmenden Grafen gerichtet, registrierte jede Bewegung, jeden Blick. Bereit zu sein war das Erste, was Sir Edward ihm beigebracht hatte.

Erst im letzten Moment bremste Somerton sich.

»Was ist das?«, fragte er. »Ein Messer?« Dann schaute er auf irgendetwas hinter Roland und nickte lächelnd. »Tja, ich glaube, Philip kann uns sehen. Was ist denn nun mit Ihren Prinzipien, Penhallow?«

Roland stellte sich gerader hin. Das leicht sarkastische Lächeln im Gesicht des Grafen ließ ihn nicht mehr wütend, sondern eher amüsiert erscheinen. Hinter Roland war es sehr ruhig geworden. Er hätte sich gern umgeschaut, um zu sehen, ob Lilibet zu Philip gegangen war, aber er konnte Somerton keine Sekunde aus den Augen lassen.

Hinter dem Grafen kam sein Großvater langsam wieder auf die Füße und schüttelte verärgert den Kopf, dessen weißes Haar sich deutlich vom braunen Wasser und dem fernen Ufer des Flusses abhob. Dann drehte er sich um, um die Lage einzuschätzen. Er sah seinem Enkel in die Augen und nickte beruhigend.

Erleichtert ließ Roland die Schultern sinken. Nun musste er nur noch Somerton ablenken. »Sie haben recht«, meinte er und warf das Messer ins Gras. »Kein Blut. Kein Kampf. Kein …«

Mehr konnte er nicht sagen, denn in einer einzigen flüssigen Bewegung bückte Somerton sich nach dem Messer und rannte los.

Knapp an Roland vorbei auf Lilibet und Philip zu.

FÜNFUNFZWANZIG

Lilibet hörte die Schritte hinter sich seltsam langsam näher kommen, hörte jeden Aufprall auf der ausgedörrten Erde sehr klar und deutlich.

Sie wusste, wer sie verfolgte, und dass sie ihn nicht aufhalten konnte. Der Zusammenstoß stand kurz bevor, und eine Gänsehaut überlief sie. Schnell beugte sie sich vor und legte die Arme um die Mitte, um das junge Leben in ihr zu schützen.

Ein heftiger Aufprall, ein erstickter Schrei. Etwas stumpfes, wie ein Ellbogen, traf sie zwischen den Schulterblättern. Sie stolperte, konnte sich aber gerade noch fangen und drehte sich um.

Roland und Somerton wälzten sich im Gras und kämpften um das Messer, das sie in Somertons dicker Faust immer wieder aufblitzen sah. »Aufhören!«, schrie sie. »Sofort aufhören!«

Was natürlich sinnlos war. Durch die Schwerkraft und das unerbittliche Hin und Her des Kampfes rollten die beiden Männer ineinander verkeilt den Abhang hinunter. Wie kleine Jungs, dachte Lilibet erregt, als sie die wilde Schlägerei sah. Am liebsten hätte sie die Augen verdreht und die beiden sich selbst überlassen, wenn nicht das Messer gewesen wäre, dieses kleine, tödliche Messer in Somertons Hand.

»Halten Sie sie auf!«, rief sie dem Herzog zu, obwohl ihr Mund vor Angst trocken geworden war. Der Herzog sah aufmerksam zu, bereit jederzeit einzugreifen, doch die beiden waren natürlich zu schnell. Er konnte nichts tun, sonst erwischte er womöglich den Falschen.

Die Streithähne erreichten die ebene Terrasse, und Roland sprang auf und landete mit einer athletischen und sehr eleganten Drehung auf den Füßen. Auch Somerton stand auf und stürzte sich mit ausgestrecktem Messer auf Rolands Bauch, doch der wich ihm aus und zog sich vorsichtig, Schritt für Schritt, immer weiter Richtung Flussufer zurück. *Er lockt ihn von uns weg*, erkannte Lilibet. Er schützte sie und Philip.

»Weg da!«, rief irgendjemand ihr zu. Wegen der lauten Kampfgeräusche konnte sie nicht sagen, wer es gewesen war. »Schnell weg mit dem Jungen!« Suchend sah Lilibet sich um und sah Mr. Markham auf der anderen Seite der Terrasse stehen, die Hände wie einen Trichter um den Mund gelegt.

Unschlüssig zögerte sie, unfähig, Roland allein zu lassen, doch gleichzeitig verzweifelt bemüht, Philip in Sicherheit zu bringen und es ihm zu ersparen, zusehen zu müssen, wie sein Vater mit dem Mann kämpfte, den er lieben gelernt hatte. Am Ende gewann die Mutter in ihr, und sie wandte sich dem Hügel zu.

Es dauerte ein oder zwei Sekunden, bis sie begriff, dass vor dem Labyrinth niemand mehr war. Keine Spur von Philip, nicht die geringste.

»Aufpassen! Da läuft er!«, brüllte jemand hinter ihr und sie drehte sich um.

Ihr Sohn rannte den Abhang hinab auf die Terrasse zu.

»Philip! Nein!«, schrie sie.

Doch er lief weiter und rief etwas Unverständliches, während seine kleinen Beine wie Kolben arbeiteten. Mit dem Instinkt eines Vaters wandte Roland sich um, als er die Stimme des Jungen hörte, und sofort nutzte Somerton den Vorteil, um sich auf seine schutzlose Mitte zu stürzen.

»Nein!«, schrie Philip, rannte in vollem Lauf gegen den Grafen und brachte ihn ins Straucheln. Somerton machte ein paar unsichere Schritte zur Seite und hielt sich an der bröckelnden Steinbalustrade fest, doch sie gab nach, und er fiel schreiend in die schlammigen Fluten des Arno.

Wie gebannt sahen sie zu, alle vier, gelähmt von einem beinahe greifbarem Entsetzen: Lilibet, Roland, der Herzog und Markham. Ein Vogel kreischte ärgerlich in der Stille und stob in einer Federwolke aus einem nahen Baum.

Verwirrt stand Philip vom Boden auf und schaute durch die Lücke in der Balustrade, aus der ein weiterer Steinbrocken brach und mit einem dumpfen Platschen ins Wasser fiel. »Papa?«, sagte er ängstlich.

»Großer Gott«, fluchte Roland, eilte zum Rand der Terrasse und sah hinunter.

»Ist er … ist er …«, Lilibet konnte die Worte nicht herausbekommen.

Roland wandte sich an den Herzog. »Meine Stiefel«, sagte er, doch Markham war schneller. Hastig kniete der Sekretär sich hin und riss Roland mit kundigen Händen die staubigen, zerkratzten Lederstiefel von den Füßen. Erst den rechten, dann den linken, dann streckte sich Roland, das Hemd blendend weiß in der Sonne, und sprang ins Wasser.

Das deutliche Klatschen, mit dem er in den Fluss eintauchte, ließ Lilibets erstarrten Körper wieder zum Leben erwachen. Sie rannte den Hügel hinunter, blieb neben Markham stehen und klammerte sich mit beiden Händen an die Balustrade.

Somerton war in der schnellen Strömung bereits zehn oder zwanzig Meter flussabwärts getrieben. Er war entweder tot oder bewusstlos, denn seine Arme und Beine bewegten sich nicht, versuchten nicht, ihn über Wasser zu halten und ein weiteres Abtreiben zu verhindern.

Roland schwamm mit mechanischen, schnellen Zügen und nutzte die Strömung, um zum Grafen zu gelangen. In nicht einmal einer halben Minute hatte er ihn erreicht, schob die langen Arme von hinten unter Somertons Achseln durch, legte sie um seine Brust und hob seinen Kopf aus dem Wasser.

Lilibet schnappte nach Luft. Dunkelrotes Blut strömte aus einer Wunde an Somertons Schläfe, und sein Kopf fiel zur Seite, auf Rolands Arm.

Eine Hand legte sich auf ihre Schulter, und der Herzog flüsterte ihr ins Ohr. »Keine Sorge. Eine Kopfwunde blutet meist schlimmer, als sie ist.«

In Rückenlage, mit Somerton im Arm, schwamm Roland mit kräftigem Beinschlag ans Ufer. Markham wandte sich ab und rannte über die Terrasse, die Treppe hinunter zum Uferweg. Lilibet machte Anstalten, ihm zu folgen, doch der Herzog hielt sie an der Schulter fest .»Nein«, sagte er leise. »Überlassen Sie das Markham. Bleiben Sie bei dem Jungen.«

Lilibet sah an sich herunter. Ihr Sohn klammerte sich so fest an ihre Beine, dass der dünne Stoff ihres Rocks ganz zerknittert war. »Oh, Schatz«, sagte sie leise und beugte sich herab, um ihn auf den Arm zu nehmen.

Warm und nass von Tränen presste sein Kopf sich an ihre Schulter. »Tut mir leid«, schniefte er. Seine dünne Stimme verlor sich fast im Stoff ihrer Kostümjacke. »Tut mir leid, das wollte ich nicht. Aber er hat Onkel Roland wehgetan. Entschuldige bitte.«

»Alles in Ordnung, Liebling, wirklich. Was für ein mutiger Junge du bist.«

»Ist er tot? Sag's mir.«

»Aber nein! Natürlich nicht! Er ist nicht tot, Schätzchen. Onkel Roland hat ihn. Onkel Roland bringt ihn an Land. Ihm ist nichts passiert.«

Bitte, lieber Gott, mach, dass es ihm gut geht.

Lilibet reckte den Hals, um die etwas mehr als zwanzig Meter entfernte Stelle zu sehen, an der Markham mit ausgestreckten Armen knietief im Wasser stand, ohne die geringste Rücksicht auf seine Stiefel. Doch das Ende der Balustrade blockierte ihre Sicht. Sie sah nur, wie Rolands nasser Kopf über dem glatten Stein auftauchte – sein goldenes Haar wirkte nun braun –, wie Markham ihm entgegenging und wie die Männer sich abmühten, wahrscheinlich mit Somertons stämmigem Körper. Dann sah sie die beiden Köpfe zwischen den Pfeilern der Balustrade zur Seite gehen, und schließlich wurden alle drei Männer am Ufer sichtbar.

Roland hatte die Arme immer noch um Somertons Brust geschlungen, und Markham ließ seine Füße mit einem dumpfen Knall auf den ausgetretenen Weg fallen. Lilibet drückte Philips Kopf an ihre Schulter. »Sie haben ihn herausgezogen, Liebling«, sagte sie.

»Ist er tot? Sag's mir!« Unfähig, selbst hinzusehen, rieb Philip das Gesicht an ihr.

Lilibet klappte den Mund auf, um ihm zu antworten. Somerton hing schlaff in Rolands Armen. Roland sagte irgendetwas zu Markham und drückte die Arme von unten her immer wieder gegen Somertons Brust. Markham hatte sein Taschentuch hervorgeholt und versuchte, das viele Blut von Somertons blasser Stirn zu wischen. »Nein, natürlich nicht«, sagte sie schwach. Sie hatte das Gefühl, Luft statt Blut in den Adern zu haben, und ihre Beine begannen zu zittern. Das konnte nicht wahr sein; das durfte nicht geschehen. »Er lebt, was denn sonst? Natürlich lebt er. Er ruht sich nur etwas aus.«

Bitte, lieber Gott, lass ihn leben.

Der Herzog ging zu den Männern am Ufer.

Plötzlich drehte Roland Somerton so, dass sein Gesicht nach unten zeigte, dann spuckte der Graf heftig hustend einen Schwall Wasser aus, ballte die Fäuste und holte tief Luft. Sein keuchendes Atmen war deutlich zu hören.

Er lebte.

Mit einem Mal fühlte Lilibet sich so erleichtert, dass ihre Beine wirklich nachgaben. Unfähig zu sprechen, sank sie mit Philip im Arm zu Boden.

»Er ist tot, nicht wahr?«, fragte Philip leise.

Lilibet zwang sich zu antworten. »Nein! Er lebt, Schatz. Ich kann ihn sehen. Er hat ein bisschen Wasser geschluckt, aber er lebt.« Dann senkte sie den Kopf und weinte in Philips dunkles Haar, während die tröstende Wärme der Steine durch ihre Kleider drang.

»Geht es ihm gut? Blutet er?«

Lilibet schaute auf. Roland und Markham waren gerade dabei, den hustenden Somerton aufrecht hinzusetzen. Der Herzog, der die Männer erreicht hatte, zog sein Taschentuch hervor, half Markham, die Blutung an der Stirn zu stillen, und knöpfte dem Grafen Jackett und Kragen auf, als Somerton sich erstaunlich schwungvoll ins hohe, schlammige Gras am Ufer erbrach.

»Ein wenig«, sagte sie. »Aber er ist in Ordnung. Es geht ihm gut. Alles wird gut.«

Eine leichte Brise, die erste an diesem Nachmittag, strich durch ihr derangiertes Haar und trug ihren tiefen Seufzer der Erleichterung mit sich fort. Dann kam ein weißes Blatt Papier geflogen und glitt wie aus eigener Kraft über die Terrasse. Ihm folgten ein zweites und ein drittes.

Lilibet setzte Philip auf ihre rechte Hüfte und stand auf. Dann sammelte sie mit zitternden Händen ein Blatt nach dem anderen ein und legte einen herabgefallenen Stein aus der Balustrade auf den kleinen Stapel, um ihn vor weiteren Windstößen zu schützen.

SECHSUNDZWANZIG

Als Lilibet endlich Somertons Schlafzimmer verließ, war das Haus still, und die Sonne hatte bereits begonnen, hinter den Hügeln im Westen unterzugehen.

»Lady Somerton.« Der Duke of Olympia erhob sich aus einem Lehnstuhl vor dem Flurfenster; Markham, in einem zweiten Stuhl, zögerte kurz, ehe er sich ebenfalls erhob.

»Euer Gnaden.« Lilibet streckte eine Hand aus, und der Herzog trat vor und beugte sich altmodisch galant darüber. »Er schläft jetzt; der Doktor will ihn noch ein wenig beobachten. Offenbar hat er eine ziemlich schlimme Gehirnerschütterung, aber der Arzt glaubt, dass er sich wieder erholt.«

Markham verneigte sich steif. »Ich würde gern heute Nacht bei ihm wachen, Mylady. Ich nehme an, Sie sind müde.«

Lilibet musterte den Sekretär. Er hatte dunkle Ringe unter den Augen, und sein Haar, das sonst so sorgfältig zurückgekämmt war, hing ihm wirr ins Gesicht. »Sie wirken selbst ziemlich müde, Mr. Markham. Sind Sie sich sicher?«

»Ja, Madam. Ich bin daran gewöhnt, spät zu Bett zu gehen.«

Lilibet schaute auf Somertons Tür. »Also gut. Vielen Dank.«

Markham nickte und verschwand ohne ein weiteres Wort im Zimmer des Grafen.

»Sagen Sie«, begann Lilibet, ehe der Herzog den Mund aufmachen konnte, »für wen arbeitet Mr. Markham eigentlich? Ich muss zugeben, dass ich mich das frage.«

Der Herzog zuckte mit den Achseln. »Das frage *ich* mich ebenfalls, Madam.«

Lilibet verschränkte die Arme und musterte ihn mit ihrem bösesten Blick, dem, den sie bei Philip benutzte, wenn er etwas falsch gemacht hatte. »Ich fange langsam an zu glauben, dass jeder ein Spion ist und nach Ihrer Pfeife tanzt, Euer Gnaden.«

Der Herzog schmunzelte. Der Mann war wirklich nicht unattraktiv. Er musste fast siebzig sein, dennoch wirkte er – so geschmeidig, wie er sich bewegte, und dazu überraschend kräftig, wie sich gezeigt hatte, als er Somerton mit seinem Spazierstock zurückhielt –, als ob er zwanzig oder dreißig Jahre jünger wäre. »Mein liebes Kind«, erwiderte der Herzog sanft, »Sie sind nicht ganz so zart wie Sie wirken, oder?«

»Nein, bin ich nicht«, sagte Lilibet, »und ich bitte Sie, das zu bedenken. Denn ich möchte nicht« – sie trat näher an ihn heran und senkte die Stimme – »dass Sie mich oder ein anderes Mitglied meiner Familie in Zukunft in Ihre Geschäfte verwickeln.«

»Ah, und gehört zu Ihrer Familie vielleicht auch mein Enkel?«

»Das kann ich nicht sagen.«

Der Herzog nickte höflich und richtete den Blick diskret auf ihre Mitte. »Dennoch nehme ich an, dass wir bald verwandt sein werden, Sie und ich. Zumindest durch Bande des Blutes.«

Lilibet zögerte, aber nur einen Moment. »Das will ich nicht abstreiten, Euer Gnaden. Ich nehme an, Sie wissen es bereits. Doch wie Sie davon erfahren haben, ist mir schleierhaft.«

»Ich habe meine Quellen. Und Roland erkennt es als seins an? Ohne Vorbehalt?«

»So ist es.«

Der Herzog nickte. »Wenn er es nicht getan hätte, hätte ich ihn natürlich umgehend zu Verstand gebracht. Ich lasse nicht zu, dass mein Urenkel in Schande geboren wird.«

»Wie nett von Ihnen, dass Sie sich so gut um mich kümmern«, sagte Lilibet kühl.

Das Lächeln des Herzogs wurde etwas breiter. »Ich glaube, Sie mögen mich nicht, Lady Somerton. Obwohl ich Sie sehr bewundere. Und hoffentlich immer in Ihrem Interesse handle.«

»Wenn Sie das nur schon vor sieben Jahren getan hätten.«

»Ah.« Wie ein Staatsmann, der sich auf eine Rede vorbereitet, legte der Herzog die Hände hinter den Rücken. »Aber dann hätten Sie Ihren Sohn nicht, Madam. Und Roland … alles in allem hat er sich doch ganz gut gemacht, aber ich frage mich, ob er mit zweiundzwanzig so gut für Sie gewesen wäre wie mit neunundzwanzig.«

»Vielleicht stimmt das sogar. Doch Durchlaucht werden mir vergeben, wenn ich darauf hinweise, dass Sie wohl kaum der Richtige waren, um das zu entscheiden.«

»Lady Somerton.« Der Herzog streckte eine Hand aus. Zögernd legte Lilibet ihre hinein. Dann legte der Herzog die andere Hand auf ihre und hielt sie so fest, dass Lilibet sie nicht mehr wegziehen konnte. »Die Vergangenheit ist vergangen, meine Liebe. Ab heute können Sie sich auf meine Loyalität verlassen. Sie sind die Mutter meines Urenkels und haben Anspruch auf jede Unterstützung, die ich Ihnen geben kann.«

»Sie werden ihn nicht weiter für Ihre Pläne benutzen«, zischte Lilibet.

Der Herzog schüttelte ganz leicht den Kopf und sah ihr ruhig in die Augen. »Das, meine Liebe, muss er selbst entscheiden, auch wenn mir scheint, dass er nichts mehr ohne Ihre Zustimmung tun wird. Ihre Macht über ihn ist groß, und ich vertraue darauf, dass Sie sie gut nutzen, Madam.«

Lilibet kreuzte den Blick mit dem Herzog, schaute prüfend in seine strahlend blauen Augen, erwiderte aber nichts. Es gab so viel, was sie ihn fragen wollte, am liebsten hätte sie ihn regelrecht verhört: über Rolands Aktivitäten als Spion, die Rolle, die der Herzog dabei gespielt hatte, Markhams Funktion, Somertons. Was wirklich passiert war in jenem Sommer vor sieben Jahren und in den vergangenen Monaten. Aber konnte sie seinen Antworten trauen? Was für ein Spiel spielte er?

Wollte sie das wirklich wissen?

Als der Herzog wieder auf ihre Mitte schaute, bemerkte sie, dass sie eine Hand auf ihren Bauch gelegt hatte. »Gehen Sie zu ihm«, sagte er. »Er ist in seinem Zimmer. Wahrscheinlich wartet er auf Sie. Gehen Sie.« Dann zog er ihre Hand, die er immer noch festhielt, an die Lippen und küsste sie. »Sie haben meinen Segen.«

»Den brauche ich nicht.«

»Sie haben ihn trotzdem.«

Lilibet entzog ihm ihre Hand und neigte den Kopf. »Gute Nacht, Euer Gnaden«, sagte sie und wandte sich der Treppe zu.

Kurz nach neun, als die Dämmerung einen indigoblauen Schein auf den Horizont vor Rolands Fenster warf und seine Augenlider langsam zufielen, um in den dringend benötigten Schlaf zu sinken, klopfte es an der Tür.

Er löste die hinter dem Kopf verschränkten Hände und setzte sich im Bett auf. »Herein«, rief er leise.

Lilibet schlüpfte durch die Tür, schloss sie sanft hinter sich und lehnte sich an das kunstvoll geschnitzte Holz. Im Licht der einzelnen Kerze am Bett wirkte ihr tief im Schatten liegendes Gesicht müde und angespannt. Sie trug einen lockeren Morgenmantel, der einige Zentimeter zu kurz war, und ihr Haar hatte sich aus den Klammern gelöst.

Sie sah wunderschön aus.

Roland stand auf. »Wie geht's ihm?«

»Er ruht sich aus.« Ihre Hände schienen sich an dem Knauf in ihrem Rücken zu schaffen zu machen. »Der Arzt hat ihn wieder zusammengeflickt. Markham passt auf ihn auf. Ich habe gerade Philip ins Bett gesteckt. Miss Yarrow ist bei ihm.« Errötend schaute sie zu Boden. »Wie geht es dir?«, fragte sie.

»Ganz gut. Bin nur ein bisschen angeschlagen. Aber gebadet und rasiert. So fühle ich mich etwas menschlicher.« Mit ausgestreckten Armen ging er auf sie zu. »Und wie geht es dir, Liebling? Muss ein furchtbarer Schock für dich gewesen sein. Hast du gebadet? Und etwas gegessen?«

»Ja«, sagte Lilibet, die Augen auf seine Hemdknöpfe gerichtet. »Miss Yarrow hat mir ein paar Kleidungsstücke gegeben, die ich tragen kann. Ich …« Ihr versagte die Stimme.

»Schsch.« So sanft wie möglich zog Roland sie an seine Brust. Ihr Atem streifte wie eine warme Wolke an seinem Hemd entlang, und an seinen Rippen konnte er den Schlag ihres Herzens spüren. »Alles in Ordnung. Er wird's überleben, denke ich. Männer wie er kommen immer durch. Und ich bezweifle, dass er Widerspruch einlegen wird. Das sollte er sich besser verkneifen, nachdem ich die Hälfte des florentinischen Schlamms geschluckt habe, um seinen erbärmlichen Hintern zu retten.«

Lilibet kicherte leise in sein Hemd. »Nein, er wird keinen Widerspruch einlegen. Markham hat es mir versprochen. Er … nun, er war ziemlich nett, dieser Markham. Ich kann ihn nicht … richtig einschätzen. Ich habe ihn mit deinem Großvater gesehen, aber …«

Roland seufzte. »Ich vermute, er hat die ganze Zeit für Olympia gearbeitet und … na ja, die Lage kann ganz schön brenzlig werden, wenn es eng wird.«

Lilibet nickte. »Ja, das glaube ich. Ich schätze, du kennst dich damit aus. So wie mein Mann.«

»Nicht ganz so gut wie Somerton. Das kann ich dir versichern. Wann immer es möglich war, habe ich mich lieber auf meinen Verstand als auf meine Fäuste verlassen.«

»Ja, sicher. Obwohl du natürlich trotzdem dein Leben riskiert hast.«

Roland küsste sie aufs Haar. »Früher war mein Leben mir nicht viel wert.«

»Und heute?«, fragte Lilibet mit ruhiger Stimme – derjenigen, die sie benutzte, um ihre tiefsten Gefühle zu verbergen – und sah ihn an. »Wirst du wieder für das Büro arbeiten?«

Roland seufzte. Er hatte sein Bestes getan, um ein Gespräch über seine Zukunft beim Geheimdienst zu vermeiden. »Ich kann nicht einfach alles hinwerfen, Schatz. Es gibt Männer, die auf mich angewiesen sind. Aber ich verspreche dir, dass ich nicht so weitermache wie bisher. Ich habe zu viel, wofür es sich zu leben lohnt.« Er streichelte ihre Wange. »Jetzt gibt es Menschen, die noch mehr auf mich angewiesen sind.«

Mit ängstlichen blauen Augen betrachtete Lilibet sein Gesicht, und Roland hätte seinen linken Arm gegeben, um zu erfahren, wonach sie suchte. Schließlich legte sie den Kopf an seine Brust und lachte wieder, ein eher trockenes Lachen. »Und du bist die ganze Zeit Spion gewesen? Um Himmels willen, Roland. Wie gut du das versteckt hast. Ich kann es immer noch nicht richtig begreifen.«

»Na, darum geht es doch, oder? Sich im Rampenlicht zu verstecken. Ich bilde mir ein, das ganz gut gemacht zu haben. Hab den armen, alten Penhallow wie einen leichtsinnigen Taugenichts wirken lassen …«

»… der jedes Bett in London gewärmt hat …«

»… obwohl er in Wahrheit«, sagte Roland und schob Lilibet von sich, um ihr in die Augen sehen zu können, »nur an dich gedacht hat, Lilibet.« Er fuhr mit dem Finger über ihre Wange zu den feinen, weichen Haaren über ihrem Ohr. »Nur an dich.«

»Wirklich?«, fragte sie atemlos. »Das kann ich kaum glauben.«

Roland zuckte mit den Achseln. »Brauchst du auch nicht. Es war einfach so.« Sie fühlte sich so zart und zerbrechlich an, genau richtig für seine Arme. Er wollte sie halten und schützen und lieben. Sie in einer einzigen leidenschaftlichen, schlaflosen Nacht für all die verlorenen Jahre entschädigen. Einer Nacht, die sie niemals vergessen würde.

Nur dass er kurz davor war, vor Erschöpfung tot umzufallen.

Daher beschloss er, es fürs Erste bei einem Kuss zu belassen.

Er senkte den Kopf und drückte seine Lippen auf ihren Mund. Sie zögerte, dann schlang sie die Arme um seinen Nacken und küsste ihn zurück, sehr sanft, beinahe zaghaft, so als küssten sie sich zum allerersten Mal.

Seine Lenden schmerzten, sein ganzer Körper sehnte sich nach ihr, doch er hielt sich zurück. »Alles in Ordnung?«, fragte er.

Lilibet nickte ernst.

Roland seufzte. »Stimmt nicht, oder?«

Wieder schaute Lilibet zu Boden. Dann legte sie die Hände auf seine Brust und spielte mit seinen Hemdknöpfen. »Doch, doch, Schatz. Es ist nur … also, es war ein langer Tag, sehr ermüdend, und …«

Schwungvoll hob er sie hoch und trug sie zum Bett.

»Roland!«, sagte Lilibet erstaunt.

Doch er legte sie nicht auf die Matratze, um ihr mit den Lippen die Kleider abzustreifen, wie er es gern getan hätte, sondern setzte sich mit ihr auf die Bettkante, sodass ihr Kopf bequem in seiner Halsbeuge ruhte, und schaute aus dem Fenster. »Sieh dir das an«, sagte er. »Ich habe mir den Sonnenuntergang angeschaut. Ist er nicht wunderschön? Der Himmel ist blaurot, und da vorn ragt die Kathedrale mit ihren roten Dachziegeln empor. Ich glaube, du hast mir das schönste Zimmer im ganzen Palazzo gegeben.«

Lilibet lachte. »Tut mir leid, das war reiner Zufall. Und ich bin ziemlich sicher, dass Somerton nicht weiß, dass du noch hier bist.«

»Das geht ihn doch auch gar nichts an, oder? Er ist nicht mehr dein Mann.«

Lilibets Lachen erstarb. »Nun, wir sind noch nicht rechtmäßig geschieden. Erst nach dem abschließenden Urteil in einem Monat.«

Roland küsste sie auf die Schläfe. »Das sind doch juristische Kleinigkeiten, Schatz. Die wahre Liebe ist genau hier.« Er nahm ihre Hand und legte sie auf seine Brust, direkt über sein Herz, und sie streichelte ihn zärtlich. »Das, was zwischen uns ist, ist die wahre Liebe, und wir haben sie immer füreinander empfunden.«

Lilibet sagte nichts, sah einfach nur zu, wie ihre Hand sich im Rhythmus seines Atems hob und senkte.

»Was ist?«, fragte Roland. »Zweifelst du daran?«

»Nein«, sagte sie mit erstickter Stimme, und er erkannte, dass sie zu gerührt war, um zu sprechen.

Er hielt sie noch einen Moment länger im Arm, sah zu, wie die letzten Farben des Himmels im Dunkeln verschwanden und das rote Dach der Kathedrale zu einem verschwommenen Fleck am Horizont wurde, atmete den Duft ihres Haares ein und genoss es, ihren weichen Körper an seinem zu spüren, musste sich dann aber so diskret wie möglich ein wenig anders hinsetzen. »Also, meine Liebe«, sagte er und küsste sie noch einmal auf die Schläfe, um seine Verlegenheit zu überspielen, »was machen wir jetzt?«

»Ich schätze, ich sollte wieder in mein Zimmer gehen«, erwiderte Lilibet leise.

Roland räusperte sich. »Nun, darüber könnten wir ebenfalls sprechen, aber ich meinte eigentlich in den nächsten paar Tagen. Wochen. Monaten.«

»Oh!« Lilibet versteifte sich, was eine ziemlich schmerzliche weitere Veränderung seiner Sitzhaltung nötig machte. »Ja, natürlich! Ich … nun … ich denke … dass …«

»Ja, mein Schatz?«

»Ich denke, das hängt von dir ab«, sagte Lilibet hastig.

»Von mir?« Roland fing an zu grinsen.

»Also, ich bleibe noch ein bisschen hier, nur um sicherzugehen, dass alles gut geht, und dann … tja …« Die Worte blieben in der Luft hängen.

»Lilibet«, hauchte Roland ihr ins Ohr. »Liebling, wartest du vielleicht auf irgendetwas?«

»Nein! Ich … Aber nein! Ich … ich meine nur, also, wie es weitergeht, ist doch ganz klar. Ich schätze, ich bringe Philip ins Schloss zurück, und wir nehmen unser Leben … mit den Ziegen und so…«

»Lilibet.« Roland rutschte unter ihr weg – die Stellung wurde sowieso zu unbequem – und bedeckte ihr Gesicht mit Küssen. Dann ließ er sich zu Boden sinken, kniete sich auf die harten Holzdielen, drückte einen Kuss auf ihren Hals, einen auf ihr Dekolleté und einen besonders sanften auf die leichte Wölbung ihres Bauches, nahm ihre Hände und sah ihr ins Gesicht, das vom aufgehenden Mond beschienen wurde. Es sah sehr müde aus und war von wirren losen Haarsträhnen umgeben. »Lilibet, meine süße Lilibet. Meine holde und ziemlich mitgenommene Geliebte. Mutter meines skandalöserweise unehelichen Kindes. Wirst du mir die große Ehre erweisen, in, sagen wir, einem Monat meine Frau zu werden, um unseren Nachwuchs zu legitimieren?«

Lilibet kicherte errötend und versuchte, ihm ihre Hände zu entziehen. »Ach, Roland. Du Dummer. Das ist doch unanständig. Ich bin noch nicht einmal richtig geschieden …«

Roland ließ ihre Hände nicht los, sondern küsste sie so fest, als wollte er sie brandmarken. »Was unanständig ist, meine Liebe, ist der runde Bauch, den du als fast geschiedene Frau in Florenz herumtragen wirst. Du hast dich schon vor einiger Zeit ungehörig benommen, du unwiderstehliches Weib, daher würde ich sagen, je eher wir uns offiziell verloben, desto besser.«

»Oh, Roland«, sagte Lilibet lachend.

Er stand auf, zwang sie, sich zurückzulehnen, und schob

mit eifrigen Fingern ihren Morgenmantel beiseite. »Ganz zu schweigen von der ungehörigen Art und Weise, wie du dich soeben uneingeladen in mein Zimmer geschlichen hast. Man könnte meinen, dass deine Absichten alles andere als lauter waren.«

»Das stimmt nicht. Ich …«, seufzend gab Lilibet auf.

Ihre rechte Brust lag offen vor ihm, rund und füllig mit dunkler Spitze. Ehrfürchtig küsste Roland sie, ließ die Zunge um die Brustspitze kreisen und ergötzte sich daran, wie sie sich unter seiner Berührung aufrichtete. »Man könnte meinen, dass du mich *verführen* wolltest, du schamloses Luder.«

»Ich bitte dich. Ich wollte dich nur … darüber informieren … Oh!«, stöhnte Lilibet, als Roland gierig nach ihrer linken Brust fasste.

»Du weißt aber schon, auf welche Gedanken ein Mann kommen kann, wenn eine Frau ihn abends in seinem Zimmer besucht, oder?« Er fuhr mit den Lippen über das göttliche Tal zwischen ihren Brüsten und saugte an der anderen.

»Es … es war doch noch gar nicht dunkel …« Ihre Hände gruben sich in sein Haar.

»Aber es dämmerte schon, meine Liebe. Daran gibt es nichts zu deuteln.« Roland streifte ihr den Morgenmantel von den Schultern, sodass ihr ganzer verführerischer Oberkörper sich seinem hungrigen Blick darbot. Dann hob er mit einer Hand ihren Po an, zog den Rest des Mantels unter ihr hervor und warf ihn auf den Boden.

Sie trug keine Unterwäsche.

»Sieh an«, sagte er atemlos. Dann strich er mit der Hand über ihre weiche Haut, streichelte den kleinen Bauch, legte die Hände darauf und stellte sich, noch nicht ganz imstande, daran zu glauben, das kleine Wunder vor, das sich darin ereignet hatte. Hatten sie das wirklich getan? Hatten sie zusammen ein Kind gezeugt, er und sie?

»Ich bin eine gefallene Frau«, sagte Lilibet, der das Lachen vergangen war.

»Du bist die schönste Frau, die ich je gesehen habe«, widersprach er, küsste sie wieder auf den Bauch und schob sich dann hoch, um sie auf den Mund zu küssen. »Die ehrbarste, klügste und mutigste auf der ganzen Welt.«

»Ich bin nicht mutig.«

»Doch, bist du. Schon der Gedanke an ein Leben mit einem so elenden Tunichtgut wie mir …«

»Tunichtgut?«, kicherte Lilibet los. »*Tunichtgut*?«

»Ja, Tunichtgut. Taugenichts.« Roland gab ihr einen langen, leidenschaftlichen Kuss, der, wie er hoffte, typisch für Taugenichtse war. Einen, wie ihn die Frauen liebten. »Heirate mich, Lilibet. Du musst einfach.«

Sie verdrehte die Augen. »*Natürlich* heirate ich dich, Roland Penhallow. Mein Gott, es ist ja nicht so, als hättest du mir, schwanger wie ich bin, irgendeine Wahl gelassen. *So* immun gegen Tratsch bin ich nun auch wieder nicht.«

»Das dachte ich mir.« Er drückte ihr einen zufriedenen Kuss auf den Mund. »Und nachdem *das* nun erledigt ist …«

Lilibet reagierte so schnell, dass er den Satz nicht beenden konnte. Sie warf ihn auf den Rücken und setzte sich auf ihn. Im Schein des soeben aufgegangenen Mondes, der auf ihre nackten Brüste fiel, wirkte sie unglaublich verführerisch. Dann brachte sie ihr Gesicht so nah an seins heran, dass ihr Haar über ihre Schultern fiel und sie beide umfing. »Nachdem *das* nun erledigt ist«, sagte sie, »kann ich dich verwöhnen, wie du es verdient hast. Mein nobler, bildschöner und einfach unwiderstehlicher Geliebter, Dichter und Retter ertrinkender Passanten.« Sie gab ihm einen Kuss, richtete sich wieder auf und knöpfte ihm eilig das Hemd auf. »Leidenschaftlicher Liebhaber, mutiger Spion.« Sie streifte ihm das Hemd ab, und er hob trotz seiner Faszination die Arme, um ihr beim Ausziehen behilflich zu sein. »Treuer Bewunderer und, oh, mein Schatz« – sie strich ihm mit den Händen über Brust und Hals und legte sie um sein Gesicht – »wichtigster, wundervollster Mensch auf Erden. Liebender, offenherziger Vater, für den ich Gott nur immer wieder danken kann.« Dann senkte sie den Kopf und küsste ihn tief und leidenschaftlich.

Das Blut rauschte in Rolands Ohren, und während er den Kuss erwiderte, fasste er sich an die Hüften und schob seine Hose herunter, wobei er sich große Mühe gab, seine Geliebte nicht von ihrem schönen Sitzplatz zu vertreiben. Als er mit gekonntem Schwung den letzten Rest des störenden Kleidungsstücks mit dem rechten Fuß wegschleuderte, fing Lilibet an zu kichern. Dann schaute sie auf und grinste ihn an.

»Ich glaub es dir nicht«, sagte sie.

»Was?«, murmelte er, geistig nicht mehr ganz auf der Höhe.

»Das war ein viel zu geschickt ausgeführtes Manöver für einen Mann, der keusch gelebt haben will.«

Roland machte ein unschuldiges Gesicht. »Meine in Geheimdienstkreisen legendäre Wendigkeit ist der Herausforderung, sich unter Druck auszuziehen, durchaus gewachsen, Madam.«

»Unter Druck?«

»Einem sehr starken und schmerzlichen Druck.« Er ließ die Hände über ihren Rücken wandern und umfasste ihre runden Pobacken. »Und ich bitte Sie ergebenst, Ihr Möglichstes zu tun, um mir Erleichterung zu verschaffen.«

Mit einem wissenden, traumhaft schönen Lächeln folgte Lilibet seinem Wunsch, und Rolands zufriedenes Stöhnen ließ beinah das Fenster klappern.

»Schsch«, sagte sie. »Du weckst noch das ganze Haus, und was machen wir dann?«

»Um Himmels willen, Madam«, stieß Roland hervor und fasste sie um die Hüften, »tun Sie Ihre Pflicht.«

Lachend erhob Lilibet sich auf die Knie, positionierte sich und ließ sich fest auf ihm nieder. Diesmal stöhnten sie beide vor Glück: die große körperliche Lust noch gesteigert durch das Gefühl, zu einer Einheit geworden zu sein, tief und untrennbar miteinander verbunden.

Roland unterdrückte den Instinkt, die Augen zu schließen und die feuchtheiße, feste Umklammerung seines Geschlechts einfach zu genießen, und schaute Lilibet an. Ihre blauen Augen waren dunkel und verschleiert, ihre Haut leicht gerötet vor Erregung, und anscheinend beobachtete sie ihn ebenfalls. »Beweg dich«, raunte Roland, und folgsam begann sie, auf und ab zu gleiten, langsam und etwas unsicher. Dabei musterte sie sein Gesicht, als könnte es ihr helfen herauszufinden, wie sie weitermachen sollte. Roland ließ seine Hände über die weiche Haut ihrer Taille zu den Brüsten wandern, die sich warm und schwer anfühlten. »O Gott«, sagte er, »du bist wunderschön, und unglaublich verführerisch.« Dann umkreiste er im Takt mit ihrem langsamen Auf und Ab verträumt ihre Brustspitzen und zügelte sich, während sie genüsslich jeden Moment auskostete, jeden Winkel ausprobierte, bis ihre Augen sich schließlich weiteten und sie den Atem anhielt.

»Das ist die Stelle, nicht?«, fragte er lächelnd.

»O Gott.«

Nun begann Roland, die Hüften zu bewegen und das Tempo zu beschleunigen, während er zwischen den Fingern sanft ihre Nippel rollte. Er konnte sehen, dass sie gern noch schneller geworden wäre, dass sie den Schlüssel gefunden hatte und die Tür aufstoßen wollte, doch er war noch nicht bereit, sie gehen zu lassen. Er legte eine Hand auf ihren Po und lenkte sie, half ihr, genau den richtigen Rhythmus zu finden, um an der Grenze zum Orgasmus zu bleiben, die Spannung immer weiter zu steigern, bis sie schließlich im Dunkel keuchte und stöhnte, bis ihre Haut vor Hitze glühte und ihre Finger sich in seine Brust gruben.

Wie hatte er nur ohne das leben können? Wie hatte er all die Jahre ohne sie überlebt, ohne seine leidenschaftliche und wunderschöne einzigartige Lilibet? Ohne ihr lebhaftes Temperament, das unter dem sanften Äußeren versteckt war wie eine Flamme hinter einem Feuerschirm? Ihr Kopf war zurückgeworfen, ihre Brüste tanzten vor seinen Augen, und ihre Haut verbrannte ihm die Finger; er konnte sich nicht länger zurückhalten, denn seine Erregung war so stark, dass sie ihn umzubringen drohte. Mit seinen Hüften trieb er sie an, immer härter und schneller, und sie schien sich ebenso sehr wie er nach Erlösung zu sehnen. Nur Sekunden später versteifte sie sich, und ihre seidenen Wände schlossen sich erleichtert um ihn. Ihr erstickter Freudenschrei war wie Musik in seinen Ohren.

Endlich ließ auch er sich mit einem Schrei gehen und von endlosen, köstlichen Wellen überrollen. Erschöpft brach Lilibet auf seiner feuchten Brust zusammen, sodass ihr langes Haar sie beide einhüllte, und durch den dichten, nun schon vertrauten Nebel im Hirn meinte er zu hören, wie sie etwas ziemlich Wichtiges sagte.

Er strich ihr übers Haar und blinzelte mehrmals. Doch der

Nebel blieb, daher fragte er mühsam nach. »Sag mal, Schatz, *was* hast du da gerade gesagt?«

Zufrieden schmiegte Lilibet sich an ihn. »Bitte?«

»Was du … Du hast gerade etwas gesagt …«

»Hmm.« Sie drückte einen Kuss in seine Halsgrube. »Ich habe gesagt, dass ich dich liebe.«

Roland schloss die Augen. Die Matratze gab sanft unter ihm nach, und das weiche, nach Lavendel duftende Bettzeug streichelte seine erhitzte Haut.

Oder war das Lilibet?

»Wusste ich's doch«, sagte er und schlief ein.

EPILOG

Die Nachmittagssonne brannte heiß vom blauen Augusthimmel, als Roland und Lilibet von der Hauptstraße abbogen und an dem verblichenen Holzschild vorbeiritten, auf dem CASTEL SANT'AGATA 1 KM stand.

Philip, der ihnen auf seinem neuen braunen Pony ein paar Schritte voraus war, rief über die Schulter: »Ich kann es schon sehen! Direkt hinter den Bäumen! Da ist mein Fenster! Glaubt ihr, Norbert hat mich vermisst?«

Roland räusperte sich. »Tja, was den Grashüpfer anbetrifft, mein Junge, ist es ziemlich wahrscheinlich … also, nachdem wir so lange weg waren …«

»… vielleicht ist Norbert ja draußen und spielt auf der Wiese mit seinen Grashüpfer-Freunden«, mischte Lilibet sich hastig ein. »Bestimmt hat Cousine Abigail nicht gewollt, dass er einsam ist ohne dich.«

»Oh.« Man konnte sehen, wie die Schultern des Jungen unter seiner ziemlich zerknitterten Baumwolljacke herabsanken.

»Aber gleich nach dem Mittagessen gehen wir auf die Wiese und suchen ihn«, sagte Roland.

»Oh ja!« Die Schultern strafften sich wieder. »Ich bin sicher, dass er kommt, wenn ich ihn rufe. Er ist ein sehr netter Grashüpfer. Er ist dom … domes…«

»Domestiziert. Ja, gewiss«, sagte Roland und schaute zu Lilibet hinüber. Seine haselnussbraunen Augen funkelten vor Vergnügen, und sein hübsches Gesicht war nach einem Monat in der florentinischen Sonne trotz des schützenden Strohhuts braun gebrannt, denn die Sonne liebte ihren neuen Ehemann. Ein paar verirrte Sonnenstrahlen genügten, und schon nahm seine Haut eine tiefe und ziemlich unmodische Färbung an.

»Papa, kann ich vorausreiten? Es ist nicht mehr weit.« Unter der Krempe seines Hutes hervor sah Philip zu Roland auf, mit einer Art Heldenverehrung in den Augen.

»Ja, natürlich. Aber bleib auf der Straße und achte auf Steine.«

»Zu Befehl, Sir!« Philip ließ sein Pony in einen flotten Trab fallen und ritt den vertrauten Weg zum Schloss hinauf. Lilibet wäre ihm gern gefolgt, hätte zu gern die Arme um ihre Cousinen geworfen und ihnen alles erzählt, doch Roland hatte den ganzen Weg darauf bestanden, dass sie ein gemäßigtes Tempo einhielt. Sie schaute auf ihre Hände hinunter, auf die kleine Verdickung unter dem Handschuh, die von dem schlichten Goldreif herrührte, den Roland ihr vor vier Tagen an den Finger gesteckt hatte, und lächelte vor sich hin.

»Ich nehme an, du kannst es kaum erwarten, die ganze Geschichte deinen Freundinnen zu erzählen«, sagte ihr Mann, als könnte er ihre Gedanken lesen. Lilibet wandte sich ihm zu und lächelte noch breiter.

»Erst mal werden sie wohl ziemlich schockiert sein, wenn ich mich vom Pferd schwinge. In den letzten Wochen bin ich schrecklich dick geworden.«

»Du wirst jeden Tag schöner«, versicherte Roland ihr, während er sie mit einem Blick voll ehrlicher Bewunderung musterte. Dann brachte er sein Pferd so nah an ihres heran, dass sein Bein beinah ihre Röcke berührte.

Lilibet lachte. »Bestimmt stoße ich überall an. Sicher hat Philip ihnen schon alles erzählt, ehe wir überhaupt abgestiegen sind. Von seinem kleinen Bruder und seinem neuen Papa.«

»Wahrscheinlich ist er entsetzt, wenn es ein Mädchen wird. Ich habe versucht, ihm zu erklären …«

»Na, zumindest *du* wirst ihn nicht enttäuschen.« Lilibet griff nach Rolands behandschuhter Hand und drückte sie, denn das enge Band zwischen ihm und Philip machte sie sehr froh und glücklich.

Drei Wochen nachdem Somerton nach England zurückgekehrt war, am Tag, nachdem das Telegramm gekommen war, das die endgültige Auflösung ihrer Ehe bestätigte, hatten sie und Roland Philip zu einem Picknick mitgenommen. Zusammen hatten sie dem Jungen erklärt, dass er und seine Mutter und Roland und das neue Baby eine Familie sein würden, und dass selbst sein Vater das für eine gute Idee hielt und ihn nur in den Schulferien gern bei sich haben wollte.

Lilibet hatte nicht genau gewusst, wie der Junge reagieren würde. Obwohl er Roland liebte. Er liebte es, Zeit mit ihm zu verbringen, bestand darauf, bei Spaziergängen seine Hand zu halten, und schaute zu ihm auf wie zu einem Gott. Aber was würde er davon halten, dass Roland seine Mutter heiraten wollte? Und davon, dass sein Vater – ein kaltherziger und ungeliebter Mann, aber immerhin sein Vater – so mir nichts, dir nichts ersetzt wurde? Sie hatte den Atem angehalten, als Philip mit großen Augen, den Mund weit aufgerissen vor Staunen, zwischen ihr und Roland hin- und hergesehen hatte, als hätte es ihm die Sprache verschlagen.

Dann hatte er gefragt:

»Wird Onkel Roland mein Vater und der Vater des Babys sein?

Daraufhin hatte Roland sich neben Philip in das frische Sommergras gekniet. »Dein Vater wird immer der Earl of Somerton sein, mein Junge. Aber ich würde sehr gern bei dir und deiner Mutter wohnen und ihr mit dem Baby helfen und all das tun, was ein Vater so tut. Natürlich nur, wenn du nichts dagegen hast.«

»Oh.« Mit nachdenklich gerunzelter Stirn hatte Philip ihn angesehen. Offensichtlich beschäftigte ihn ein sehr wichtiges Thema. »Aber … wenn Papa immer noch mein Vater ist und du Mama heiratest …«

»Ja?«

»Na, wie soll ich dich dann *nennen*?«

Roland hatte zu Lilibet hinübergesehen und Lilibet zu Philip. Und der Junge hatte ziemlich verstört zwischen Roland und Lilibet hin- und hergeschaut.

»Du kannst mich nennen, wie du willst«, hatte Roland schließlich gesagt.

»Hmm.« Eine Pause. »Wird das Baby dich Papa nennen?«

»Ja, das nehme ich an.« Rolands Stimme war rau geworden.

»Dann nenne ich dich auch Papa«, hatte Philip fest und entschlossen gesagt und die Arme um Rolands Hals geschlungen. An jenem Abend, als Lilibet ihn ins Bett brachte, hatte er ihr mit ängstlicher Stimme anvertraut: »Ich habe Angst einzuschlafen, Mama. Ich habe Angst, dass das ein Traum war, und dass er nicht wahr ist, wenn ich wieder wach werde.«

Sie hatte ihn geküsst und ihm versichert, dass der Traum wirklich wahr war, alles davon, und eine Woche später, in der kleinen Kapelle, hatte ihr Sohn ihre Hand gehalten, als sie vor Beadle und dem Duke of Olympia, die hinter ihnen auf einer Kirchenbank saßen, ihr Ehegelübde ablegte. Danach hatte Roland den Jungen in eine Kutsche gehoben, und sie hatten den langen Weg zurück zum Palazzo Angelini angetreten, wo Philips neues Pony im Stall auf ihn wartete.

Das hatte ihn endgültig überzeugt.

Als sie nun zusah, wie ihr Sohn durch die klare toskanische Luft trabte und die vertrauten Türme des Schlosses hinter den Bäumen auftauchten, hätte sie am liebsten gesungen vor Freude.

»Was ist?«, fragte Roland.

»Ich habe nur gerade daran gedacht, wie elend und unsicher ich mich gefühlt habe, als ich im März hier hochgeritten bin, mit dir an meiner Seite. Wie leer und abweisend alles gewirkt hat, so mysteriös. Und an Signorina Morini, die wie eine Gespenst in der Halle aufgetaucht ist und uns zu Tode erschreckt hat.« Sie lachte.

»Ah ja. Die berühmte Morini. Alle erzählen mir ständig von dieser verwünschten Haushälterin, und ich bin ihr niemals begegnet. Nur der armen alten Francesca.«

»Diese schreckliche erste Nacht! So kalt und regnerisch und einsam. Und jetzt ist alles voller Liebe und Lachen. Sie werden sich freuen, uns wiederzusehen. Ich nehme an, dass Mr. Burke und Alexandra mittlerweile verlobt sind, und … meinst du, dein Bruder hat …?«

Roland lachte. »Was? Mit Abigail angebandelt? Hoffentlich nicht. Sie ist viel zu gut für ihn.«

»Vielleicht sind die Trauben schon reif. Diesen Monat werden sie wohl gepflückt. Und auch die Äpfel und Pfirsiche. Ach, Roland, wie gut es mir hier gefällt! Lass uns heute Abend im See schwimmen gehen. Und nie wieder fortgehen. Lass uns versuchen, den Eigentümer zu finden – wie hieß er noch? –, Rosseti. Vielleicht können wir den Mietvertrag verlängern. Meinst du, das geht?«

Roland rutschte auf seinem Sattel herum und kratzte sich an der Oberlippe. »Tja«, sagte er, »ich denke, das wäre machbar, und zwar ohne größere Schwierigkeiten.«

Etwas an seinem Tonfall erregte Lilibets Aufmerksamkeit. Mit schräg gelegtem Kopf sah sie ihn an und bemerkte seinen ausweichenden Blick. »Was soll das heißen?«, wollte sie wissen.

»Habe ich es dir nicht erzählt? Ich dachte, ich hätte mit dir gesprochen. Hab wohl in den letzten Wochen zu viel zu tun gehabt. Vielleicht habe ich es auch Beadle erzählt und angenommen …«

»Roland«, Lilibet sprach das Wort so drohend aus, wie es bei zwei kurzen Silben möglich war.

»Ähm. Ja. Also, es ist eine komische alte Geschichte. Wirklich seltsam. Sozusagen zufällig entdeckt. Am Tag bevor wir nach Florenz aufgebrochen sind, dem Mittsommertag, wie du dich zweifellos erinnerst, als wir diese großartige Feier hatten mit all den Masken und so weiter, und … tja, also die Nacht war natürlich auch sehr schön, sogar die schönste Nacht meines Lebens, abgesehen von unserer Hochzeitsnacht, die in meiner Erinnerung stets als …«

»Roland!«

»Ja. Verstehe. Ich war gerade dabei, mit Philip die Besitzdokumente durchzugehen, so etwas wie ein Forschungsprojekt, und dabei hat sich herausgestellt … ziemlich lustig, du wirst lachen … das hättest du nie erraten … na, jedenfalls *scheint* er dieser Urkunde nach der tatsächliche Besitzer zu sein …«

»Der *tatsächliche* Besitzer? Willst du damit sagen, Rosseti ist es nicht?«

Roland schaute auf seine Hände hinunter, die nervös mit den Zügeln spielten. »Ja, das ist wirklich komisch, dass Rossetis Name nicht auf der Urkunde war. Das Schloss ist vom Marquis di Monteverdi gebaut worden. Aber es wurde schon vor längerer Zeit an jemand anders überschrieben.«

»An *wen*, Roland?«

»Oh, schau! Ist das da oben nicht Giacomo? Haha. Scheint nicht besonders erfreut zu sein über das Pony.«

»Ich sehe niemanden. Wem gehört das Schloss, Roland?«

»Was? Du siehst ihn nicht? Er ist gleich da drüben, Liebling! Hat das Pony am Zaumzeug gepackt und schimpft mit Philip …«

»Hör auf mit diesen *Ablenkungsmanövern,* Roland. Wem gehört das Schloss?«

Roland räusperte sich und zügelte sein Pferd. Dann sagte er mit ernster Stimme: »Das Anwesen wurde 1591 an den Earl of Copperbridge überschrieben.«

»Bist du sicher? An einen Engländer? Den Earl of Copperbridge?« Lilibet brachte ihr Pferd zum Stehen, runzelte die Stirn und versuchte, sich daran zu erinnern, wo sie den Namen gehört hatte. »Aber … ist das nicht der Höflichkeitstitel …?«

»Meines Onkels, als er noch gelebt hat. Es ist der Familienname, der von den Erben der Herzöge von Olympia benutzt wird.«

Lilibet wusste, dass sie Roland anstarrte wie eine dumme Gans, aber anscheinend hatte sie keine Kontrolle über ihr schockiertes Gesicht. »Dann ist dein Großvater …«

»… der Besitzer des Schlosses. Sieht so aus, ja.«

Lilibet saß still in ihrem Sattel und nahm die Neuigkeit in sich auf. Eine warme Brise voller Sommerdüfte wehte vorüber und brachte die nahen Zypressen zum Rascheln. »Dieser alte Halunke«, flüsterte sie. »Ich wusste, dass er nicht mit offenen Karten spielt, aber das!«

»Ja, dieser alte … *Wie* hast du ihn gerade genannt?«

»Mach dir nichts draus.« Lilibet trieb ihr Pferd an. »Lass uns zu den Anderen reiten. Ich könnte mir vorstellen, dass Abigail diese Information noch interessanter findet als ich.«

Trotz Rolands Bitten – die zu ebenfalls ignorierten Befehlen wurden, um Himmels willen achtzugeben und an das Baby zu denken – ließ sie ihr Pferd so schnell laufen, dass bei jedem Hufschlag Staubwolken aufflogen. Im Hof stieg sie ab, warf einem herbeieilenden Stalljungen die Zügel zu und wartete gerade so lange, bis Roland abgestiegen war, dann lief sie zur Tür.

»Philip!«, rief sie.

»Wahrscheinlich ist er hintenherum durch die Küche gegangen«, meinte Roland. Dann zog er die Vordertür auf und folgte Lilibet durch den kurzen Verbindungsgang über den Innenhof mit dem trockenen Springbrunnen zum Eingang der Haupthalle.

»Philip!«, rief Lilibet noch einmal. »Abigail! Alexandra!«

In der riesigen steinernen Leere des Raumes hallte ihre Stimme laut und deutlich wider. Sie drehte sich zu Roland um und fasste ihn am Arm. »Wo sind sie nur alle?«

»Keine Ahnung«, sagte er. »Hattest du nicht ein Telegramm geschickt?«

»Ja, vor ein paar Tagen. Ich habe ihnen gekabelt, dass wir zurückkommen. Sonst nichts; ich wollte sie überraschen.«

Beruhigend schob er seine kräftige Hand in ihre.

»Vielleicht sind sie gerade beim Mittagessen oder unterwegs.«

»Lass uns in der Küche nachsehen. Da finden wir sicher Signorina Morini.« Lilibet ging voran und zog Roland mit sich, doch kaum hatten sie ein paar Schritte gemacht, kam

Philip in die Halle gelaufen, ohne Hut, die Jacke offen und voller Krümel.

»Mama!«, rief er, sprang in ihre Arme und verteilte die Krümel freizügig auf ihrem neuen schwarzen Reitkleid aus Florenz. »Morini hat mir ein Stück *Panettone* gegeben, und weißt du was?«

»Was, Schätzchen?«

»Es ist niemand da!«

Lilibet stellte ihn wieder auf den Boden. »Wie bitte? Was soll das heißen?«

»Sie sind alle fort! Unsere Cousinen, der Herzog und Mr. Burke. Sie weiß nicht, wann sie zurückkommen. Möchtest du mal von meinem *Panettone* abbeißen?« Er hielt ihr die Reste hin.

»Ich ... Nein, danke, mein Schatz.« Geistesabwesend wischte Lilibet die Krümel vom Kleid und sah sich misstrauisch um. Obwohl der Tag warm war, schien ein kühler Hauch sie zu streifen.

»Tja, das ist seltsam«, sagte Roland. »Wirklich sehr seltsam. Aber wenigstens werden wir das alte Gemäuer eine Weile für uns haben, hmm? Wie in den Flitterwochen eigentlich, abgesehen von Norbert, dem Grashüpfer.«

»Wirst du bei uns im Zimmer schlafen?« Höchst unelegant stopfte Philip sich den restlichen *Panettone* in den Mund.

Roland kratzte sich am Kopf. »Tja, ehrlich gesagt, wird es bei der Bettenverteilung wohl ein paar Änderungen geben, mein Junge. Im Palazzo hattest du ein eigenes Zimmer, oder? Weil du schon so schrecklich groß geworden bist, nicht?«

»Roland«, sagte Lilibet leise, »kann ich einen Moment mit dir sprechen?«

»Oh, oh«, sagte Philip. »Pass bloß auf, Papa. Das sagt sie immer, wenn ich etwas ausgefressen habe.« Dann drehte er sich um und lief zur Küche zurück.

»He, Philip. Heißt das, du lässt mich im Stich? Bei der Armee gibt es ein Wort für so was, und das ist alles andere als hübsch …« Roland drehte dem verschwindenden Jungen den Rücken zu und strahlte Lilibet an. Dieses warmherzige Lächeln, für das er berühmt war, brachte ihre Welt immer wieder ins Lot. »Was ist, Schatz?«, fragte er und nahm ihre Hände. »Freust du dich nicht, wieder hier zu sein?«

Auf der Stelle vergaß Lilibet ihre Ängste. Ein Fluch auf dem Schloss, also wirklich! Nichts als Aberglaube. Wahrscheinlich machten die anderen bei dem schönen Wetter einen Ausflug, weil ihnen das tägliche Einerlei im abgelegenen Schloss langweilig geworden war. Hatte Mr. Burke nicht zu einer Automobilausstellung in Rom gewollt? Vielleicht gefiel es ihnen dort so gut, dass sie nicht mehr wegwollten. Vielleicht waren sie sogar nach Pompeji oder Capri weitergereist.

Und dass in der Besitzurkunde der Duke of Copperbridge erwähnt wurde, war sicher nur ein Zufall. In all der Zeit, die sie im vergangenen Monat mit ihm verbracht hatte, hatte er das Castel Sant'Agata mit keinem Wort erwähnt.

Sie zog Rolands Hände an die Lippen und küsste sie. Dann beugte sie sich vor und küsste ihn auf die Lippen, die warm und trocken waren nach dem langen Ritt, der am Morgen am Gasthaus begonnen hatte, wo sie im besten Schlafzimmer des Wirts geschlafen hatten und um Mitternacht durch die Ställe spaziert waren. »Nichts ist«, sagte sie. »Alles in Ordnung. Wir sind zu Hause, das ist alles.«

Roland grinste. »Wirklich? In dem Fall …«

Ehe Lilibet Luft holen konnte, hatte er sie auf die Arme genommen und trug sie über den Innenhof wieder in den strahlenden italienischen Nachmittag vor dem Schloss hinaus, wo die Sonne seine braunen Augen aufleuchten ließ. »Was machst du?«, fragte Lilibet, an seine Schultern geklammert.

Roland setzte sie ab, richtete seine Manschetten, strich sich übers Revers und nahm sie wieder auf den Arm. »Ich mache es so, wie es sich gehört«, sagte er. Dann trug er sie über die Schwelle in den Hof zurück, setzte sie auf dem bemoosten Brunnenrand ab und warf seinen Hut auf den Boden.

»Willkommen zu Hause, Lady Roland«, sagte er und küsste sie stürmisch.

DANKSAGUNG

Wie immer danke ich meiner genialen Agentin Alexandra Machinist, die alle Wege für mich ebnet und neue auftut.

Der Enthusiasmus und Sachverstand des Teams in Berkley erstaunt mich jeden Tag aufs Neue. Ich bin meiner großartigen Lektorin Kate Seaver und ihrer kundigen Assistentin Katherine Pelz, meiner Redakteurin, die über die Daten, Fakten und Satzzeichen wacht, und den großartigen Menschen in Grafik, Marketing und Werbung, die Bücher in die weite Welt bringen, überaus dankbar.

Die Freunde romantischer Literatur unterhalten, informieren und inspirieren mich täglich. Vielen Dank an all die Autoren, Blogger und Fans, die so gern an ein glückliches Ende glauben.

Und schließlich ein Dank an Giuseppe Verdi, dessen Oper *Don Carlos* viele Anregungen für die Dreiecksgeschichte in *A Gentleman Never Tells* geliefert hat. (Glauben Sie mir, alles hört sich viel besser an, wenn es auf Italienisch gesungen wird.)